Operación Cobra

Richard Preston

Operación Cobra

Traducción de Elvira Saiz

CÍRCULO de LECTORES

Este libro está dedicado a mi hermano
David G. Preston, doctor en medicina,
y a
todos los profesionales de la sanidad pública,
allí donde estén.

De las trampas del diablo,
la más lograda es persuadiros
de que no existe.

BAUDELAIRE

Los hechos en que está basado *Operación Cobra*

Este libro trata de armas biológicas, la versión moderna de lo que antes se conocía como armas de «guerra bacteriológica». A veces la creación de armas biológicas avanzadas mediante métodos de ingeniería genética y biotecnología recibe el nombre de «biología negra». Mi último libro, *Zona caliente*, que versaba sobre la amenaza de los virus emergentes, en especial el Ebola, me condujo casi sin darme cuenta a las armas biológicas: ¿Qué es una bioarma? ¿Quién las tiene? ¿Qué pueden hacer? Aunque los personajes y la historia de este libro son ficticios y por tanto no están basados en personas reales ni en acontecimientos contemporáneos, el contexto histórico es real, las estructuras gubernamentales son reales y la ciencia es real o está basada en algo que es posible.

Operación Cobra trata también de medicina forense, que es la ciencia de analizar pruebas físicas con el fin de investigar un delito e identificar a su autor. A la operación forense de este libro la llamo «operación Reachdeep». Si bien *«Reachdeep»* es un término inventado por mí, se trata en realidad de un tipo especial de investigación criminal definido por un decreto presidencial parcialmente secreto conocido como la Directiva 7 de Seguridad Nacional. Si Estados Unidos fuese objeto de un ataque terrorista de orden biológico, existen organizaciones que llevarían a cabo una operación similar a Reachdeep. Mis fuentes incluyen a personas del FBI, del ejército y del gobierno, a quienes ha sido asignada la tarea de prepararse para una emergencia de la Directiva 7. Un día me encontraba en la academia del FBI de Quantico, Virginia, cuando oí cómo un científico experto en armas biológicas se las describía a una clase de agentes en formación. Dijo simplemente: «Es algo a lo que tendrán que enfrentarse en sus carreras». Se hizo un profundo silencio. No se oía ni una mosca. Yo diría que tomaron en serio sus palabras.

Indagué sobre el tema de las armas biológicas utilizando los mismos métodos que en mis libros anteriores, que no son obras de ficción. Las raíces documentales de este libro son asimismo muy profundas. Realicé numerosas entrevistas con expertos, algunos de los cuales me proporcionaron información detallada a condición de permanecer en el anonimato. Mis fuentes incluyen a testigos que han visitado diversas instalaciones de armas biológicas en diferentes países, así como científicos, médicos y técnicos, tanto militares como civiles que han desarrollado y probado bioarmas estratégicas. Son personas que conocen a fondo lo que han visto y lo describen con precisión.

Conforme redactaba la historia, iba informando a estas fuentes y les preguntaba: «¿Podría suceder esto? ¿Es así como actuaría el gobierno de Estados Unidos? ¿Cómo respondería usted ante esta situación?».

La sustancia transparente que llamo «cristal vírico» es un material real, aunque he optado por no desvelar su nombre técnico ni describirlo con demasiada precisión. Asimismo, he distorsionado y ocultado deliberadamente ciertos aspectos clave del proceso de fabricación de armas biológicas para impedir que alguien pueda desarrollarlas.

La tecnología biosensora que llamo «Felix» no existe en la actualidad, pero está en fase de desarrollo. La investigación biosensora es a menudo secreta, de modo que me he visto obligado a hacer conjeturas a la hora de determinar qué sería posible. Lo que denomino biosensores portátiles Boink (los llamo así porque los imagino emitiendo un curioso sonido cuando detectan un arma biológica) existen hoy en día en forma de prototipo y han sido parcialmente creados por la armada de Estados Unidos.

La cepa natural del virus de este libro es real, y se han desarrollado cepas del mismo por medio de ingeniería genética con un espectro más amplio de organismos huéspedes. Estos virus son capaces de infectar las células de los mamíferos, incluidos los seres humanos, aunque no necesariamente de reproducirse en ellas. Al ser muy versátil, las posibles aplicaciones pacíficas del virus son enormes, pero su versatilidad lo convierte también en un arma en potencia. Si bien la forma del virus creado mediante ingeniería genética al que he llamado Cobra ha sido inventada por mí, debería tomarse como un ejemplo de una amplia gama de posibilidades que ya existen para la construcción de sofisticadas armas biológicas. El proceso no es secreto y las técnicas son comunes. La manzana prohibida pende del árbol.

Durante muchos años, la comunidad científica ha sostenido y declarado públicamente que las armas biológicas no suponían problema alguno. Sin embargo, en los últimos tiempos se ha producido un cambio doloroso en su manera de pensar. Numerosos científicos consideran que las armas biológicas representan una grave amenaza con la que no se contaba hasta ahora. Personas cercanas a este fenómeno me han comentado que es como si de pronto hubiesen abierto los ojos.

Con todo, algunos expertos se muestran reacios a hablar abiertamente de las armas biológicas por temor a que la información provoque una ola de bioterrorismo o incite a ciertos países a traspasar el umbral del armamento biológico. Otros expertos señalan en cambio que el problema ha alcanzado unas proporciones tales que es preciso informar a la sociedad. En mi opinión, las cuestiones que no salen a la luz para ser debatidas por el gran público, con el paso del tiempo se vuelven cada vez más incontrolables. La conciencia pública puede contribuir a moldear una respuesta constructiva por parte de los gobiernos y los científicos de todo el mundo de una manera mucho más efectiva que las advertencias aisladas de unos cuantos expertos.

Por si alguien se viese tentado de acusarme de oponerme a la ciencia, permítanme decirles que ésa no es en absoluto mi intención. La investigación biológica abierta y supervisada por otros expertos en la materia puede reportar enormes beneficios. La ingeniería genética es un proceso, como la metalurgia. El acero se puede utilizar para fabricar tanto arados como espadas. El peligro radica en las intenciones humanas.

El próximo virus emergente podría no proceder de una selva tropical, sino de un biorreactor. Pero en última instancia procederá de la mente humana. Pensar que el poder del código genético no se está aplicando a la creación de armas es una forma de dar la espalda a los datos cada vez más numerosos, a las lecciones de la historia y a la realidad de la naturaleza humana. Como señaló Tucídides, la esperanza es un bien muy costoso. Me parece más coherente que nos preparemos.

RICHARD PRESTON
Septiembre de 1997

PRIMERA PARTE

Prueba

Arc de cercle

NUEVA YORK, FINALES DE LOS NOVENTA

Kate Moran era hija única. Tenía diecisiete años y vivía con sus padres en el ático de un bonito edificio antiguo situado al oeste de Union Square, cerca de Greenwich Village. Ese miércoles por la mañana de finales de abril, tardó más de lo habitual en levantarse. Se había despertado en plena noche empapada en sudor, pero se le pasó enseguida y logró conciliar el sueño de nuevo. Tuvo pesadillas, aunque luego no recordó qué había soñado. Cuando despertó se sintió algo resfriada y notó que le iba a venir la menstruación.

–¡Kate! –Era Nanette, la asistenta, llamándola desde la cocina–. ¡Katie!

–Ya voy.

No le gustaba que la llamasen Katie.

Se sentó en la cama, se sonó con un pañuelo de papel y se fue al cuarto de baño. Después de cepillarse los dientes, regresó a su habitación y se puso un vestido de flores que se había comprado en un mercadillo. En aquella época del año todavía hacía frío por las mañanas, de modo que buscó un jersey.

Kate tenía el cabello rojizo con reflejos naturales y lucía una bonita melena ondulada. Sus ojos tenían un color indefinido: cambiaban del azul grisáceo al gris azulado, según la luz, el clima y su estado de ánimo (o al menos así le gustaba pensarlo); en suma, unos ojos complicados. Su rostro estaba cambiando muy deprisa. Ya casi afloraban los rasgos de la mujer en la que se estaba convirtiendo, aunque había comprobado que cuanto más se contemplaba en el espejo menos comprendía lo que le estaba sucediendo. Estuvo pensando en ello mientras se cepillaba el pelo hacia atrás de manera que se viesen los dos pendientes de platino que llevaba en la oreja izquierda.

Su madre la llamaba la Urraca, ya que siempre estaba acumulando todo tipo de objetos. Su mesa de trabajo, situada en un rincón de la habitación, estaba repleta de viejas cajas de puros con sus ilustraciones originales, cajitas de plástico, recipientes metálicos, monederos y bolsas. Objetos, por lo general, que se abrían y se cerraban. Había también una casa de muñecas antigua que Kate había encontrado en una tienda de viejo de Brooklyn y que había estado desmontando para un proyecto. Metió la mano en ella y sacó un prisma de cristal y el cráneo blanco y liso de un campañol con sus diminutos dientes amarillos, que había adquirido en una tienda del SoHo donde vendían huesos de animales. Levantó el prisma hacia la luz que entraba por la claraboya de su habitación y, con el único fin de ver qué efecto produciría, sostuvo el cráneo del campañol detrás del prisma. No apareció color alguno; habría sido necesario exponer el prisma a la luz directa del sol. A continuación guardó en su mochila estos objetos, que iban a formar parte de la caja que estaba construyendo para el taller de arte del señor Talides en la Mater School, un colegio privado de chicas del Upper East Side.

–¡Katie! –la llamó Nanette.

–Que sí, ya voy –suspiró Kate.

Se colgó la mochila del hombro y se dirigió a la sala de estar, un amplio espacio abierto con el suelo de madera pulida, decorado con alfombras y muebles antiguos. Sus padres ya se habían marchado a trabajar. Su padre era socio de una compañía de inversiones de Wall Street y su madre ejercía de abogada en un bufete del centro de Manhattan.

Cuando llegó a la cocina, vio que Nanette le había servido un zumo de naranja y un bollo tostado. Pero Kate no tenía hambre. Hizo un gesto de negación con la cabeza y estornudó.

Nanette le tendió una servilleta de papel.

–¿Quieres quedarte en casa? –le preguntó.

–No.

Kate ya salía por la puerta y se apresuraba para tomar el ascensor.

Hacía un día espléndido. Kate enfiló la calle Quince y se encaminó rápidamente, a grandes zancadas, hacia la boca de metro de Union Square. Los fresnos de la plaza estaban a punto de echar brotes. Unas nubes blancas y esponjosas se desplazaban por el cielo azul, empujadas por los vientos procedentes del suroeste, más cálidos de lo que Kate esperaba. Los narcisos habían desaparecido casi por completo y los tulipanes estaban perdiendo los pétalos. La primavera comenzaba a dar paso al verano. Un vagabundo se cruzó con Kate. Caminaba con la espalda encorvada para resguardarse del viento y empujaba un carro de la compra repleto de bolsas de basura con sus pertenencias. Kate se abrió paso entre los puestos de frutas y verduras que ocupaban los lados norte y oeste de la plaza y, una vez en la parada de metro, bajó corriendo las escaleras y tomó el tren en dirección norte, hacia Lexington Avenue.

El metro estaba atestado y Kate acabó arrinconada contra la ventana delantera, en el primer vagón. Ahí era donde le gustaba colocarse de pequeña cada vez que iba en metro con sus padres, cuando disponían de más tiempo libre para llevarla de paseo por la ciudad. Le fascinaba mirar por el cristal, ver las columnas de acero que desfilaban bajo los faros del tren y la vía que se extendía en la oscuridad aparentemente infinita. Las bifurcaciones y los ramales pasaban a toda velocidad, y si ibas en un tren rápido que alcanzase a otro local en la vía contigua, llegaba un momento en que los dos se enzarzaban en una carrera estremecedora.

Kate no se sentía muy bien. Las luces del túnel la mareaban. Volvió la cabeza y se puso a contemplar los rostros de la gente, pero también éstos la incomodaron. Si miras demasiadas caras juntas, todas acaban resultándote extrañas. En el metro, las personas pueden llegar a parecer... humanoides.

La Mater School se hallaba a tan sólo unas manzanas de la estación de metro de la calle Ochenta y seis. Kate llevaba un poco de retraso y, cuando llegó a la parroquia de piedra que albergaba la escuela, casi todas las alumnas más jóvenes ya habían entrado, aunque algunas de las mayores seguían en la escalera.

–Kates, tengo que contarte algo.

Era su amiga Jennifer Ramosa. Entraron juntas, pero Kate no lograba prestar atención a las palabras de Jennifer. Se sentía un poco rara, como si una pluma le hubiese rozado la cara...

Sonó un gongo... y acto seguido Kate vio pasar a la directora, la hermana Anne Threader... Por un momento tuvo una sensación de vértigo, como si se hubiese asomado a un precipicio negro sin fondo. Dejó caer la mochila de golpe y se oyó un ruido de cristales rotos.

–Kate, ¿estás tonta? ¿Qué te pasa? –dijo Jennifer.

Kate sacudió la cabeza y pareció despejarse de pronto. Iba a llegar tarde a clase.

–¿Qué te ocurre, Kate? –insistió Jennifer.

–Nada. Estoy bien. –Recogió la mochila y la agitó–. Se ha roto algo. Maldita sea, se me ha roto el prisma.

Se metió en clase, disgustada consigo misma.

A eso de las diez de la mañana, Kate se marchó a la enfermería y se tomó un Tylenol. El analgésico no logró aliviarle el resfriado, que empeoraba por momentos. También le dolía mucho la boca; notaba bultitos y le picaba. Pensó en volver a casa, pero al final decidió asistir a la clase de arte y marcharse en cuanto terminase.

El profesor de arte, Peter Talides, era un pintor de mediana edad con una calva incipiente. Era un hombre simpático y desorganizado, y su taller era muy agradable. Los estudiantes acudían por la mañana y por la tarde, después de clase. Kate se instaló en una mesa del rincón junto a la ventana, donde empezaba a tomar forma la «caja» que estaba construyendo. Era un proyecto muy ambicioso, una especie de edificación hecha a partir de piezas de casas de muñecas y de todo tipo de objetos encontrados. Kate se sentía débil y mareada. Intentó trabajar un poco, pero no recordaba qué tenía pensado hacer. Era como si nunca antes hubiese visto esa maqueta, como si la hubiese construido otra persona.

–Quiero irme a casa –dijo en voz alta.

Las demás chicas la miraron fijamente. Kate comenzó a levantarse, con la intención de regresar a la enfermería, cuando de pronto se sintió aún más mareada.

–Oh, no –exclamó. Al ver que era incapaz de mantenerse en pie, se sentó pesadamente en el taburete.

–¿Qué te ocurre, Kate? –preguntó Jennifer.

Se oyó un estrépito. Kate se había resbalado del taburete y había caído al suelo, junto a la mesa de trabajo.

Peter Talides corrió hacia ella.

–¿Te encuentras bien?

–Estoy mareada –respondió Kate con voz débil, temblando. Estaba sentada en el suelo con las piernas estiradas–. Me duele la boca.

Talides se inclinó hacia ella.

–Vamos a llevarte a la enfermería.

Kate no respondió. Le castañeteaban los dientes y tenía las mejillas arreboladas, como si tuviese fiebre.

Peter Talides se asustó. Kate empezó a soltar unas mucosidades transparentes por la nariz que le chorreaban por los labios. Moqueaba sin cesar, como si estuviese muy resfriada. Por un momento miró al profesor, pero lo hizo con una expresión ausente, como si no lo estuviera viendo.

–Que alguien vaya a buscar a la enfermera. ¡Vamos! ¡Rápido! –ordenó Talides. Se volvió hacia Kate y dijo–: Quédate aquí quieta, ¿vale?

–Creo que voy a vomitar –dijo Kate.

–¿Puedes levantarte?

–No. Sí.

Talides la ayudó a ponerse en pie.

–Jennifer, Prasaya, llevaos a Kate al lavabo.

Las dos chicas la acompañaron al servicio mientras Peter Talides aguardaba en el pasillo.

Con las manos aferradas al lavabo, Kate se preguntó si vomitaría. Notaba algo raro en la mente, como si un ser extraño que en realidad era ella misma estuviese agonizando. Había un espejo encima del lavabo. Por un momento no se atrevió a mirar, pero luego abrió la boca y vio que estaba salpicada de unas ampollas de color negro. Parecían unas garrapatas brillantes que se estuviesen alimentando de su carne.

Kate soltó un chillido y, aún aferrándose al lavabo, volvió a gritar. Entonces perdió el equilibrio y cayó de rodillas.

Peter Talides entró corriendo en el cuarto de baño. Encontró a Kate Moran sentada en el suelo, mirándolo con ojos vidriosos. Seguía expulsando mucosidades por la nariz y la boca, y estaba llorando.

–No sé qué hacer –balbuceó.

Entonces puso la mirada en blanco. El lado izquierdo de su rostro se vio afectado por una serie de contracciones espasmódicas como las de una crisis jachsoniana. De repente Kate profirió un feroz grito gutural y cayó de espaldas. Se le agarrotaron las piernas y su cuerpo experimentó varias sacudidas hasta que se golpeó la cabeza contra el suelo embaldosado. Se puso rígida durante unos segundos y luego las piernas y los brazos comenzaron a temblarle y a sacudirse rítmicamente. Perdió el control de la vejiga y empezó a formarse un charco bajo su cuerpo.

Talides intentó sujetarle los brazos.

–¡Dios mío! –exclamó.

Kate se puso a patalear espasmódicamente. Volcó una papelera y empujó a Talides; tenía mucha fuerza. Entonces su cuerpo empezó a convulsionarse. Le castañeteaban los dientes, no cesaba de mover los labios y de sacar la lengua, y mantenía los ojos entornados.

Talides pensó que Kate trataba de decirle algo, pues gemía sin lograr articular palabra.

Entonces hincó los dientes superiores en el labio inferior, y un reguero de sangre le corrió por el mentón y el cuello. Se volvió a morder el labio, con más fiereza aún, y profirió un gruñido animal. Esta vez el labio se desprendió y quedó colgando. Kate lo succionó, se lo tragó y comenzó a masticar. Se estaba comiendo la boca por dentro, masticándose los labios y el interior de las mejillas. El movimiento de su mandíbula parecía el de una larva masticando la comida: intenso, voraz, involuntario, como si se arrancase repetidamente los tejidos de la boca. De pronto sacó la lengua, cubierta de sangre y de trocitos de piel ensangrentada. Se estaba devorando la boca por dentro.

–¡Se está mordiendo! –chilló Talides–. ¡Auxilio!

Le sujetó la cabeza con las manos e intentó inmovilizarle el mentón, pero no logró impedir que continuara mordisqueando. Veía su lengua agitándose descontroladamente. Siguió desgañitándose para que alguien viniese a socorrerla. Jennifer lloraba a su lado, pidiendo ayuda a voz en grito. La puerta del lavabo estaba abierta, y los alumnos se detenían en el pasillo a contemplar el incidente, aterrorizados. La mayoría de ellos no pudo contener las lágrimas, y algunos corrieron a llamar a urgencias.

El cuerpo de Kate comenzó a sacudirse hacia delante y hacia atrás y a contorsionarse. Era un tipo de movimiento asociado con alguna lesión en la base del cerebro, el mesencéfalo, un nudo de estructuras en el comienzo de la médula espinal. Era lo que se conoce con el nombre de contorsión basal.

Tendida boca arriba, Kate abrió la boca y emitió un gruñido. La columna comenzó a doblársele hacia atrás, arqueando el cuerpo en el aire. El abdomen se alzaba cada vez más alto mientras los dientes no cesaban de castañetear. Siguió encorvando la espalda exageradamente hasta que tan sólo la nuca y los talones tocaban el suelo, manteniendo el abdomen en alto y formando una letra C. La cabeza y los talones soportaban todo su peso.

Su cuerpo permaneció suspendido en el aire, contorsionándose lentamente, retorciéndose como guiado por alguna fuerza que intentase escapar de su interior. Kate abrió los ojos, que aparecieron completamente en blanco. Las pupilas habían desaparecido en las órbitas. Sus labios se separaron de los dientes y esbozó una sonrisa. Un líquido oscuro y brillante le brotó de la nariz. Era una hemorragia nasal, una fuerte epistaxis. Con cada latido del corazón, perdía un chorro de sangre. La epistaxis le manchó la camisa a Talides y corrió por el suelo, donde la sangre se mezcló con la orina de las baldosas y desapareció por un desagüe que había en el centro del cuarto de baño. Kate respiró hondo, pero sólo inhaló sangre; la hemorragia nasal estaba afectando la vía respiratoria y entraba en los pulmones. Tenía el cuerpo tan rígido como una tabla y le crujía la columna vertebral.

De pronto la hemorragia remitió y Kate dejó de sangrar por completo. Se le relajó la espalda y se desplomó en el suelo. Tosió una vez, escupiendo sangre mezclada con esputo.

Peter Talides se encontraba encima de ella, cara a cara, gritando:

—¡Kate! ¡Kate! ¡Aguanta un poco!

Años atrás había asistido a un cursillo de reanimación cardiopulmonar en la Cruz Roja, pero no recordaba lo que debía hacer.

En su interior, en lo más profundo de su mente, Kate estaba despierta y era plenamente consciente de todo. Oyó la voz del señor Talides suplicándole que aguantase un poco. Sentía una paz absoluta, sin la menor sensación de dolor, y no veía nada. Era imposible aguantar. «Oh», pensó. Y se dio por vencida.

SEGUNDA PARTE

1969

Zona prohibida

ATOLÓN DE JOHNSTON

Examinar la historia es como alumbrar una cueva con una linterna. Es imposible ver todo su interior, pero conforme desplazas el haz de luz, van apareciendo distintas formas ocultas.

Una tarde de finales de julio de 1969, a mil millas al suroeste de Hawai, las aguas del océano Pacífico se habían calmado formando un manto con todos los matices del azul. El leve oleaje balanceaba la cubierta de un barco pesquero que avanzaba lentamente en perpendicular al viento predominante, que hacía oscilar ligeramente las antenas de radio y los sensores meteorológicos. El sol ya casi tocaba el horizonte. Unos cirros se extendían como velos por el cielo, y se veía la luna, una luna casi llena, pálida como un espíritu. Dos estadounidenses habían caminado por algún lugar de aquella esfera.

Mientras observaba la luna con sus prismáticos, el capitán Guennadi Yevlikov se preguntó cuál de las zonas oscuras sería el mar de la Tranquilidad, pero no lo recordaba. Entonces miró hacia el norte y oteó el horizonte. Aunque aún no se veía el atolón de Johnston, sabía que estaba allí, al igual que los norteamericanos.

A su alrededor, en la cubierta del barco, los científicos del Ministerio de Sanidad se apresuraban a sacar las cápsulas de cultivo y a preparar los borboteadores y tubos de ensayo. Los soviéticos se movían nerviosos e inquietos, entre los anaqueles de material, procurando no romper nada. De los cabrestantes colgaban redes de pescar, nuevas y en perfectas condiciones.

Un marinero que se hallaba de pie cerca de la proa comenzó a gritar. Yevlikov volvió la cabeza y vio que el hombre señalaba hacia el norte, en dirección al atolón. Echó un rápido vistazo y luego se sirvió de los prismáticos. Se veía un diminuto punto marrón en el horizonte, por encima del agua. Parecía inmóvil y no se oía el menor ruido. Por un momento pensó que podría tratarse de un ave marina.

El punto no se movía, pero iba aumentando de tamaño. Entonces avistó las alas, de un marrón verdoso.

Era un avión Phantom con los colores de la Infantería de Marina de Estados Unidos. La razón de su aparente inmovilidad era que se dirigía directamente hacia el barco pesquero. Se encontraba a unos cien metros del agua y no se percibía sonido alguno, lo cual significaba que avanzaba a una velocidad supersónica. Yevlikov vio un destello alrededor de la cola: el piloto acababa de activar el dispositivo de poscombustión. El Phantom, que ya volaba a una velocidad cercana a 1 mach, seguía acelerando en dirección al barco. Descendió un poco, rozando la superficie del mar, y vieron que una onda en forma de V agitaba el agua del océano. Reinaba un silencio total.

–¡Al suelo! –gritó Yevlikov.

Los hombres se arrojaron a la cubierta, se taparon los oídos y permanecieron con la boca abierta.

Todos obedecieron salvo un científico del Ministerio de Sanidad, un individuo delgado con gafas que optó por quedarse de pie junto a un montón de material de laboratorio, con los ojos fijos en el Phantom, totalmente estupefacto, como un hombre ante un pelotón de ejecución.

El Phantom pasó en silencio por encima del barco rastreador ruso a una velocidad de 1,4 mach, a exactamente tres metros de la cubierta de proa.

Al cabo de un instante, la explosión sónica retumbó como una bomba. Yevlikov notó que su cuerpo rebotaba en la cubierta y le faltaba la respiración. Todas las ventanas y portillas, todos los manómetros, las cápsulas de cultivo, todo el material de laboratorio, todos los objetos de cristal explotaron y los fragmentos de vidrio le golpearon la espalda. El aire estaba plagado de cristales e impregnado del rugido del Phantom. El dispositivo de poscombustión fulguraba mientras el avión ascendía desde la superficie del agua. Se oyeron otras dos explosiones sónicas, ecos del paso del Phantom.

El científico del Ministerio de Sanidad seguía de pie rodeado de cristales. Tenía las gafas hechas añicos y, cuando se llevó el dedo al oído, comprobó que estaba sangrando. Las explosiones sónicas le habían perforado el tímpano.

Yevlikov se levantó y dijo:

–Límpienlo todo, por favor.

–¡Capitán! ¡Hay otro allí!

–¿Qué está haciendo?

El segundo Phantom de la Infantería de Marina volaba casi lánguidamente, virando para encarar el barco. Había algo juguetón en sus movimientos que parecía increíblemente peligroso.

Uno de los marineros murmuró:

–*Gavnuki* americanos. Capullos.

Las alas del Phantom se inclinaron. El avión se ladeó y empezó a acortar distancias con el rastreador ruso. Esta vez se le oía aproximarse. Volaba a una velocidad inferior a la del sonido.

El estruendo se mezcló con el estrépito de los cuerpos de la tripulación y de los científicos cuando se arrojaron al suelo cubierto de cristales rotos. Esta vez Yevlikov permaneció en pie. «No pienso volver a someterme a ellos», se dijo.

El Phantom inclinó las alas ligeramente mientras el piloto se aprestaba a alcanzar su objetivo. Estaba apuntando al barco.

«No abrirá fuego», se dijo Yevlikov.

El Phantom abrió fuego.

Yevlikov vio cómo se acercaban los proyectiles trazadores. Unas explosiones resonantes desgarraron la proa allí donde cayeron los proyectiles, y unas torres blancas rasgaron el agua. El Phantom permaneció en el aire emitiendo un silbido metálico y el piloto le hizo un gesto obsceno. A continuación se produjo un destello estrepitoso cuando activó el dispositivo de poscombustión a la cara, en señal de desdén.

–*Razebi ego dushu!* –chilló Yevlikov. «Que te jodan.»

El hombre del Ministerio de Sanidad estaba arrodillado junto al material roto, completamente paralizado. Había perdido las gafas y de sus oídos brotaban unos hilillos de sangre que se deslizaban hasta el cuello. Tenía una mancha húmeda en los pantalones. Se lo llevaron abajo, y Yevlikov tomó rumbo este, a lo largo del límite de la zona prohibida.

–Miren a ver si queda alguna cápsula que no se haya roto –dijo a los científicos.

A setenta millas al norte del barco de Yevlikov, el capitán de corbeta y doctor en medicina Mark Littleberry se encontraba con sus colegas en la playa del atolón de Johnston. Los laboratorios de monos se hallaban a su espalda, y el suave oleaje del Pacífico fluía y refluía sobre la playa coralina. El sol había tocado el horizonte. Los cirros de nubes se desplazaban lentamente por los aires como cristales de hielo. Se había producido la inversión térmica. Los vientos habían amainado y la luna estaba ascendiendo. Las condiciones eran perfectas para una pulverización.

–Me dan lástima esos tipos de los remolcadores –observó uno de los científicos.

–A mí me dan más pena los monos –dijo otro científico.

Todos los que se encontraban en la playa llevaban una careta antigás, por si el viento cambiaba de dirección inesperadamente.

–A los hombres no les pasará nada –aseguró Littleberry.

Mark Littleberry, médico de la armada de Estados Unidos, era un afroamericano alto y atractivo con el pelo rapado y unas gafas de montura dorada. Era el oficial médico de las pruebas de campo del atolón de Johnston. Los demás científicos del programa lo consideraban brillante, aunque tal vez demasiado ambicioso, un hombre que parecía resuelto a llegar muy alto desde muy joven. Se había licenciado en la Universidad de Harvard y doctorado en medicina en la Universidad Tulane. Si bien su licenciatura de Harvard no le hacía demasiado popular entre los militares, éstos lo respetaban porque era un experto en su campo. Les había dado valiosas explicaciones sobre el modo exacto en que las armas que estaban probando penetraban en los pulmones y seguía aportando datos cruciales a partir de las disecciones de los monos. Sin embargo, Mark Littleberry no se sentía del todo satisfecho. Había comenzado a preguntarse qué era exactamente lo que estaba haciendo.

–Ahí viene –dijo alguien.

Todas las cabezas se volvieron hacia la izquierda. El Phantom de la Infantería de Marina volaba bajo y recto, a unos doscientos metros por encima del agua, justo por debajo de la velocidad del sonido. Avanzaba paralelo a la playa, en dirección oeste, hacia el sol poniente. Bajo las alas tan sólo había un pequeño depósito de apariencia extraña. Se trataba de un diseminado lineal de materiales tóxicos inertes cuyo funcionamiento era altamente secreto. Aguzaron la vista y, a la luz del atardecer, vieron cómo algo se vertía en el aire desde la barquilla del ala. Lo que manaba de él era un arma viva en forma de polvos secos.

Se trataba de una neblina blancuzca que se disipaba casi instantáneamente, volviéndose invisible. Las partículas eran muy pequeñas y habían sido tratadas con un plástico especial para que durasen más tiempo en el aire. Tenían entre una y cinco micras de diámetro, el tamaño ideal para una biopartícula para uso bélico, ya que al ser inhalada penetra hasta lo más hondo del pulmón y se adhiere de forma natural a la pleura. Para hacerse una idea de su tamaño, basta con pensar que unas cincuenta partículas alineadas equivaldrían al grosor de un cabello humano. En forma de arma, una o dos de estas partículas atrapadas en los pulmones son suficientes para causar una infección que resulta mortal al cabo de tres días. Unas partículas tan pequeñas no caen desde el aire, sino que permanecen suspendidas en lo alto. No las hueles, ni las ves, no sabes que están ahí hasta que empiezas a ponerte enfermo. Ni siquiera la lluvia puede acabar con ellas, ya que no quedan atrapadas en las gotas. De hecho la lluvia mejora la efectividad de un arma biológica en el aire porque las nubes bloquean la luz del sol. Los bioaerosoles no funcionan bien a la luz del sol, pues ésta destruye el material genético. Las pulverizaciones biológicas son más efectivas por la noche.

El avión fue disminuyendo de tamaño hasta desvanecerse en el disco solar, dejando un estruendo tras de sí. Estaba trazando una línea de ochenta kilómetros de largo sobre el océano Pacífico.

–Precioso –comentó alguien.

–Increíble.

La conversación entre los observadores se volvió más técnica.

–¿Cuál es la proporción de diseminación?

–Un gramo por metro.

–¿Eso es todo?

–¡Un gramo por metro! ¡Dios mío, eso no es nada! –El avión sólo pulverizaba un kilo de agente caliente por kilómetro de vuelo.

–Si fuese ántrax –indicó uno de los científicos–, tendrían que verterlo desde un camión volquete para que tuviese algún efecto en los monos.

–Sólo hay unos ochenta kilos de agente en ese depósito.

–Sí, y lo va a esparcir por unos ochenta kilómetros.

–¿Qué es el agente?

–Es el cóctel Utah. Pero como si no lo hubiera dicho.

La identidad de la sustancia era secreta.

–¿El cóctel Utah? ¿Eso es Utah? Dios mío, una pulverización de ochenta kilómetros.

La línea se desplazaba a favor del viento con respecto al atolón de Johnston. El agente caliente se iría alejando de la isla. Mientras la línea de partículas dejada por el avión era arrastrada por el viento, abarcaría una enorme extensión de mar. La pulverización seguía el mismo principio que un limpiaparabrisas al cubrir un área de la ventana, sólo que la línea de biopartículas avanzaba en línea recta por el mar.

–Eso podría crear una zona caliente de, pongamos, ¿cinco mil kilómetros cuadrados? –dijo uno de los científicos.

–Si funciona. Pero no funcionará.

–Cinco mil kilómetros cuadrados de zona caliente con sólo ochenta kilos de agente. Dios santo. Eso equivale a dieciséis gramos de arma por kilómetro cuadrado. Es imposible que funcione.

–¡Eso representa una pulverización del tamaño de Los Ángeles!

–Me pregunto qué les hará a nuestros amigos rusos.

–¡Pobres diablos!

–Pregúntale al doctor qué opina.

–Creo que funcionará –repuso Mark Littleberry.

Se fue a dar un paseo por la playa. Estaba pensando en los monos, en lo que había visto recientemente en Pine Bluff, Arkansas, en la biología X-201, en quién se había convertido. Pero tenía trabajo, personas por quien preocuparse. Permaneció despierto toda la noche, comunicando por radio con los tripulantes de la Armada a bordo de los remolcadores, que tiraban de barcazas llenas de monos.

Las barcazas con sus respectivos remolcadores estaban apostadas a cierta distancia unas de otras siguiendo la dirección. Los monos eran macacos de la India encerrados en jaulas metálicas. Algunas de ellas se encontraban en la cubierta, mientras que otras se hallaban en cuartos cerrados en la bodega. Los científicos querían averiguar si el hecho de encerrarse en una habitación proporcionaría algún tipo de protección frente a un arma biológica.

Littleberry permanecía junto a una radio en el centro de mando de la isla.

–Remolcador Charlie. Aquí Littleberry. ¿Qué tal va todo, muchachos?

A cincuenta millas a favor del viento, en el límite más alejado de la zona de pruebas, el capitán de uno de los remolcadores se hallaba al timón de su embarcación. Llevaba un pesado traje protector de goma y una careta antigás del ejército provista de unos filtros biológicos especiales de alta eficacia, llamados filtros HEPA, cuya misión era atrapar el virus o partícula bacteriana antes de que llegara a los pulmones.

–Estamos achicharrados –dijo el capitán–. El calor va a acabar con nosotros antes que los microbios.

–Recibido. La dirección del viento es sur-suroeste. Mantengan la marcha a ocho nudos. Les harán regresar lo antes posible –informó Littleberry.

Estaba mirando los boletines meteorológicos procedentes de los barcos anclados en distintos puntos de la zona de pruebas. En base a la velocidad del viento calculaba la posición de la onda de agente caliente a medida que se desplazaba hacia el suroeste con los vientos alisios.

Era una noche agradable en el Pacífico Sur, y un grupo de cachalotes jugueteaba en la zona prohibida. Uno de los técnicos del último remolcador estaba seguro de haber visto surtidores blancos a la luz de la luna: ballenas saliendo a la superficie y soplando. Las olas aparecían fosforescentes al golpear el casco de la barcaza de los monos. Los hombres en trajes de goma estaban empapados en sudor y temían que éstos se rasgaran o se rompieran las máscaras antigás. Los motores del remolcador que tiraba de la barcaza y la mantenía en un lugar determinado emitían un leve rumor. El capitán oía chillar a los monos. Era evidente que estaban nerviosos. Algo estaba pasando, algo malo. Los humanos volvían a hacer experimentos de los suyos. Aquello era suficiente para ponerles los pelos de punta.

En la cubierta del remolcador, dos técnicos del ejército con trajes protectores se ocupaban del borboteador y del reloj de sangre. El borboteador absorbía aire a través de una cisterna de cristal llena de aceite, que retendría las partículas que hubiese en el aire. El reloj de sangre era un plato giratorio con una placa circular de agar-agar (una gelatina que se utiliza para el cultivo de bacterias) al que se le había añadido sangre, ya que los cultivos suelen crecer mejor en este medio.

El reloj de sangre giraba lentamente, haciendo pasar la gelatina del cultivo por una hendedura expuesta al aire libre. Cuando las partículas de agente caliente tocasen la gelatina, se fijarían a ella, comenzarían a tomar nutrientes de la sangre y se multiplicarían, formando rayas y puntos. Más adelante, la esfera del reloj de sangre mostraría el ascenso y el descenso del agente caliente en el aire.

Los técnicos del ejército se veían obligados a gritar para que se les oyera a través del traje protector.

–He oído que Nixon va a usar esta mierda en Vietnam –vociferó uno de ellos con la voz ahogada por la máscara.

–Sí, es muy posible que lo estén pensando –gritó el otro técnico.

–Imagínate una pulverización así en la Ruta de Ho Chi Minh. Si se hicieran unas cuantas de norte a sur, justo a lo largo de la ruta...

–Joder. La mitad del ejército norvietnamita desaparecería. Se esfumaría en la selva y nadie se enteraría de lo ocurrido.

–Podríamos decir que fue una enfermedad.

–Y sería cierto.

Ambos se echaron a reír.

El rastreador ruso avanzaba con el viento a favor a lo largo del límite de la zona prohibida. Aunque la mayoría de los objetos de cristal se habían roto, unas cuantas cápsulas de cultivo llenas de gelatina de sangre seguían en los anaqueles, expuestas al aire libre. El capitán Yevlikov gobernaba el barco, enfundado en su traje de goma verde, mirando por las aberturas para los ojos y sudando como un minero. No se veía ningún buque de la marina estadounidense y tenía el radar apagado, pero sabía que había una flota de sombras de acero en el mar. Logística y transporte. Vigilancia. Seguridad de perímetro. Apoyo aéreo. A la luz del día tendría más problemas, y lo sabía.

Las operaciones del atolón de Johnston de 1969 eran oficialmente un «ejercicio naval conjunto». Pero se trataba en realidad de una tapadera para unas peligrosas pruebas sobre el terreno para el uso estratégico de armas biológicas sobre amplias extensiones de territorio. El alcance de las pruebas había ido aumentando progresivamente desde 1964, y en su momento culminante había barcos suficientes para formar la quinta marina militar del mundo. Era una flota tan numerosa como las fuerzas navales utilizadas en las pruebas aéreas de bombas de hidrógeno realizadas en el océano Pacífico durante los años cincuenta, un hecho que no pasó inadvertido para los rusos. El capitán Yevlikov se abría paso en su pequeña embarcación entre una fuerza naval impresionante, preguntándose si saldría con vida.

La onda de biopartículas (el bioaerosol) siguió desplazándose toda la noche. Pasó sobre las barcazas de los monos una a una, y más tarde sobre el rastreador ruso. A las cuatro de la madrugada, se dio la orden de hacer regresar a la última barcaza. Para entonces todos los monos habían inhalado las partículas. Envuelta en el rugido de los motores, la tripulación del último remolcador puso rumbo al atolón a toda velocidad. Deseaban salir de allí cuanto antes.

Los monos fueron enjaulados en los laboratorios del atolón de Johnston. Durante los tres días siguientes, Mark Littleberry y los otros científicos comprobaron los efectos del agente caliente llamado cóctel Utah.

La mitad de los monos enfermó y murió. Tosieron sin cesar a causa del Utah hasta que se les consumieron los pulmones, pero sin esputar ni una sola vez. La otra mitad permaneció con vida y en perfecto estado de salud.

Ninguno de los monos infectados se salvaba. En cuanto presentaban el menor síntoma de Utah, no había nada que hacer. Ninguno de ellos lograba recuperarse. Es decir, el índice de mortalidad por Utah en primates sin tratamiento era del ciento por ciento. En cuanto al hecho de que se infectasen o no, parecía ser totalmente aleatorio. Los animales con una o dos partículas de Utah en los pulmones morían. Aquellos que no inhalaron ninguna, o que, por alguna razón, eran capaces de resistir a una o dos partículas en los pulmones, no presentaban ningún síntoma. No existían casos leves de Utah.

Esto es típico de las armas biológicas. Es esencialmente imposible exterminar por completo a una población con un arma biológica. Por el contrario, resulta bastante fácil aplastar a una población, reduciéndola como mínimo a la mitad en cuestión de días.

Los animales que habían sido encerrados en cuartos bajo cubierta experimentaron el mismo índice de mortalidad que los expuestos al aire libre. El hecho de estar en una habitación no cambiaba nada. Un bioaerosol se comporta como un gas. Las biopartículas no son como la lluvia radiactiva, no caen. Son ligeras y esponjosas, orgánicas. Flotan en el aire y se filtran por las rendijas más pequeñas. Es imposible esconderse de un agente vivo en el aire.

Día tras día, Mark Littleberry se paseaba entre las jaulas y observaba a los monos enfermos. Estaban encorvados, aletargados, casi inmóviles. Algunos estaban visiblemente trastornados, pues el Utah les había afectado el cerebro. Resollaban y tosían, aunque sin esputar nada, o bien yacían acurrucados en posición fetal, ya muertos.

Los médicos se llevaron a algunos de los animales para matarlos y diseccionarlos, a fin de ver qué sucedía en su interior. El mismo Littleberry examinó varios monos y se sorprendió de su apariencia sana. Sin embargo, cada vez que analizaba la sangre de un primate muerto, comprobaba la presencia masiva de Utah. Eso fue lo que más le asustó. Más adelante escribiría en un informe secreto: «Puede suceder que algunos profesionales de la medicina no reconozcan los síntomas de la infección por un arma militar en un paciente, sobre todo si se trata de una combinación mixta. Es preciso advertir a los médicos que los efectos de un organismo convertido en arma en el cuerpo humano podrían ser muy diferentes que en el caso de una enfermedad natural causada por el mismo organismo».

Littleberry cayó en la cuenta de que los monos de la barcaza más alejada morían al mismo ritmo que los que se hallaban más cerca de la línea de vertido. El agente era exactamente igual de letal a cincuenta millas siguiendo la dirección del viento. Después de recorrer esta distancia, el poder aniquilador del Utah no había disminuido lo más mínimo. En este sentido era completamente distinto de las armas químicas. Gases neurotóxicos como el sarin y el tabun pierden rápidamente su poder aniquilador al ser esparcidos. El Utah, en cambio, permanecía vivo. Tan sólo necesitaba encontrar sangre, necesitaba un organismo huésped. Y en el caso de dar con él, se dedicaba a hacer copias de sí mismo en su interior de manera explosiva.

Las pruebas habían hecho que una zona del océano Pacífico del tamaño de la ciudad de Los Ángeles se volviese tan caliente como el mismísimo infierno, en un sentido biológico. Los científicos no averiguaron nunca hasta dónde se extendió el agente durante aquellas pruebas, sólo que rebasó los límites de la zona prevista y siguió avanzando. Pasó por encima de la última barcaza y siguió desplazándose toda la noche, sin perder fuerza. No mató ningún pez ni ningún otro organismo marino porque éstos carecen de pulmones. Y si algún cachalote perdió la vida, el hecho pasó desapercibido.

El capitán Yevlikov y su tripulación sobrevivieron, con la excepción del hombre desconcertado del Ministerio de Sanidad, que se había negado a ponerse una máscara protectora. Se le consumieron los pulmones y fue arrojado al mar. El Utah creció en pequeños puntos y colonias en las cápsulas de cultivo soviéticas. Congelaron unas cuantas muestras y se las llevaron a Vladivostok. Se cree que fueron transportadas en avión hasta el Instituto de Microbiología Aplicada, una instalación militar situada en Obolensk, al sur de Moscú, donde los científicos soviéticos analizaron el arma y comenzaron a cultivarla en sus laboratorios. Éste podría ser el modo en que la Unión Soviética obtuvo la cepa de Utah para su propio arsenal de formas de vida estratégicas. El capitán Guennadi Yevlikov fue condecorado con una medalla en reconocimiento de su valor y del servicio prestado a su país.

A la mañana siguiente de las pruebas realizadas en el océano Pacífico, el sol comenzó a neutralizar el Utah, destruyendo su material genético. El Utah acabó biodegradándose, sin dejar el menor rastro ni en el mar ni en el aire. Había desaparecido por completo, y lo único que quedó de él fueron unos cuantos conocimientos científicos.

Historia invisible (I)

SALA ROOSEVELT, LA CASA BLANCA,
25 DE NOVIEMBRE DE 1969

La alocución preparada del presidente Richard Nixon fue muy breve, y no admitió preguntas de la prensa. Limitándose a leer el texto, declaró que Estados Unidos renunciaba a ser el primer país en usar armas químicas. A continuación abordó el tema que consideraba sin duda el más importante: las armas biológicas. «En segundo lugar, la guerra biológica, comúnmente conocida como la guerra de gérmenes...» Pronunció la palabra «gérmenes» dándole un énfasis nixoniano, como si se estremeciese sólo de pensarlo. «La guerra de gérmenes tiene unas consecuencias masivas, imprevisibles y potencialmente incontrolables. Podría provocar una epidemia mundial y afectar gravemente la salud de las generaciones futuras.»

Afirmó que tras consultar con los expertos había decidido que Estados Unidos de América renunciaría al uso de cualquier tipo de armas biológicas, y había ordenado la destrucción de todas las existentes. «La humanidad ya acarrea demasiadas semillas para su propia destrucción –aseveró–. Con el ejemplo que estamos dando hoy, esperamos contribuir a un clima de paz y comprensión entre todas las naciones. Muchas gracias.» Bajó del estrado sin decir una palabra más.

Al día siguiente, en un artículo titulado «A qué ha renunciado Nixon», *The New York Times* apuntaba con bastante escepticismo que el presidente sólo estaba repudiando «unas cuantas armas horribles y probablemente inútiles del arsenal estadounidense con el fin de obtener posibles ventajas en el aspecto de la seguridad para la nación así como cierto prestigio para sí mismo». Según «fuentes informadas», las armas químicas a las que Nixon había renunciado eran costosas y poco fiables. En cuanto a las armas biológicas, los «expertos» sostenían que Estados Unidos habría sido incapaz de utilizarlas. «En primer lugar, los gérmenes y las toxinas (los productos muertos pero venenosos de las bacterias) almacenados en iglúes refrigerados en el arsenal Pine Bluff de Arkansas nunca han sido probados, y por tanto no está claro qué efecto tendrían en la población o en las fuerzas enemigas.»

Resulta evidente que o bien los expertos estaban equivocados, o bien mintieron al *Times*. Aun así, su postura prevaleció. La idea de que las armas biológicas nunca fueron probadas del todo, nunca funcionaron, o son inutilizables es un mito que persiste en nuestros días. Las pruebas sobre el terreno del atolón de Johnston no se filtraron a los medios de comunicación y se trata de un hecho desconocido para la mayoría de científicos civiles.

Las pruebas, que se realizaron de manera ininterrumpida entre 1964 y 1969, tuvieron tanto éxito que superaron incluso las expectativas de los científicos implicados en ellas. Los resultados eran claros. Las armas biológicas forman parte del arsenal estratégico capaces de destruir un ejército, una ciudad o una nación. (Las armas «tácticas», a diferencia de las estratégicas, se usan de una forma más limitada, en el campo de batalla. Las armas químicas son tácticas, no estratégicas, ya que se necesita una gran cantidad de sustancias tóxicas para destruir a un número reducido de enemigos. Sólo existen dos tipos de armas estratégicas: las nucleares y las biológicas.)

Las razones por las cuales Richard Nixon decidió acabar con el programa estadounidense de armas biológicas eran complejas. El servicio de inteligencia le decía que los rusos se estaban preparando para emprender un programa biológico acelerado, y esperaba disuadirlos. Seguían produciéndose protestas contra la guerra del Vietnam y algunos manifestantes habían hecho hincapié en las armas químicas y biológicas. No sólo no querían que el gobierno las utilizase, sino que se oponían a que fuesen almacenadas cerca de sus viviendas o transportadas por el país. Al parecer Nixon consideró la posibilidad de utilizar armas biológicas en Vietnam, pero los estrategas militares no sabían cómo hacerlo sin infectar o matar a un gran número de civiles. Aun así, el Pentágono estaba furioso con Nixon por haber eliminado una nueva arma estratégica.

El éxito de las pruebas del Pacífico fue también determinante en la decisión de Nixon, ya que llegó a sorprender a todos. El problema de las armas biológicas no era que no funcionasen, sino que funcionaban demasiado bien. Eran increíblemente potentes y resultaba difícil defenderse contra ellas. Su fabricación era fácil y barata y, aunque su eficacia dependía de las condiciones atmosféricas, suponían una buena alternativa, superior incluso a las armas nucleares, sobre todo para aquellos países que no pudiesen permitirse adquirirlas.

El propósito de las pruebas del Pacífico no pasó inadvertido para el líder supremo de la Unión Soviética, Leonid Brézhnev, ni para sus consejeros. Al parecer Brézhnev estaba furioso con sus propios científicos por haberse quedado atrás respecto a los estadounidenses. Los soviéticos creían que Nixon estaba mintiendo, que en realidad no llegó a cancelar nunca el programa de armas biológicas, sino que lo estaba ocultando. En consecuencia, Brézhnev hizo exactamente lo que Nixon intentaba atajar: ordenó en secreto que se acelerase el programa soviético de armas biológicas en respuesta a una supuesta amenaza por parte de Estados Unidos.

En 1972, Estados Unidos firmó un tratado sobre la prohibición de la creación, la producción y almacenamiento de armas bacteriológicas (biológicas) y tóxicas, así como sobre su destrucción, conocido comúnmente como Convención sobre Armas Biológicas. Los diplomáticos soviéticos ayudaron a redactar gran parte del tratado, y la Unión Soviética se convirtió en uno de los tres llamados Estados depositarios para el tratado, siendo los otros dos Estados Unidos y Gran Bretaña. Al hacerse Estados depositarios, las tres naciones se ofrecían como ejemplos para el resto del mundo. Se creía que los recursos de los servicios de inteligencia, así como la vigilancia y la preocupación de la comunidad científica, servirían para dar la voz de alarma en el caso de que se produjera cualquier violación del tratado.

Pero en los años sucesivos todo quedó en una simple suposición, pues no había modo de verificar si en efecto se estaban produciendo dichas violaciones, y lo cierto es que se avanzó mucho en el desarrollo y la ingeniería de armas biológicas en diversas partes del mundo. Sin embargo, esto pasó inadvertido durante mucho tiempo. Se trataba de una historia invisible.

TERCERA PARTE

Diagnóstico

Sala de monos

CENTROS DE CONTROL DE ENFERMEDADES, ATLANTA, GEORGIA, MIÉRCOLES POR LA TARDE, 22 DE ABRIL DE 199–

En Atlanta hacía un tiempo espléndido, cálido y soleado. El aire de finales de abril estaba impregnado del aroma de los pinos. Al noreste del centro de la ciudad, Clifton Road serpentea por barrios montuosos y arbolados, y pasa junto a los Centros de Control de Enfermedades (CCE), un conjunto de edificios de ladrillo y hormigón. Aunque algunos de ellos son nuevos, la mayoría están viejos, sucios y destartalados, una muestra visible de años de negligencia por parte del Congreso y de la Casa Blanca.

El edificio seis es un viejo monolito de ladrillo, sin apenas ventanas, situado en medio del complejo. Hubo un tiempo en que era un centro de animales de laboratorio que albergaba poblaciones de ratones, conejos y monos que se utilizaban para la investigación médica. Pero los CCE crecieron de tal manera que, por falta de espacio, los animales fueron trasladados a otra parte y las salas fueron convertidas en oficinas. Se trata de las oficinas menos deseables de los CCE, y por tanto están ocupadas por los más jóvenes. Muchos de ellos trabajan para el Servicio de Inteligencia Epidémico (SIE). Cada año ingresan en él unos setenta científicos becados. Durante un período de dos años, investigan los brotes de enfermedades que se producen en el país y, de hecho, en el mundo entero. Se trata de un programa de formación para personas que desean ejercer en la sanidad pública.

En la tercera planta del edificio seis, en el interior de una antigua sala de monos desprovista de ventanas, la doctora en medicina Alice Austen, una funcionaria del Servicio de Inteligencia Epidémico de veintinueve años de edad, se hallaba de servicio atendiendo llamadas de personas aquejadas de alguna enfermedad.

–He pillado algo malo –le decía un hombre que telefoneaba desde Baton Rouge, Luisiana–. Y además sé cómo me contagié: fue con una pizza.

–¿Qué le hace pensar eso? –preguntó ella.

–Era de jamón y cebolla. Mi novia también está enferma.

–¿Qué cree que tienen?

–No me gustaría entrar en detalles. Digamos tan sólo que tengo una enfermedad venérea.

–¿Han ido a un médico?

–Le estoy enyesando las paredes a un tío que se niega a pagarnos el seguro médico –dijo el hombre–. Por eso les tengo que llamar a ustedes.

El hombre explicó que estaba comiendo una pizza con su novia en un restaurante de su barrio cuando de pronto notó que masticaba algo de plástico. Cuando se lo sacó de la boca vio que era un trozo de tirita manchada de pus amarillo. Estaba convencido de que les había causado a él y a su novia ciertos síntomas que prefería no describir.

–Es imposible que se hayan contagiado una enfermedad de transmisión sexual de una tirita –aseguró Austen–. Debería ir a que le hicieran un reconocimiento en un centro de urgencias, y su novia también. Si resulta que tienen gonorrea, le recomiendo que siga un tratamiento con Cipro.

El hombre deseaba seguir hablando y no había manera de hacerle colgar el teléfono. Austen era una mujer esbelta de mediana estatura, con el cabello ondulado de color castaño rojizo, el rostro anguloso y el mentón pronunciado. Era patóloga, y por tanto su especialidad era la muerte. Tenía los ojos de un azul grisáceo y una mirada pensativa que parecía absorber la luz, examinar el mundo con detenimiento. Sus manos eran delgadas pero muy fuertes. Las utilizaba para explorar órganos, huesos y piel. No llevaba ningún anillo y tenía las uñas muy cortas, para no rasgar los guantes quirúrgicos.

Era miércoles, día de uniforme en los CCE, y Austen vestía de Servicio de Sanidad Pública: unos pantalones y una camisa de manga corta de color caqui con una hoja de roble dorada de capitana de corbeta en el hombro derecho. Parecía un uniforme de la Armada. El Servicio de Sanidad Pública de Estados Unidos es una división desarmada del ejército estadounidense.

No podía decirse que Alice Austen fuese una persona solitaria e incapaz de amar, ya que tenía muchos amigos y había tenido sus amantes, entre ellos un hombre que quiso casarse con ella, pero siempre parecía haber cierta distancia entre Alice y el mundo. Como numerosos patólogos, era una mujer independiente y retraída que sentía una gran curiosidad por el funcionamiento de las cosas. Era hija de un jefe de policía retirado de la ciudad de Ashland, en New Hampshire.

–Hemos contratado a un abogado. Vamos a demandar a la pizzería –proseguía el hombre.

–La tirita se habría esterilizado con el calor del horno. Es imposible que les afectara –explicó Austen.

–Sí, pero ¿y si el pus no se coció?

–Esos hornos alcanzan una gran temperatura. Yo diría que el pus también se coció.

Un hombre de más edad entró en su despacho. Enarcó una ceja y dijo:

–¿Desde cuándo los CCE enseñan a la gente a cocinar pus?

Austen apretó el botón de silencio.

–Sólo será un minuto.

–¿Un minuto? Los CCE aconsejan que el pus se cocine durante un mínimo de cinco minutos. Dile a ese tipo que ponga el mando del microondas en la posición «cerdo».

Austen sonrió.

El hombre se sentó a una mesa de trabajo vacía. Sostenía una carpeta, que iba golpeando contra la otra mano con aire inquieto. Se llamaba Walter Mellis. Era un médico de la sanidad pública de cincuenta y tantos años, que se había pasado la mayor parte de su carrera en los CCE.

–Tengo la pizza en el congelador. ¿Quieren examinarla en su zona caliente? –seguía la voz al teléfono.

–¡Qué barbaridad! –exclamó Austen cuando colgó el auricular.

–Has perdido mucho tiempo con ese tipo –observó Mellis.

Aunque Alice Austen no conocía muy bien a Walter Mellis, estaba convencida de que había sucedido algo. Seguramente quería algo de ella.

–En fin –dijo Mellis–. El caso es que estoy buscando a alguien que asista a una autopsia, y tú eres la única patóloga del SIE.

–Estoy muy ocupada redactando el informe de la última epidemia –replicó Austen.

–Acabo de recibir una llamada de Lex Nathanson, el médico forense de Nueva York –prosiguió Mellis, como si no hubiera oído sus palabras–. Ya han tenido dos casos muy extraños. Me ha preguntado si tenemos a alguien que pueda ayudarle, confidencialmente.

–¿Por qué no recurren al Departamento de Sanidad de la ciudad?

–No lo sé. –Parecía algo enfadado–. Conozco a Alex desde hace mucho tiempo. Por eso me ha llamado a mí.

Walter Mellis era un hombre barrigón y bigotudo de pelo crespo y canoso. Se negaba a ponerse el uniforme los miércoles y llevaba una camisa de color marrón indefinido con los puños deshilachados. Austen imaginó a Mellis de joven, disfrutando como un loco en un concierto de Peter, Paul and Mary, convencido de que el mundo estaba a punto de cambiar. Ya se aproximaba a la jubilación y se había convertido en el típico funcionario público, estancado dentro del mismo escalafón de salarios de siempre, mientras el mundo había cambiado mucho más de lo que su generación esperaba.

–Podría ser muy interesante –dijo–. Nunca se sabe. Tal vez sea un caso digno de John Snow.

El doctor John Snow fue uno de los primeros grandes investigadores de enfermedades, fundador de la ciencia de la epidemiológica moderna. Era un médico de Londres en 1853, cuando estalló un brote de cólera. Snow encontró unos cuantos casos y se fue a entrevistar a las víctimas y a sus familias. Al preguntarles por sus actividades en los días previos a la enfermedad, descubrió que los enfermos habían estado utilizando la misma bomba de agua pública, situada en Broad Street. Allí se cruzaron los caminos de las víctimas. Había algo en el agua que estaba causando la enfermedad. Snow no sabía de qué sustancia se trataba porque el microrganismo que provoca el cólera aún no había sido descubierto. Lo que hizo fue quitar la palanca de la bomba de agua y así logró atajar la epidemia. No necesitaba saber qué había en el agua. Ésta es una historia clásica en el ámbito de la epidemiología.

Los CCE otorgan un premio muy codiciado, llamado el John Snow Award, que se entrega cada año al miembro del SIE que haya realizado el mejor trabajo de investigación. Walter Mellis estaba insinuando a Alice Austen que cabía la posibilidad de que el caso de Nueva York condujese a un John Snow Award.

Pero ella no se lo tragó.

–¿Es este caso parte de tu proyecto? –preguntó.

Mellis llevaba entre manos algún tipo de investigación en la que nadie de los CCE quería verse implicado, o por lo menos eso había oído.

–¿Mi proyecto? ¿El proyecto del virus furtivo? Pues sí. Mi idea es que tal vez haya virus desconocidos por ahí que no causan epidemias evidentes, sino que se desplazan furtivamente. No son muy contagiosos, así que sólo afectan a personas aisladas. Son como Jack el Destripador, asesinos en serie... virus furtivos. Lex Nathanson está al tanto de mi proyecto y le he pedido que mantenga los ojos abiertos por si surge algo así.

Austen advirtió que Mellis llevaba un busca en el cinturón y se preguntó para qué lo necesitaría.

–¿Me estás ocultando algo?

Mellis levantó la mano y exhaló un suspiro. Estaba acostumbrado a que la gente se mantuviese al margen de su proyecto, que no parecía conducir a ninguna parte.

–Mira –respondió–, si no quieres hacerlo, llamaré a Lex y le diré que en estos momentos no tenemos a nadie disponible. Él lo comprenderá. No hay ningún problema.

–No es necesario que le llames; iré.

Mellis pareció algo sorprendido. Abrió su carpeta, sacó un billete de avión de la compañía Delta Air Lines y una hoja de gastos y los dejó sobre la mesa de Austen.

–Te lo agradezco –le dijo.

Visión

Alice Austen se subió a su Volkswagen Jetta y regresó al piso que alquilaba en Decatur, a unos cuantos kilómetros de los Centros de Enfermedades. Nada más entrar, se quitó el uniforme y se puso una falda azul de seda y lana y una blusa de seda.

Metió algunas prendas más en una bolsa de viaje y también un libro, aunque sabía perfectamente que no se lo leería. Lo que más espacio ocupaba era la bolsa de basura blanca que contenía sus botas de trabajo de cuero. Eran unas Mighty-Tuff, como las que llevan los obreros de la construcción, con la puntera de acero y suelas antideslizantes. Alice las utilizaba para las autopsias. En su maletín metió el ordenador portátil, un teléfono móvil y una libreta forrada de tela verde, que solían llamar la libreta epi y que servía para anotar todos los datos e informes de la investigación. Tampoco olvidó una pequeña cámara digital que hacía fotografías en color y las almacenaba en unas tarjetas de memoria que Alice conectaba al ordenador para examinar las imágenes en pantalla.

En su bolsa de viaje, encima de la ropa, colocó un estuche de cuero que contenía el cuchillo de las autopsias así como instrumentos para afilarlo. Para un patólogo, el cuchillo es el principal utensilio de su material profesional. Por último puso unos cubiertos de cámping, pues sabía que le habían alquilado un cuarto en una casa de huéspedes con derecho a desayuno, en lugar de reservarle una habitación en un hotel. Las dietas no eran más que de noventa dólares al día, una cantidad que no daba para mucho en Nueva York.

El avión despegó de noche con el cielo despejado. La luna estaba baja y las estrellas brillaban en la oscuridad. Austen contempló cómo

Norteamérica, con su entramado de luces, se iba desplazando lentamente. Las ciudades se aproximaban e iban quedando atrás: Charlotte, Richmond y Washington, D.C. A nueve mil metros de altura, el Mall, el enorme parque de la capital, aparecía como un rectángulo luminoso junto al río Potomac, y el gobierno federal se veía pequeño e indefenso, como algo que se pudiera pisotear sin más.

Estuvieron sobrevolando los alrededores del aeropuerto de Newark antes de aterrizar y, cuando se aprestaban a tomar tierra desde el norte, pasaron cerca de Manhattan. Austen miró por la ventanilla y vio, inesperadamente, el organismo al que llamaban Nueva York. Su belleza casi la dejó sin aliento. El centro de la ciudad parecía emerger de las aguas oscuras que la circundaban en un entramado de luces y estructuras, como un arrecife de coral resplandeciente. Se veía el trémulo reflejo de los edificios de Manhattan en el río Hudson, tan extraños y remotos que parecían casi imaginarios. El Empire State era como un clavo iluminado con focos. Más allá de Manhattan se extendían los barrios de Brooklyn y Queens. Hacia el sur, Austen reconoció la silueta luminosa de Staten Island, así como las luces del puente Verrazano colgado de una cadena. Más cerca del avión, las aguas del tramo superior de la bahía de Nueva York se desplegaban como una alfombra negra, desprovista de luz salvo por los cascos centelleantes de las embarcaciones, cuyas proas apuntaban hacia el mar con la marea ascendente.

Austen imaginó la ciudad como una colonia de células. Las células eran personas. Cada una de ellas vivía por un tiempo y estaba programada para morir, pero era reemplazada por su progenie y el organismo seguía existiendo. Crecía, se transformaba y reaccionaba, adaptándose a las condiciones biológicas de la vida en el planeta. De momento, la paciente de Austen era la ciudad de Nueva York. Un par de células en su interior se habían apagado de manera misteriosa. Podría tratarse de un síntoma de enfermedad, o tal vez no fuese nada.

La casa de huéspedes donde los CCE habían alquilado una habitación para Alice Austen se hallaba en Kips Bay, en la calle 33 Este, entre las avenidas Primera y Segunda. Kips Bay es una urbanización de bloques de hormigón de los años setenta rodeados de jardines, emplazado junto a un enorme complejo hospitalario. La casera era una viuda alemana llamada Gerda Heilig que alquilaba una habitación con vistas al Centro Médico de la Universidad de Nueva York y al East River. Era un cuarto acogedor con una mesa de trabajo y una antigua cama alemana de madera tallada que chirriaba cuando uno se sentaba en ella. La habitación estaba llena de libros en alemán, y no había teléfono.

Austen colocó el estuche de cuero sobre la mesa y lo abrió. En su interior había dos cuchillos cortos y uno largo: su instrumental para las autopsias. Los cortos parecían cuchillos para pescado, mientras que el largo era un cuchillo de prosector. Este último tenía una hoja pesada y recta de acero al carbono y medía setenta centímetros de largo. Era casi como una espada corta. Tenía un puño muy cómodo de madera de fresno, el mismo material que se emplea para los mangos de las hachas. El estuche también contenía una piedra de diamante para afilar los cuchillos y una chaira redonda. Prefería tener su propio instrumental a mano por si le pedían que participase en la autopsia. Humedeció la piedra en el grifo del cuarto de baño y, tras afilar la hoja, la probó en la uña del pulgar. Una hoja bien afilada se adhiere a la uña, como una cuchilla de afeitar. De lo contrario, se desliza o rebota.

Austen volvió a rozar el trozo de diamante con el largo cuchillo y pulió bien la hoja.

Oeste de Babilonia

IRAK, JUEVES, 23 DE ABRIL

El mes de abril suele ser seco y soleado en Irak, pero un frente frío se había desplazado desde el norte, encapotando el cielo. El equipo de inspección de armas biológicas de la Comisión Especial de las Naciones Unidas Número 247 (UNSCOM 247) avanzaba despacio con los faros encendidos por una estrecha carretera asfaltada situada al límite del desierto al oeste del río Éufrates. El convoy estaba formado por una docena de vehículos todoterreno pintados de blanco y con el distintivo de las Naciones Unidas inscrito en grandes caracteres negros sobre las portezuelas. Todos estaban cubiertos de polvo.

Al llegar a una encrucijada, aminoraron la marcha y encendieron el intermitente derecho. Uno tras otro, los componentes del convoy UNSCOM 247 giraron hacia el noreste. Su destino era la base aérea de Habbaniyah, cerca del Éufrates, donde un avión de transporte de las Naciones Unidas esperaba a los inspectores para trasladarlos a Bahrein. Allí se despedirían y cada uno marcharía por su lado.

Un Nissan Pathfinder 4 × 4 de color blanco que iba en medio del convoy ralentizó al llegar al cruce, puso el intermitente derecho, como los demás y, de repente, se salió de la fila derrapando. Dobló hacia la izquierda por una estrecha carretera con un firme de alquitrán agrietado, y se adentró en el desierto a gran velocidad en dirección al oeste.

Una voz severa irrumpió en la radio:

—¡Inspección sorpresa!

Era la voz del capitán de corbeta retirado Mark Littleberry, doctor en medicina de la marina de Estados Unidos. Tenía unos sesenta y tantos años y era un hombre de aspecto duro («Littleberry el indestructible» lo llamaban sus colegas), aunque su avanzada edad se hacía notar en las gafas de montura dorada caídas sobre la nariz y en el pelo canoso alrededor de las sienes. Littleberry trabajaba de consejero para varias agencias gubernamentales de Estados Unidos, especialmente para la Armada, y tenía acceso a información reservada relativa a la seguridad. A través de sus contactos había sido nombrado inspector de armas biológicas de la UNSCOM y se hallaba sentado en el asiento de acompañante del Nissan que se había separado de los demás, con un mapa militar de Irak desplegado sobre las rodillas. Sostenía una pequeña pantalla electrónica en las manos.

Los escoltas iraquíes seguían al convoy de la UNSCOM formando una fila de vehículos desvencijados: camionetas Toyota destartaladas, viejos Renaults humeantes, Chevrolets sin tapacubos y un Mercedes-Benz negro con las ventanillas de cristal ahumado y unas brillantes llantas. Irak se había apoderado de la mayoría de ellos en Kuwait durante la guerra del Golfo, y el gobierno iraquí los había utilizado constantemente en los años sucesivos. Algunos de los coches habían sido montados a partir de chatarra y los paneles de la carrocería eran de distintos colores.

Cuando el Nissan abandonó la fila y las palabras de Mark Littleberry «inspección sorpresa» sonaron por la radio, el incidente creó confusión entre los escoltas iraquíes. Detuvieron los vehículos en seco y comenzaron a dar voces en sus radios portátiles. Estaban informando de lo ocurrido a sus superiores de la oficina de inteligencia iraquí que proporciona escoltas a los observadores de la ONU. Hubo una pausa. Todos esperaban órdenes, pues ningún escolta que valorase su vida osaría hacer nada sin antes haber recibido órdenes.

Cuando se produce una inspección sorpresa, los inspectores cambian de itinerario sin previo aviso. Pero en aquella ocasión había un problema. Mark Littleberry no había pedido permiso al inspector jefe, un biólogo francés llamado Pascal Arriet, sino que estaba actuando por iniciativa propia.

De pronto cuatro vehículos iraquíes se separaron de la fila y partieron tras el Nissan, que había cobrado bastante velocidad. Su motor rugía mientras golpeaba los montículos de arena que cubrían el camino, levantando humaredas de polvo caliente de un marrón amarillento. Parecía ir rebotando por la arena con los faros encendidos, surcando las olas de la carretera, casi elevándose por los aires.

–¡Maldita sea, Hopkins! ¡Vamos a volcar! –dijo Mark Littleberry al conductor, el agente especial William Hopkins, Jr., del FBI.

Will Hopkins era un hombre alto y delgado de treinta y pocos años. Tenía el pelo castaño, el rostro cuadrado y barba de una semana. Vestía unos pantalones holgados de color caqui, una camisa blanca manchada de polvo y unas sandalias Teva con calcetines verdes. Llevaba el bolsillo de la camisa forrado de plástico y lleno de lápices, bolígrafos y demás. El cinturón que le sujetaba los pantalones era una correa de nailon de la que colgaba un estuche de herramientas Leatherman que incluía alicates, destornillador, cuchillo y otros utensilios. Esto lo identificaba como un «agente técnico», esto es, un agente del FBI que se ocupa del cuidado de aparatos sofisticados. Cualquier artilugio secreto, sobre todo si es de alta tecnología, puede estropearse, y un agente técnico nunca va a ninguna parte sin sus herramientas Leatherman.

Hopkins se había doctorado en biología molecular en el Instituto de Tecnología de California, donde se convirtió en un verdadero experto manejando las máquinas y los aparatos utilizados en biología. Era todo un manitas. En ese momento era director de operaciones Científicas de la Unidad de Respuesta de Materiales Peligrosos Biología, cuyo centro de operaciones estaba en la sede del FBI en Quantico.

Mientras el vehículo daba tumbos y sacudidas, Littleberry examinaba la pantalla localizadora que sostenía en las manos y la iba comparando con el mapa que tenía en el regazo. Se trataba de un panel luminoso que mostraba el contorno cambiante del terreno y funcionaba mediante un sistema GPS de localización mediante satélite. El emplazamiento del vehículo aparecía en la pantalla.

El Nissan se topó con un desnivel del camino y dos maletas metálicas negras Halliburton que iban en el asiento trasero saltaron por los aires.

–¡Cuidado! –gritó Littleberry.

–¿Estás seguro de que es por aquí?

–Segurísimo.

Hopkins pisó a fondo el acelerador; los neumáticos chirriaban y el Nissan daba botes al pasar sobre las grietas del camino. El motor estaba muy caliente, justo por debajo del nivel de seguridad. Hopkins miró por el retrovisor. Nada. Casi podía oír las llamadas vía satélite a Nueva York y Washington, París, Bagdad, Moscú: dos inspectores de la UNSCOM acababan de descontrolarse en Irak.

Una larga hilera de vehículos se extendía detrás del Nissan. A la cabeza iban los cuatro coches de persecución iraquíes, que parecían ir perdiendo tapacubos y pedazos de metal cada vez que se topaban con un bache. Les seguía todo el convoy de la UNSCOM 247 a una velocidad más razonable. Pascal Arriet había ordenado al resto de los componentes del convoy que salieran tras Littleberry y Hopkins, y en esos momentos estaba hablando en inglés y en francés a través de su radio de onda corta. Avisaba a sus contactos de que había surgido un problema para que éstos retransmitieran la voz de alarma. Como jefe del convoy, tenía la misma autoridad que el capitán de un barco y había que obedecerle a rajatabla. Detrás del convoy de las Naciones Unidas seguían aún más vehículos iraquíes. En total, debía de haber al menos veinte.

En el interior del Nissan, una radio portátil de onda corta que se deslizaba por el cuadro de mandos empezó a emitir un pitido.

Hopkins la interceptó y dijo:

–¿Sí?

Se oyó una voz crepitante.

–¡Aquí Harriet, su comandante! ¡Vuelvan ahora mismo! ¿Qué están haciendo? –Hablaba por una estación de radio segura; los iraquíes no podían oírle.

–Estamos tomando un atajo para la base aérea de Habbaniyah –respondió Hopkins.

–Les ordeno que regresen. No tienen permiso para abandonar el grupo.

–No estamos abandonando el grupo. Sólo es una ausencia temporal –replicó Hopkins.

–¡Eso es absurdo! ¡Den la vuelta!

–Dile que nos hemos perdido –intervino Littleberry mirando la pantalla electrónica.

–Nos hemos perdido –dijo Hopkins por la radio.

–¡Vuelvan! –gritó Pascal Arriet.

–Es imposible –replicó Hopkins.

–¡He dicho que vuelvan!

Con una sola mano al volante, Hopkins abrió un panel de la radio de onda corta con el pulgar y se puso a toquetear unos cables. Sus dedos se movían con rapidez y precisión. De repente se oyeron unos alaridos roncos procedentes de la radio.

–Estamos perdiendo la conexión –dijo Hopkins–. Tenemos problemas con la ionosfera.

–*L'ionosphère? Crétin! Idiot!*

Hopkins colocó la radio, con todos los cables colgando, en el tablero de mandos. El aparato seguía profiriendo alaridos. Lo levantó con la punta de los dedos y arrancó una pieza del tamaño de una pipa de girasol. Era una resistencia. Los chillidos se transformaron en un extraño sonido gomoso. El coche iba dando bandazos mientras Hopkins manipulaba la radio.

–Espero que sepas arreglarla –dijo Littleberry.

La voz francesa sonaba histérica en la radio de onda corta.

–Nuestros amigos iraquíes no pueden oír nuestras radios –añadió Littleberry–, así que no saben que Pascal nos está ordenando que regresemos. Conozco a Pascal, y sé que no se atreverá a comunicar a los iraquíes que nos hemos largado sin permiso. Nos seguirá, porque tiene órdenes de mantener el grupo unido a toda costa. De modo que los iraquíes creerán que esto es una inspección autorizada, ya que Arriet nos está siguiendo. Y es posible que nos dejen entrar.

–¿Te vas a poner algún equipo de seguridad?

Littleberry se volvió hacia el asiento trasero. Junto a las maletas había una máscara de protección contra el peligro biológico provista de unos filtros HEPA de color púrpura. Se la entregó a Hopkins para que se la colgase del cinturón.

–No nos interesa todo el edificio –prosiguió Littleberry–. Quiero echarle un vistazo a una puerta en concreto. Los de la Agencia de Seguridad Nacional disponen de cierta información sobre ella.

–¿Estás seguro de que sabrás llegar hasta esa puerta?

Littleberry apretó un botón y sostuvo en alto la pantalla, que mostraba un plano detallado de un edificio.

–Vamos a fingir que nos topamos con ella por casualidad. No entres, Will. Dame un minuto y ya saldré.

–¿Y luego qué?

–Mil disculpas. Volvemos a reunirnos con Pascal. Estará furioso, pero tendrá que fingir que era una operación autorizada. Estaremos en Bahrein antes del anochecer.

Hopkins no preguntó a Littleberry qué andaban buscando, aunque sabía que no era un arma química. Suponía que serían bacterias, o algún virus. Las armas bacteriológicas se cultivan en cubas de fermentación y desprenden un olor a levadura similar a la del proceso de producción de cerveza, o en ocasiones un olor a carne, como un caldo. En cambio las armas víricas no se cultivan en cubas de fermentación, ya que los virus no causan fermentación al replicarse. Estos organismos convierten una población de células vivas en más virus en un proceso conocido como amplificación, para lo cual se utiliza un biorreactor. En su interior no se produce fermentación alguna ni se emana ningún gas, de manera que no hay olores.

Un biorreactor es un tanque relativamente pequeño que contiene una solución de un líquido templado que está impregnado de células vivas infectadas con un virus que se está replicando. Estas células dejan escapar partículas víricas y el biorreactor se llena de ellas. Una partícula vírica es una pepita diminuta de proteína (a veces con una membrana) que rodea un núcleo de material genético, el cual está formado por hebras de ADN o ARN, las moléculas en forma de hélice que contienen el código genético que dirige las actividades de la vida. Una partícula vírica típica es mil veces más pequeña que una célula, es decir, tiene un grosor doce mil veces menor que el de un cabello humano. Los virus utilizan su propio código genético para invadir una célula y dirigir el funcionamiento de la misma a fin de crear más partículas víricas. Un virus mantiene la célula con vida hasta que ésta se llena de copias de las partículas víricas, tras lo cual la célula explota y desprende cientos o incluso miles de copias del virus.

Una gran variedad de virus son susceptibles de convertirse en armas. Hopkins era consciente de que en el edificio al que se dirigían podían encontrarse cualquier cosa. Seguir el rastro de las cepas de armas biológicas en las que los iraquíes estaban trabajando en sus laboratorios era sumamente difícil. Entre las armas que temían encontrar estaban: VEE y EEE (virus cerebrales), fiebre hemorrágica Congo-Crimea, virus Ebola (altamente infeccioso en los pulmones cuando es deshidratado por congelación), Marburgo, Machupo, fiebre del Rift Valley, Lassa, Junin, Sabia, enterovirus 17 viruela de los camellos, viruela de los monos y viruela humana. Además, siempre cabía la posibilidad de que se encontraran un virus cuya utilización como un arma ni siquiera imaginaran, o bien con un virus del que no hubieran oído hablar en la vida.

El Nissan avanzaba a toda velocidad, dejando a su paso una estela de polvo, por una carretera sin curvas que cruzaba un paisaje de tonos marrones y grisáceos. Más adelante torcieron hacia el norte y atravesaron matorrales solitarios así como hondonadas de tierra blanca como la tiza. A lo lejos se divisaba una fila de palmeras datileras. Hopkins vio unos faros a su espalda a través del polvo que iba levantando el Nissan. Los vehículos iraquíes estaban acortando distancias.

Hopkins se dio cuenta entonces de que acababan de pasar por una carretera de acceso de un solo carril que no estaba señalada. Giró el volante bruscamente a la vez que tiraba del freno de mano. El Nissan se salió del camino, se adentró en un banco de arena, dio media vuelta y desapareció envuelto en una nube de polvo. De pronto emergió de la nube en dirección contraria, con los faros encendidos, dando tumbos por el terreno abierto. Con un último bandazo, Hopkins se metió en la carretera de acceso y pisó a fondo el acelerador. Se dirigían hacia el este.

–Gira a la izquierda, Will. ¡Maldita sea!

Will enfiló otra carretera que atravesaba unos campos de algodón. Las plantas estaban verdes y las vainas de algodón maduraban, expuestas al aire gris del desierto.

De pronto avistaron un edificio prefabricado de metal al otro lado de la carretera. Medía unos doce metros de alto y no tenía ventanas. Parecía un almacén. Unos tubos de ventilación plateados sobresalían del tejado. La estructura estaba rodeada de una alambrada y en la entrada había un puesto de vigilancia de aspecto infranqueable.

Hopkins levantó el pie del acelerador y aminoró la marcha.

–¡No hagas eso! –dijo Littleberry con brusquedad–. Sigue hasta el perímetro como si no tuvieses intención de detenerte.

Hopkins pisó el acelerador. De repente, se encendieron unos focos en el puesto de vigilancia y los guardias abrieron fuego en dirección a ellos.

Hopkins soltó un grito sofocado y agachó la cabeza. El Nissan se deslizó por la carretera, fuera de control.

Littleberry siguió mirando hacia delante, sujetando el volante.

–Aparta la cabeza de mis piernas, Will. No se van a cargar a un vehículo de las Naciones Unidas.

Hopkins asomó la cabeza por encima del tablero de mandos y

volvió a hacerse cargo del volante. Seguían avanzando a gran velocidad.

–Los frenos, Will.

Hopkins pisó el freno, pero ya era demasiado tarde. El Nissan derrapó hacia atrás y se empotró en la verja, deformando el alambrado y rompiendo las luces traseras. La verja se abrió de par en par. Al cabo de un instante, los coches iraquíes que los perseguían aparecieron a su espalda, entre chirridos de neumáticos y envueltos en una nube de polvo.

La puerta trasera del Mercedes se abrió y un joven delgado que vestía unos vaqueros azules y un polo blanco de manga corta se apeó del vehículo. Llevaba un ostentoso reloj de oro y tenía una expresión de inquietud en el rostro.

–Nos has asustado de verdad, Mark –dijo el joven.

Era el doctor Azri Fehdak, aunque los inspectores de las Naciones Unidas lo llamaban el Niño. Era un biólogo molecular que había cursado sus estudios en California y estaba considerado como uno de los cerebros del programa de armas biológicas de Irak.

–Es una inspección sorpresa –le dijo Littleberry–. Nos la ha ordenado el inspector jefe.

–Pero si ahí no hay nada –replicó Azri Fehdak.

–¿Qué es este edificio?

–Creo que es la instalación agrícola Al Ghar.

Una de las puertas del edificio estaba abierta de par en par. En el interior del mismo, en la penumbra, se veía maquinaria de producción biológica de un acero inoxidable reluciente.

Una mujer con una bata blanca salió a recibirlos apresuradamente. Iba acompañada por varios hombres.

–¿Qué sucede? –preguntó con brusquedad.

Debajo de la bata de laboratorio llevaba un vestido de aspecto caro. Lucía unas gafas de diseño con forma de ojo de gato y se había recogido el pelo, castaño y ondulado, en un moño.

–Equipo de inspección de armas de las Naciones Unidas, señora –dijo Will Hopkins.

–Vamos a realizar una inspección sorpresa –añadió Littleberry–. ¿Quién es usted?

–Soy la doctora Mariana Vestof, la ingeniera consultora. Éste es el *manager-générale*, el doctor Hamaq.

El doctor Hamaq era un hombre achaparrado que al parecer no hablaba inglés. Los miraba con atención, pero no decía nada.

–Ya nos han inspeccionado –protestó la mujer.

–Sólo estamos haciendo un seguimiento rápido –dijo Littleberry–. ¿Qué están haciendo aquí en estos momentos?

–Eso son vacunas víricas –respondió ella haciendo un ademán con el brazo.

–Ah, de acuerdo. ¿Qué tipo de vacunas exactamente?

–Voy a mirarlo –intervino el Niño.

–¿Lo sabe la doctora Vestof?

–¡Nuestro trabajo es médico! –exclamó ella.

–Vamos –dijo Littleberry.

Agarró una de las maletas metálicas negras del coche y echó a correr hacia el edificio. Los escoltas se apartaron para dejarlo pasar. Todos parecían completamente confundidos.

–¡Mark! ¿Y los trajes de bioprotección? –gritó Hopkins a su espalda.

–¡Al diablo con los trajes! –chilló Littleberry–. ¡Vamos, muévete, Will! ¡Sé discreto!

Littleberry quería hacerse con lo que andaba buscando antes de que los escoltas perdieran los estribos y disparasen a alguien.

Con la maleta en una mano y la radio de onda corta en la otra, Hopkins salió corriendo tras Littleberry. Llevaba una cámara de fotos Nikon con motor alrededor del cuello y una mascarilla colgada de un gancho del cinturón. Un grupo de personas los siguió al interior de la selva de acero inoxidable. No había olor alguno en el aire.

El edificio, que carecía de ventanas, estaba alumbrado con luces fluorescentes. El suelo era una especie de terrazo aguijarrado. Hopkins y Littleberry estaban rodeados de tanques de acero inoxidable y marañas de tuberías y mangueras. Los tanques eran unos biorreactores sobre ruedas. Para alcanzarlos, los trabajadores se subían a unas pasarelas móviles. El material de la fábrica iraquí era portátil, lo cual permitía desplazar la planta entera.

Decenas de trabajadores cuidaban de la maquinaria. Llevaban mascarillas quirúrgicas, batas blancas y guantes de látex, pero ningún otro equipo de seguridad. Al ver a los inspectores, se hicieron a un lado y permanecieron en grupos, observando sus movimientos.

Littleberry se dirigió a toda prisa hacia uno de los biorreactores más grandes. Tanto él como Hopkins se pusieron unos guantes quirúrgicos.

–¿Ha sido controlado este material? –preguntó Littleberry dirigiéndose a la doctora Vestof.

–¡Por supuesto que sí! –replicó ella.

Le mostró las enormes etiquetas de las Naciones Unidas con información identificadora. La UNSCOM estaba intentando etiquetar todo el material de producción biológica de Irak, para poder seguirle el rastro y localizarlo en todo momento.

Littleberry examinó una de las etiquetas.

–Muy interesante –observó. Los tanques desprendían calor, como el de la temperatura corporal–. Tienen unas buenas máquinas –dijo a la doctora Vestof.

Vestof mantenía una postura muy remilgada, con los pies bien juntos y el peinado impecable. Su serenidad contrastaba con la agitación de los escoltas iraquíes.

–Sólo vamos a tomar un par de muestras y nos marcharemos enseguida –dijo Littleberry.

Abrió una caja de plástico y sacó un palito de madera de unos diez centímetros de largo con espuma absorbente en un extremo, como un bastoncillo de algodón. Levantó el tapón de un tubo de ensayo de plástico lleno hasta la mitad de agua esterilizada e introdujo en ella la punta blanda del palito. Acto seguido restregó el bastoncillo contra la válvula de uno de los biorreactores calientes, intentando obtener algún resto de suciedad. Reintrodujo el bastoncillo con la muestra en el tubo de ensayo, partió en dos el palito, cerró el tapón y le entregó el tubo a Hopkins. Éste contenía una muestra con unas cuantas partículas de suciedad sumergidas en el agua.

–Ésta es la muestra número uno del tanque grande de Al Ghar –dijo.

Con un rotulador permanente, Hopkins escribió «tanque grande de Al Ghar n.º 1» en el tubo de ensayo. Lo dató y anotó también el número de la etiqueta del tanque. Por último fotografió el tanque con la cámara Nikon.

–No te alejes de mí –susurró Littleberry.

Littleberry actuó con rapidez. Siguió adentrándose en el edificio con paso apresurado y aire resuelto. Aunque no estaba tomando muchas muestras, parecía conocer bien el lugar.

–¿Quién construyó esta planta? –preguntó Hopkins a la doctora Vestof.

–BioArk. Una empresa de reconocido prestigio.

–¿Es una empresa francesa?

–Tenemos la central cerca de Ginebra.

–Ya. Pero ¿usted es francesa?

–Soy de Ginebra.

–Así que es una ciudadana suiza, doctora Vestof. ¿No es así?

–¿Qué es usted? ¿La policía? Nací en San Petersburgo y vivo en Ginebra.

Littleberry casi se había esfumado durante este intercambio de palabras. Apenas se divisaba su silueta entre los tanques y tuberías. Ya se encontraba en la parte central del edificio y parecía dirigirse a algún lugar en concreto. Se detuvo delante de una puerta metálica sin letrero alguno.

–¡No entre ahí! –gritó Mariana Vestof.

Littleberry abrió la puerta.

Todo sucedió muy rápido. Hopkins vio un pasillo más allá de Littleberry, en el que había unas duchas de acero inoxidable que parecían duchas descontaminantes, cuya función sería la de descontaminar los trajes y el material expuestos al peligro biológico. Parecía una zona de estacionamiento del nivel 3, una cámara de entrada que daba a una zona de biocontención del nivel 4.

–¡Mark, no lo hagas! –gritó Hopkins.

Sin hacerle el menor caso, Littleberry se puso la máscara que llevaba colgada del cinturón sobre la cabeza y entró repentinamente en la zona de estacionamiento.

–¡Deténgase! –ordenó la doctora Mariana Vestof–. ¡Eso no está permitido!

La puerta del fondo de la sala de estacionamiento tenía un asidero circular, como los de la puerta de cierre neumático de un submarino. Cuando Littleberry lo giró, se oyó cómo cedían unos precintos de goma. Al otro lado de la puerta había varias salas estrechas repletas de material, y dos hombres enfundados en trajes espaciales de bioprotección. Era una zona caliente del nivel 4, y Littleberry acababa de abrir la puerta de par en par.

–¡Naciones Unidas! –gritó.

Se dirigió resueltamente hacia la zona caliente sosteniendo un bastoncillo para tomar muestras. Era como un terrier adentrándose en una ratonera.

En la zona caliente estalló una actividad frenética. Los investigadores en trajes espaciales debían de haber sido advertidos de que había un equipo de inspección de las Naciones Unidas en la zona, y justo en el momento en que Littleberry cruzaba el umbral, se oyó un estruendo, el sonido de un motor diesel acelerando.

Sobre su cabeza se abrió un pedazo de cielo gris del desierto, que se fue ensanchando por momentos.

El laboratorio caliente se hallaba en el interior de un camión. Era una zona caliente móvil, y se estaba separando del resto del edificio.

Littleberry resbaló y cayó al suelo. Hopkins, al presenciar el incidente, corrió hacia el nuevo espacio abierto en la pared como en un sueño. Iba arrastrando las maletas, y la cámara que llevaba colgada del cuello le rebotaba en el pecho. El camión comenzaba a alejarse, con la puerta trasera abierta. Una mano enguantada intentaba cerrarla. Hopkins se tiró al suelo y dejó caer las maletas cerca de Littleberry. Se colocó la mascarilla y saltó al camión en movimiento.

Una vez en el interior del camión, vio unas máquinas relucientes y alumbradas con unas pálidas luces. De pronto se oyó el sonido de unos precintos de goma. Uno de los hombres acababa de cerrar la puerta trasera del camión. Hopkins estaba encerrado en un laboratorio de armas víricas del nivel 4, con tan sólo una mascarilla como protección.

Dentro del camión había dos hombres ataviados con un tipo de traje protector de color verde que no había visto nunca. Al ver a Hopkins retrocedieron. El mayor de ellos tenía el pelo canoso y enmarañado, los ojos azules y el rostro surcado de arrugas. El más joven, que parecía iraquí, comenzó a acorralar a Hopkins.

Hopkins debía hacerse con una muestra lo antes posible. Se sacó un bastoncillo del bolsillo, le quitó el envoltorio y miró a su alrededor en busca de algo donde frotarlo. Recorrió con la mirada consolas de control y pantallas de ordenador. Al otro lado de la zona caliente había un pequeño recipiente cilíndrico de cristal de unos sesenta centímetros de alto y con una pesada tapa de acero inoxidable a modo de sombrero, de la que salían unos tubos de acero y plástico en todas direcciones. Era un pequeño biorreactor vírico, en cuyo interior había un núcleo translúcido en forma de reloj de arena. El reactor estaba lleno de un líquido rosáceo que parecía sangre acuosa. El núcleo estaría produciendo algún tipo de virus.

El reactor se hallaba demasiado lejos, pero Hopkins vio a su lado una vitrina de seguridad, como las que se encuentran en cualquier laboratorio biológico, destinada a la manipulación de materiales infecciosos. Tenía una amplia abertura, y en su interior había unas bandejas llenas de hexágonos transparentes, unos cristales planos de seis caras, como monedas, que brillaban con los colores del arco iris.

Cuando Hopkins tocó uno de los cristales con el bastoncillo, el hombre más joven lo agarró por detrás y le inmovilizó los brazos.

El mayor, el tipo de ojos azules, dijo meneando el dedo:

–*Nie trogaite!*[1]

De repente le arrancó la mascarilla y lo golpeó en el estómago con la otra mano, aunque no muy fuerte, sólo lo suficiente para cortarle la respiración.

Hopkins expulsó un montón de aire de los pulmones. Se dobló de dolor y se abalanzó sobre la puerta trasera del camión, tanteando el pomo con una mano. De pronto hubo una explosión de luz y Hopkins salió volando por los aires.

Aterrizó rodando por el suelo, jadeando, y respiró hondo el aire fresco. Acabó tendido boca arriba, tosiendo, hecho un ovillo para proteger el bastoncillo. Aunque no había tenido tiempo de sacar una fotografía, el bastoncillo podría ser portador de una importante muestra de ADN. Las puertas del camión se cerraron de un portazo, y el vehículo se alejó con gran estrépito.

1. ¡No lo toque! *(N. de la T.)*

Depósito de cadáveres

OFICINA DEL MÉDICO FORENSE JEFE,

NUEVA YORK, JUEVES, 23 DE ABRIL

Ya había amanecido cuando Alice Austen terminó de tomarse una taza de café con un bollo en la cocina de Gerda Heilig. Metió las botas y el estuche en una mochila y salió a la calle. Echó a andar con paso apresurado por la Primera Avenida en dirección al sur de la ciudad, y se adentró en un complejo hospitalario situado en el East Side cuyos edificios estaban alineados a lo largo del East River, como barcos en un dique seco. Era el Centro Médico de la Universidad de Nueva York, que incluía varios institutos de investigación, el hospital Bellevue, el hospital de Veteranos y otras instituciones médicas. Cuando llegó a la esquina noreste de la Primera Avenida con la calle Treinta, entró en un edificio gris, el número 520. Tenía seis plantas, una altura relativamente baja para aquella zona de Manhattan, y unas ventanas de aluminio con los cristales sucios. La primera planta estaba cubierta de ladrillos vitrificados de un color azul apagado a causa del polvo y la mugre. El edificio albergaba la oficina del médico forense jefe de la ciudad de Nueva York. La puerta de entrada estaba cerrada. Alice tocó el timbre.

Un hombre alto y algo regordete de unos sesenta y tantos años le abrió la puerta. Tenía el pelo canoso y rizado en las sienes, y una calva incipiente. Llevaba un uniforme quirúrgico de color verde.

–Soy Lex Nathanson –dijo–. Bienvenida al edificio más feo de Nueva York.

Las paredes de mármol del vestíbulo habían adquirido un peculiar tono pardusco y jaspeado. A Alice le recordó un hígado canceroso, abierto para ser examinado. Sobre la pared con apariencia hepática había un lema en latín inscrito en letras de metal:

TAQUEANT COLLOQUIA EFFUGIAT RISUS HIC LOCUS
EST UBI MORS GAUDET SUCCURRERE VITAE

–¿Qué tal es su latín, doctora Austen? –preguntó Nathanson.

–Emm. Veamos... «¿El habla apacigua el lugar donde la Muerte es feliz...?» No, es imposible.

El hombre sonrió.

–Significa: «Que cesen las conversaciones y huyan las sonrisas, pues éste es el lugar donde la Muerte se deleita en ayudar a la Vida».

–Donde la Muerte se deleita en ayudar a la Vida –murmuró Austen mientras seguía a Nathanson a su despacho, una habitación grande y despejada situada cerca de la puerta de entrada.

Un hombre se puso en pie para saludarla.

–Glenn Dudley –dijo estrechándole la mano–. Ayudante del médico forense jefe.

El doctor Dudley tenía la mano enorme y la boca pequeña. Era un hombre atractivo y musculoso de unos cincuenta años, con el pelo negro y el rostro cuadrado, y llevaba unas gafas cuadradas de montura metálica.

Austen abrió su libreta verde, su cuaderno epi, y anotó los nombres de Nathanson y Dudley en la primera página.

–¿Me podrían dar un número de teléfono donde ponerme en contacto con ustedes?

–¿Es usted patóloga forense? –preguntó Glenn Dudley.

–No, soy patóloga médica.

–¿No ha estudiado medicina forense?

–He participado en autopsias, así que conozco los procedimientos básicos.

–¿Dónde? –inquirió Dudley.

–En la oficina del médico forense del condado de Fulton, en Georgia. Los CCE tienen un convenio con ellos.

–¿Posee alguna licencia?

–Todavía no.

Dudley se volvió hacia Nathanson y dijo en tono inexorable:

–No son capaces ni de mandarnos a un patólogo acreditado.

–Obtendré la licencia el año que viene –explicó Austen concentrándose en su cuaderno verde.

–Bueno –dijo Nathanson–, como imagino que le habrá dicho el

doctor Mellis, hemos tenido dos muertes muy inusuales. La chica que murió ayer, y un incidente similar hace cinco días. El primer caso que advertimos...

–Que advertí –puntualizó Dudley.

–... que Glenn advirtió, era un vagabundo sin identificar. En el barrio se le conocía como «el hombre de la armónica». Tenía unos sesenta años y solía recorrer los vagones de metro tocando la armónica. Llevaba una taza consigo e iba pidiendo limosna por toda la ciudad. Yo vivo en el East Side, y recuerdo haberlo visto en el tren de Lexington Avenue. Murió hace una semana en la estación de metro de Times Square, en el andén sur de la línea de Broadway. ¿Sabe dónde es?

–No conozco muy bien Nueva York –dijo Austen.

–No importa. El caso es que murió con una crisis de gran mal.

–Fue una muerte espectacular –agregó Dudley–. Cuando le dio el ataque estaba en medio de la gente. Empezó a chillar, se arrancó la lengua de un mordisco, se mordió las manos y tuvo una hemorragia. Ingresó cadáver en Bellevue. Yo hice la autopsia y encontré la lengua en el estómago. La patrulla de urgencias del cuerpo de bomberos dijo que arqueó la espalda, se quedó paralizado y murió en esa postura, tras haberse tragado la lengua y con una hemorragia impresionante en la boca. Se encontraba con un amigo suyo, otro vagabundo llamado... –Hojeó el expediente del caso–. Llamado Lem. No consta el apellido. Cuando practiqué la autopsia, descubrí que nuestro hombre de la armónica era un alcohólico con cirrosis hepática, y tenía varices en el esófago. Una de las venas se había reventado. Ése fue el origen de la hemorragia por la boca, aparte de la sangre procedente de la lengua. Tenía el cerebro dañado e hinchado, con una hemorragia en el mesencéfalo. Podría haber sido un veneno, una toxina. Pero la toxicología no reveló nada.

–Lo que más me llamó la atención –dijo Nathanson– fue el ataque epiléptico en sí, la curvatura de la columna.

–Creo que eso no es tan importante, Lex –señaló Dudley.

–Es lo que se conoce como un ataque *arc de cercle* –prosiguió Nathanson con aire pensativo–. He estado investigando sobre el tema. Este tipo de ataque fue identificado en el siglo XIX por el neurólogo francés Jean-Martin Charcot. Es un falso ataque. En una crisis epiléptica de verdad no se te curva la columna. Pero los dos afectados no estaban fingiendo, sino que se estaban muriendo. –Se dirigió a Austen–: Este segundo caso ha llegado a los medios de comunicación y nos están presionando un poco para que proporcionemos alguna respuesta.

–Así que llamaste a los CCE, Lex, y escuchaste las teorías de Walt Mellis –dijo Dudley–. Ese hombre está loco.

Nathanson se encogió de hombros y sonrió a Austen.

–Usted no está loca, ¿verdad, doctora?

–Espero que no.

Dudley se levantó repentinamente.

–Vamos a trabajar. –Fue a buscar una carpeta que estaba sobre una silla y añadió–: Podemos seguir hablando en el depósito de cadáveres.

Tomaron un ascensor de carga que los condujo al sótano. Mientras descendían, Nathanson preguntó a Austen:

–¿Qué edad tiene?

–Veintinueve.

–Bastante joven para trabajar para el gobierno –observó Glenn Dudley a su espalda.

–Es un empleo en prácticas –explicó Austen.

El depósito de cadáveres se hallaba en el primer sótano, al lado del aparcamiento. Una furgoneta de la funeraria acababa de llegar y un par de asistentes estaban descargando un cuerpo cubierto con papel azul. Lo colocaron en una camilla mortuoria, una especie de abrevadero metálico sobre ruedas. Tienen esta forma para que los fluidos corporales no se derramen por el suelo.

El aparcamiento estaba lleno de contenedores de un color rojo chillón marcados con símbolos de peligro biológico, unas flores de tres lóbulos en punta. En la pared había un cartel que rezaba:

POR FAVOR NO ARROJAR TRAPOS O SÁBANAS ENSANGRENTADAS EN LOS CONTENEDORES.

Nathanson se acercó a un hombre ataviado con una bata verde y le dijo:

–Ya estamos listos, Ben. Te presento a nuestra investigadora de los CCE. Doctora Alice Austen, éste es Ben Kly. Será nuestro asistente. Ben, te pido discreción en cuanto a la presencia de la doctora Austen.

–Por supuesto –repuso Kly con una sonrisa antes de estrecharle la mano a Austen.

Ben Kly era un estadounidense de origen asiático, esbelto y de mediana estatura, con la tez oscura y tersa. Hablaba con voz pausada.

–Ahora mismo estoy con vosotros –dijo mientras se llevaba la camilla por el pasillo.

Cruzaron unas puertas batientes destartaladas y se adentraron en el depósito de cadáveres, donde los envolvió un hedor agrio y penetrante, un olor tan antiguo como el mundo, que impregnaba el aire como una neblina y parecía adherirse al paladar. Lo provocaban las bacterias que, al transformar la carne humana en energía, la disolvían y desprendían gases. Este hedor se intensificaba o se atenuaba de un día a otro dependiendo de las condiciones atmosféricas y de los acontecimientos que se producían por toda la ciudad, pero jamás desaparecía. El depósito de cadáveres de Manhattan interpretaba un interminable canto gregoriano de olores.

Charles Darwin fue el primero en comprender que la evolución está basada en la selección natural, y que la selección natural es la muerte. También descubrió que es necesario que muchos individuos mueran, o sea grandes cantidades de selección natural, para efectuar un pequeño cambio permanente en la forma o el comportamiento de un organismo. Sin esas innumerables muertes, los organismos no evolucionan a lo largo del tiempo. Sin la muerte, la vida nunca habría adquirido mayor complejidad que las más simples células que se reproducen por escisión. Los brazos de una estrella de mar no podrían haber surgido sin que la muerte se repitiera una y otra vez. La muerte es la madre de la estructura. Fueron necesarios cuatro mil millones de años (un tercio de la edad del universo), para que la muerte inventase la mente humana. En otros cuatro mil millones de años de muerte, o tal vez cien mil millones de años de muerte, ¿quién puede asegurar que la muerte no creará una mente tan sutil y eficiente que cambiará el destino del universo y se convertirá en Dios? El hedor del depósito de cadáveres de Manhattan no es un olor a muerte; es el olor de la vida cambiando de forma. Es la prueba de que la vida es indestructible.

El depósito de cadáveres era un espacio circular con un rectángulo central donde los cuerpos se almacenaban en criptas. Para acceder a una de ellas había que rodear el espacio central. Las paredes estaban hechas de ladrillos pintados de verde pálido y las puertas de las criptas eran de acero inoxidable. En torno a la sala principal había varias salas más pequeñas. En algunas de ellas se guardaban los cadáveres en un estado avanzado de putrefacción, para impedir que el olor impregnase el depósito entero.

–Ahí está el servicio de señoras –dijo Nathanson señalando una puerta–. Se puede cambiar ahí.

El lavabo estaba más limpio que en la mayoría de los depósitos de cadáveres. Austen vio unos uniformes quirúrgicos limpios sobre una estantería. Se quitó la blusa, la falda y los zapatos, y se puso uno. A continuación se calzó las botas Mighty-Stuff.

Nathanson, Dudley y Kly estaban terminando de cambiarse en un almacén situado al otro lado del depósito, lleno de estantes metálicos con material de bioseguridad. Se pusieron unas batas desechables encima de los uniformes quirúrgicos y por último unos pesados delantales impermeables de plástico. A continuación se cubrieron los zapatos y se pusieron un gorro quirúrgico.

Glenn Dudley se colocó una mascarilla desechable que le protegía la nariz y la boca, hecha de un material que servía de filtro biológico, como la mascarilla de un cirujano. Tenía un botón azul en el centro.

–Eh, doctora Austen –dijo a través de la mascarilla–, ¿dónde está su traje protector? Yo pensaba que los de los CCE siempre trabajaban con trajes espaciales –Soltó una carcajada.

–Nunca he llevado uno –repuso ella.

Se pusieron unas gafas de seguridad de plástico para impedir que la sangre o los fluidos les salpicaran en los ojos. Dudley no se las puso, puesto que llevaba gafas.

Todos utilizaron guantes quirúrgicos de goma, y Glenn Dudley se ajustó un guante de malla de acero inoxidable en la mano izquierda. Éste indicaba que él iba a ser el prosector, el jefe de la autopsia, el encargado de abrir el cadáver. En el depósito de cadáveres de Nueva York, este guante metálico es señal de autoridad médica y, lo que es más importante, una medida de seguridad. Durante una autopsia, la mayoría de los cortes accidentales se producen en la llamada mano débil, que suele ser la izquierda.

Sobre los guantes quirúrgicos se pusieron unos gruesos guantes de goma de color amarillo. Dudley se lo puso encima del guante metálico.

–La fallecida se encuentra en la 102 –dijo Ben Kly.

Siguieron a Kly, que empujaba una camilla vacía por la sala circular en dirección a una puerta de acero, la cripta número 102. En su interior, sobre una bandeja, había una bolsa blanca que desprendía un olor a rancio.

–Doctora Austen, ¿no le molesta el olor? –preguntó Nathanson.

–Es un poco más fuerte de lo habitual.

–En los hospitales los abren enseguida –observó Ben Kly, sacando la bandeja.

La bolsa blanca tenía forma humana.

–Manhattan es diferente –dijo Nathanson–. Aquí la gente vive sola, lo que significa que a menudo muere sola. Tenemos un número sorprendente de cuerpos putrefactos. Lo que está oliendo, doctora Austen, es el hedor de la soledad.

Kly agarró el cadáver por los hombros y Dudley por los pies. Con un solo movimiento, levantaron el cuerpo y lo trasladaron a la camilla. Kly se lo llevó hasta una báscula que había en el suelo y leyó su peso.

–Cincuenta y cuatro kilos –dijo anotándolo en una tablilla. Acto seguido entró con la camilla en la sala de autopsias y añadió–: Bienvenidos al Infierno.

La sala de autopsias tenía veinte metros de largo y era parcialmente subterránea. En ella había ocho mesas de acero inoxidable, alineadas. Era la central de autopsias de Manhattan, una de las más activas del mundo. En cuatro de las mesas los patólogos estaban preparando los cuerpos; algunos ya habían empezado a cortarlos. El Infierno era una zona gris, ni del todo peligrosa ni del todo segura. Una luz ultravioleta despedía unos rayos desde la pared que mataban los agentes patógenos, virus y bacterias transmitidos por aire. En el suelo zumbaban unas máquinas que filtraban el aire, limpiándolo de partículas infecciosas que pudiesen penetrar en los pulmones de los patólogos.

Ben Kly detuvo la camilla al lado de una mesa de autopsias, puso el freno y abrió la cremallera de la bolsa blanca.

Kate

Tenía los ojos cerrados y los párpados hinchados. Había sangrado por la nariz, y la sangre, tras deslizarse por el mentón, se había secado en el hueco de la garganta. Alguien, posiblemente una enfermera muy atareada, había intentado lavarle la cara, aunque era evidente que no se había esmerado demasiado.

Las personas son presumidas por naturaleza y cuentan con mil maneras de acicalarse para tener buen aspecto. Cuando una persona muere, todos estos trucos se desvanecen. La primera impresión que uno tiene de un cadáver es la de desorden: cabello despeinado, extremidades inútiles, piel húmeda y moteada, ojos entornados, un ligero olor a carne, a sucio.

Los dientes asomaban tras los labios agrietados que formaban una mueca. Estaban tiznados de una sangre pardusca. El cabello rojizo y ondulado conservaba todo su brillo y belleza. Austen comprobó, sobresaltada, que era del mismo color y textura que el suyo. La joven llevaba dos aros en la oreja izquierda.

–Su nombre es Catherine Moran –dijo Nathanson–. Ayer nuestro investigador médico-legal habló con algunos de sus profesores. La llamaban Kate.

Ben Kly abrió la bolsa del todo. La fallecida llevaba un camisón corto de hospital, como si conservase el sentido del pudor.

Dudley consultó el informe del investigador, que guardaba en una carpeta, y leyó en voz alta:

–Caso número 98-M-12698. Murió en un aula del colegio. –Echó un rápido vistazo al informe y añadió–: Mater School, en la calle Setenta y nueve. Se puso malísima en clase. Ayer. A eso de las diez y media de la mañana. Se cayó al suelo, comenzó a hacer muecas y a morderse los labios, a morderse a sí misma. Masticó los labios y se los tragó... crisis de gran mal... sangraba abundantemente por la nariz... muerte repentina e inexplicable. Sí, y dijeron que al final tuvo un fuerte ataque epiléptico en su fase tónica. Así por encima, el caso se parece mucho al del hombre de la armónica: los violentos ataques, el tensamiento clónico de la columna vertebral, la hemorragia, los mordiscos... Ingresó cadáver en el hospital de Nueva York. Salió en las noticias anoche.

–Tenemos a un vagabundo y a una joven de familia acomodada –observó Nathanson–. Es algo que llama la atención. No hay ninguna conexión aparente entre ellos.

–Las drogas –dijo Dudley.

–Era casi como si los hubiese poseído un demonio –murmuró Ben Kly.

–¿Quieres que llamemos a un cura, Kly? –preguntó Dudley.

–Soy presbiteriano.

–¿Le hicieron algún análisis de sangre o del fluido espinal en el hospital? –inquirió Austen.

–No, ninguno, sólo certificaron la muerte –repuso Dudley.

Dudley y Kly sacaron a la chica de la bolsa, cuyo interior estaba manchado de sangre negra, y la tendieron boca arriba sobre la pesada malla de acero de la mesa de autopsias, bajo la cual corría agua. Le quitaron el camisón, dejando al descubierto unos senos pequeños y un cuerpo joven.

La apariencia de la muchacha dejó a Austen algo turbada. Lo cierto era que la fallecida se parecía mucho a ella. «Podría ser mi hermana pequeña –pensó–, si tuviese una hermana.» Le tomó la mano izquierda con la mano enguantada, la levantó ligeramente y la contempló. Tenía las uñas muy delicadas.

–Alguien podría haberle dado una dosis peligrosa –dijo Dudley.

Austen frunció el entrecejo, confundida.

–Una dosis letal de droga adulterada, doctora Austen –explicó Nathanson–. Los traficantes actúan así cuando quieren deshacerse de un cliente.

–Eso lo convertiría en un homicidio, pero es difícil de demostrar –añadió Dudley.

–Doctora Austen –dijo Nathanson de pronto–, me gustaría que fuese usted la prosectora. Puede hacerse cargo de la autopsia.

–Pero si sólo he venido a observar.

–Creo que su percepción del caso podría ser interesante. Ben, necesitará un guante de malla. Supongo que querrá utilizar su propio cuchillo.

Austen hizo un gesto de afirmación.

Kly le proporcionó el guante, que ella se puso en la mano izquierda en lugar del guante de goma amarillo. Abrió su estuche de prosección y extrajo el cuchillo de acero.

–Glenn la ayudará con el informe forense y firmará los documentos –dijo Nathanson.

Nathanson se marchó a inspeccionar el Infierno. Se detuvo junto a cada una de las mesas de autopsias, para examinar los casos del día y charlar con los patólogos. Mientras lo observaba alejarse, Austen pensó que la había estado poniendo a prueba desde el primer momento. Había considerado la idea de pasarle la autopsia a ella desde el principio, pero había postergado la decisión hasta el último momento. Austen siguió contemplándolo con el rabillo del ojo.

–No entiendo por qué Lex tuvo que llamar a los CCE –le dijo Dudley en voz baja–. Fue idea suya, no mía. Siga mis instrucciones, ¿de acuerdo?

–Sí.

–Lo último que necesitamos aquí es a una aprendiza de los CCE prosiguiendo sus estudios a costa del contribuyente.

Ben Kly fingió no haber oído una palabra. Sirviéndose de una manguera de goma, limpió suavemente el cuerpo de la joven con agua corriente.

En las otras mesas, el trabajo del día había comenzado. Se disparó un flash en el otro extremo de la sala. Encaramado a una escalera un fotógrafo sacaba fotos de la víctima de un asesinato, un joven hispano que había salido malparado de algún asunto de heroína. Le habían quitado la ropa ensangrentada y la habían colgado a secar en un perchero. Un patólogo estaba anotando algo en unas etiquetas que luego ataba a la ropa, mientras un detective de homicidios de la policía de Nueva York lo observaba de cerca. Otra de las mesas estaba acaparando mucha atención. En ella yacía una mujer desnuda, con hematomas en el pecho y en la cabeza. Parecía tener el cráneo fracturado y mostraba profundas heridas de arma blanca en el vientre, que era enorme. Estaba embarazada de ocho meses y su marido la había golpeado y apuñalado hasta acabar con su vida. Al parecer el feto había muerto en su interior a causa de las puñaladas.

–¿Quién tiene la podadera? –preguntó alguien de la otra mesa.

Un hedor a contenido intestinal impregnó el aire, un olor semejante al de la diarrea más repugnante. Se oía un murmullo de voces, las de los patólogos charlando de una mesa a otra. El Infierno era uno de los centros de vida más palpitantes de Nueva York, esencial para su existencia diaria, y sin embargo inadvertido e inconcebible para la mayoría de los habitantes de la ciudad. El caso de la chica que había fallecido en la escuela no parecía atraer la atención de los demás patólogos.

Dudley llamó al fotógrafo, que sacó algunas fotografías de Kate Moran. Entonces Austen y Dudley le hicieron un reconocimiento externo.

Bajo la potente luz fluorescente, le examinaron la piel. La colocaron de lado para mirarle la espalda y luego la tendieron de nuevo boca arriba. Cuando nace un bebé, el pediatra le examina los genitales para comprobar que no haya ninguna malformación. En el otro extremo de la vida, el patólogo realiza un reconocimiento similar. Austen separó las piernas de la joven y observó sus partes íntimas detenidamente. Vio un cordel y algo de sangre. La chica tenía la menstruación. Austen le extrajo el tampón y lo examinó con las manos enguantadas. Tenía unas cuantas manchas de sangre.

Un técnico de autopsias con experiencia puede ayudar a encontrar indicios de algo. Ben Kly señaló la nariz de la muchacha y dijo:

–Ahí hay un montón de mucosidades.

Austen vio que además de sangre, la joven tenía la nariz llena de un líquido acuoso.

–Tiene razón –dijo–. Parece que estaba resfriada.

–Está resfriada –puntualizó Kly.

–¿Cómo? –exclamó Alice, mirándolo.

–¿No sabe que un resfriado sobrevive en un cuerpo muerto? –dijo Kly–. Yo he pillado algunos resfriados de cadáveres. Son los peores de todos. Creo que el resfriado se vuelve mezquino cuando queda atrapado en el cuerpo y dice: «Este tipo está muerto. Sacadme de aquí».

–Me pregunto qué más pilláis aquí –le dijo Dudley.

–Bueno, llevo siete años trabajando en el depósito de cadáveres

–replicó Kly–, y a estas alturas mi sistema inmunitario es infranqueable. No hay nada que pueda traspasarlo. Con la excepción de que cada mes de octubre pillo un resfriado de cadáver, con la puntualidad de un reloj.

Austen quiso inspeccionar la cavidad bucal de la joven. Le abrió la boca, le agarró la lengua con un fórceps y le extrajo la punta.

Kate tenía la boca manchada de sangre parcialmente coagulada. Austen le giró la lengua hacia un lado y dijo:

–Se mordió la lengua y los labios. Tiene cortes molares en la base de la lengua.

Parecía como si la muchacha se hubiese desgarrado los labios con los incisivos, y le faltaba un trozo de labio. Pero eso no era todo. El interior de la boca tenía un color y una textura extraños, aunque la sangre misma lo oscurecía. Austen se inclinó y lo examinó con detenimiento. Entonces vio que Kate tenía la boca cubierta de unas ampollas muy oscuras. Parecían ampollas de sangre.

A continuación le examinaron los ojos. Con unas pinzas Austen le levantó delicadamente los párpados, que estaban moteados de puntitos rojos en su cara interna.

–Tiene una conjuntivitis –dijo Austen.

Entonces le miró el globo ocular. El iris era de un color azul grisáceo, con un toque de amarillo dorado. Austen se agachó hasta que su rostro quedó a tan sólo unos centímetros del de Kate y le observó las pupilas, izquierda y derecha. En la córnea se reflejaba el resplandor azul de las luces fluorescentes así como su propio rostro, con la mascarilla y las gafas de seguridad. La patología es, por encima de todo, el acto de observar con discernimiento, lo cual conduce al diagnóstico. Austen siguió contemplando los ojos de Kate, intentando comprender lo que veía, intentando reconocer una pauta. Aquellos ojos presentaban un color anormal, con un círculo brillante de pigmento amarillento en el interior de cada iris, alrededor de la pupila, con ramificaciones semejantes a llamas. Se había formado una especie de círculo iridiscente en torno al punto negro de la pupila. Tenía un lustre metálico, como el ala de una mariposa tropical, y una tonalidad predominantemente amarilla. Era como si se le hubiese prendido fuego a la pupila.

–Hay algo muy extraño en estos ojos, doctor Dudley. ¿Qué opina del color del iris?

–Veamos. –Dudley se inclinó para observarlos de cerca–. Es el color natural. La conjuntiva está inflamada.

–Pero tiene unos aros alrededor del iris, como algún tipo de sedimento cristalino o metálico. Me pregunto si será cobre. Podría haber sufrido un envenenamiento por cobre. Esta pigmentación en el iris podría ser aros de Kayser-Fleischer. Tiene un sedimento de cobre en los ojos. Es un síntoma de la enfermedad de Wilson...

–Ya conozco la enfermedad de Wilson –replicó él, mirándola fijamente–. No, es imposible. Los aros producidos por un envenenamiento por cobre, doctora Austen, aparecerían en el margen exterior del iris. Esta coloración dorada se encuentra en el interior del iris, cerca de la pupila. Es el color normal del ojo.

Como la chica había sangrado por la nariz, Austen decidió inspeccionársela.

–¿Tiene una linterna?

Kly fue a buscar una y se la entregó. Austen alumbró con ella las fosas nasales de Kate.

La nasofaringe es como una cueva en el interior de la cabeza. Kate la tenía obstruida por los coágulos de sangre. Entonces Austen vio ampollas de sangre en la cavidad, que resplandecían a la luz.

–Qué barbaridad –exclamó–. Está toda cubierta de ampollas.

Pensó que tal vez al reventarse habían provocado la hemorragia nasal.

–Déjeme ver –dijo Dudley pidiéndole la linterna–. Sí. ¿Qué diablos es eso?

–Tiene ampollas similares en la boca. Parece un proceso de enfermedad infecciosa.

–Sí, o hemorragias. Podría ser una toxina, algún tipo de veneno. Vamos, ábrala –le dijo Dudley a Austen.

Ben Kly preparó el bisturí, introduciendo una cuchilla nueva en el mango, y se lo entregó. Austen lo clavó en el hombro derecho de Kate Moran y, con un rápido y diestro movimiento, lo deslizó hasta la parte inferior del pecho de la joven y luego a través del tórax, por encima de las costillas. Llegó hasta el esternón y a partir de ahí bajó en línea recta por el abdomen en dirección al ombligo. Sin dejar de cortar, rodeó el ombligo y se detuvo al alcanzar los huesos de la pelvis, encima del vello púbico. Conforme la piel del abdomen comenzaba a abrirse, un intenso hedor a heces invadió la sala.

Acto seguido Austen practicó una segunda incisión, partiendo del otro hombro y descendiendo a través del pecho hasta el esternón, donde se unió al otro corte, formando una Y. Las puntas de la Y se hallaban en los hombros y la juntura en la base del tórax. El palo vertical bajaba por el abdomen hasta el pubis. La piel se separó del todo, dejando al descubierto la grasa corporal amarillenta.

–*Ephaphtha* –murmuró Kly.

–¿Qué ha dicho? –preguntó Austen.

–*Ephaphtha*. Es una palabra que da buena suerte. Es lo que dijo Jesús cuando expulsó a un demonio de un sordomudo. Le metió el dedo en la oreja y un poco de saliva en la lengua, y dijo: *«Ephaphtha»*. Significa «Ábrete». Y el demonio salió.

–El Señor guía la mano de nuestro asistente –observó Dudley.

–Guía la mano de nuestra prosectora –susurró Kly.

Tras cortar la grasa y los tejidos del pecho, Austen levantó los enormes colgajos de piel, dejando al descubierto el tórax, y los extendió hacia atrás, como si fuese una manta. Los senos quedaron del revés. Se veían los tejidos interiores, de un color blanco y lechoso, mientras que el exterior cubría la cara de Kate.

Kly entregó a Austen una podadera, como la que usan los jardineros para cortar ramas, y Austen cortó las costillas, que se partieron con un chasquido. Entonces levantó el esternón y lo colocó sobre la mesa.

Austen introdujo la mano en la cavidad torácica y separó con cuidado los pulmones del corazón, que estaba envuelto en una membrana.

–Quiero tomar una muestra de sangre –dijo.

–¿Va a tomar una muestra de sangre del corazón? –espetó Dudley–. Si lo que busca son agentes infecciosos, hay que extraer sangre de la pierna, no del corazón. ¿Es que no lo sabe?

Le explicó que el corazón estaría contaminado con diversos tipos de bacterias, y por tanto no proporcionaría una muestra de sangre biológicamente fiable.

Austen se sonrojó.

–Está bien –convino.

Visiblemente satisfecho, Dudley le pasó una jeringa. Austen clavó la aguja en la vena femoral, en la zona de la ingle. Dio con la vena a la segunda y extrajo una pequeña cantidad de sangre, que luego introdujo en dos frascos de fluido para el cultivo de muestras de sangre, del color de la cerveza. Cualquier bacteria que hubiese en la sangre de Kate se desarrollaría en el líquido y podría ser observada y analizada. A continuación Austen le extrajo el corazón y los pulmones, y los dejó sobre una tabla de plástico blanco. Primero abrió los dos pulmones, pesados y oscuros, con el cuchillo. Kate había inhalado sangre de la hemorragia nasal, aunque no la suficiente como para anegarle los pulmones y causarle la muerte.

Con unas tijeras romas, le abrió el corazón, examinó sus cavidades y cortó las arterias coronarias. Tanto éstas como el corazón eran normales.

Cortó unos trozos de tejido de aproximadamente dos centímetros del corazón y los pulmones, y los metió en un gran frasco de cristal lleno de formol, un fluido transparente que parece agua. Este frasco de conservación sería enviado al laboratorio de histología de la Oficina del Forense Jefe, donde prepararían los tejidos para ser examinados con un microscopio. Austen introdujo otras muestras de pulmón en un recipiente de plástico, éste sin conservante, para que el laboratorio de toxicología las analizara en busca de posibles toxinas o drogas.

A continuación examinó la región abdominal, entre los intestinos. Extrajo el intestino delgado, tirando de él como si fuese una cuerda, mientras cortaba las membranas que unían las masas intestinales. Se notó un tufo agrio, y cierta cantidad de quimo, comida parcialmente digerida, salió del intestino como si fuese pasta de dientes aunque de color grisáceo. Como el alimento aún no había entrado en contacto con la bilis, no se había oscurecido del todo. Austen metió el intestino delgado en una palangana cilíndrica de acero llena de agua corriente que se hallaba en un extremo de la mesa de autopsias. El tejido parecía sano y normal.

Austen procedió a examinar el hígado, cuyo color también era normal: marrón oscuro rojizo. Lo extrajo del cuerpo y lo pesó en una báscula que colgaba encima de la mesa.

–El hígado pesa mil trescientos cincuenta gramos –señaló.

Cortó una nuestra, la introdujo en el frasco de conservación y otra en el recipiente de toxicología. Después abrió el estómago y examinó el contenido. Kate Moran llevaba horas sin comer.

Austen sostuvo el intestino grueso con las dos manos, doblado de cualquier manera, y se lo pasó a Ben Kly, quien lo metió en la palangana de agua, lo estrujó y lo aclaró, como si hiciese la colada. Las heces quedaron flotando en el agua y desaparecieron por el desagüe, dejando un hedor fétido.

La cavidad abdominal ya estaba prácticamente vacía, convertida en una profunda cueva rojiza protegida por las costillas. El rostro de la joven seguía oculto bajo la piel del pecho.

De pie junto a Austen, Kly contemplaba la cavidad.

–¿Le has encontrado el alma, Ben? –preguntó Dudley.

–Se ha marchado a un lugar mejor, doctor –repuso Kly.

Todavía quedaban los órganos pélvicos, esto es, los que se encuentran en el interior de la pelvis y que se extienden a partir de las aberturas naturales entre las piernas.

Austen introdujo la mano por el abdomen hasta la pelvis, y sujetó la vagina y el recto con la mano izquierda, la del guante de malla. Con la derecha, provista de un bisturí, se adentró en la zona pélvica y, con suma delicadeza, guiándose por el sentido del tacto, hizo una incisión a lo largo de la base del recto y de la vagina, y cortó la vejiga en la base de la uretra, tirando lentamente a medida que cortaba. Como no lograba soltarlos, se vio obligada a tirar con más fuerza hasta que el conjunto de órganos se desprendió de repente como una ventosa, lo cual produjo un ruido conocido como succión pélvica provocado por el aire al entrar en la cavidad.

Austen levantó el conjunto de órganos pélvicos: el recto, la vagina, el útero con los ovarios y la vejiga, que pendían juntos como en una única bolsa, un saco de órganos que pesaba unos dos kilos y oscilaba como un péndulo en su mano enguantada. Cuando colocó esta masa blanda de órganos sobre la tabla para cortar, éstos se desparramaron como gelatina.

Austen empezaba a tener frío. El aire acondicionado estaba demasiado alto. Con unas tijeras fue separando los distintos órganos pélvicos. Abrió la vejiga y comprobó que estaba vacía.

A continuación se ocupó de los riñones, dispuestos sobre la tabla para cortar. Les quitó la grasa y luego seccionó uno de ellos con el cuchillo.

Cuando el riñón cayó en dos mitades, lo cual era inusual, observó unas finas líneas de color amarillo dorado en la pirámide renal, lo cual era también anormal. El riñón no tenía el habitual color marrón rojizo oscuro, era dorado y veteado. En las autopsias, el color es con frecuencia un indicador de algo, y un riñón dorado era de lo más extraño.

–Mire esto, doctor Dudley.

Los dos patólogos se inclinaron sobre el riñón. Austen seccionó el otro y encontró las mismas rayas doradas. Cortó unos pedazos de ambos riñones y los metió en el frasco de conservación y en el recipiente de toxicología.

–Ese tejido amarillo está necrosado –dijo él–. Me parece que son infartos de ácido úrico. Los sedimentos de cristales de ácido úrico mataron ese tejido.

–Pero la chica parece sana. ¿Por qué iba a tener un exceso de ácido úrico en la sangre?

–Puede que no sea ácido úrico. Quizá se trate de una toxina. Una toxina podría haber causado las ampollas de la boca. A lo mejor estaba recibiendo quimioterapia para tratar algún tipo de cáncer. Eso le podría haber destrozado los riñones.

–Sin embargo no se observan síntomas de cáncer.

Austen se centró en los demás órganos pélvicos. Separó el recto del útero, cortando la membrana que los unía. Colocó el recto en la tabla para cortar, lo seccionó con unas tijeras, lo abrió y lo aplanó con los dedos.

Depositó la vagina, el útero y los ovarios en la tabla y cortó la vagina con el cuchillo. La pared interior estaba moteada de ampollas de sangre. Varias se habían reventado; tal vez fuera eso lo que había manchado el tampón. Austen abrió el útero con las tijeras. Los tejidos se encontraban en la primera etapa menstrual.

Luego seccionó un ovario con un bisturí. Las células de los ovarios pueden llegar a convertirse en un ser humano adulto. El ver el ovario de Kate le inspiró unos sentimientos profundos, y le hizo tomar conciencia de sus propios órganos pélvicos, de su futuro, de la posibilidad o la esperanza de que se convertiría en madre algún día. La maternidad de la muchacha se estaba desgarrando bajo la hoja del cuchillo, truncando un futuro como de un portazo. Los tejidos del ovario no presentaban ninguna anomalía.

–Contenido craneal –dijo a Ben Kly.

–Está bien.

Ben Kly levantó la cabeza de Kate y la colocó sobre un duro tajo en forma de H hecho de caucho negro vulcanizado, que se utiliza en las autopsias para sujetar la cabeza apartada de la mesa para permitir la apertura del cráneo. A continuación le apartó la piel del pecho, que le cubría la cara.

Con un bisturí en la mano, Austen se agachó hasta el nivel de la mesa y buscó el punto más apropiado para empezar la incisión. Le apartó el pelo, colocó el bisturí justo encima de la oreja y hundió la punta hasta tocar el hueso. Entonces, rajando la piel, practicó una incisión coronal en la parte superior de la cabeza, de oreja a oreja. El tejido del cuero cabelludo se desgarró con un sonido de succión. Daba la impresión de que en la cabeza se habían abierto unos labios. Unas gotas de sangre cayeron sobre la mesa, formando unas manchas rojas sobre el acero.

Acto seguido agarró el cuero cabelludo y tiró de él hasta arrancarlo del cráneo. Al desgarrarse la carne producía un ruido sordo. La cabellera se desprendió fácilmente. Austen la extendió sobre la cara, que quedó comprimida como si fuera de goma. Los ojos de Kate se abrieron y se combaron hacia abajo; todo su rostro se desintegró, como si experimentase un profundo pesar. El cuero cabelludo estaba invertido, colgando del hueso frontal y cubriéndole los ojos, de manera que el interior, húmedo, rojo y brillante, se hallaba en el exterior, como un sombrero caído sobre el rostro. El cabello se encontraba debajo, como una alfombra del revés desplegada sobre la cara. Una mata de pelo enmarañado asomaba por debajo del cuero cabelludo invertido, tapándole la nariz y la boca. Entonces Austen arrancó el cuero cabelludo de la parte posterior de la cabeza, casi hasta la nuca, dejando al descubierto la superficie lustrosa de color marfil del cráneo.

La labor de abrir el cráneo es competencia del técnico de autopsias. Ben Kly enchufó en una toma de corriente situada bajo la mesa una sierra Stryleer, una herramienta eléctrica con una hoja que se mueve adelante y atrás sin girar. Kly se ajustó las gafas de seguridad: sabía perfectamente que al utilizar herramientas que arrojan sangre y partículas por los aires es preciso protegerse los ojos.

Cuando la sierra se hundió en el cráneo de Kate, se formó una nubecilla alrededor de la cabeza, que se enroscó en el aire como si fuese el humo de un cigarrillo. En el aire se percibió un olor a hueso, intenso, penetrante, muy desagradable. Algo parecido al olor que impregna la consulta de un dentista cuando éste perfora una pieza dental con una fresa: un hedor a humo, a hueso, a sangre.

Kly torció el gesto mientras seguía serrando con fuerza. Practicó un corte que circundaba la cabeza y lo terminó en ángulo, formando una V en la frente. De este modo podría volver a colocar el cráneo en su sitio, ajustándolo a la forma de la incisión.

Entonces insertó un cincel de acero en forma de T especial para huesos en el corte practicado con la sierra. Lo giró de golpe y se oyó un crujido. Lo introdujo en otro punto y repitió el gesto. Se oyeron más crujidos. Siguió haciendo palanca suavemente con el cincel hasta que por fin logró levantar la parte superior del cráneo. Era una sección de hueso conocida como calvario, del mismo tamaño y con la misma forma que un cuenco de sopa. Lo sostuvo en las manos, boca arriba. Había sangre en su interior. Era como un cuenco de sangre.

–El calvario –dijo Kly, distraído–. «El Lugar del Cráneo.»

Dejó el hueso sobre la mesa de autopsias, donde se balanceó lentamente.

–Lees demasiado la Biblia –observó Dudley.

–No lo suficiente –replicó Kly.

Había dejado al descubierto la duramadre, una membrana gris y correosa que cubre el cerebro.

Austen tomó el relevo a partir de ahí. Pasó la mano por la meninge. Le pareció que estaba hinchada y tirante, pero era difícil saberlo con seguridad. Con unas tijeras romas, cortó con cuidado la duramadre y la desprendió de la pared craneal, dejando al descubierto los pliegues del cerebro.

El cerebro estaba hinchado, abultado como una extraña seta de bosque. Tenía un color misterioso, anormal, perlado. Ninguno de los dos patólogos había visto una anomalía como ésa en un tejido cerebral.

–¡Qué barbaridad! –exclamó Dudley.

A Austen le latía con fuerza el corazón. «Este cerebro está destrozado», pensó. Sintió una mezcla de miedo y fascinación.

–Tiene los surcos aplastados –dijo Dudley.

Los surcos de las circunvoluciones cerebrales suelen ser muy profundos. El cerebro de Kate había adquirido una tonalidad plateada y se había inflado como un globo. Los surcos habían quedado aplastados contra la duramadre. El cerebro estaba alisado, hinchado y aplanado, como si hubiesen pasado una plancha sobre las arrugas. Era un término técnico: un cerebro planchado. Era casi como si el cerebro hubiese explotado, como si hubiese reventado contra el interior del cráneo.

Austen tocó la superficie del cerebro. Estaba muy blanda, como gelatina que no hubiese cuajado debidamente. El cerebro estaba destrozado, casi derretido. Si lo extraía en semejantes condiciones corría el riesgo de que se deshiciera.

Con sumo cuidado, Austen colocó los dedos de la mano izquierda, la que estaba protegida por el guante de malla, alrededor de los lóbulos frontales del cerebro de Kate, por detrás de los huesos de la frente, procurando no desgarrar el cerebro. Lo apartó ligeramente de los huesos y luego, con la mano derecha, guiándose por el sentido del tacto, deslizó el bisturí hasta el fondo, por debajo de la parte anterior del cráneo, intentando dar con los nervios ópticos, los nervios que conectan el cerebro con los ojos. Como no alcanzaba a ver la hoja del bisturí, siguió desplazándola por el interior del cráneo, valiéndose del sentido del tacto. Cuando por fin encontró los nervios los cortó, desprendiendo el cerebro.

El acto de extraer el cerebro le parecía una violación de la dignidad y la intimidad de la persona mucho más grave que cualquier otro procedimiento de la autopsia, ya que el cerebro es la parte más personal del cuerpo, la única capaz de estudiarse a sí misma. Alice Austen estimaba que la vida de un ser humano tenía un carácter sagrado. No sabía con certeza si creía en el alma; se trataba de una cuestión muy difícil de resolver. Pero creía firmemente en el carácter sagrado de la vida humana, y una buena forma de rendirle homenaje era intentar averiguar qué le puso fin.

Austen empujó el cerebro hacia atrás, le dio la vuelta y lo levantó. Le pareció que estaba increíblemente blando. Por fin consiguió acceder al bulbo raquídeo. Lo seccionó con un rápido tajo de bisturí y el cerebro cayó en sus manos.

Era un cerebro de un peso impresionante, anormal, empapado de fluidos y con un aspecto tan gelatinoso que parecía estar a punto de deshacerse en sus manos. Austen lo colocó en la báscula, lo pesó y dijo:

–Dios mío. Un kilo seiscientos veinticinco gramos.

Era un cerebro enorme.

Sosteniéndolo con las dos manos, lo dejó sobre la tabla para cortar. Le dio la vuelta y lo soltó. Estaba tan blando que cedió bajo su propio peso y se desparramó sobre la tabla como una bolsa de agua. Era una masa amorfa cubierta de puntitos.

La parte inferior del cerebro estaba plagada de motitas de color rojo, de menos de un milímetro de ancho. Eran hemorragias en forma de estrella, y sin embargo el cerebro no había sangrado, no se había producido una hemorragia general. Era un cerebro cristalino, hinchado y cubierto de puntitos rojos.

Cuando una persona tiene el sarampión, le sale una erupción en la piel. El cerebro, cuando está infectado con un virus, también puede volverse moteado.

Austen tomó conciencia de que ella estaba viva, y de que a pesar de estar muerto, aquel cerebro tal vez albergaba algún organismo vivo en su interior.

–Veo un montón de pequeñas hemorragias –le dijo a Dudley.

Austen intentó hacer un primer diagnóstico. La palabra griega *diagnosis* significa «conocer a fondo». A la hora de establecer un diagnóstico, se contemplan todas las posibilidades y se van descartando una por una hasta que al final las piezas encajan y el rompecabezas forma una imagen clara.

Se le estaba pasando algo por alto, pero no sabía el qué. Se desplazó en torno a la mesa, para seguir examinando de cerca el cerebro. Al hacerlo rozó la bóveda craneal que se encontraba boca arriba encima de la mesa, con la sangre en su interior. Decidió cambiarla de sitio para que no entorpeciese su labor, pero se le resbaló de los dedos. El cráneo golpeó la superficie metálica de la mesa, cubierta de sangre, y las gotitas de sangre salieron disparadas por los aires.

–¡Mierda! –exclamó Dudley, retrocediendo.

Tenía las gafas cubiertas de puntitos rojos.

–Muy buena técnica –dijo.

–Lo siento, lo siento mucho –se disculpó Austen. Se le pusieron los nervios de punta y se le hizo un nudo en el estómago–. ¿Le ha salpicado en los ojos?

–No, afortunadamente. Para algo nos los protegemos.

Dudley mantenía una expresión gélida.

No había nada que hacer salvo seguir adelante. Austen vio los efectos de la hinchazón en el cerebro. Éste se halla embutido en el cráneo y, cuando se infla, a causa de una herida o infección, no tiene por dónde escapar, así que se destruye a sí mismo. Se empapa de fluidos, como cualquier otro tejido dañado, y acaba aplastado.

El cerebro, al hincharse, empuja hacia abajo, sobre las estructuras más profundas de la parte superior del tallo encefálico, en especial el mesencéfalo, que es un cerebro primitivo. Contiene ramificaciones nerviosas que controlan funciones básicas como la respiración y el latido del corazón, así como los nervios de la cara y los que determinan la respuesta de los iris al ser expuestos a la luz. Al aplastar el mesencéfalo, todos estos nervios quedan destruidos. Las pupilas se dilatan y se vuelven fijas, cesa la respiración y el corazón se detiene.

Austen vio unos profundos surcos en la cara inferior del cerebro, un indicio de que éste se había desgarrado hasta casi reventar. Había cambiado de forma a medida que se hinchaba y había muerto. El mensaje estaba escrito en la mente de Kate Moran: no la habría podido salvar ningún procedimiento médico. Era un caso perdido. Cuando la joven sufrió el colapso, ya estaba condenada a morir.

Cuando el cerebro se aplasta, la presión sanguínea puede dispararse por las nubes. Es una respuesta de choque conocida como el reflejo de Cushing. Se produce en los momentos previos a la muerte. El cerebro necesita sangre, y cuando la hinchazón empieza a cerrar las arterias que se la suministran y aumenta la presión en el cerebro, el cuerpo incrementa su propia presión sanguínea como respuesta. El cuerpo intenta hacer llegar la sangre hasta el cerebro a toda costa, porque de lo contrario éste deja de funcionar en cuestión de segundos. Así, se puede producir un pico terminal de presión sanguínea impresionante. Cuando el paciente está a punto de morir, la presión sanguínea sistólica asciende hasta 300, cuando la normal es de unos 120. Esta subida repentina de la presión sanguínea puede provocar hemorragias súbitas en cualquier parte del cuerpo. La presión aumenta y los conductos revientan. El paciente empieza a sangrar y muere. Austen pensó que podría ser la causa de la hemorragia nasal que había sufrido Kate antes de morir.

–Podría tratarse de una infección vírica cerebral. Provocó la hinchazón del cerebro, que fue la causa inmediata de la muerte –dijo Austen–. Desencadenó un reflejo de Cushing con una hemorragia por la nasofaringe.

Dudley la miró.

–Muy bien. Así que tenemos un virus cerebral desconocido que causó una hemorragia nasal. ¿Es eso lo que intenta decirme?

–Estoy asustada. Nunca había visto nada parecido. Quiero seccionar este cerebro.

–Pero si está deshecho –dijo Dudley.

–Quiero intentarlo.

–Adelante.

Austen sumergió el cuchillo en el agua de la palangana para que se deslizase mejor, practicó una incisión en una sección coronal, como de oreja a oreja, y fue cortando rápidamente una rodaja tras otra, del grosor de una rebanada de pan.

El cerebro se deshizo del todo, convirtiéndose en una pasta vidriosa de un color gris rojizo. Austen acabó con una masa viscosa y sanguinolenta de tejido cerebral que presentaba un brillo perlado bajo las luces y se esparció por la tabla de cortar como un potingue espeso.

–¡Lo ha estropeado del todo! –dijo Dudley.

Austen estuvo tentada de decirle que la dejase en paz, pero permaneció callada.

–¡Ha destrozado por completo el cerebro de esta chiquilla!

–Lo siento. Lo estoy haciendo lo mejor que puedo.

Intentó cortar las estructuras profundas del cerebro. Una vez más, el tejido estuvo a punto de deshacerse bajo el cuchillo. En el interior del mesencéfalo y el puente de Varolio, encontró lo que estaba buscando: pequeñas hemorragias. Estas hemorragias secundarias eran zonas con manchas de sangre, como resultado del desgarramiento y aplastamiento de las estructuras cerebrales.

Ben Kly se acercó con un frasco de cristal lleno de formol. Utilizando el cuchillo a modo de paleta, Austen recogió el cerebro pulposo de la tabla y lo fue vertiendo en el frasco. Al caer en el líquido, la masa quedó flotando en fragmentos deformes.

–Algo destruyó el sistema nervioso central de esta chica –dijo Austen.

El jefe

–Y bien, ¿cómo ha ido? –preguntó Lex Nathanson media hora más tarde. Austen se lo encontró en la zona donde se notificaban las muertes, repasando algunos casos nuevos.

–Bastante mal –repuso Austen.

A pesar de que se había vuelto a poner su ropa de calle, notaba, de una manera muy vaga, que olía a Kate Moran. El olor le duraría horas a no ser que se duchase, pero no tenía tiempo para ello.

Entraron en el despacho de Nathanson. Éste abrió un cajón de su mesa de trabajo, sacó un puro de una caja, se lo puso entre los labios y siguió revolviendo en el cajón en busca de algo.

–¿Dónde diablos está mi cortapuros? –dijo. Sacó otro cigarro y añadió–: ¿Quiere uno?

Austen sonrió.

–No, gracias.

–¿No? ¿Está segura? Son puros de veinte dólares. ¿Le molesta que fume?

–No, no se preocupe.

Por fin Nathanson encontró el cortapuros y cortó la punta del cigarro. Encendió una cerilla de madera y, sosteniendo el puro entre los dedos, quemó un extremo, haciéndolo girar lentamente en la llama hasta que prendió.

–Me temo que no soy un buen ejemplo para los jóvenes. No sólo tengo el vicio de fumar puros, sino que me sobra grasa abdominal. Estoy seguro de que cuando me hagan una autopsia, e insistiré en que me la hagan, se encontrarán con un montón de problemas. Está claro que los patólogos no siempre aprenden de los desastrosos estilos de vida que ven en la mesa de autopsias. –Dio una calada, y un dulce y suave olor a tabaco invadió la habitación–. Claro que Winston Churchill se fumó unos sesenta mil puros en toda su vida y vivió hasta los noventa y un años. Bueno, dígame qué ha encontrado.

Austen describió las ampollas de sangre que había visto en las aberturas externas del cuerpo, incluida la boca, la nasofaringe y los párpados, las rayas doradas de los riñones y la hinchazón del cerebro.

Nathanson le dirigió una mirada inquisitiva.

–Siga. Hábleme del sistema nervioso central.

–La destrucción era casi completa.

–¿En qué sentido?

–El cerebro estaba destrozado. –Intentó resumirlo–. Estaba hinchado y había perdido consistencia. Casi se deshizo cuando lo seccioné. Tenía una coloración brillante, vidriosa, como un espejo. Nunca había visto nada parecido. El cerebro se había convertido en una especie de... ¿cómo podría describirlo?... como una especie de púding cristalino. La joven tuvo una fuerte hemorragia nasal y se mordió la lengua, la boca y los labios causándose heridas graves. También presentaba síntomas de resfriado común, ya que perdía gran cantidad de mucosidades por la nariz. Tenía unos anillos dorados en los iris, con ramificaciones parecidas a llamas. Era como si tuviese fuego en las pupilas. El efecto general era..., bueno, aterrador. Me hizo pensar en una infección vírica que afectó el sistema nervioso central y posiblemente los tejidos de la boca, los ojos y otras aberturas del cuerpo.

–Aquí no tenemos medios para comprobar si se trata de un virus.

–¿No disponen de un laboratorio para eso?

–No. Enviamos las muestras al laboratorio del Departamento de Sanidad de la ciudad. Allí las analizan para ver si hay bacterias, no virus.

–Nosotros podemos hacerlo –dijo Austen–. ¿Quiere que envie algunas muestras a los CCE?

–Por supuesto. Entrégueselas a Walt y déle recuerdos de mi parte. –Le lanzó una mirada penetrante–. ¿Qué tal se lleva con Glenn?

Austen tardó un instante en contestar.

–Es muy directo a la hora de expresar sus opiniones –respondió con tiento.

–Vaya, sí que es usted diplomática. –Nathanson dio una calada–. Glenn está insoportable. Si le causa algún problema, dígamelo y le daré una buena patada en el culo. Pero me imagino que ya se las arreglará usted sola, doctora Austen.

Alice asintió sin decir palabra.

–Glenn está pasando por un mal momento en su vida privada –prosiguió Nathanson–. Hace poco su mujer lo abandonó y se llevó a sus hijos. Él le había sido infiel con una mujer más joven. Pero Glenn es un compañero de trabajo y un empleado al que aprecio mucho.

–Lo entiendo.

–¿Quiere seguir investigando el caso?

–Sí.

–Lo digo en serio. No me gustaría imponérselo. Podría pasárselo al Departamento de Sanidad.

–No me lo está imponiendo, doctor Nathanson.

Él esbozó una amplia sonrisa.

–Muy bien. Dejémonos de tanta cortesía. ¿Qué necesita?

–Bueno, me gustaría consultar todos sus archivos más recientes.

–Ningún problema. ¿Qué más?

–Necesitaré un teléfono. Y también un plano de Nueva York.

Hubo una pausa mientras Nathanson fumaba el puro.

–¿Algo más?

–El trabajo de recopilación de datos es bastante sencillo. –Miró por la ventana de la oficina. No se veía más que la pared de ladrillo del edificio contiguo, pero advirtió que había comenzado a llover–. No me he traído la gabardina.

–Le puedo prestar uno de nuestros impermeables. Y necesitará un despacho, ¿no?

–Supongo que sí.

Le asignaron una oficina minúscula, apenas más grande que un armario, situada en la tercera planta. Alguien le trajo un impermeable de color amarillo chillón, en cuya espalda decía en letras negras: OFICINA DEL FORENSE JEFE. Los empleados los utilizaban cuando ocurría una catástrofe para protegerse de la sangre y los fluidos corporales, así como de la lluvia. Aquél en concreto olía a sudor.

Le habían cedido el despacho de una patóloga que estaba de baja por maternidad. La única ventana daba a la pared de un aparcamiento a pocos metros de distancia. Aun así, era más agradable que su cuarto de los CCE. Alice se preguntó por qué los epidemiólogos siempre tenían los peores despachos. Enganchó un mapa de la ciudad de Nueva York en la pared, y con un lápiz señaló una X en el lugar donde se encontraba la Mater School, en la calle Setenta y nueve, donde había fallecido Kate Moran, y otra en Times Square, donde había muerto el hombre de la armónica. Ambas cruces mostraban el lugar en el que las víctimas habían fallecido, pero no donde habían contraído el mal. Si se trataba de un brote de una enfermedad infecciosa o de algún tipo de envenenamiento, el hombre de la armónica era el primer caso conocido: el caso índice. Kate Moran, que murió menos de una semana más tarde, era el segundo caso. No había ninguna conexión aparente entre ellos. Austen no necesitaba saber qué les había causado la muerte para abrir una investigación. Como bien sabía el doctor John Snow, la epidemiología puede proceder sin conocer la naturaleza del agente causante de la enfermedad.

En mayor profundidad

Los tejidos de Kate Moran estaban siendo tratados en el laboratorio de histología de la Oficina del Forense Jefe y no estarían listos para ser analizados hasta por lo menos el día siguiente.

Entretanto, los tejidos del hombre de la armónica ya podían ser examinados. Austen le pidió unas muestras a un técnico, dándole el número del caso.

–Se las ha llevado el doctor Dudley –repuso él.

Austen bajó al despacho de Glenn Dudley, situado en el tercer piso, y lo encontró sentado a una pequeña mesa, mirando por un microscopio con dos binoculares, diseñado para permitir que dos personas observen una muestra al mismo tiempo.

–¿Qué quiere? –dijo Dudley sin levantar la vista.

–Quería echar un vistazo a los tejidos del primer caso.

Dudley gruñó y siguió mirando por el microscopio.

Austen se sentó enfrente de él y se puso a mirar por el otro binocular. En el portaobjetos había una fina lámina del tejido cerebral del hombre de la armónica.

–Es de la parte inferior del lóbulo temporal –explicó Dudley–. La zona del hipocampo. Parece dañada.

Austen relajó la mirada y se dejó llevar por los campos de células. Había neuronas filiformes (las células nerviosas que envían señales al cerebro), otros tipos de células cerebrales y sustancia blanca, que es una materia grasa del cerebro. Al llegar a una zona dañada, empezó a ver células rojas.

–Creo que estoy entrando en un punto sangrante.

–¿Eso es todo? Muy bien, voy a usar el zoom.

La escena cambió. Las células aumentaron de tamaño.

–Mire esas células –dijo Dudley–. Vamos a acercarnos más.

La escena cambió de nuevo. Se estaban adentrando en las profundidades del cerebro del hombre de la armónica.

Había algo inusual en las células. Una neurona, una célula nerviosa, es un largo filamento con arborizaciones y un bulto en medio. En el interior de éste hay un punto, que es el núcleo de la célula, donde está almacenado el material genético de la misma, su ADN. El núcleo de una célula se parece a la yema de un huevo frito. Contiene los cromosomas, que son vainas de proteína enroscada que mantienen intacto el ADN de la célula. A Austen no le gustó el aspecto de los núcleos de las células cerebrales que estaba examinando.

–Los núcleos de la célula son anormales –dijo–. ¿Puede aumentar la imagen?

Los núcleos aparecieron aún más grandes.

–Ahora está al máximo –dijo Dudley.

Era difícil saber con certeza qué estaba viendo. La vida a un nivel celular es compleja. Parecía haber cierta estructura en los núcleos de la célula que no debería estar ahí. Entonces Austen descubrió algo que no había visto nunca, ni siquiera en un libro de texto. Había «objetos» en los núcleos. Tal vez fuese algo normal. Quizá la mancha de las células revelase alguna característica que tenía alguna explicación, pero era difícil de saber.

–¿Qué es eso, doctor Dudley?

Dudley gruñó de nuevo. Tampoco tenía una respuesta.

Los objetos de los núcleos eran unos cristales brillantes. Tenían una forma poliédrica y estaban compuestos por varias caras abultadas, como balones de fútbol. Eran demasiado grandes para ser partículas víricas, pues éstas son invisibles en un microscopio normal.

La luz se dividía en los cristales y parecía rielar.

–Nunca había visto nada parecido, doctor Dudley.

–Es muy raro –repuso él. Parecía inseguro–. Debe de ser algún tipo de compuesto químico. Sospecho que acaba de salir una nueva droga.

–Puede que estos cristales sean pegotes de virus cristalizados.

–¡Pegotes! Pegotes de virus. ¡Qué estupidez! –le espetó. Y siguió mirando por el microscopio en silencio.

Union Square

Una suave y fresca lluvia de primavera caía sobre la ciudad de Nueva York. A través de la ventana de su despacho de la oficina del forense, Alice Austen contemplaba el agua que se deslizaba por la pared del edificio contiguo. Se puso el impermeable amarillo que le habían prestado, se colgó la mochila al hombro y tomó un taxi hasta Union Square.

Una furgoneta del canal de televisión Fox Channel 5 estaba estacionada en doble fila en la calle donde residían los Moran. Cuando Austen tocó el timbre de la casa, una joven periodista se fijó en su impermeable amarillo y le preguntó:

–¿Es de la oficina del forense? ¿Qué le sucedió a Kate Moran? ¿La envenenaron? ¿Fue un asesinato? ¿Han averiguado algo? –A su espalda se encontraba un cámara de televisión.

–Lo siento, pero tendrán que hablar con el forense jefe –respondió Austen. En ese momento le abrieron la puerta y entró en el edificio.

Los padres de Kate, Jim y Eunice Moran, se hallaban sentados en el sofá de la sala de estar, cogidos de la mano. Parecían destrozados. Apoyada contra la pared de enfrente, había una enorme fotografía en blanco y negro con un marco de acero, un retrato de Eunice Moran que le había hecho Robert Mapplethorpe. En la imagen, la señora Moran llevaba un elegante jersey de lana de cuello alto blanco y mantenía una expresión pensativa. En cambio en la vida real tenía unas profundas ojeras y los ojos enrojecidos de tanto llorar.

La asistenta, una mujer mayor de nacionalidad irlandesa, se retiró a la cocina. Se oían sus fuertes pisadas sobre el suelo de roble y estaba sollozando.

Austen sabía que las personas sumidas en el dolor pueden reaccionar de manera imprevisible ante las preguntas de un epidemiólogo, por ello se presentó con sumo tacto como médico de los Centros de Control de Enfermedades de Atlanta, y explicó que estaba colaborando con el médico forense de la ciudad. Cuando los padres de Kate comprendieron que la habían enviado a Nueva York para investigar la muerte de su hija, se mostraron muy abiertos con ella. La conversación fue difícil, ya que por momentos Jim y Eunice Moran eran incapaces de articular palabra. Al ser Kate hija única, el futuro les amenazaba con una existencia más vacía de lo que habrían imaginado nunca.

Sabían que le habían practicado una autopsia, que en el caso de una muerte repentina e inesperada es obligatoria por ley, pero Austen prefirió no mencionar que se había ocupado del caso personalmente.

–El cuerpo de su hija ha sido conducido a la funeraria hace una hora –dijo–. Sin embargo, dado el riesgo de un posible contagio, se ha dado orden de que sea incinerada. La funeraria ha recibido instrucciones para que se tomen precauciones ante el peligro biológico. Yo misma he hablado con ellos por teléfono, y saben lo que tienen que hacer.

–¿Qué quiere decir con peligro biológico? –preguntó Eunice Moran con voz quebrada.

–Siento decírselo, pero es posible que su hija tuviese una enfermedad contagiosa.

–¿Qué tipo de enfermedad? –inquirió el señor Moran.

–No lo sabemos. Ni siquiera sabemos si era contagiosa. He venido a verles, aun sabiendo que es un momento delicado, porque necesito hacerles algunas preguntas sobre lo que hizo su hija, y adónde fue en los últimos días y tal vez semanas, ahora que aún es reciente. Queremos averiguar si estuvo expuesta a algún agente infeccioso.

La señora Moran se aferró con más fuerza a su marido y contestó al cabo de un momento:

–Intentaremos ayudarla. –Le indicó una silla–. Por favor, siéntese.

Austen se sentó en el borde de la silla.

–¿Recuerdan si Kate hizo algo últimamente que hubiese podido exponerla a un agente infeccioso o tóxico? ¿Viajó a algún país extranjero recientemente?

–No –repuso la señora Moran.

–¿Estaba recibiendo tratamiento de quimioterapia?

–¿Kate? ¡No!

–¿Estaba tomando alguna medicación fuerte o potencialmente tóxica?

–No –respondió la señora Moran.

–¿Le pusieron alguna vacuna últimamente?

–No.

–¿Comió marisco o algún alimento exótico? ¿Visitó algún lugar extraño?

–Que yo sepa, no –contestó la señora Moran.

Se hizo un silencio.

–¿Fue de excursión al bosque, o de cámping, donde la hubiese podido picar algún animal?

–No.

–¿Tenía novio?

No estaban seguros. Le dijeron que Kate había estado saliendo con alguien de su edad, un chico llamado Ter Salmonson.

Austen anotó el nombre en su cuaderno verde y pidió el número de teléfono del muchacho a la señora Moran.

–Creo que había roto con Ter –dijo la madre de Kate.

Austen les pidió que le describiesen las actividades de Kate en las dos últimas semanas. La respuesta fue bastante vaga. Kate llevaba una vida tranquila. Aunque tenía algunos amigos, no se relacionaba demasiado. Le encantaba la música rock y le tenían prohibido asistir a ciertos clubes nocturnos, aunque ello no había originado ningún tipo de discusión.

–Debo hacerles otra pregunta, aunque me resulta un poco embarazosa. ¿Saben si Kate tomaba drogas?

–Segurísimo que no –replicó el señor Moran.

–¿No fumaba porros ni nada?

–No lo sé, pero no creo, no –dijo Eunice Moran.

Kate tomaba el metro todos los días para ir al colegio y regresaba a casa por la tarde. Se metía en su habitación, escuchaba música, hablaba por teléfono con sus amigas, hacía los deberes, cenaba, hacía más deberes, a veces navegaba por Internet y enviaba mensajes de correo electrónico antes de acostarse.

–Yo he estado muy ocupado con mi trabajo –dijo Jim Moran–. No hemos hecho mucha vida de familia últimamente.

–¿Fue a alguna parte en los últimos días?

–Lo único que se me ocurre es el proyecto de arte para el señor Talides, su profesor –respondió la señora Moran–. Es una especie de construcción o algo así, y Kate se iba por ahí a comprar cajitas y cachivaches... ¿cuándo fue esto? –Se volvió hacia su marido.

–No lo sé –repuso él.

–El fin de semana pasado, creo. Estuvo comprando cosas en SoHo, en Broadway, y creo que en el mercadillo de la Sexta Avenida. El señor Talides fue... –Se le quebró la voz–. No puedo dejar de pensarlo. Lo siento. Intentó salvarla.

–¿Sabe si intentó hacerle una reanimación cardiopulmonar?

–Al parecer había olvidado cómo hacerlo. Eso... eso es lo que me dijo cuando me llamó. Estaba muy afectado.

Austen pensó en entrevistar al profesor de arte inmediatamente, ya que podría haberse infectado. Sin embargo, estaba empezando a invadirle la desagradable sensación de que aquello podría convertirse en una búsqueda sin sentido, de que Walt Mellis la había metido en un problema irresoluble, en una epidemia desconocida, en una de esas situaciosas angustiosas que jamás encuentran explicación alguna.

En esto sonó el teléfono. Contestó Nanette, la asistenta. Era un cura preguntando por los preparativos del funeral. Austen oyó a Nanette decir:

–No va a haber velatorio, Padre, no, no, las autoridades sanitarias lo han prohibido...

–¿Podría echar un vistazo a la casa? –preguntó Alice.

Los padres no respondieron.

–A veces ayuda mirar un poco el entorno. Y también me gustaría hacer algunas fotografías. –Sacó su cámara electrónica de la mochila–. ¿Me permiten ver la cocina y la habitación de Kate?

Ambos asintieron, algo reacios.

Austen empezó por la cocina. Nanette se apresuró a salir en cuanto la vio, casi huyendo de ella. Era una cocina muy acogedora, con encimeras de piedra gris y una cocina enorme.

Austen abrió el frigorífico. Aunque no pensaba que Kate hubiese sufrido una intoxicación, no estaba del todo segura, y cabía la posibilidad de que Kate hubiese ingerido algún veneno. Examinó el contenido de la nevera y fotografió el máximo de alimentos posible:

leche, pescado envuelto en papel (un salmón que parecía fresco), una lechuga roja y una botella de vino blanco francés, a medias, aparentemente en buen estado.

Entonces salió al pasillo. Al otro lado había una puerta entornada, la del cuarto de Kate.

Era una bonita habitación iluminada por un tragaluz, con las paredes desnudas. Estaba impregnada de la vida de una adolescente. Había una cama sin hacer, un póster de Phish en la pared (el batería Jon Fishman contoneándose por el escenario, ataviado con un vestido) y otro de un cuadro de Vermeer, que mostraba una joven tocando el clavicordio. En el armario encontró unos vaqueros holgados, jerséis de terciopelo ajustados, unos vestiditos de tirantes y una cazadora de cuero. El lugar daba la impresión de que Kate había sido una chica sensible y moderna, de talante artístico. También había un viejo escritorio con una caja de madera de arce llena de bisutería, un escritorio con un ordenador, y una mesa con montones de objetos varios: muñecas y toda una colección de flautines colocados en línea, hechos de madera, plástico, caña y acero. En medio de la mesa había una casa de muñecas. Aquélla debía de ser la mesa donde Kate se dedicaba a hacer obras de arte. Había cajitas antiguas y cajas nuevas de metal, latas (una de ellas de Twinings Earl Gray Tea), tubos metálicos, recipientes de plástico de todas las formas y tamaños, y delicadas cajitas de madera. Todo estaba muy ordenado.

Austen se preguntó por la cuestión de las drogas. Abrió los cajones de la mesa de trabajo así como algunas de las cajas, en busca de objetos relacionados con el consumo de drogas; no encontró nada. Empezó a descartar la hipótesis del doctor Dudley de que Kate podría haber sido una drogadicta. Aquél no era el cuarto de una drogata.

Kate tenía sin duda un gusto peculiar y un sentido inusual del color y las formas. Austen encendió su máquina de fotos electrónica y comenzó a pulsar el obturador. La luz que entraba por la claraboya otorgaba al espacio un resplandor muy especial. Por un momento se sintió como si Kate se encontrase en la habitación. Aunque sabía que era absurdo, percibía la existencia de un mundo paralelo al nuestro. En cierto sentido ese mundo era real, pues Kate estaba presente en la disposición de los objetos, que habían permanecido intactos desde su muerte.

Austen abrió una caja que contenía un escarabajo mecánico. Éste la observó con sus tristes ojos verdes. Lo volvió a dejar en su sitio, para no desordenar nada. En otra caja había un coche metálico en miniatura. La cámara de fotos se enfocó automáticamente y Austen empezó a fotografiarlo todo. Había una caja llena de plumas de distintos pájaros: arrendajos azules, un cardenal, un cuervo, y tal vez un halcón de cola roja, aunque no estaba segura. También encontró una caja de madera con un polígono pintado en la superficie. Intentó abrirla pero no entendió el mecanismo de cierre, así que se limitó a fotografiarla. También sacó fotografías de un resorte metálico dentado y afilado, un pedazo de malaquita verde, una vieja llave maestra en un candado, el cráneo de algún pájaro de pequeñas dimensiones, tal vez un gorrión, y una geoda de amatista. Tan sólo quedaba la casa de muñecas, que Kate parecía estar desmontando. Austen retrocedió y le sacó una fotografía, así como a la habitación entera. Se preguntó si llegaría a mirar aquellas fotos algún día. Tal vez encerrasen algún tipo de información. Antes de marcharse hizo unas cuantas anotaciones en su libreta verde.

Rastreo

Austen siguió el itinerario habitual de Kate para ir al colegio. Caminó hasta Union Square y allí tomó el metro en dirección al Upper East Side, intentando hacerse una idea de la vida que llevaba Kate. La Mater School estaba ubicada en un barrio tranquilo y acomodado de casas unifamiliares. Austen llegó a las tres de la tarde. La directora del colegio, la hermana Anne Threader, había convocado una reunión y ordenado una misa matinal, y luego había cancelado las clases, aunque las alumnas habían permanecido en la escuela para pasar una jornada dedicada a la reflexión y las oraciones. Les había dado permiso para volver a casa justo antes de que Austen llegase, pero algunas habían optado por quedarse, a lo que la hermana Anne no puso objeción alguna. Era una mujer diminuta de mediana edad, con el cabello liso y canoso, y unos ojos penetrantes. En lugar de llevar un hábito de monja, lucía un vestido azul claro.

–Kate era una persona muy querida –dijo mientras acompañaba a Austen a la sala de arte.

Allí se encontraban tres alumnas, sentadas y sin hacer nada. Estaban abatidas, conmocionadas, y tenían los ojos enrojecidos de tanto llorar.

–¿Dónde está el señor Talides? –les preguntó la hermana Anne.

–Se ha ido a casa –contestó una de las tres de las alumnas–. Se sentía muy mal.

–Estoy furiosa, Anne –dijo otra joven a la directora. Era Jennifer Ramosa. Había estado llorando de rabia por no haber podido ayudar a Kate.

–Dios comprende cómo te sientes –repuso la hermana Anne–. Quiere a Kate tanto como tú, y entiende que estés enfadada.

–La vi morir –dijo Jennifer con voz temblorosa.

La hermana Anne le sostuvo las manos.

–La vida es un misterio, y la muerte es también un misterio cuando sobreviene. Cuando te reúnas con Kate obtendrás respuestas, pero de momento lo que debemos preguntarnos es qué querría Kate que hiciéramos.

Austen se hizo esa misma pregunta. ¿Qué querría Kate de ella?

–Kate no tuvo ninguna oportunidad –se lamentó Jennifer.

–Eso no lo sabemos –replicó la hermana Anne. Sugirió que todas rezasen por Kate. Finalmente dijo–: Ésta es la doctora Alice Austen. Ha venido para intentar averiguar qué le ocurrió a Kate.

–Soy médico y estoy colaborando con el ayuntamiento de Nueva York –se presentó Austen.

–Kates era una de mis mejores amigas –dijo Jennifer–. No puedo creer que se haya ido.

–Creo que querría que averiguásemos qué le sucedió –dijo Austen. Luego añadió–: ¿Puedo echar un vistazo a la clase?

Empezó a curiosear en la sala de arte mientras las chicas la observaban y hablaban en voz baja con la hermana Anne. No vio nada que le llamara la atención. Había latas de café llenas de pintura, tubos de yeso, y lienzos en bastidores. Kate estaba llevando a cabo su proyecto en una mesa del rincón. En ella había aún más objetos, así como una enorme edificación, una especie de casa de muñecas, sólo que más grande y con una estructura más complicada.

Austen se volvió y preguntó a las alumnas:

–¿Se acercó el profesor de arte, el señor Talides, a Kate cuando se puso enferma?

Dos de las chicas asintieron.

–¿Tiene el número de teléfono de su casa? –le preguntó a la directora.

Era jueves por la tarde, primer día de la investigación de Austen, y comenzaba la hora punta. Hacía treinta horas aproximadamente que Kate Moran había muerto, y por tanto habían transcurrido treinta horas desde que Peter Talides estuvo muy cerca de Kate durante la agonía de la joven. Si Talides se había contagiado, se hallaba probablemente en el período de incubación que muy bien podría ser asintomático. Pasadas treinta horas, un agente infeccioso apenas se dejaría notar, pero quería ponerse en contacto con Talides de todos modos, para echarle un vistazo y poder seguirle la pista.

Tomó el metro en dirección al barrio de Queens. Veinte minutos más tarde, se apeó en la estación de Grand Avenue. Unas escaleras de hierro casi en ruinas desembocaban en un barrio bullicioso lleno de mercadillos, tintorerías y peluquerías. También había un restaurante griego y una gasolinera. Austen no sabía muy bien qué dirección tomar. Después de recorrer unas cuantas manzanas, llegó a una zona más tranquila, con un pequeño parque. Había unas columnas dóricas y una estatua de bronce de un hombre ataviado con una túnica. Se acercó para ver quién era el personaje. Era Sócrates, con su tupida barba. Debajo de la estatua estaban grabadas las palabras: «Conócete a ti mismo». Austen pensó en el nombre del profesor de arte, Talides, y cayó en la cuenta de que aquél debía de ser un barrio griego. Comprendió de pronto lo pintorescas que son las distintas zonas de Nueva York. Estaba observando un sistema biológico de una complejidad desconcertante.

Siguió caminando y tomó una calle lateral. Peter Talides vivía en una casa adosada de ladrillo marrón. Austen pulsó el timbre.

Talides abrió la puerta de inmediato. Era un hombre rechoncho de expresión bondadosa y triste. La sala de estar era también su estudio. Había lienzos en bastidores, latas de café llenas de agua y pintura, y cuadros de colores vibrantes y atrevidos apoyados, contra la pared.

–Disculpe el desorden –dijo–. Por favor, siéntese.

Austen tomó asiento en un sillón raído. Talides se sentó en un taburete giratorio y exhaló un profundo suspiro. Parecía estar a punto de romper a llorar.

–Siento mucho lo sucedido –dijo Austen.

Peter Talides le agradeció su interés.

–Mi vida es la escuela y la pintura. Vivo solo. Soy plenamente consciente de las limitaciones de mi talento. Pero... –Sacó un pañuelo y se sonó la nariz–. Intento motivar un poco a las chicas.

–¿Podría describir qué hizo exactamente para intentar salvar a Kate?

–Bueno... –Suspiró–. Intenté recordar cómo hacer un boca a boca –dijo tras una larga pausa–. Pero no me acordaba... Tomé unas clases hace años, pero no me acordaba... Lo siento, esto es muy duro para mí.

–¿Llegó a tocarle la boca con los labios?

–Sí, muy brevemente.

–¿Había sangre?

–Sí, le sangraba la nariz.

–¿Se manchó de sangre?

–Tuve que tirar la camisa –repuso con voz temblorosa.

–¿Me permite que le examine la cara más de cerca?

Talides parecía incómodo y cohibido. Austen lo observó detenidamente.

–¿Está resfriado? –le preguntó.

–Sí. Me moquea la nariz y la tengo como tapada.

Austen respiró hondo.

–¿Le molesta la vista?

–Sí. Siempre me pasa cuando estoy resfriado o tengo alergia.

–¿Podría describir la sensación que nota en los ojos?

–No es nada. Sólo me pican y me lloran. Como en una alergia.

–Estoy preocupada.

–¿Por mí? Me encuentro bien.

–No puedo hacerle un reconocimiento. No soy médico clínico. –Tampoco le mencionó que no tenía una licencia para practicar la medicina en Nueva York y por consiguiente la ley le impedía examinar a un paciente–. Me gustaría que me acompañase a un hospital de urgencias para que lo examine un equipo médico.

Talides parecía asustado.

–No creo que sea nada –lo tranquilizó Austen.

–La verdad es que no quiero ir al hospital. Me encuentro bien.

–Si no le importa, ¿me permite que le vea la lengua?

Austen no disponía de un depresor, pero hurgó en su mochila y sacó una caja que contenía una pequeña linterna. La encendió y le pidió que abriese la boca.

–Bueno, tiene las amígdalas un poco enrojecidas. Parece que está resfriado. ¿Podría... perdone... podría mirarle los ojos?

Talides se mostró algo reacio. Parecía muy nervioso.

Austen cerró las persianas e hizo lo que se denomina una prueba por oscilación. Primero apuntó el haz de luz en una pupila y luego en la otra. El color de los iris parecía completamente normal. Talides tenía los ojos de un marrón intenso. Austen observó que la reacción de las pupilas a la luz era algo lenta y pensó que podría ser una sutil indicación de una lesión en el cerebro.

«Esto es ridículo –pensó–. Estoy dramatizando. No hay pruebas fehacientes de que Kate tuviese una enfermedad infecciosa. No ha habido contagio de ser humano a ser humano.»

–Si su resfriado empeora, ¿le importaría llamarme? –Le dio el número de teléfono de su móvil así como el de Kips Bay–. Llámeme a cualquier hora, de día o de noche. Soy médico, ya estoy acostumbrada.

De regreso a la estación de metro, se preguntó si había obrado correctamente. Su posición en el Servicio de Sanidad Pública de Estados Unidos le autorizaba a ordenar una cuarentena. Aun así, los oficiales de los CCE casi nunca recurren a este poder. La política de los CCE es que los oficiales médicos realicen su trabajo con discreción, evitando llamar la atención, y absteniéndose de hacer nada que pudiera crear un clima de alarma en la población. Echó un vistazo a Sócrates. El filósofo no tenía ningún consejo que darle, salvo que se conociese a sí misma.

Desconocido

De regreso a Kips Bay aquella misma noche, Alice Austen se sentía extenuada y tenía un hambre voraz. Durante las investigaciones, uno se olvida de comer. Encontró un restaurante tailandés donde hacían comida para llevar y allí se compró la cena. La señora Heilig le lanzó una mirada de desaprobación cuando la vio entrar en su habitación con la comida. Austen se sentó a su mesa de trabajo y dio cuenta de los tallarines con pollo al limón utilizando los cubiertos de excursionista. Mientras cenaba, telefoneó a la casa de Walter Mellis desde el móvil. No quería que la señora Heilig oyese la conversación, y le daba la sensación de que procuraría escucharla.

–¿Y bien? ¿Cómo ha ido? –preguntó Mellis.

–Walt, estoy asustada. Podría tratarse de un agente infeccioso desconocido que destruye el cerebro. Sería una infección vírica, no bacteriana. Creo... –Se interrumpió y se llevó la mano a la frente. Estaba empapada de sudor. Mellis permanecía en silencio–. Creo que esta mañana hemos hecho una autopsia de alto riesgo sin precauciones de seguridad biológica.

Hubo una pausa.

–¡Dios mío! –exclamó Mellis. No se esperaba algo semejante.

–Voy a estar en observación, Walt.

Le explicó lo que había averiguado: los círculos en los ojos, el cerebro hinchado y vidrioso cubierto de puntos rojos, las ampollas de sangre en la boca y la nasofaringe. También mencionó los grumos de material no identificado visibles en las células cerebrales del caso índice, el hombre de la armónica.

–Si se trata de un agente infeccioso, es muy grave –concluyó.

–¿Todavía no tienen los resultados de laboratorio del segundo caso, de la chica? –preguntó Mellis.

–Tardarán un día más.

–¿Qué laboratorio es?

–Precisamente quería hablarte de eso. El laboratorio del Departamento de Sanidad está comprobando si hay bacterias, pero no pueden detectar virus.

–Mira, si crees que es grave, necesitamos traer unas muestras aquí, a los CCE y empezar a analizarlas cuanto antes.

–Es lo que quería organizar contigo.

–Ya lo arreglaré con Lex. ¿Cuándo crees que podrás volver?

–No lo sé. Todavía me queda trabajo en la calle.

–¿Qué tipo de trabajo?

–Tú fuiste el que me habló de John Snow.

Se hizo un silencio mientras comía los tallarines tailandeses.

–Está bien, como quieras.

Austen se dio una larga ducha, se desplomó en la cama de madera tallada y se tapó con las sábanas hasta la barbilla. De niña, cuando tenía unos diez años y pasaba las vacaciones con su familia en un pequeño motel en la costa de New Hampshire, a veces le costaba mucho conciliar el sueño. Dormía en una cama plegable en un cuarto que compartía con su hermano pequeño. Le encantaba acurrucarse con un libro de misterio de Nancy Drew, con la cabeza hundida en la almohada, que olía ligeramente a moho y a mar. De pequeña se había leído todas las obras de Nancy Drew. Esto le hizo pensar en su padre, que vivía solo en Ashland, cerca del lago. «Debería llamar a papá», pensó.

Oía los movimientos de la señora Heilig en la cocina, y luego se encendió un televisor. Tardó mucho en dormirse. Su ventana daba a la Primera Avenida. A altas horas de la noche, el ruido del tráfico seguía filtrándose por el cristal: el estruendo de los camiones, las bocinas de los taxis, alguna que otra ambulancia dirigiéndose a una de las salas de urgencias. En definitiva, los sonidos habituales de la ciudad. Se puso a pensar que la situación no podía ser tan grave como parecía. No estaba demostrado que hubiese conexión alguna entre los dos casos. Tal vez la muerte de Kate Moran no tuviese nada que ver con el hombre de la armónica. El tráfico avanzaba por la avenida como sangre que fluye por una arteria.

El servicio de señoras

AL GHAR, IRAK, JUEVES

Mark Littleberry se hallaba de pie junto a Hopkins envuelto en la nube de polvo dejada por el camión que albergaba el laboratorio móvil. Sostenía un tubo de plástico. Sin decir una palabra a su compañero, le quitó el bastoncillo de la mano y lo introdujo en el tubo.

–¡Muestra del camión número uno! –exclamó, y se guardó el tubo en el bolsillo de la camisa.

Hopkins se levantó, sacudiéndose el polvo.

–¿Has llegado a echarle un vistazo, Will?

–Sí. ¿Qué era?

–Era...

En esto llegaron los escoltas. Parecían casi histéricos.

–¿Qué había en el camión? –preguntó Littleberry.

–Ya investigaré –dijo el doctor Fehdak.

Littleberry soltó una retahíla de palabras obscenas.

El rostro del Niño se ensombreció y empezó a hablar en árabe.

–No era nada –dijo la doctora Mariana Vestof–. Sólo una entrega rutinaria de una vacuna.

–Intentaré informarme sobre esto –dijo el doctor Fehdak.

–¿Por qué me habló en ruso uno de los hombres del camión? –preguntó Hopkins.

–Debe de haberse confundido –replicó Fehdak.

Hopkins y Littleberry cruzaron una mirada.

–¡Los inspectores necesitan usar el servicio! –gritó Littleberry de pronto–. Según los términos del acuerdo del Consejo de Seguridad, se debe permitir a los inspectores utilizar los servicios en privado siempre que lo deseen.

Acompañaron a Hopkins y a Littleberry al interior del edificio. Cuando llegaron a la puerta del lavabo, advirtieron que algunos de los escoltas se estaban riendo disimuladamente. Otros farfullaban en sus radios.

–Creo que éste es el de señoras –dijo Littleberry–. Pasa. –Entraron y cerraron la puerta con pestillo.

El doctor Azri Fehdak estaba aterrorizado. De repente vio pasar su vida entera ante sus ojos. Hopkins se había percatado de la presencia de uno de los asesores extranjeros. Y si bien no estaba del todo seguro, le parecía haberlo visto sosteniendo un bastoncillo de muestras dentro del camión. Se preguntó si habría sacado alguna fotografía. A aquellos dos inspectores les resultaría prácticamente imposible convencer a las Naciones Unidas de que habían visto algo de naturaleza militar. Pero la muestra era una prueba irrefutable. Si llegaban a demostrar algo, probablemente acabaría muerto a manos de su propio gobierno por haber permitido que los inspectores de la ONU consiguieran una prueba dentro de aquel lugar.

La doctora Vestof parecía disgustada.

–Ese servicio es para el personal técnico femenino, no para esos hombres.

–Puede que estén nerviosos –dijo el doctor Fehdak.

Uno de los escoltas, un oficial del servicio de inteligencia llamado Hussein Al-Sawiri, aporreó la puerta y preguntó:

–¿Todos bien?

No hubo respuesta.

El Niño llamó repetidas veces.

–Está cerrada con pestillo. Se han encerrado.

El servicio de señoras era un espacio reluciente y antiséptico con baldosas blancas y verdes.

–Esto va ser un bombazo –dijo Littleberry–. No esperaba encontrar un camión. Tenemos que actuar con rapidez.

Hopkins se quitó los guantes de goma y se puso unos nuevos. Luego colocó la maleta Halliburton encima de un lavabo y se agachó para mirar con el ojo derecho por una pequeña lente situada cerca del asa. El sistema reconoció los vasos sanguíneos de su retina como los de «Hopkins, William, Jr., Reachdeep». Cualquier tentativa de abrir la maleta sin la clave ocular activaría un dispositivo de autodestrucción.

Los cierres del interior se abrieron y Hopkins levantó la tapa. Mientras tanto, Littleberry colocó su propia maleta sobre un lavabo y la abrió mediante el mismo sistema.

Las dos Halliburton contenían biosensores que la Armada estadounidense utilizaba para detectar y analizar armas biológicas. Un laboratorio normal destinado a este tipo de actividad ocupa varias salas repletas de máquinas.

–Voy a utilizar un Boink –dijo Littleberry.

Sacó un aparato electrónico del tamaño de un libro de bolsillo. Era un biosensor tan pequeño como la palma de la mano. Recibía el nombre de Boink porque emitía un agradable sonido si detectaba un arma biológica. Estaba formado por una pantalla, unos botones y un pequeño orificio por donde se introducían las muestras. Era capaz de detectar la presencia de veinticinco armas biológicas distintas.

Littleberry se sacó del bolsillo el tubo que contenía la muestra del camión y una pipeta de plástico desechable. Succionó con ella una gota del líquido de la muestra y la vertió en el orificio del Boink.

Aguardó unos instantes, con la mirada fija en la pantalla. Esperaba oír un pitido. Silencio.

–¡Maldita sea! –exclamó.

–¿Qué pasa, Mark?

Littleberry seguía mirando la pantalla.

–No aparece ninguna lectura. No ha pitado. Tengo la pantalla en blanco.

–Está bien, capitán. ¿Quieres que recurra a Felix?

–Sí, rápido.

Mientras tanto seguían aporreando la puerta.

–¿Hay alguien indispuesto ahí dentro? –Era Hussein Al-Sawiri, el hombre de seguridad.

–Nos está llevando un poco de tiempo –repuso Hopkins.

Introdujo la muestra en su maleta Halliburton, que contenía un dispositivo llamado Felix, una caja negra del tamaño de la guía telefónica de una gran ciudad. Era un biosensor controlado por un ordenador portátil que funcionaba como un escáner de genes y era capaz de leer con gran rapidez el código genético de un organismo.

Hopkins sacó el ordenador portátil de la maleta y lo colocó sobre la repisa de la ventana. Desplazando los dedos a velocidad de vértigo, conectó la caja negra de Felix al ordenador y lo puso en marcha. En la pantalla apareció lo siguiente:

```
Escáner de genes Felix
Beta 0.9

Laboratorio nacional Lawrence Livermore

Introducir contraseña:
●●●●●●●●●
```

Hopkins tecleó su contraseña.

–Vamos, vamos –decía.

Utilizando una pipeta, Hopkins introdujo un poco de líquido del tubo en el orificio de la caja negra de Felix y pulsó unas teclas.

–La reacción de la polimerasa ha comenzado, esperemos –dijo a Littleberry mirando fijamente la pantalla.

Entretanto seguían aporreando la puerta.

–¡Aún no hemos terminado! –gritó Littleberry.

–La amplificación del ADN ha sido completada –susurró Hopkins–. El ordenador va a procesar el resultado.

La puerta comenzó a temblar.

–¡Abran! –ordenó Hussein Al-Sawiri.

–Éste es un servicio de las Naciones Unidas –vociferó Littleberry por encima del hombro.

Hopkins le hacía señas frenéticamente.

–Tenemos que empezar a transmitir –siseó.

Littleberry sacó un panel negro de la maleta del tamaño de un cuaderno, conectado a un cable. Era una antena transmisora especial, vía satélite. La enchufó al portátil mientras Hopkins pulsaba las teclas.

–¡Estamos obteniendo secuencias! –dijo Hopkins.

En la pantalla de Felix aparecieron unas cascadas de letras, distintas combinaciones de A, T, C y G. Éstas eran secuencias del código genético de alguna forma de vida contenida en la muestra.

–¡Transmitiendo, Scotty! –dijo Hopkins.

Felix estaba transmitiendo al espacio secuencias del código de ADN a través del panel transmisor. Un satélite de comunicación controlado por la Agencia de Seguridad Nacional de Estados Unidos estaba recibiendo el código genético del organismo, fuese lo que fuere.

–Creo que vamos a conseguir algo –dijo Hopkins–. Espera un momento.

Felix estaba comprobando si las secuencias de ADN coincidían con algunas de las secuencias almacenadas en la memoria, a fin de identificar el organismo. Los nombres de los virus que presuntamente estaba «viendo» en la muestra del camión comenzaron a aparecer en la pantalla del portátil.

```
COINCIDENCIAS PROVISIONALES DE LA SECUENCIA

Grupo de virus GOLDFISH
Virus reproductor porcino
Hepatitis D de la marmota
Bracovirus
Spumavirus
Microvirus
Agente Thogoto sin clasificar
Partícula parecida a virus Cak-1
Virus Humpty Doo
```

–¿Virus Humpty Doo? ¿Qué es eso? –dijo Hopkins en voz baja.

Entonces la pantalla mostró un mensaje:

```
Felix es incapaz de procesar esta muestra.
```

La pantalla quedó en blanco. El sistema había fallado.

–¡Imbécil! –gritó Hopkins dirigiéndose a Felix.

–¿Qué ha ocurrido? –susurró Littleberry.

–Creo que me está tomando el pelo.

Empezaron a llamar a la puerta con más insistencia.

Will Hopkins sacó los alicates y el destornillador del estuche de herramientas Leatherman de su cinturón. A continuación extrajo una linterna Mini Maglite del bolsillo de la camisa. Se inclinó sobre Felix y levantó la tapa negra de la caja. En su interior había una maraña de tubos y cables diminutos. Alumbrándolo con la linterna, comenzó a tirar de cables y a girar el destornillador.

–Will... –dijo Littleberry.

–Alguna vez tiene que fallar el sistema.

–Monta la maleta, Will. Tenemos que pedir ayuda por radio.

Hopkins sostuvo en alto un objeto metálico del tamaño de un cacahuete.

–Esto es una bomba. Creo que no funciona bien.

–Bueno, ya está bien. Cierra la maleta.

–Mark... Lo que había en el camión era un biorreactor. Y había unos cristales. De ahí saqué la muestra.

–¿Ah, sí? ¿Qué quieres decir con cristales?

–Bueno, eran planos, dispuestos en bandejas, transparentes...

–Mierda. Podría ser algún tipo de cristales víricos. Esos cabrones están fabricando cristales víricos.

–¿Dentro de un camión?

–Ése es el problema.

–¿Adónde iba?

–Vete tú a saber. Los inspectores de las Naciones Unidas no lo volverán a ver más.

Hussein Al-Sawiri había estado hablando a través de una radio de onda corta con el Centro de Control Nacional en Bagdad.

–Se ha tomado una decisión. Si quieren encerrarse en un lavabo, que se queden ahí.

Varios escoltas sacaron armas de sus americanas.

El convoy de la UNSCOM acababa de llegar a la instalación de Al Ghar. Los vehículos estaban alineados en la carretera de acceso a la fábrica. En el primero de ellos, el doctor Pascal Arriet, el inspector jefe, estaba hablando por dos radios a la vez. Los guardias iraquíes habían cerrado la verja y apuntaban sus armas al convoy de las Naciones Unidas.

–¡Esos hombres no seguían instrucciones mías! ¡Han desobedecido mis órdenes! –dijo Arriet por la radio.

La situación quedó en un punto muerto. Los agentes de seguridad iraquíes querían derribar la puerta y detener a los dos inspectores de la ONU, pero el gobierno de Bagdad prefería no causar más problemas a las Naciones Unidas, aunque todos coincidían en que los dos inspectores habían actuado de una forma inaceptable según los códigos internacionales de conducta. Pronto llegó el atardecer, que dio paso a la noche. El convoy de vehículos de la UNSCOM permanecía inmovilizado en la entrada a la fábrica. Si bien los inspectores llevaban comida y agua en sus vehículos, estaban disgustados y exhaustos, y deseaban regresar a casa más que nada en el mundo. Pero el reglamento les impedía partir sin Hopkins y Littleberry, y los iraquíes estaban decididos a no dejarlos marchar. Anunciaron que todas las muestras y todo el material perteneciente a los inspectores serían confiscados por Irak.

–Deja de jugar con la maquinita –dijo Littleberry–. Debemos pedir ayuda.

Littleberry estaba tendido en el suelo con la cabeza apoyada en la maleta Halliburton a modo de almohada, y le dolían todos los músculos de la espalda. Hopkins se hallaba sentado con las piernas cruzadas y la espalda recostada contra la pared. Felix estaba desmontado, con todas las piezas esparcidas por el suelo.

–Estoy convencido de que el problema es esta bomba –aseguró Hopkins con la linterna entre los dientes.

–Dios mío –dijo Littleberry. Era incapaz de dormirse. A altas horas de la noche, mientras la radio de onda corta seguía emitiendo gritos y los agentes de seguridad iraquíes continuaban golpeando la puerta del cuarto de baño de vez en cuando, se quedó contemplando el techo y se puso a pensar en su mujer y en el barco que acababa de comprar en Florida–. Es la última vez que piso una fábrica de armas –murmuró.

Unas horas más tarde, a primera hora del viernes, Littleberry se puso a hablar por radio, aunque ésta no funcionaba muy bien desde que Hopkins le quitó una pieza.

–Al parecer vamos a hacer un trato, Will –dijo.

Los términos del acuerdo habían sido pactados por equipos de negociadores. Los dos inspectores estadounidenses obtendrían permiso para abandonar Irak, pero serían expulsados de las Naciones Unidas y por tanto perderían su rango en dicho organismo. Pascal Arriet estaba encantado con la decisión. Los inspectores entregarían a Irak todas las muestras biológicas así como su material de trabajo (es decir, las maletas), y todas las transacciones serían grabadas en vídeo.

Littleberry y Hopkins aceptaron las condiciones del acuerdo y, antes del amanecer, dos helicópteros fueron enviados desde la capital de Kuwait para recogerlos. Cuando salieron del cuarto de baño, los acompañaron afuera a punta de pistola y los retuvieron en el interior de la verja de seguridad, a la vista del convoy de la ONU. Mientras los grababan en vídeo tanto los de las Naciones Unidas como los escoltas iraquíes, entregaron las maletas Halliburton así como todas sus muestras.

De repente se oyó un estruendo en el cielo y aparecieron dos viejos helicópteros blancos, procedentes del sur. Eran Hueys de las Naciones Unidas. Aterrizaron junto a los vehículos de la UNSCOM, levantando una polvareda.

–Hemos cometido un error. Lo sentimos mucho –dijo Littleberry a Hussein Al-Sawiri.

El Niño sostenía uno de los tubos.

–¿Ésta es una muestra del camión? –preguntó.

–Sí. Es la única.

A pesar de su rostro inexpresivo, por dentro Fehdak suspiró, aliviado. «Esto podría salvarme la vida», pensó.

Los guardias cachearon a Littleberry y a Hopkins de manera excesivamente meticulosa y de un modo muy personal, y quedaron muy satisfechos al comprobar que los inspectores de las Naciones Unidas no estaban en posesión de ninguna muestra. Ni bastoncillos, ni tubos, ni prueba alguna. Los guardias abrieron la verja y dejaron en libertad a los dos inspectores.

Pascal Arriet se apeó de un salto de su coche. Estaba temblando de rabia.

–¡Imbéciles! ¡Están acabados! Quedan despedidos por orden del secretario general.

–Lo siento, Pascal –dijo Littleberry–. Hemos fracasado. No hemos encontrado nada.

–¡Ustedes los norteamericanos son unos dementes! –exclamó Arriet–. Amenazáis a Irak *continuellement*. Lo están estropeando todo. Lárguense de aquí. ¡Ahora mismo!

–Le pedimos disculpas –dijo Hopkins–. Lo sentimos mucho.

Se subieron a uno de los helicópteros y, cuando se hallaban en las alturas, justo por encima de Al Ghar, Littleberry dijo:

–Menuda aventura. –Y se recostó en el asiento.

Algunos de los guardias iraquíes apuntaban al helicóptero con sus armas, pero no sucedió nada. Hopkins y Littleberry contemplaron la larga fila de vehículos blancos frente a la fábrica, el tejado gris con tuberías de escape de aire, un amplio terreno de color marrón, extensiones de campos verdes irrigados y, a lo lejos, el arco terroso del río Éufrates.

–Florida, allá voy –murmuró Littleberry.

Sentado a su lado iba un hombre vestido con ropa de paisano de color caqui y unos auriculares en la cabeza. Le estrechó la mano a Hopkins y dijo:

–Soy el mayor David Saintsbury, del Ejército de Estados Unidos. Soy del USAMRIID, Fort Detrick, Maryland. –Se volvió a Littleberry–. Y bien, Mark –gritó–. ¿Qué ha ocurrido?

–Hemos estado a punto –dijo Littleberry por su auricular.

–Creo que teníamos una muestra de un virus muy peligroso –dijo Hopkins–. Empezamos a descodificar el ADN y a transmitirlo vía satélite, pero Felix se nos estropeó.

–Es una lástima –dijo el mayor Saintsbury–. En fin, llevaban un equipo de la Armada. ¿Qué puedo decir?

El helicóptero temblaba, y se oía el clásico sonido de los rotores.

–Pero hemos obtenido unas secuencias parciales de ADN –dijo Will Hopkins–. Esos biólogos iraquíes están haciendo cosas escalofriantes.

–No son los únicos biólogos que están haciendo cosas terribles –le recordó el mayor Saintsbury.

En Al Ghar, Hussein Al-Sawari y el doctor Azri Fehdak regresaron al interior de la planta con las maletas Halliburton. Las llevaban a un lugar seguro, donde serían confiscadas por el servicio secreto iraquí. Fehdak, que transportaba a Felix, tuvo la sensación de que algo andaba mal. La tocó con la palma de la mano.

–¡Ah! –gritó, retirándola de inmediato. La depositó en el suelo y dijo–: Está ardiendo.

–¡Ah! –Al-Sawiri dejó caer la suya.

Las dos maletas comenzaron a humear.

Los dos iraquíes observaron, notando el calor en el rostro, cómo se deshacían y quedaban destruidas por los calentadores catalíticos.

Historia invisible (II)

Se dice que durante la guerra del Golfo de 1991, Irak estuvo a punto de utilizar ántrax contra sus enemigos, las fuerzas aliadas. El ántrax es una bacteria, un organismo unicelular que se alimenta de carne. Crece de manera explosiva en caldo de carne caliente o en carne viva, y los ejércitos modernos están compuestos mayoritariamente de acero y carne.

El ántrax para uso militar está hecho de esporas de ántrax, que se secan hasta convertirse en polvo o bien se transforman en un concentrado líquido de color marrón. Nadie hasta el momento (salvo el gobierno iraquí) sabe qué cepa de ántrax para la producción de armas poseía Irak cuando estalló la guerra del Golfo, aunque se cree que era de la variedad Vollum. Éste fue aislado por primera vez en una vaca cerca de Oxford, Inglaterra, antes de la Segunda Guerra Mundial, y fue la cepa que utilizó el ejército de Estados Unidos para sus ojivas de ántrax durante los años sesenta, antes de que dicho país finalizara su programa de armas biológicas ofensivas en 1969.

Si bien Irak firmó la Convención sobre Armas Biológicas de 1972, en conversaciones con inspectores de armamento de las Naciones Unidas después de la guerra del Golfo, altos funcionarios del gobierno iraquí dijeron que en realidad no sabían si su país había firmado el tratado, que de hecho no tenía importancia, que no era un factor a tener en cuenta.

Si Irak hubiese utilizado ántrax Vollum durante la guerra del Golfo, las bajas aliadas podrían haber sido las más numerosas sufridas por cualquier ejército de la historia en un período corto de tiempo. Sin embargo, podría no haber sido tan grave, ya que nadie sabe qué efecto habría tenido el ántrax iraquí. Algunas tropas estadounidenses fueron vacunadas contra el ántrax, con una vacuna que podría o no haber funcionado. Además la mayoría de los soldados estaban tomando antibióticos como medida preventiva, unos antibióticos que, una vez más, podrían o no haber funcionado. Asimismo, muchos iban provistos de mascarillas para respirar, que protegen contra los agentes biológicos siempre que uno haya sido advertido de su presencia en el aire. El Vollum es sensible a las vacunas y a los antibióticos, mientras que otras cepas de ántrax son más peligrosas. Es factible crear una cepa de ántrax mediante ingeniería genética que no se viese afectada por las vacunas y se replicara de manera explosiva incluso en presencia de antibióticos.

Las esporas de ántrax para uso bélico acaban adheridas a la membrana húmeda más grande del cuerpo, los pulmones. Una vez en la superficie de los mismos incuban, y el organismo pasa rápidamente al flujo sanguíneo. Los humanos infectados con este tipo de ántrax pueden llegar a escupir un denso líquido espumoso de color rojo y amarillo llamado exudado de ántrax, aunque no se sabe con certeza qué aspecto tiene. Los expertos insisten en que una enfermedad provocada por un arma biológica podría manifestarse de manera muy distinta a una enfermedad natural causada por el mismo organismo. En los animales, el exudado de ántrax es sanguinolento y acuoso, de un color amarillo dorado, y sale de la boca y el hocico del animal. Numerosos expertos afirman que en los humanos forma una pasta densa, espumosa y sangrienta que se adhiere al interior de los pulmones como si fuese pegamento. El esputo de ántrax es jaspeado debido a la sangre de un rojo intenso procedente de una hemorragia pulmonar. Una víctima de ántrax notaría probablemente un resfriado al principio. Te moquea la nariz y empiezas a toser. La tos empeora y luego hay una especie de remisión, un alivio de los síntomas. Es una fase en la que los síntomas desaparecen por un tiempo. Y entonces, repentinamente, la víctima sufre un ataque y muere de una neumonía letal, escupiendo sangre.

Los expertos consideran al ántrax un arma «clásica». Aunque es muy potente, es notablemente menos efectiva que muchas armas biológicas. Al parecer se necesitan unas diez mil esporas de ántrax atrapadas en los pulmones para que una persona muera. Se trata de un número muy elevado de esporas, pues en el caso de otros agentes biológicos para uso bélico una única espora o bien tan sólo tres partículas víricas bastan para causar la muerte.

En 1979, en la ciudad de Ekaterimburgo, Rusia (entonces llamada Sverdlovsk), se produjo un accidente en el Recinto Militar Número 19, una instalación soviética de producción de armas biológicas. Allí los soviéticos estaban fabricando ántrax por toneladas. Era una producción militar acelerada, con el propósito de llenar bombas y cabezas de combate, con turnos trabajando las veinticuatro horas del día. Nadie sabe exactamente qué sucedió, pero según una versión creíble, los trabajadores estaban secando ántrax y pulverizándolo en máquinas. En uno de los turnos diurnos descubrieron que los filtros de seguridad, que impedían que el polvo de ántrax se vertiese en el aire, estaban obstruidos. Al final de la jornada extrajeron los filtros y dejaron una nota a los trabajadores del turno siguiente para que instalasen filtros nuevos. Al parecer éstos no vieron la nota y utilizaron las máquinas toda la noche sin los filtros de seguridad. Aquella noche, por lo menos un kilogramo de esporas de ántrax seco fue vertido en la ciudad de Sverdlovsk, formando una especie de penacho que se desplazó en dirección sureste. Sesenta y seis personas murieron de ántrax. Muchas de ellas no presentaron el menor síntoma hasta semanas después del accidente. Hubo víctimas a una distancia de seis kilómetros en la dirección del viento. La mayoría de los civiles fallecidos trabajaban o residían a menos de un kilómetro de la fábrica.

Esto sugiere que el ántrax no es muy efectivo como arma biológica, ya que fue necesaria una cantidad relativamente alta de esporas secas para matar a un número relativamente pequeño de personas. Un kilo de un arma biológica más avanzada dispersada en el aire debería ser capaz de crear un penacho de unos ochenta kilómetros. Si atravesara una ciudad, las víctimas se contarían por miles o millones. Un número mucho más elevado de muertes se produciría si el arma fuese transmisible, esto es, si fuese capaz de pasar de una persona a otra en una cadena de contagio. El ántrax no es un arma contagiosa. Es muy improbable que alguien se infecte por estar en contacto con una víctima de la enfermedad. Otras armas (las armas contagiosas) son por consiguiente más potentes, aunque pueden llegar a descontrolarse. En la era de la biología molecular, el ántrax sería equiparable a un cañón de pólvora.

Después de la derrota iraquí a manos de las fuerzas de coalición en la guerra del Golfo, equipos de inspectores de la Comisión Especial de las Naciones Unidas (UNSCOM) se desplegaron por Irak. Encontraron y destruyeron la mayor parte del material y tecnología de bombas nucleares de dicho país así como parte de su armamento químico. El programa de armas biológicas de Irak se desvaneció por completo.

Los oficiales iraquíes siempre se referían a su programa de armas biológicas en pasado. No obstante, conforme transcurría el tiempo resultaba cada vez más patente que Irak mantenía un programa de armas biológicas que seguía adelante en las propias narices de los inspectores de la ONU. Por ejemplo, los equipos inspeccionaron una planta de producción biológica llamada Al Hakam situada en una zona desértica cerca del río Éufrates. Los científicos iraquíes aseguraron a las Naciones Unidas que en aquella fábrica se elaboraban pesticidas «naturales» para matar insectos, y los expertos de la UNSCOM les creyeron. Después de inspeccionar exhaustivamente las instalaciones, no vieron razón alguna para pedir a Irak que detuviera la producción.

Un observador estadounidense, un hombre en edad de haberse retirado hacía tiempo y que en su día fue uno de los científicos más destacados del programa de armas biológicas del ejército de Estados Unidos, visitó la planta de Al Hakam como miembro del equipo de la UNSCOM y quedó francamente impresionado: «Aquí en Al Hakam tienen una fábrica de armas biológicas impresionante. ¿Cómo puedo demostrarlo? Lo intuyo, eso es todo.» No había forma de demostrarlo y la mayoría de los expertos de las Naciones Unidas expresaron sus dudas al respecto, a pesar de que se trataba de una de las poquísimas personas de toda la UNSCOM que contaba con auténtica experiencia profesional como experto en armas biológicas. Irak, entretanto, estaba fabricando cientos de miles de litros de concentrado líquido marrón en aquella planta.

En 1995, uno de los jefes del programa de armas biológicas de Irak, Babrak Kamal, desertó súbitamente y se marchó a Jordania. Varias agencias de espionaje se apresuraron a someterlo a un interrogatorio, y Kamal habló. Los oficiales iraquíes, temiendo que estuviese contándolo todo acerca de su programa de armas biológicas, y en un esfuerzo por aplacar al Consejo de Seguridad de las Naciones Unidas, revelaron de repente que Al Hakam era, efectivamente, una planta de armas biológicas, y que el líquido marrón era ántrax. Los inspectores de la UNSCOM se habían equivocado respecto a Al Hakam, mientras que el viejo científico del ejército estaba en lo cierto. En junio de 1996, tras un año de vacilación burocrática (durante parte del cual Irak mantuvo la planta en funcionamiento) las Naciones Unidas acabaron volando Al Hakam con dinamita. Al Hakam quedó reducido a treinta kilómetros cuadrados de terreno llano. Las numerosas toneladas de ántrax que se produjeron allí jamás fueron encontradas. A diferencia de otras muchas armas biológicas, el ántrax puede almacenarse indefinidamente.

Pero hubo otro descubrimiento, aún más preocupante. En la ola de pánico que siguió a la deserción de Kamal, Irak también confesó repentinamente que una planta de vacunas animales construida por los franceses llamada Al Manal se había convertido en una instalación dedicada a la fabricación de toxinas y armas víricas. Al Manal es un moderno complejo de virología de nivel 3 de biocontención situado en las afueras del sur de Bagdad. Los iraquíes reconocieron que había sido utilizada para un programa de ingeniería genética en su fase preliminar dedicado a la investigación de armas víricas, y luego, durante la guerra del Golfo, para fabricar grandes cantidades de toxina botulínica, causante del botulismo. Se trata de una de las toxinas más potentes que se conocen. Una cantidad equivalente al tamaño del punto de esta *i* sería suficiente para matar a diez personas. Es un agente neurotóxico cien mil veces más tóxico que el sarin, el gas que utilizó la secta Aum Shinrikyo en el metro de Tokio. Irak confesó haber fabricado aproximadamente siete mil metros cúbicos de toxina botulínica para uso militar en la planta de construcción francesa en Al Manal. Había sido concentrada veinte veces. En teoría era más que suficiente para matar a todos los habitantes de la tierra mil veces. En un sentido práctico y militar, era suficiente para eliminar a toda la población de Kuwait.

Las líneas de producción biológica de Al Manal fueron construidas en 1980 por el Institut Mérieux, una empresa de vacunas francesa con sede en Lyon que pertenece al gigante farmacéutico Rhône-Poulenc. El gobierno iraquí pagó a Mérieux una gran suma de dinero para construir en Al Manal unas líneas de producción listas para ser utilizadas, y para enseñar al personal a manejar las máquinas.

El propósito de la planta era elaborar vacunas contra la fiebre aftosa, enfermedad causada por un virus. Su construcción resultó extremadamente costosa. Algunos expertos afirman que una fábrica de vacunas para animales podría haber costado diez veces menos. Pero a Irak le sobraba el dinero. Los iraquíes necesitaban un Volkswagen y Mérieux les vendió un tanque.

En el momento en que Mérieux estaba involucrado en Al Manal, Irak libraba una guerra encarnizada con Irán que se prolongó desde 1980 hasta 1988. En 1984, Irak inició el uso de armas químicas. En 1985, cuando se sabía que Irak utilizaba este tipo de armamento, consejeros franceses de Mérieux trabajaban en Al Manal, enseñando al personal iraquí a desarrollar vacunas víricas. Para ello, se utilizan biorreactores donde se cultivan cepas de virus. Las mismas máquinas y los mismos procesos de fabricación sirven para crear virus peligrosos de uso bélico. Si la planta está provista de un nivel 3 de biocontención, es posible producir armas víricas sin demasiadas dificultades ni riesgo para los trabajadores.

Los inspectores de las Naciones Unidas descubrieron que los edificios de Al Manal están hechos de hormigón a prueba de bombas, reforzado con grandes cantidades de barras de acero. Es una construcción de doble armazón, y algunas de las zonas interiores de biocontención están a su vez reforzadas con acero. ¿Se dieron cuenta los ingenieros de Mérieux de que estaban construyendo las líneas de producción en una planta «reforzada»? ¿Sospecharon en algún momento que Irak podría haber concebido aquel lugar como una potencial instalación militar? Gran parte del material de producción de Al Manal procedía de empresas farmacéuticas y biotecnológicas europeas: de Francia, España, Alemania y Suiza. ¿Qué sabían o intuyeron estas compañías? Las posibilidades de que la opinión pública llegue a saberlo algún día son prácticamente nulas.

Hasta 1990, cinco años después de que se marchasen los consejeros franceses, al parecer Al Manal fue utilizado para hacer vacunas para uso veterinario y su personal estaba compuesto por científicos civiles. En el otoño de 1990, sin embargo, cuando la guerra del Golfo era inminente, los militares asumieron el control de Al Manal y casi de inmediato la planta se convirtió en una fábrica de armas biológicas. Todo el material de producción fue utilizado para fabricar la toxina botulínica, y los iraquíes establecieron líneas de producción dobles. En poco tiempo la planta estaba produciendo esta toxina en grandes cantidades. Los científicos iraquíes no tuvieron ningún problema a la hora de crearla. Sabían exactamente cómo hacerlo. Habían obtenido la cepa de botulismo por correo desde Estados Unidos. Se la encargaron a la American Type Culture Collection, una organización sin ánimo de lucro de Rockville, Maryland, que proporciona microrganismos a la industria y la ciencia. La cepa costó a Irak treinta y cinco dólares.

Un inspector de la UNSCOM que es un atento observador de la conducta francesa en Irak resume así su visión de las motivaciones del Instituto Mérieux: «Lo cierto es que la gente no es consciente de lo que se puede hacer [con el material de producción biológico]. Por aquel entonces, Al Manal fue un negocio muy lucrativo para Mérieux. Si se pueden vender diez cubos de fermentación de más, ¡brindemos con champán! Lo importante es hacer negocio, y lo que suceda después es responsabilidad del otro».

Al Manal ha pasado a ser responsabilidad de las Naciones Unidas. En estos momentos la planta sigue en pie, aunque gran parte de su maquinaria ha sido destruida. Los edificios y la infraestructura, incluidas las zonas de biocontención de nivel 3 a prueba de bombas, no han sido destruidos por las Naciones Unidas. Al Manal se encuentra en óptimas condiciones. El proceso decisorio de las Naciones Unidas es tan deficiente que unas instalaciones de biocontención utilizadas para producir armas víricas y tóxicas no se puede desmantelar.

Los inspectores se han dado cuenta de que ahora los iraquíes utilizan unos biorreactores pequeños y portátiles que se desplazan sobre ruedas. La fábrica de armas biológicas de Al Manal podría volverse peligrosa en cuestión de días. Lo único que necesita es un poco más de material. Mientras tanto, no se ha encontrado ni una sola gota de los ocho mil metros cúbicos de la toxina botulínica producida en Al Manal.

De hecho, se dice que ninguna agencia de inteligencia occidental ha conseguido nunca una muestra de una cepa de ningún arma biológica iraquí. Los inspectores de la ONU han encontrado cápsulas vacías de bombas biológicas en Irak y han obtenido imágenes de vídeo tomadas por científicos iraquíes de pruebas de armas biológicas llevadas a cabo en zonas desérticas, es decir bombas biológicas que explotaron, agentes peligrosos pulverizados en el aire, aviones a reacción haciendo diseminaciones lineales. Resulta evidente a partir de las imágenes y diseño de las bombas que los iraquíes saben lo que están haciendo. Lo que ocurre es que los inspectores de la ONU no han dado con el corazón de ningún sistema de armas biológicas iraquí, no han hallado la forma de vida en sí.

En los años que siguieron a la guerra del Golfo, el proceso de inspección de armas biológicas en Irak siguió adelante, pero dejó sin respuesta importantes preguntas. Los equipos de la ONU siguieron controlando a Irak y registrando sus instalaciones, pero algunos de sus miembros comenzaron a describir sus esfuerzos como una farsa, y consideraban su labor como un trabajo más por el que al menos recibían un buen sueldo. Se sabe que otros individuos corrieron riesgos personales con el fin de descubrir información. Había indicios de que el programa de armas biológicas iraquí estaba más activo que nunca y se centraba cada vez más en los virus, en la ingeniería genética y en la miniaturización de los procesos de investigación y producción, mediante el uso de biorreactores diminutos que se pueden ocultar en cualquier habitación.

Los inspectores y oficiales franceses siempre parecían estar en conflicto con otros equipos de la UNSCOM. Era bastante evidente que los franceses ya no estaban interesados en descubrir más instalaciones de armas biológicas en Irak. Algunos oficiales comentaban en privado que era como si los inspectores franceses de la UNSCOM estuvieran actuando bajo las órdenes directas de su gobierno. El gobierno galo parecía confundido. La mayoría de los líderes políticos franceses eran hombres de mediana edad, con escasos conocimientos en biología avanzada, e incapaces de comprender el peligro que supone el armamento biológico. Les resultaba inconcebible la idea de que la proliferación de armas biológicas en Oriente Medio representa una amenaza directa para la seguridad de los franceses. Ésta era una situación que, sin lugar a dudas, los franceses ignoraban por completo. Cuando explota una bomba en un cubo de la basura de París y mata a una docena de personas, ello representa un problema. Si la bomba contuviese un arma vírica, el problema se volvería incontrolable.

Pero los intereses comerciales son importantes en Francia, como en cualquier otra parte. No hace mucho tiempo, Irak era un cliente y amigo de Francia, y podría volver a serlo. Es importante mantener buenas relaciones con los clientes y amigos. El dinero hace amigos. El dinero mueve el mundo.

Lanzar la red

NUEVA YORK, VIERNES, 24 DE ABRIL

Alice Austen tenía sobre la mesa una lista recién impresa de todos los hospitales de Nueva York con sus respectivos números de teléfono. Contactó con ellos uno por uno con la intención de hacer unas cuantas preguntas a algún médico de urgencias. La conversación era siempre muy breve.

–¿Han tenido alguna urgencia últimamente en la que el paciente sufriera un violento ataque epiléptico en su fase terminal? –inquiría–. Estamos buscando a personas sanas que hayan tenido una crisis epiléptica repentina que les haya causado la muerte. A estos pacientes se les suele decolorar el iris y experimentan una acusadísima rigidez muscular. La columna se les arquea hacia atrás, en forma de C.

Las reacciones de los médicos fueron de lo más variopintas. Uno pensó que debía de tratarse de alguna esquizofrénica paranoica y se negó a hablar con ella a no ser que demostrase que trabajaba realmente para los CCE. Otro médico, una mujer, le dijo que había visto un montón de estreptococos tipo A, las llamadas «bacterias asesinas»:

–Casos de personas con llagas espantosas en la cara, los brazos y las piernas. Suelen ser vagabundos. Quién sabe dónde pillan esas infecciones.

–¿Y sufren crisis epilépticas esos pacientes?

–No. No como las que me ha descrito.

Tras unas horas de investigación aún no había averiguado nada. La situación parecía un callejón sin salida.

Pero de pronto hizo un descubrimiento revelador: el tercer caso. Llamó al hospital St. George de Staten Island, un pequeño hospital situado en un municipio de las afueras de Nueva York, y habló con un médico de urgencias llamado Tom d'Angelo.

–Sí –respondió él–. Creo que he visto un caso parecido.

–¿Podría describírmelo?

–Era una mujer llamada... ¿cómo se llamaba?... voy a mirar el expediente de la paciente. Espere un momento. –Hubo una pausa–. Aquí lo tengo –continuó D'Angelo. Se oía cómo pasaba las hojas–. Se llamaba Penelope Zecker. Murió aquí, en la sala de urgencias, el martes.

–¿Quién la atendió?

–Yo mismo. También firmé el certificado de defunción. Al parecer padecía fuertes mareos. Tenía hipertensión y tomaba medicamentos para la presión sanguínea. Edad: cincuenta y tres años. Fumadora. Alguien llamó a urgencias, su madre. Penny vivía con ella. Le dio un ataque y la trajeron de urgencias. Tuvo un paro cardíaco y no logramos reanimarla. Dados sus antecedentes de hipertensión, pensamos que debía de haber sufrido una hemorragia intracerebral o un infarto. Yo creo que fue una hemorragia cerebral. Tenía las pupilas reventadas, dilatadas y fijas. Estaba destrozada.

–¿Le hicieron una tomografía?

–No. No conseguimos estabilizarla. Padeció una crisis espectacular en su fase agónica. Se le arqueó al máximo la columna y murió en esa postura. Fue impresionante. Las enfermeras se asustaron, e incluso yo me asusté. Nunca había visto nada parecido. Se le contrajo la cara, le cambió de forma. Se cayó de la camilla y quedó sentada en el suelo con las piernas estiradas. Inclinó la cabeza hacia atrás y los músculos de la espalda se le pusieron increíblemente tensos. Entonces empezó a dar mordiscos de tal manera que las enfermeras temían que las mordiese a ellas. Se mordió la lengua y casi se la arranca de cuajo. También parecía haberse cortado con los dientes algunos dedos de la mano derecha.

–Dios mío. ¿Cuándo fue eso?

–Antes de llegar al hospital. La pobre madre estaba, bueno, no se le entendía nada de lo que decía. Una paciente arrancándose los dedos. Nunca había visto nada igual.

–¿Se hizo una autopsia?

–No.

–¿Por qué no, en un caso así?

Hubo una pausa.

–Éste es un hospital privado.

–¿Qué quiere decir?

–¿Una autopsia? ¿En un hospital privado? ¿Quién la iba a pagar? Seguro que el seguro médico no iba a correr con los gastos. Intentamos evitar las autopsias.

–¿Prefiere no saber qué le sucedió a una paciente, doctor D'Angelo?

–No voy a discutírselo, doctora Austen. No hicimos una autopsia y punto.

–Me gustaría haber examinado el tejido cerebral. ¿Tienen alguna muestra?

–De sangre, del fluido espinal, y algunos análisis de laboratorio. No tenemos muestras de tejidos porque no le hicimos una autopsia, como le he dicho.

–¿Podría conseguirme los resultados antes de mañana?

–Naturalmente. Estaré encantado de ayudarla.

–¿Qué puso en el certificado de defunción?

–Accidente vascular cerebral. Embolia cerebral. –Hubo una pausa–. ¿Cree que podría ser algo infeccioso?

–No estoy segura. ¿Podría darme la dirección y el número de teléfono de la madre?

Células

Con un lápiz, Austen trazó otra cruz en el mapa, en el emplazamiento del hospital St. George de Staten Island. Ya contaban con tres focos de muerte:

1. Times Square. 16 de abril. Hombre de la armónica. Caso índice.
2. Hospital St. George, Staten Island. 21 de abril. Penelope Zecker.
3. Calle 79 Este. 22 de abril. Kate Moran.

Seguía sin haber una conexión aparente entre ellos. ¿Con qué se habrían infectado? ¿En qué modo estaban relacionados en un sentido biológico? Le vino a la cabeza el término «virus furtivo», pero lo descartó de inmediato. Decidió llamar a Walter Mellis.

–Walt, he encontrado un posible tercer caso. –Se lo describió–. Pero creo que se me está pasando por alto algo importante, una pieza que no acabo de identificar.

–¿Qué te dice tu instinto?

–Es algo que he visto, Walt. Es una pista visual. La he tenido delante de los ojos y no la he reconocido.

Las muestras de los tejidos de Kate Moran ya debían de haber sido procesadas y preparadas para ser examinadas en un microscopio. Austen pasó por el laboratorio de histología de la Oficina del forense para recoger unas muestras. Como no disponía de un microscopio en su despacho, se los llevó a la oficina de Glenn Dudley.

–¿Qué tal va todo, doctora Austen? ¿Ya ha resuelto el misterio?

Dudley llevaba un uniforme quirúrgico y estaba sentado ante

un procesador de textos. Acababa de terminar las autopsias del día y estaba redactando los informes. Parecía cansado. Tenía la tez cetrina y el pelo muy despeinado. Alice Austen le describió el caso Zecker.

–Muy interesante –dijo Dudley–. Tengo algunos resultados del laboratorio del caso Moran. –Sacó un informe–. Tenía un nivel muy alto de ácido úrico en la sangre. –Siguió leyendo–. Y un recuento de leucocitos ligeramente elevado en el fluido espinal.

–¿Alguna toxina?

–Si hubiésemos encontrado alguna toxina en la sangre, ya se lo habría dicho.

Se dio la vuelta, se sonó la nariz con un pañuelo de laboratorio y lo arrojó a la papelera con aire disgustado. Entonces se sentaron uno frente a otro para mirar por el microscopio. Dudley seleccionó las muestras que se disponían a examinar. Primero observaron secciones del hígado y del pulmón de la joven. Todo parecía normal. A continuación examinaron el tejido vaginal. Austen encontró lo que parecía una ampolla y observó las células. Algunas de ellas presentaban sombras u objetos cristalinos en el centro, pero no estaba segura.

También quiso mirar las células del cerebro.

–La verdad es que fue una odisea preparar el cerebro después de que usted lo cortase, doctora –espetó Dudley.

Aun así, observaron las células cerebrales de Kate Moran. Una vez más, algunas de ellas contenían unos grumos en el núcleo.

–Veamos el riñón –dijo Austen.

Estaba pensando en las rayas doradas que había visto. Examinaron una muestra del tejido del riñón. Era evidente que la lesión había sido causada por el ácido úrico. Austen vio una especie de agujas.

–Sí –asintió Dudley–. Son sedimentos de ácido úrico. Tenía los niveles muy altos.

Aquello coincidía con los datos del análisis de sangre. A Kate le habían fallado los riñones en el momento de morir.

–Me gustaría examinar este tejido con un microscopio electrónico –dijo Austen–, para obtener una imagen mejor de los objetos que hay en el núcleo de las células.

Un microscopio electrónico utiliza un haz de electrones para conseguir unas imágenes muy ampliadas de la estructura interior de las células, y es capaz de mostrar partículas víricas.

–¿Por qué no se lleva el material a Atlanta? –le preguntó Dudley.

–Sí, ya lo haré. Pero antes tengo que averiguar un par de cosas aquí en la ciudad.

Houston Street

Para entonces Austen ya estaba convencida de que se trataba de una epidemia. Cuando comprendió que lo que había en el interior de las células formaba parte de la enfermedad, la asaltó el pánico. Se quedó contemplando el plano de la ciudad unos instantes, con las manos sudorosas, preguntándose qué debía hacer a continuación. Ya casi había terminado la jornada. Abrió los archivos de los distintos casos y los examinó en busca de más pistas. Estaba segura de que se le estaba pasando algo por alto. El hombre de la armónica era el caso índice y por tanto debía centrarse en él, aunque la oficina del forense no había logrado averiguar dónde vivía ni cuál era su verdadero nombre.

Llamaron a la puerta. Era Ben Kly.

–¿Cómo va todo, doctora Austen? Sólo he venido a ver qué tal está. No tiene muy buen aspecto.

–Estoy bien. ¿Y usted?

–¿Cree que esto es real?

–Sé que lo es. ¿Podría echarme una mano? ¿Conoce bien la ciudad?

–Sí, bastante bien. Antes conducía una furgoneta de la funeraria.

–El primer caso era un vagabundo. Lo llamaban el hombre de la armónica. No saben dónde vivía, pero tenía un amigo que se encontraba con él cuando murió, un hombre llamado Lem. El informe dice que Lem vive «debajo de East Houston Street». ¿Sabe qué significa eso?

–Claro. Vive debajo de East Houston Street, como dice ahí. –Kly sonrió.

–¿Me podría llevar?

–¿Ahora?

Austen asintió.

–Se lo voy a preguntar al jefe –le dijo Kly, encogiéndose de hombros.

–Por favor, Ben, no lo haga. Igual le dice que no. Sólo tiene que llevarme hasta allí...

–Pero le pediré a un guardia de tráfico que nos acompañe.

–Me he recorrido toda la ciudad en busca de cadáveres –dijo Kly–. Mueren vagabundos por todos los rincones.

Sentados a una mesa en Katz's Delicatessen –en East Houston Street, muy cerca del Lower East Side–, Austen y Kly tomaban café con *knishes* y unos bocadillos calientes de *pastrami* acompañados de unos pepinillos. Había dos linternas sobre la mesa.

Austen mordió el *knish*, muy parecido a una empanada de patata, y se quemó la lengua. No había comido en todo el día y estaba a punto de desmayarse de hambre. Le dio la sensación de que el *knish* le caía hasta los huesos.

Katz's Delicatessen fue fundado en 1888, cuando el Lower East Side era un barrio pobre habitado por inmigrantes judíos procedentes del este de Europa. Hoy en día sigue perteneciendo a la familia Katz. Tiene las paredes barnizadas de marrón y las mesas de formica, y está iluminado con fluorescentes. Es un restaurante *autoservicio*, aunque hay también unas cuantas mesas dispuestas a lo largo de una pared donde sirven los camareros. Las paredes están decoradas con fotografías de celebridades estrechándole la mano a alguno de los sucesivos señores Katz, como el comisario de policía, Soupy Sales y Harry Houdini, un cliente habitual del local.

Te dan un vale en la entrada, y los hombres apostados detrás de los mostradores te ofrecen un aperitivo de *pastrami* para que puedas juzgar si está bueno ese día. Por fuera es negro como el carbón 125 y está cubierto de puntitos. Por dentro es rojo, tierno, jugoso y en ocasiones un poco grasiento, aunque así es como les gusta a los clientes de Katz's. De vez en cuando te sirven más de lo que has pedido, como dos cervezas en lugar de una, pero sólo apuntan una en la cuenta y te dicen en voz baja: «¿Sólo quería una? ¡A ver si habla más alto la próxima vez! Tómesela y no se lo diga a nadie». Hay unos salamis secos colgados detrás de un hombre mayor que te vendería hasta cincuenta si se los pidieras, y del techo penden unos carteles de papel que dicen:

Mándale un salami
a tu chico en el ejército.

Cuando terminaron los cafés, pagaron en la caja y abandonaron el local. Echaron a andar en dirección oeste. Houston Street es una amplia vía sin árboles. Empezaba a atardecer y había mucho tráfico. Kly utilizó el teléfono móvil de Austen para llamar a la policía de tráfico. Caminaron hasta una boca de metro situada en la esquina de la Segunda Avenida, donde paraba la línea F, y, una vez en la estación, esperaron a que apareciese un guardia.

El andén tenía ciento cincuenta metros de largo y no había más que tres o cuatro personas. No era una parada muy concurrida.

Ben Kly alzó la mirada.

–Vamos a seguir por Houston Street, en dirección este –dijo.

Al otro lado del andén había unos paneles metálicos que iban del suelo hasta el techo. Se notaba un fuerte olor a orina. Kly dijo que se hallaban enfrente del East River.

–Las vías del tren F giran hacia el sur a partir de aquí –explicó–. Pero no vamos a ir por ahí. Hay un túnel abandonado que conduce al este. –Kly se dirigió al guardia–. ¿Hasta dónde llega?

El guardia era un hombre rechoncho con bigote. Llevaba una linterna.

–Hasta muy lejos –respondió.

En un extremo del andén había una pequeña puerta giratoria. Encendieron las linternas y descendieron unos escalones para acceder a las vías. Kly alumbró una oscura barra metálica paralela a éstas.

–Ése es el raíl electrificado, doctora Austen. Tenga cuidado. No lo toque.

El hombre se volvió hacia ella.

–Si viene un tren, arrímese a la pared, ¿de acuerdo? –le aconsejó–. Métase en estos huecos de seguridad. Aunque yo le haré señas al tren con la linterna.

Caminaron un trecho por las vías. A la izquierda había una pared metálica. Kly la alumbró y encontró lo que andaba buscando: un agujero. Lo atravesaron y vieron que al otro lado había unas vías abandonadas que conducían hacia el este. Los raíles estaban herrumbrosos y las traviesas aparecían cubiertas de periódicos y basura. Echaron a andar siguiendo la vía, alumbrando el camino con la linterna. Un tren pasó por debajo, provocando un gran estruendo en los túneles.

–Ése es el tren F que va al norte de la ciudad –comentó Kly–. Circula por debajo de nosotros. Estamos en un puente.

Las vías y el suelo estaban cubiertos de un polvo negruzco.

–No levante eso –dijo Kly.

–¿Qué es? –preguntó Austen.

–Es polvo de acero. Se desprende de los raíles y se acumula en estos túneles abandonados.

Examinaron el lugar con las linternas. El techo era abovedado. Había columnas de acero por todas partes y puertas abiertas que conducían a espacios oscuros. Iban pisando el polvo negro, que era muy suave, casi sedoso, y atenuaba el sonido de sus pasos. Las paredes estaban decoradas con grafitis. Había montones de cartones esparcidos por el suelo así como excrementos secos. Pasaron por encima de un anorak de esquiar roto y mugriento, tirado entre los raíles, y una especie de felpudo.

Austen lo alumbró con la linterna y advirtió que era un perro aplastado y momificado. Se respiraba un olor fétido, que parecía proceder del animal. De pronto Austen oyó un ruido y vio que el policía había abierto su pistolera de cuero.

–¿Lem? –gritó Kly–. ¡Eh, Lem! –Su voz resonó por el túnel.

No hubo respuesta.

–¿Hay alguien ahí? –vociferó Kly.

–¡Lem! –llamó Austen.

Estuvieron un buen rato caminando de un lado a otro, alumbrando rincones sombríos. Al llegar a una de las aberturas de la pared, Austen y Kly oyeron el zumbido de unas moscas. Austen se sorprendió; no esperaba encontrarse con moscas bajo tierra.

Estaba tendido en una silla plegable de aluminio y plástico. Era un hombre blanco de edad comprendida entre los treinta y los sesenta años. Tenía la espalda completamente arqueada y el cuerpo encorvado hacia atrás en forma de luna creciente. Se le había hinchado el abdomen desmesuradamente. Era como si estuviese preñado de algo, y la zona intestinal se había vuelto de un color verdoso brillante. La hinchazón se debía a los gases de descomposición que se habían acumulado en el cuerpo. Tenía la boca y la barba cubiertas de un fluido verde y negro. Los pantalones estaban manchados de líquido. Las moscas zumbaban a su alrededor. Parecía haber perdido los ojos.

El policía sacó el radiotransmisor y seleccionó una frecuencia de radioaficionados. Retrocedió, se dio la vuelta y tosió. Apoyó las manos en las rodillas y volvió a toser. Se oyó cómo vomitaba y luego tosía de nuevo en la oscuridad.

–Odio este tipo de cosas –dijo por fin, limpiándose los labios.

Austen se acercó al lugar de donde procedía el olor, conteniendo al máximo la respiración. Notaba que el hedor le envolvía el cuerpo, que su piel se cubría de una capa aceitosa procedente de los gases, y percibió un sabor metálico en la boca. El olor le había impregnado hasta la lengua.

Se arrodilló junto al fallecido, abrió su mochila y se puso una mascarilla protectora. Le pasó otra a Kly, aunque a él no parecía molestarle demasiado el olor. Luego se puso unos guantes de látex y levantó la mano derecha del hombre con sumo cuidado.

Si bien los dedos estaban intactos, tenía la mano despellejada, y de ellos pendían unos colgajos de piel apergaminada y semitransparente. Austen le abrió la mano con delicadeza y encontró un globo ocular en su interior.

–Se ha enucleado, Ben. Se ha arrancado los ojos.

Tras hacer un breve reconocimiento del cadáver, Austen se levantó y miró a su alrededor, alumbrando todos los rincones con la linterna. Lem y el hombre de la armónica eran amigos. Según el informe, este último lo contrataba a veces como guardaespaldas. Austen se preguntó si serían también vecinos.

El guardia estaba hablando por radio, informando de lo ocurrido.

Austen encontró una puerta de acero a cierta distancia de donde se encontraban. Era una puerta con un candado, de las que se doblan sobre sí mismas al abrirse y había montones de basura, latas y envases de comida desperdigados por el suelo.

–Ben –llamó.

Ben se acercó, echó un vistazo a la puerta y agitó el candado. Éste se abrió solo. Alguien había cortado la anilla de acero con una sierra.

–Es un truco que suelen utilizar los mendigos –dijo, abriendo la puerta.

Encontraron un espacio muy pequeño repleto de cables eléctricos, la mayoría de ellos sobre un estante por encima del suelo.

–Duermen ahí arriba –observó Kly, desplazando el haz de luz–. Ahí no hace tanto frío.

Austen se subió a un bloque de hormigón y examinó el lugar. Sobre la repisa había varias botellas de vodka vacías y alineadas, así como otro tipo de botellas y envases de plástico. También había una bolsa de basura negra que contenía algo blando.

–Cuidado con las ratas, doctora Austen.

Alice palpó la bolsa con las manos enguantadas y la dejó en el suelo.

El guardia les preguntó qué estaban haciendo.

–Espere un momento –dijo Austen.

Abrió la bolsa, y en ella encontró una sudadera negra con una capucha y un rollo de cinta aislante plateada. También había una bolsa de plástico transparente con dos armónicas Hohner.

–Aquí vivía el hombre de la armónica –dijo.

La policía sacó el cadáver metido en una bolsa y lo introdujo en la furgoneta de la funeraria municipal. Austen les advirtió que tuviesen muchísimo cuidado y les dio instrucciones sobre las precauciones que debían tomar frente al riesgo biológico. Les pidió que lo colocasen en una bolsa doble, y luego telefoneó a Nathanson a su despacho.

–Puede hacerle la autopsia mañana –dijo Nathanson–. Aunque si está tan putrefacto, creo que podría esperar hasta el lunes.

–Me gustaría hacerla ahora mismo.

–Hoy es viernes. Es la hora punta –replicó Nathanson exhalando un suspiro.

Al final accedió y pidió a Glenn Dudley que estuviera presente, ya que Austen no podía firmar el certificado de defunción.

Dudley, visiblemente disgustado, llevó el cuerpo a la sala de rayos X y le hizo una radiografía dental. Se hallaban solos en el Infierno, con la excepción de Kly, que se había quedado a ayudarles. Todas las demás mesas estaban vacías.

Lo desnudaron cortándole la ropa y vieron que las ratas le habían devorado los genitales.

–Es lo primero que se comen –explicó Dudley.

En la cuenca del ojo izquierdo parecía haber una plaga de gusanos. Austen apenas podía respirar, pues el hedor era tan intenso que resultaba incluso untuoso. Tuvo que hacer fuerza con las manos para practicar la incisión en forma de Y a fin de abrir el cuerpo.

Dudley permaneció a un lado con los brazos cruzados.

Cuando el bisturí llegó al ombligo, se oyó el silbido del gas que escapaba del cuerpo. La grasa abdominal se había derretido. Rezumaba aceite y apestaba.

–¡Puaj! –exclamó Austen, retrocediendo.

–Procure evitar esa zona, Austen –dijo Dudley.

Dudley arrancó la piel que colgaba de la mano derecha de Lem. Se desprendía con facilidad. Luego metió su mano enguantada en el interior del guante formado por la piel de Lem, deslizando los dedos en los distintos huecos. La piel de Lem conservaba las huellas dactilares. Dudley tintó la punta de los dedos y le tomó las huellas. Austen advirtió que a Dudley le temblaban las manos y se preguntó si tendría un problema con la bebida.

Los órganos internos estaban hechos una pasta repugnante. Austen tomó algunas muestras y las introdujo en un frasco. A continuación examinó la boca con cuidado. Parecía estar cubierta de puntitos oscuros, posiblemente ampollas, aunque era difícil de asegurar.

–Cuando observe esas muestras en un microscopio no verá nada –dijo Dudley.

Hacía tiempo que las células habían muerto y por tanto estarían destruidas.

El olor que impregnó el Infierno se coló por debajo de las puertas e invadió todo el depósito de cadáveres, donde se hallaban dos técnicos de autopsias del turno de noche.

–Están abriendo a uno bueno –comentó uno de ellos.

Staten Island

SÁBADO POR LA MAÑANA

El transbordador de Staten Island partió de la terminal situada en el extremo sur de Manhattan y atravesó la parte alta de la bahía de Nueva York, surcando unas aguas del color del cemento. Era una mañana de sábado gris y nubosa. Apoyada en la barandilla de la cubierta de proa, Alice Austen contemplaba las arboledas y edificios bajos de ladrillo de Governors Island, que quedaba a su izquierda. Los árboles estaban floreciendo y, vistos de lejos, sus copas formaban una masa indistinta de florecillas de color rojo y verde pálido. Unos brotes de color amarillo indicaban que las forsitias estaban en flor. Austen, con el cabello agitado al viento, miró hacia el otro lado y vio la estatua de la Libertad envuelta en la neblina. Había pocos pasajeros en el transbordador, cuya cubierta temblaba y oscilaba con el oleaje. Unas gaviotas de pico negro revoloteaban y hacían piruetas por encima del agua, y una boya de campana sonó al pasar.

El barco atracó en la terminal de St. George, en la punta norte de Staten Island, donde un conjunto de diques abandonados se extendían hasta la bahía. Mientras atravesaba el edificio de la terminal Austen iba consultando un plano. Llevaba a cuestas la mochila, con el pesado ordenador portátil y su libreta. Cuando llegó al andén del rápido de Staten Island, tomó un tren a Stapleton, y desde allí fue andando hasta Bay Street. Miró a derecha e izquierda y vio una casa victoriana con un revestimiento de aluminio de color amarillo y un cartel en la planta baja que decía: Antigüedades Island. Al lado de la casa había una peluquería canina. Todo el barrio estaba impregnado de un olor salino.

Austen pulsó el timbre del interfono.

–¿Quién es? –preguntó una voz tras una larga pausa.

–Soy la doctora Alice Austen. Hemos hablado antes por teléfono.

Se oyó el zumbido del interfono y se abrió el portal. Austen subió un tramo de escaleras que conducía a una puerta del rellano.

–Pase. –Era una voz ronca.

Cuando Austen abrió la puerta, percibió un fuerte olor a gato. Una mujer gruesa y arrugada de unos ochenta años estaba sentada en una butaca reclinable frente a una luna de vidrio con vistas a unos almacenes y a la bahía en la distancia. Llevaba un camisón, bata y zapatillas. Tenía los tobillos hinchados y azulados a causa de un edema.

–Me cuesta mucho andar. Tendrá que acercarse hasta aquí.

Era la señora Helen Zecker, madre de la fallecida.

–Trabajo para el ayuntamiento de Nueva York –dijo Austen–. Estamos intentado averiguar qué le sucedió a su hija Penny. Nos preocupa que su muerte se debiera a una enfermedad infecciosa y estamos intentando localizar sus orígenes.

Hubo una larga pausa. La señora Zecker cambió de postura y la miró con ojos aterrorizados.

–Acabó con mi Penny.

–¿El qué?

–¡Esa cosa monstruosa de la que no paraba de hablarles a los médicos! Pero no me hacían caso. –Rompió a llorar.

Austen se sentó en una silla, a su lado.

–Acabó con mi Penny y ahora acabará conmigo. –Hizo un ademán que parecía sugerir que daba por concluida la conversación.

–¿Podría hacerle algunas preguntas?

Helen Zecker se volvió y miró a Austen con los ojos anegados en lágrimas.

–Le agradecería mucho que diera de comer a los gatos.

La cocina estaba muy sucia y desordenada. En cuanto Austen abrió la lata de comida, cuatro gatos aparecieron por la puerta. Austen llenó dos platitos con trozos de hígado de pollo y los gatos se agolparon a su alrededor. También lavó el recipiente del agua y lo volvió a llenar.

–Me gustaría saber qué estuvo haciendo Penny los días previos a su muerte. ¿Me podría ayudar? –dijo Austen al regresar a la sala.

–Acabó con ella. Es lo único que sé. Acabó con ella.

–Intentemos averiguar qué es lo que fue.

–¡Pasan todas esas cosas y nunca nos cuentan nada!

Si bien la señora Zecker no recordaba muy bien los últimos días, tenía muy buena memoria con relación a su infancia.

–Yo me crié en esta casa –dijo–. Era muy agradable antes de que la ciudad se convirtiera en un infierno. En Nochevieja, papá y mamá nos subían a la buhardilla. –Señaló hacia el techo–. Papá abría la ventana. Hacía tanto frío que nos envolvíamos en mantas.

–Hablemos de su hija, Penny...

–Olía el humo de los buques de carga que entraba por la ventana y se oía a los marineros cantar en los barcos. A medianoche, papá levantaba la mano y decía: «¡Silencio! ¡Escuchad!». Y escuchábamos en silencio. Y empezaba, por allí...

Austen siguió su mirada, hasta las torres de color gris plateado de Manhattan que parecían flotar en la lejanía.

–Era un rugido como el del viento –prosiguió–. No se acababa nunca. –Se refería al sonido de Manhattan en Nochevieja–. Ahora ya no lo oigo.

Austen se sentó a su lado y le tocó la mano.

–¿Se acuerda de algo? ¿Fue Penny a algún lugar extraño? ¿Hizo algo inusual? Dígame cualquier cosa que recuerde.

–No lo sé. No lo sé...

–¿Dónde compraba los artículos para la tienda?

–Por todas partes. No lo sé. Siempre pagaba los impuestos. Una vez estuvo en Atlantic City. Fue en una excursión en autobús... Mi Penny ya no está.

–¿Le importa que eche un vistazo a la tienda?

–No puedo acompañarla.

–No se preocupe.

La señora Zecker tiró de una palanca situada a un lado de la butaca y el respaldo se puso en posición vertical, enderezándola. Cuando tocó con los pies en el suelo, soltó un gemido. Austen la agarró de las manos y la ayudó a levantarse. La anciana echó a andar por el salón, arrastrando los pies. Sobre un estante había una taza de café. La mujer la alcanzó y le dio la vuelta para que cayera una llave.

Austen bajó las escaleras hasta la acera. Entró por la puerta principal de la tienda de antigüedades y encendió una luz fluorescente. Hacía mucho frío en el interior, ya que la calefacción estaba apagada. Las paredes estaban pintadas de amarillo limón y unas cintas de encaje mugrientas enmarcaban la luna del escaparate. Todo tipo de «antigüedades» de mala calidad llenaban unas vitrinas de cristal. Era sin duda una tienda de baratijas. Había un perchero con vestidos mohosos y una mesa metálica con los restos secos de un bocadillo sobre un trozo de papel parafinado, así como un cenicero de cristal lleno de colillas, lo cual sugería que Penny Zecker fumaba mucho. También había estanterías con unos cuantos libros de éxito olvidados y una caja de madera de roble con artículos de joyería de época y un cartel que decía: «La caja no está en venta. Ahórrense la pregunta». Se vendía una mecedora de mimbre por setenta y cinco dólares, un precio excesivo, y un baúl rayado de madera de pino por cuarenta y cinco dólares. Austen lo abrió y encontró en su interior un montón de revistas *National Geographic*.

Parecía ir por buen camino. Seguro que encontraría alguna pista en aquella habitación. A Penny Zecker le gustaba coleccionar cosas raras, como a Kate Moran. Compartían la misma afición y ambas habían muerto.

Empezó a sacar fotografías con su cámara electrónica y siguió inspeccionando la tienda con sumo detenimiento. Había bandejas y cajas con utensilios de cocina, una picadora de carne, juguetes de plástico, una mesita de café chapada, una bonita lámpara de latón que se vendía por treinta dólares, un tarro de gelatina con un dibujo del gato Silvestre, un samovar de cromo y una boya para atrapar langostas. En las paredes había reproducciones enmarcadas de escenas en la nieve, todas ellas en venta.

A Austen le rondaba algo por la cabeza, pero no lograba determinar qué era. Por fin decidió abrir el cajón del escritorio, que estaba lleno de carpetas. Las sacó y se fijó en una de ellas en la que decía: «Beneficios». Contenía una lista escrita a mano en papel pautado, con los gastos y las ganancias de Penny al comerciar con trastos viejos.

En ella figuraban fechas y nombres. Austen le echó un rápido vistazo: «18-4; silla pequeña: $59; coste: $5». Al parecer Penny había comprado una silla por cinco dólares y la había vendido por cincuenta y nueve. Penny Zecker no tenía ni un pelo de tonta. Lograba mantenerse y mantener a su madre con su negocio.

Parecía elaborar la lista de manera un poco obsesiva, aunque era su forma de ganarse la vida.

18-4; mercadillo Sexta Av. –vestido negro-mujer– $32 costó $0
encontrado en basura
18-4; cuchillo afilado-Sr.? Clow-$18 costó $1
19-4; mercadillo Sexta Av. –caja (broma)– $6 cambié por postales
19-4; broche (verde) –$22 compré por $5

Después de fotografiar la página, Austen se despidió de la señora Zecker y le prometió que la mantendría al corriente.

De vuelta en el transbordador, permaneció de pie en la cubierta de popa, al aire libre, contemplando Bayonne y la garganta del Kill van Kull. Luego caminó hasta la proa del barco y observó cómo se aproximaban los edificios acristalados de Wall Street. Las nubes comenzaban a dispersarse, revelando un cielo azul pardusco. La ciudad parecía enferma, aunque no había diagnóstico.

Decidió llamar a Walter Mellis a los CCE. Se fue a la zona de pasajeros y marcó el número particular de Mellis en su teléfono móvil. El aparato emitió un pitido. Se había quedado sin batería.

–Mierda –murmuró.

Se sintió más sola que nunca, sin posibilidad alguna de ponerse en contacto con los CCE. Guardó el teléfono en la mochila y se reclinó en el respaldo del asiento. Estaba agotada. La travesía duró casi media hora, lo cual le dio mucho tiempo para pensar. Le daba la sensación de que en algún lugar, entre los datos de los que disponía, había una puerta oculta.

Cuando la encontrase, accedería a un laberinto de relaciones y sistemas biológicos que desvelarían el funcionamiento interno de la naturaleza, la cual seguía jugando con la especie humana como desde hacía miles de millones de años.

Abrió el ordenador portátil y lo encendió. Ya tenía tres tarjetas de memoria llenas de imágenes tomadas con la cámara electrónica. Las introdujo en el ordenador una por una y repasó todas las fotografías en la pantalla.

Dos de las cuatro víctimas eran personas que coleccionaban cosas: Kate Moran y Penny Zecker. En cierto modo, el hombre de la armónica también era un coleccionista, ya que recolectaba dinero en su taza, dinero que había pasado por muchas manos. En cuanto a Lem, Austen no sabía prácticamente nada de él.

Pulsó unas teclas para obtener imágenes de la colección de objetos de Kate Moran. Algunas eran primeros planos. Había una geoda de cristales de la que se acordaba perfectamente. Amplió la imagen pulsando una tecla hasta que se convirtió en un tablero de píxeles. No encontró nada sospechoso en ello, pues las rocas no transmiten enfermedades. Entonces aumentó la imagen de la caja que contenía un pequeño escarabajo de ojos verdes. Nada. Luego la imagen de la casa de muñecas en busca de algo inusual. Nada. Por último amplió las imágenes de las cajas que Kate coleccionaba y se fijó en una de hojalata, preguntándose por su contenido.

No había sacado ninguna fotografía de las pertenencias del hombre de la armónica, ya que ella y Kly habían salido del túnel apresuradamente.

Volvió a pensar en el libro de cuentas de Zecker. Recuperó las imágenes y examinó las distintas páginas. Algo le llamó la atención e intentó atar cabos:

Mercadillo Sexta Av.–vestido negro-mujer– $32 costó $0 encontrado en basura

Tal vez fuera el tipo de vestido que le gustaba a Kate. Pero había otro detalle que le llamó la atención: la Sexta Avenida. El padre de Kate le había contado que su hija compraba cosas en mercadillos, y le parecía recordar que había mencionado la Sexta Avenida. ¿Habría comprado algún vestido? Austen siguió leyendo la lista:

19-4; mercadillo Sexta Av.–caja (broma)– $6 cambié por postales

Se estremeció sólo de pensar en lo mucho que le gustaban las cajas a Kate. ¿Qué habría en el interior de aquella caja?

Volvió a examinar una por una las fotografías del dormitorio de la joven hasta que por fin la encontró. Junto a la casa de muñecas había una cajita de madera de color gris, rectangular, sin nada en especial salvo un pequeño detalle: una figura pintada en un lado, con una forma que le resultaba familiar. Era un poliedro cristalino. Lo había visto antes en alguna parte.

Amplió la imagen hasta convertirla en un mosaico de píxeles y la contempló unos instantes. ¿Dónde había visto aquella figura?

Era la forma de los cristales que había visto dentro del cerebro de Kate Moran. Por fin dio con el diagnóstico, como si las piezas de un mecanismo encajasen de pronto.

Kate le había comprado aquella caja a Penny Zecker en un mercadillo.

Aquella caja era el equivalente a la palanca de la bomba de agua de John Snow. Y se hallaba en el dormitorio de Kate.

Torbellino

SÁBADO POR LA MAÑANA

Los virus cerebrales pueden actuar muy rápido y hacer que una persona aparentemente sana sufra una crisis mortal en cuestión de horas. Los agentes víricos que se desarrollan en el sistema nervioso central se extienden por las células nerviosas. Puedes irte a la cama encontrándote perfectamente y no despertar jamás. Antes del amanecer el agente se ha extendido por las fibras del sistema nervioso central.

El virus había pasado la noche propagándose en el cuerpo de Peter Talides, que había empezado a perder sus facultades mentales. A pesar de que era sábado por la mañana, se vistió para ir a la escuela, caminó hasta la boca de metro, tomó el tren N a Manhattan, en dirección a la Mater School, y se sentó en uno de los vagones centrales, como de costumbre. El tren atravesó Queens por las vías elevadas y luego se adentró en los túneles que se extendían por debajo del East River. Normalmente Talides hacía transbordo en la parada de la calle Cincuenta y nueve y tomaba la línea de Lexington Avenue en dirección norte. Al llegar a dicha estación se apeó del tren, como de costumbre, y bajó el tramo de escaleras que conducía hasta la otra línea. Allí los pasillos están cubiertos de mosaicos de colores y por tanto es fácil desorientarse. Además todas las salidas se parecen. Los mosaicos tienen motivos de vegetación, con unos árboles de troncos rojizos y hojas verdes. En las paredes figuran versos de Delmore Schwartz y Gwendolyn Brooks.

En lugar de dirigirse al andén dirección norte, Peter Talides siguió caminando. Los mosaicos de colores lo despistaron y no leyó las indicaciones. Pasó por delante de unos versos que decían: «Florece en medio del estruendo y del azote del torbellino».

Pasó bajo un arco alrededor del cual brillaba un sol enorme de mosaicos amarillos y descendió los escalones que conducían a la línea de Lexington Avenue en dirección sur. Cuando llegó el tren, tomó asiento y se fue alejando de la Mater School, de su destino. Estaba inclinado hacia delante con la cabeza casi entre las piernas. No paraba de tocarse la boca con las manos y moqueaba abundantemente por la nariz.

El tren atravesó Manhattan, se adentró bajo el East River y apareció en Brooklyn. Cuando Talides llegó a la estación de Borough Hall, cayó en la cuenta de que se había perdido.

–Me he equivocado de dirección –dijo con voz apagada.

Se apeó del tren, subió las escaleras y bajó por el otro lado, siguiendo las indicaciones. Una parte de su cerebro leía los carteles mientras que la otra chillaba de agonía y se retorcía por la enfermedad. La afección estaba alcanzando el mesencéfalo. Se sentó en un banco, puso la cabeza entre las piernas y permaneció en esa posición durante un buen rato, quejándose. Al cabo de un momento un guardia llamado James Lindle se acercó hasta él y le dio una palmadita en el hombro.

Talides profirió un grito agudo, semejante al llanto de un bebé. Era un ataque, provocado por un sobresalto, por una intrusión en su mundo. Cayó al suelo de costado, hecho un ovillo. Luego se enderezó, con el cuerpo rígido, hasta que se le pasó.

Algunas personas se detenían y se agolpaban a su alrededor, mientras que otras pasaban de largo.

–Apártense, por favor. No lo toquen –decía Lindle.

Llamó por radio a un equipo médico de urgencias del Cuerpo de Bomberos de Nueva York.

Talides se encontraba cerca de la línea amarilla del borde del andén. De repente se retorció y cayó a las vías. Aterrizó en unos charcos de agua, metro y medio más abajo.

En ese preciso instante, el estruendo de un tren resonó por la estación.

–¡Oh, no! –gritó Lindle. Echó a correr por el andén, agitando los brazos–. ¡Pare!

La gente gritaba al hombre que había caído a las vías:

–¡Levántese! ¡Vamos, levántese!

Talides oía vagamente que lo estaban llamando. Tenía los ojos entrecerrados. Se tendió boca abajo, empapado de agua, y se arrastró hacia la vía electrificada, alejándose cada vez más de cualquier posible ayuda. El tren se acercaba a gran velocidad.

Cuando el conductor del metro vio al hombre que avanzaba a gatas por las vías, activó el freno neumático hasta el límite. Durante una parada de emergencia, un tren puede llegar a deslizarse unos ciento cincuenta metros.

Abajo, en las vías, Peter Talides notó una vibración. Se revolcaba por el suelo y se retorcía con la ropa empapada de agua. Logró atravesar una de las vías con el cuerpo, pero se le quedó la cabeza atrapada en el raíl electrizado, conectando a tierra todo el sistema eléctrico a través de su cuerpo.

Hubo un destello y se oyó un chisporroteo. El cuerpo de Talides se puso rígido, duro como una piedra a causa de los diez mil amperios de electricidad que le recorrieron la cabeza y la columna. Los plomos no saltaron, de hecho casi nunca lo hacen cuando un cuerpo provoca un cortocircuito en el metro de Nueva York. Por el cráneo de Talides estaba pasando suficiente corriente para que veinte trenes circulasen a velocidad máxima. La piel de la cara se quemó al instante y se le formó una capa de ampollas blancas que se reventaron y se chamuscaron.

Se oyó un zumbido y un nuevo chisporroteo en el momento en el que el encéfalo quedó calcinado. El cráneo se reventó con un ruido sordo y trocitos de cerebro salieron disparados por los aires, salpicando todo el andén. Un hombre se restregó los ojos con las manos y observó estupefacto sus gafas, que estaban manchadas de unos pegotes ensangrentados de color gris que parecían haber surgido de la nada.

Al cabo de un instante, con los frenos chirriando, el tren arrolló el cuerpo y lo partió en dos; luego se detuvo. De la parte interior comenzó a salir humo.

Cobra

UNION SQUARE

La asistenta, Nanette, abrió la puerta. Dijo que el señor y la señora Moran se habían marchado a casa de unos familiares.

–Podría haber algo peligroso en la habitación de Kate. ¿Ha entrado alguien? –preguntó Austen.

Nadie había estado en el cuarto. Los padres de Kate no podían soportar entrar ahí, y su abuela tenía pensado guardar las pertenencias de la fallecida una vez que hubiese pasado lo peor. El señor y la señora Moran estaban ocupados preparando el funeral, que se celebraría al día siguiente.

Austen había estado observando las fotografías y recordaba a la perfección casi todos los objetos de la habitación de Kate. Se sentó ante la mesa de trabajo, justo delante de la caja con el cristal redondeado y poliédrico pintado en uno de los lados. Alargó la mano para tocarlo, pero vaciló un instante. Abrió su mochila y sacó una caja de cartón con unos guantes de látex. También tenía una mascarilla, que se colocó sobre la nariz y la boca. Por último se puso unas gafas protectoras y encendió la lámpara del escritorio.

Levantó la caja con sumo cuidado. Era cuadrada, de unos siete centímetros de ancho, hecha de algún tipo de madera muy dura y poco porosa. Tenía un cierre corredizo o algún mecanismo especial para abrirla. Uno de los lados estaba suelto y Austen pensó que sería el mecanismo de apertura.

«¿Qué hago? ¿La abro o no? –se dijo–. ¿Qué sucederá si la abro? Ya han muerto cuatro personas, tal vez a causa de esta caja, aunque es posible que ya me haya infectado.»

–*Ephaphtha* –susurró antes de abrirla.

Deslizó los dedos por el exterior, palpándola con cuidado. Se oyó un clic, la caja se abrió y algo surgió de ella de improviso.

Austen la dejó caer, asustada. Lo que emergió de la caja era una serpiente, la cabeza y el cuello de una pequeña serpiente de madera que salió disparada hacia sus dedos, como en una caja sorpresa. Era una cobra con la caperuza extendida, en posición de ataque. En la parte posterior del cuello tenía pintados unos anteojos rojos. Los ojos eran unos puntos de un amarillo intenso con una línea vertical a modo de iris, y sacaba una lengua bífida, de color rojo.

La cobra estaba enganchada a un resorte que quedaba comprimido al cerrar la tapa. Cuando acertabas a abrir la caja, el resorte saltaba y la serpiente intentaba morderte los dedos. Era un juguete hecho a mano, tal vez en India o en China.

Pero de la caja había salido algo más, apenas visible a la luz de la claraboya. Era como un polvillo grisáceo.

Austen cerró los ojos, inclinó la cabeza hacia atrás, se apretó la mascarilla contra el rostro y echó a correr hasta la otra punta de la habitación. Estaba temblando, empapada en sudor. ¿Qué serían aquellos polvos?

Volvió a atravesar el cuarto, respirando lo menos posible, sin retirar la mano de la mascarilla, y agarró la caja con la mano enguantada. La tapa estaba abierta. No había nada en su interior salvo el resorte y unas motas de polvo. La caja era un dispositivo de dispersión de polvo, aunque no muy eficaz, tan sólo lo suficiente para esparcir un poco de polvo alrededor de la persona que abriese la caja.

–Oh, Dios mío –exclamó Austen–. Es una bomba. Una bomba biológica.

Siguió apretándose la mascarilla contra la nariz y la boca, esperando que la protegiese del polvo. Se preguntó cuál sería el tamaño de los poros de la máscara, y si ésta bloquearía las partículas de polvo. El problema era que no sabía qué tamaño tenían esas partículas. Si el polvo había logrado traspasar la mascarilla, ya no había nada que hacer.

Giró la caja ligeramente con la punta de los dedos, para no levantar nada de polvo. En la cara inferior habían pegado un trocito de papel diminuto con unas palabras impresas en una letra minúscula.

Seguro que Kate tenía una lupa en alguna parte. Austen abrió un par de cajones hasta que encontró una.

Sostuvo la caja a la luz de la lámpara y leyó las palabras a través de la lente. Logró distinguir unas letras negras que sin duda habían sido impresas con una impresora láser de gran calidad.

Prueba humana n.º 2, 12 de abril
ARQUIMEDES FECIT

Dejó la caja encima de la mesa y miró a su alrededor. La lata de té Twinings le serviría. Agarró un pañuelo de papel de la mesita de noche y vio unos Kleenex usados en el suelo, cerca de la cama. Por poco se le escapó un chillido. Si Kate se había sonado la nariz con ellos, estarían infectados, de modo que no los tocó. Metió unos cuantos pañuelos limpios en la lata y a continuación introdujo con cuidado la serpiente en el interior de la caja. Cerró bien la tapa y pensó que debía guardar la lata en alguna bolsa o recipiente que advirtiese del peligro biológico.

La luz que entraba por la claraboya se reflejaba en su pelo rojizo, lo cual le hizo pensar en el cabello de Kate y en la autopsia.

Volvió a inspeccionar el cuarto en busca del sistema de ventilación. Al ver un radiador de agua se tranquilizó. Probablemente evitaría que el aire de la habitación se dispersara por toda la casa. Entonces vio una entrada de aire acondicionado en el techo. Debía asegurarse de que los Moran no lo utilizasen.

Austen salió y cerró la puerta. Se quitó la mascarilla y los guantes, aunque no sabía qué hacer con ellos. Al final decidió meterlos en un bolsillo de la mochila. También se llevó la lupa.

Cuando vio a Nanette, le avisó que no dejase entrar a nadie en la habitación de Kate.

–Creo que he encontrado algo que podría ser sumamente peligroso. He cerrado la puerta con llave. Las autoridades vendrán a investigar. Por favor, mantenga esa puerta cerrada hasta que lleguen.

Nanette le prometió que se mantendría alejada del cuarto de Kate y le aseguró que no permitiría que entrase nadie.

–El señor y la señora Moran no volverán hasta mañana –dijo.

–Y no ponga el aire acondicionado por nada del mundo.

Austen tomó un taxi hasta la oficina del médico forense. Había dejado la bolsa con las pertenencias del hombre de la armónica en su despacho, junto a su mesa de trabajo. Se puso unos guantes quirúrgicos y una mascarilla, abrió la bolsa de basura y sacó la sudadera negra. Había un bulto en el bolsillo delantero. Era una cajita casi idéntica a la que había en la habitación de Kate. Al examinarla descubrió que también tenía un trocito de papel enganchado en la parte inferior. Lo observó con la lupa y halló un pequeño esquema de ingeniería, de algo que no había visto nunca. Parecía una especie de frasco que contuviese algo semejante a una pesa de gimnasia o un reloj de arena. Debajo del dibujo estaba escrito en letra muy pequeña:

Prueba humana n.º 1, 12 de abril
ARQUIMEDES FECIT

Las cajas parecían formar parte de algún plan, obra de una mente calculadora.

Austen cerró con llave su despacho, subió al laboratorio de histología y pidió varias bolsas de plástico de riesgo biológico. Sin dar explicación alguna, regresó a su oficina y metió en ellas las dos cajas de las cobras. Decidió no abrir la lata de té. Entonces bajó al sótano. Allí vio unas bolsas de plástico enormes e introdujo la ropa de Lem en una triple bolsa. Hizo otro tanto con su mochila, que estaba contaminada por los guantes y la mascarilla.

Se fue al servicio de señoras y se miró en el espejo, temiendo ver algo sospechoso en sus ojos. Éstos no habían perdido su color azul grisáceo, ni habían aparecido anillos alrededor de la pupila.

El doctor Nathanson vivía en el Upper East Side, en la calle cincuenta y tantos. Austen tardó cinco minutos en llegar hasta allí en taxi. La mujer de Nathanson, Cora, le abrió la puerta.

–Ah, sí, usted es la doctora de los CCE –dijo–. Pase.

Nathanson tenía un pequeño despacho en el piso. Su mesa estaba cubierta de papeles y en los estantes había volúmenes de filosofía y medicina. La habitación olía a puro.

–He encontrado el foco –dijo Austen cuando Nathanson hubo cerrado la puerta.

–Creo que no la sigo.

–El foco infeccioso. La causa de las muertes. Es un ser humano. Esto no es una epidemia natural. Es obra de un asesino.

Hubo una larga pausa.

–¿Qué le hace pensar eso? –preguntó Nathanson con tiento.

Austen dejó sobre la mesa las bolsas de plástico naranjas y rojas que contenían la lata de té y la caja del hombre de la armónica.

–He encontrado dos dispositivos. Son dispositivos de dispersión biológica... bombas, doctor Nathanson. Encontré uno en el bolsillo del hombre de la armónica y el otro en la habitación de Kate Moran. Penny Zecker, propietaria de una tienda de baratijas, se lo vendió a Kate. Tiene apuntado en una libreta que alguien le cambió la caja por unas postales. Ese tipo es un asesino.

Colocó su ordenador portátil sobre la mesa y lo encendió.

–Mire estas imágenes.

El jefe se inclinó para observar la fotografía de la caja Zecker-Moran.

–Éste es el dispositivo que infectó a Penny Zecker, luego la señora Zecker se lo vendió a Kate Moran. –Austen sostuvo en alto una de las bolsas de riesgo biológico–. Aquí dentro está el otro dispositivo. Es el que acabó con el hombre de la armónica. Creo que alguien podría habérselo dado en el metro. Estas cajas desprenden una pequeña cantidad de polvo cuando se abren. Sospecho que se trata de un agente biológico pulverizado. Podrían ser partículas de algún virus cristalizado, pero no estoy segura.

Nathanson permaneció en silencio durante un rato largo, contemplando las cajas. Cogió la bolsa de plástico y miró la cajita que contenía, el cristal pintado, la madera gris. De pronto se comportó como un viejo gruñón.

–Esto es una prueba de un crimen –dijo, soltando la bolsa–. Debería haberla dejado donde la encontró.

–Bueno, me temo que no estaba pensando en esos términos. Esto es una bomba y quería sacarla de allí cuanto antes.

–Podría haberse infectado.

–También Glenn Dudley y Ben Kly. Y le recuerdo que usted estaba presente en la autopsia de Moran.

–¡Dios mío! ¡Y ahora están haciendo la del profesor!

–¿Qué?

–El profesor de arte. Murió en el metro.

–Oh, Dios mío. ¿Cómo ha sido?

–No sabemos qué ocurrió exactamente. Intenté ponerme en contacto con usted, pero su teléfono no funcionaba. Llamé a Glenn y le pedí que viniese enseguida. En estos momentos está en la sala de autopsias con Kly.

Nathanson telefoneó a la oficina del forense y pidió por Dudley. El empleado regresó al cabo de un momento y le dijo que el señor Dudley estaba ocupado y le llamaría más tarde.

El cuchillo

DEPÓSITO DE CADÁVERES DE LA OFICINA DEL FORENSE

Cuando Austen llegó, sin aliento, encontró a Glenn Dudley y a Kly solos en el Infierno. Se detuvo ante la puerta de la sala principal y gritó:

–¡Esperen! Ese cuerpo está infectado con un agente peligroso.

Ben Kly retrocedió.

–Es muy peligroso, doctor Dudley –dijo Austen.

–Entonces protéjase bien antes de entrar –replicó él–. Mire lo que he descubierto. –Señaló la cabeza de Talides con la mano enguantada–. La piel facial está surcada de agujeros ennegrecidos, característico en personas que se electrocutan en el metro. Los ojos permanecen abiertos y turbios a causa del calentamiento. La sien derecha está abultada y vemos una fractura del cráneo, y por aquí salen restos de encéfalo sometido a altas temperaturas. El olor suele ser muy fuerte. ¿Cómo es que no lo huelo?

Cuando Dudley miró a Austen, ésta vio que al patólogo le caían mucosidades transparentes de la nariz, por encima de la mascarilla.

–Ben –dijo Austen dando un paso atrás.

Kly miró a Dudley y dejó caer el frasco que sostenía en las manos. El sonido del frasco al estrellarse puso a Dudley fuera de sí, su rostro sufrió una contracción jacksoniana. Emitió un gruñido, abrió la boca y suspiró.

Acto seguido blandió el cuchillo de prosector con mano experta y se volvió hacia Austen con los ojos brillantes y alertas.

El cuchillo tenía la empuñadura de madera y una hoja de acero de más de sesenta centímetros de largo, tan afilada como una cuchilla de afeitar. Era un arma muy peligrosa, sobre todo en manos de un hombre que sabía perfectamente cómo usarla. Y estaba empapada de sangre infecciosa.

Austen retrocedió sin apartar los ojos del cuchillo, y levantó las manos lentamente para protegerse la cara y el cuello.

–Doctor Dudley, por favor, deje el cuchillo. Por favor –le suplicó.

Dudley seguía avanzando hacia ella despacio, con cuidado. Austen chilló y dio un salto hacia atrás; la hoja pasó por debajo de su brazo. Era como si Dudley estuviese jugando con ella.

–¡Por aquí! –gritó Kly.

Dudley se volvió hacia Kly.

–¡Márchese! –susurró Kly a Austen.

En lugar de obedecerle, Austen agarró una podadera, pero Dudley se dio la vuelta de repente y se la arrebató de un golpe de cuchillo.

Entonces siguió avanzando hacia Kly, que retrocedía sin apartar la mirada de los ojos de su agresor.

–Cálmese, doctor –le decía–. Deje el cuchillo. No pasa nada, doctor. Recemos juntos.

Dudley lo arrinconó. Kly no tenía escapatoria.

–No vamos a rezar –dijo Dudley mientras blandía el cuchillo con todas sus fuerzas. La hoja golpeó el cuello de Kly con un ruido sordo y casi logró decapitarlo.

Un chorro de sangre procedente de la arteria salió disparado hacia el techo y la cabeza de Kly cayó hacia un lado debido a que le habían seccionado los músculos. Kly se desplomó en el suelo y Austen salió corriendo de la sala, chillando.

Dudley observó a Kly y luego miró tranquilamente a su alrededor. Se le arqueó el cuello y se le dobló la espalda. La contorsión basal se intensificó. Se acercó a una mesa, buscó una hoja estéril de bisturí, le quitó el envoltorio y la ajustó a un mango. Luego se clavó el bisturí encima de la oreja izquierda hasta que tocó el hueso con la punta, y lo deslizó rápidamente por la coronilla, haciendo una incisión coronal de oreja a oreja, rozando el hueso de la bóveda craneal. Acto seguido se clavó el bisturí en el muslo y lo dejó temblando en el músculo; debió de parecerle un lugar idóneo para guardarlo. Agarró con las dos manos la piel de la cabeza y tiró de ella bruscamente hacia delante. Al desgarrarse, la carne produjo un ruido sordo. Así se arrancó el cuero cabelludo del cráneo, dándole la vuelta. Siguió tirando con mano experta, hasta que empezó a arrancarse el rostro. Los ojos quedaron colgando y la piel del cráneo, vuelta del revés acabó tapándole la cara como una manta roja y viscosa. La bóveda craneal era de color marfil, sanguinolenta y húmeda, y el pelo caía en forma de flequillo sobre la boca. Empezó a mover los labios y a chillar. Se estaba comiendo el cuero cabelludo. Al final no llegó a sufrir un ataque epiléptico.

CUARTA PARTE

Decisión

Masaccio

El edificio federal Jacob K. Javits en el número 26 de Federal Plaza, en el sur de Manhattan, está situado a lo largo de Broadway, junto a un complejo de palacios de justicia y edificios del gobierno emplazados alrededor de Foley Square, con vistas al puente de Brooklyn. La fachada es de piedra color gris oscuro y tiene las ventanas de cristal ahumado. Alberga, entre otras oficinas, la sucursal del FBI en Nueva York, la más grande de Estados Unidos después de la de Washington. En ella trabajan mil ochocientos funcionarios y agentes especiales y ocupa ocho plantas del edificio.

Alice Austen y el médico forense jefe de Nueva York entraron en una sala de conferencias en penumbra situada en la planta veintiséis. El espacio estaba lleno de mesas dispuestas en semicírculos concéntricos, frente a una hilera de pantallas de vídeo. Era el Centro de Control de la oficina de Nueva York. Había varios agentes, directores y técnicos deambulando por la sala o bien sentados a las mesas, y un olor inconfundible al café agrio que se consume en este tipo de reuniones.

Un hombre robusto de unos cuarenta y tantos años se acercó hasta ellos. Tenía el pelo castaño y rizado, unos ojos oscuros de mirada inteligente y una barriga prominente. Vestía una camisa azul bajo un chaleco con el cuello de pico de color gris, unos pantalones caqui y unos mocasines L. L. Bean.

Saludó a Nathanson y le estrechó la mano a Austen.

–Frank Masaccio. Encantado de conocerla, doctora. Hablaremos en mi despacho.

Mientras salían del Centro de Control, Masaccio señaló las pantallas de vídeo y añadió:

–Sólo estamos preparando las detenciones de un caso de fraude de seguros. –Negó con la cabeza–. Es lo de siempre: sospechosos fingiendo un ataque al corazón. En estos momentos la mitad de las unidades de cardiología de la ciudad tienen a personajes destacados del crimen organizado muriéndose en ellas. Es para volverse locos.

Frank Masaccio era el jefe de la sucursal de Nueva York y subdirector del FBI.

–Muy bien, vuélvemelo a explicar todo –dijo cuando llegaron a su despacho, situado tres pisos más arriba.

–Ha muerto mi ayudante porque se infectó con algo en la sala de autopsias. –A Nathanson le temblaba la voz–. Mató a nuestro mejor técnico de autopsias con un cuchillo y luego se mató de un modo que resulta difícil de describir.

Austen colocó su ordenador portátil sobre una mesita.

–Al parecer hay algo que hace que las víctimas se ataquen a sí mismas o a los demás. Ya hemos tenido seis muertes, y todo indica que alguien está propagando el agente infeccioso de manera premeditada.

Masaccio permaneció en silencio. Se levantó, cruzó la habitación y se sentó en el sofá delante del portátil de Austen, para observar la pantalla. Le dirigió una mirada penetrante y dijo:

–Lo primero que me gustaría saber es si esto es competencia del FBI.

–Son asesinatos –replicó Austen.

Le resumió lo ocurrido y lo que había averiguado mientras Masaccio la escuchaba en silencio, impertérrito, con una mirada que ella fue incapaz de interpretar. De pronto él levantó la mano y dijo:

–Espere un momento. ¿Han informado a alguien de los CCE?

–Todavía no –repuso Nathanson.

–Quiero hablar con alguien de los CCE –dijo Masaccio. Se acercó a su mesa y, sin llegar a sentarse, empezó a pulsar las teclas de su ordenador y se quedó mirando una lista de números y nombres–. Aquí está nuestro contacto en Atlanta.

Marcó un número de teléfono y luego pulsó una serie de dígitos que correspondían a un busca que funcionaba vía satélite.

Al cabo de un par de minutos sonó el teléfono. Masaccio pasó la llamada al altavoz de la mesa y dijo:

–¿Es el doctor Walter Mellis? Le habla Frank Masaccio. Soy el director de la sucursal de Nueva York del FBI. No sé si nos conocemos. Siento molestarle un sábado, pero tenemos un pequeño problema. ¿Dónde se encuentra en estos momentos?

–Estoy en el campo de golf –respondió Mellis. Se le oía jadear, como si hubiese corrido para contestar al teléfono.

–Walt, soy Alice Austen.

–¡Alice! ¿Qué ocurre?

Hubo un momento de confusión acerca de quién conocía a quién, pero Walter Mellis rápidamente le aclaró la situación a Masaccio.

–Doctor Mellis, al parecer podríamos estar ante... algún tipo de atentado biológico –dijo Masaccio–. Su investigadora parece haber descubierto algo.

–Un momento, ¿cuál es el papel de Walt en todo esto? –preguntó Austen.

–Es consejero de Reachdeep, una de nuestras unidades especiales –dijo Masaccio.

Le explicó que Reachdeep era una operación secreta, y añadió que le proporcionaría acceso a la información confidencial.

Austen no comprendía muy bien qué estaba ocurriendo.

–Reachdeep es una unidad forense especial del FBI –dijo Masaccio–. Se ocupa del terrorismo nuclear, químico y biológico. El doctor Mellis es el contacto de los CCE para Reachdeep. Es nuestro consejero.

–¿Usted también está implicado en esto? –preguntó Austen a Nathanson.

Nathanson parecía cohibido.

–Walt me ha involucrado un poco.

–Así que te ha subido al barco, ¿eh Lex? –comentó Masaccio.

–Me pidió que estuviese alerta por si surgía algún caso inusual, y éste parecía bastante inusual.

A Austen no le sentó muy bien que la hubiesen engañado, pero procuró mantener la calma. Describió con más detalle lo que había averiguado, midiendo sus palabras. Masaccio la interrumpía de vez en cuando para hacerle preguntas, aunque no fue necesario explicarle nada dos veces.

–¿Por qué se volvió tan violento el doctor Dudley? –inquirió–. La chica del instituto no reaccionó así.

–El agente parece exagerar una agresividad latente –respondió

Austen–. Kate Moran era una persona pacífica y se mordió los labios. Glenn Dudley era...

–Muy infeliz –intervino Nathanson–, para empezar.

–El virus causa lesiones en las áreas más primitivas del cerebro –explicó Austen–. Si se trata de un agente infeccioso, es de los más peligrosos que he visto.

Masaccio le clavó la mirada.

–¿Hasta qué punto es contagioso?

«Está haciendo las preguntas adecuadas», pensó Austen.

–Las ampollas de la nariz y la boca son un detalle importante, y resulta bastante alarmante. Con agentes infecciosos como la viruela y el sarampión también salen ampollas. El agente no es tan contagioso como el virus de la gripe, pero más que el del sida. Yo diría que es tan infeccioso como el resfriado común. De hecho empieza como un resfriado, pero luego invade el sistema nervioso.

–¿Y cuál es el agente?

–Desconocido.

–Esto tiene que ser de competencia federal –intervino Lex Nathanson–. El ayuntamiento de Nueva York no puede ocuparse de esto.

–Está bien –dijo Masaccio–. Al parecer hay una serie de homicidios en los que se ha utilizado un agente biológico desconocido. Eso está cubierto bajo el Título 18 del código federal. Es de nuestra competencia, competencia del FBI. ¿Será posible identificar el agente en los CCE?

–Podría ser muy difícil –dijo Mellis.

–¿Y qué me dice de una cura?

–¿Una cura? ¿Cómo podemos curar algo si no sabemos lo que es, señor Masaccio? Si es un virus, es muy posible que no haya una cura. La mayoría de los virus son intratables e incurables. Normalmente la única defensa contra un virus es una vacuna. Se necesitarían años de investigación y cientos de millones de dólares para inventar una vacuna para un nuevo virus. Todavía no disponemos de una vacuna para el sida.

–Está bien, pero ¿cuánto tardarían en identificar este agente? –dijo Masaccio.

–De semanas a meses –respondió Mellis a través del teléfono.

Masaccio miró fijamente el aparato como si intentase prenderle fuego con el poder de sus ojos.

–Debemos resolver esto en cuestión de horas o días. –Se volvió y añadió–: Y bien, ¿en su opinión qué es este virus, doctora Austen?

–No lo sé. Ni siquiera estamos seguros de que sea un virus.

Se hizo un silencio, y luego intervino Masaccio:

–Tengo la sensación de que me está ocultando usted algo, doctora Austen.

–No tengo muchas pruebas.

–Eso es una estupidez. Ha llevado a cabo una investigación criminal muy compleja sin ningún tipo de ayuda. ¿Hay algún policía en su familia? ¿Es su padre policía, por casualidad?

Austen tardó un instante en responder.

–Mi padre, sí. Era comisario de policía. Ahora está jubilado. Pero ¿qué tiene eso que ver?

Masaccio soltó una risita satisfecha.

–Mire, los buenos policías siempre tienen corazonadas. Cuénteme las suyas. De policía a policía.

–Es un virus –dijo Austen–. Se propaga como un resfriado común: por contacto con gotitas diminutas de mucosidades que flotan en el aire o tocan los párpados, o por contacto con sangre infectada. Se puede secar hasta convertirse en polvo y dispersarse en el aire, de manera que también puede ser contagioso a través de los pulmones. Es neuroinvasivo, lo cual significa que se propaga por las fibras nerviosas e invade el sistema nervioso central. Se reproduce de manera explosiva en el cerebro. Es letal en un par de días, así que tiene una fase de replicación muy rápida, la más rápida que he visto nunca. El virus forma unos cristales en las células cerebrales, en su núcleo. Daña el tallo encefálico es decir las zonas que controlan las emociones, la violencia y la alimentación, y hace que la gente se ataque a sí misma y se coma su propia carne. No es un virus... natural.

–Eso son meras especulaciones –objetó Mellis.

–Vamos, Walt, fuiste tú el primero que me habló de virus furtivos –dijo Austen.

–Estoy pensando en el sujeto desconocido –dijo Masaccio. «Sujeto desconocido» es el término con el que el FBI designa al autor desconocido del delito–. ¿Se trata de un grupo o de un individuo?

Nadie tenía respuesta a sus preguntas.

–Doctora Austen, debo preguntarle una cosa: ¿es usted contagiosa?

–Por favor, no me excluya del caso.

–Emm... ¿así que podríamos convertirnos en psicópatas asesinos después de haber estado hablando con usted? Menuda gracia –dijo Masaccio. Se toqueteó un enorme anillo de oro que llevaba en el dedo y chasqueó la lengua. Entonces se levantó y se acercó a la ventana que daba al norte de la ciudad, con vistas al Empire State. Se metió las manos en los bolsillos y agregó–: Autocanibalismo propagándose por Nueva York como un resfriado común. –Se volvió hacia ellos–: ¡No tengo ni un solo traje de seguridad en esta oficina!

–El cuerpo de bomberos tiene trajes protectores –dijo Lex Nathanson.

–¿Y qué va a hacer el cuerpo de bomberos de Nueva York con un virus cerebral, Lex? ¿Echarle un poco de agua por encima?

–Tengo que informar a la directora de los CCE –dijo Mellis.

Frank Masaccio colgó el teléfono y se dirigió a Nathanson y a Austen.

–Voy a delegar este asunto a la División de Seguridad Nacional. El director es un tipo llamado Steven Wyzinski.

Tecleó otra serie de números. Wyzinski contestó a la llamada de inmediato y conversaron en voz baja durante un par de minutos.

–Steve quiere reunir al COIE –dijo Masaccio–. ¿Puede decirme alguien por qué las desgracias siempre ocurren un sábado por la noche, justo cuando en Washington es imposible encontrar a nadie?

–¿Qué es el COIE? –preguntó Austen.

–Es una reunión de expertos y agentes federales del FBI. COIE significa algo estratégico... Dios mío, no me acuerdo. Debe de ser un principio de Alzheimer. Es el Centro de Control del FBI en Washington. Usted se va a ir para allá, y Lex y yo nos quedaremos aquí en Nueva York para dar la voz de alarma. Hay que avisar al alcalde de la ciudad, y voy a formar un destacamento especial conjunto con el Departamento de Policía, que nos será de gran ayuda. Los bomberos también podrían colaborar con nosotros. Vamos a intentar acabar con esto...

Austen se lo quedó mirando. Masaccio parecía un hombre brillante que estuviese haciendo los primeros movimientos defensivos de una partida de ajedrez. El problema era que el contrincante desconocido llevaba las blancas.

Arquímedes

SÁBADO POR LA TARDE, 25 DE ABRIL

Arquímedes de Siracusa, el gran matemático y constructor de maquinaria de guerra que murió en el año 212 a.C., inventó unas lentes que reflejaban la luz del sol sobre las naves enemigas y las incendiaban. Asimismo, ideó el principio de la palanca y el fulcro, que consiste en aplicar una fuerza sobre una barra situada sobre un punto de apoyo para desplazar una gran masa. «Denme un punto de apoyo –dijo–, y moveré el mundo.»

A Arquímedes le gustaba ir en metro. Era capaz de pasarse horas bajo tierra, reflexionando, planeando cosas. Se sentaba en los vagones y observaba a la gente a través de sus gafas de montura metálica, esbozando una leve sonrisa de vez en cuando. Era un hombre de mediana estatura con una calva prematura. Solía vestir una holgada camisa de algodón de color canela, unos pantalones de fibra natural y unas zapatillas deportivas de lona y goma. Si bien parecían prendas sencillas, le habían costado bastante caras. Albergaba unos sentimientos relativamente amistosos hacia la mayoría de la gente y le sabía mal que algunas personas tuviesen que desaparecer.

El metro era el aparato circulatorio de la ciudad, con conexiones que llegaban a todas partes. A Arquímedes le gustaba estudiar estos enlaces. Se hallaba de pie en un andén de Times Square, viendo pasar los trenes. Tomó el metro hasta Grand Central Terminal, atravesando el centro de Manhattan. Recorrió la estación a grandes zancadas, abriéndose camino entre la muchedumbre, escuchando sus pasos, contemplando las constelaciones del espacio abovedado, el bello Orión el Cazador, y pensó en las vías que parten hacia el mundo desde la estación de Grand Central. La gente siempre hablaba de la posibilidad de que algún virus de las selvas tropicales hallara la forma de penetrar en las ciudades modernas e infectar a sus habitantes.

«Pero también sucede a la inversa», pensó. Las enfermedades que emergen de Nueva York pueden propagarse y alcanzar a los seres humanos que viven en las selvas tropicales. Nueva York es la ciudad mejor conectada de la tierra con el resto del mundo. Cualquier cosa que estalle en la Gran Manzana puede llegar hasta cualquier punto del planeta.

Caminó unas cuantas calles en dirección oeste, donde se hallaba la Biblioteca Pública de Nueva York. La circundó y se sentó en un banco de Bryant Park, en medio del césped, los plátanos de Londres y, naturalmente, la gente. Demasiada gente. Y contempló a aquellas efímeras criaturas biológicas cuyas vidas nadie recordaría y que se desvanecerían para siempre con el paso del tiempo. Luego miró la biblioteca, el depósito de la sabiduría humana. «No comprenderán mi optimismo ni mi esperanza –pensó–. Pero creo que podemos salvarnos. Tengo la palanca en mis manos.»

Dash

DOMINGO, 26 DE ABRIL

Antes del amanecer, un coche de la policía de Nueva York pasó a recoger a Alice Austen por Kips Bay y la condujo al helipuerto del East Side, situado en la calle Treinta y cuatro. Estacionó cerca de la pista de aterrizaje en el momento en que un helicóptero Bell turbo del FBI descendía por el East River a toda velocidad. Cuando aterrizó, Austen echó a correr hacia él.

A bordo del helicóptero iban dos pilotos del FBI y una agente técnica.

–Frank está muy disgustado por algo –observó la mujer.

–Nunca lo había visto tan preocupado –dijo uno de los pilotos. La mujer le estrechó la mano a Austen–. Agente especial Caroline Landau.

Austen vio que el helicóptero estaba lleno de material electrónico. Caroline Landau estaba manipulando unos cables.

–Estas malditas máquinas nos van a hacer perder el caso –comentó Landau al piloto.

El helicóptero sobrevoló Manhattan y ascendió por el río Hudson. Giró hacia el oeste cruzando Nueva Jersey y aterrizó en el aeropuerto de Teterboro, junto a un avión de pasajeros bimotor de turbohélice.

–Buena suerte –dijo la agente Landau a Austen.

Entonces el helicóptero volvió a despegar, para cumplir con su deber por toda la ciudad.

El avión de turbohélice era un Dash 8 propiedad del FBI. A bordo estaban un piloto y un copiloto, comprobando el aparato. En cuanto Austen subió al avión, las hélices comenzaron a rotar. El Dash 8 se saltó la cola de aviones que aguardaban en las pistas y tuvo prioridad para despegar de inmediato, dejando atrás la ciudad de

Nueva York. Austen miró por la ventana para contemplar el organismo enfermo, pero la urbe había desaparecido entre las nubes.

Era la única pasajera. Los otros veintinueve asientos estaban vacíos.

–Si necesita algo, doctora Austen, no tiene más que pedírnoslo –dijo el piloto por el altavoz.

–Necesitaría un teléfono.

El copiloto le mostró un tablero de comunicaciones situado frente al asiento. Había un montón de aparatos, incluidos varios teléfonos. El hombre le tendió unos auriculares.

–Es seguro. Puede llamar a cualquier parte del mundo.

Austen se puso los auriculares, ajustó el micrófono y telefoneó a su padre, que vivía en New Hampshire.

–Pero si son las cinco de la madrugada, Allie –dijo su padre. Lo había despertado–. ¿Por dónde andabas? Te he llamado por todo Atlanta. Nadie sabía dónde te habías metido.

–Perdona, papá. Estoy investigando.

–Me lo imaginaba. ¿Dónde estás?

–No te lo puedo decir. Es como una emergencia.

–¿Qué es ese ruido?

–No es nada importante.

Su padre bostezó. Parecía muy soñoliento. Tosió y Austen le oyó beber agua.

–¿Dónde estás? ¿En una fábrica o algo por el estilo?

Su padre vivía en una pequeña casa en el bosque cerca de Ashland, New Hampshire. Su madre había muerto tres años antes. Austen pensó en lo mucho que se emocionaría su padre si supiera que llamaba desde un avión del FBI con destino a Washington.

–Papá, sólo quería decirte lo mucho que te admiro.

–¿Para eso me has despertado en plena madrugada? –Soltó una risita–. Me hace ilusión de todos modos.

–Puede que no tenga ocasión de llamarte en mucho tiempo.

–Bueno, creo que me iré a pescar, ya que me has despertado.

–¿Qué vas a pescar, papá?

–Salmón de agua dulce. Todavía hay muchos.

–Sí. Me parece una buena idea.

–Sigue llamando de vez en cuando, cariño.

–Adiós, papá. Te quiero.

Se reclinó en el asiento y cerró los ojos. No era una despedida muy satisfactoria, teniendo en cuenta que podría acabar como Kate Moran. Fue al servicio y se miró los ojos en el espejo, por segunda vez aquel día. No vio indicios de un cambio de color. «Espero tener razón en esto. Sé que tengo razón –pensó–. Pero si estoy equivocada, acabo de activar la mayor alarma del mundo, y ni siquiera sabía que existía.»

Andrews

WASHINGTON, D.C.

Will Hopkins, Jr., y Mark Littleberry hicieron una escala de unas horas en el aeropuerto de Bahrein, en el golfo Pérsico, donde por fin tuvieron ocasión de afeitarse.

Pero no tenían ropa limpia y, cuando subieron a bordo del avión militar 707 de Estados Unidos con destino a la base aérea de Andrews, su aspecto dejaba mucho que desear.

Aterrizaron en Andrews la madrugada del domingo. Littleberry debía ir a Bethesda, Maryland, al Instituto de Investigación Médica Naval Nacional, donde sería interrogado por haber intentado obtener una muestra de un arma biológica iraquí. En cuanto a Hopkins, debía dirigirse a la academia del FBI de Quantico. Ambos habían sido despedidos de las Naciones Unidas y habían provocado un incidente diplomático, de modo que tendrían que dar muchas explicaciones. Aun así, era una bonita mañana de domingo en Washington, y Hopkins se sentía muy afortunado de estar vivo.

–Vámonos a Georgetown a sentarnos en algún café –dijo–. Nos tomamos algo, desayunamos y disfrutamos del sol. Tú y yo necesitamos relajarnos un poco.

–Creo que me apunto –repuso Littleberry.

Telefoneó a su mujer, Annie, para comunicarle que estaba a salvo, y le dijo que pensaba regresar a Boston al cabo de unos días, en cuanto terminaran los interrogatorios.

–Saca el traje de baño, querida, que nos vamos a Florida.

Justo en el momento en que se disponían a tomar el autobús para Washington, sonó el busca que Will Hopkins llevaba dentro de la bolsa de viaje. Aunque el número marcado que figuraba en él no le resultaba familiar, se sacó el teléfono móvil del bolsillo y lo marcó. Se identificó y escuchó durante un minuto.

–¿COIE? ¿Cómo? Oh, Dios mío. ¿A qué hora llega? ¿Tengo que ir a buscarla?

De repente Littleberry bajó la mirada y frunció el ceño. Empezó a sonar el busca que llevaba en la bolsa.

–Es un llamamiento –le dijo Hopkins.

Littleberry encendió su teléfono móvil. Era un teléfono seguro del gobierno. Se retiró a un lado y regresó al cabo de un momento.

–¿Puedes llevarme a la reunión después de recoger a la doctora?

Hopkins y Littleberry esperaban en la pista de aterrizaje de la base aérea de Andrews cuando Alice Austen se apeó del Dash 8.

–Hola –dijo Hopkins–. Soy el agente especial William Hopkins, Jr. –Le estrechó la mano–. Éste es el doctor Mark Littleberry, consejero del FBI para asuntos relacionados con el terrorismo biológico. La vamos a compañar a la reunión.

Austen pensó que el atuendo del agente especial Hopkins no era muy apropiado. También se fijó en el forro de plástico del bolsillo y le pareció que tenía pinta de genio loco.

Pronto apareció un coche del FBI y se dirigieron al centro de Washington a gran velocidad. Fueron adelantando a los escasos vehículos que circulaban por el cinturón, y luego giraron hacia el oeste, enfilando Pennsylvania Avenue.

Hopkins carraspeó:

–Yo soy el encargado de tomar las medidas pertinentes ante un acto de terrorismo biológico –dijo–. ¿Podría decirnos qué está ocurriendo, doctora?

Austen se lo explicó brevemente.

–Se han producido varias muertes. Parecen asesinatos en serie utilizando un virus, pero no tenemos ni idea de qué agente se trata.

–Víctimas individuales, ¿eh?

–Sí, eso parece.

–Pensábamos que sería una bomba.

–Es que son bombas.

–Que matan de uno en uno o de dos en dos.

–Son asesinatos en los que se ha utilizado una enfermedad contagiosa –dijo Austen.

–Creo que podemos controlar la situación.

Austen lo miró con escepticismo.

–¿Eso cree?

Rodearon el Capitolio y volvieron a enfilar Pennsylvania Avenue. Aunque los cerezos ya no estaban en su mejor momento, la ciudad seguía resplandeciente, inundada de flores. Un vagabundo hurgaba en un montón de basura cerca de un restaurante. Bordearon el lado norte del Mall y se encaminaron hacia la calle Nueve.

–Ahora me toca hablar a mí –observó Mark Littleberry.

–Adelante –dijo Austen.

–Estamos a punto de comunicar en directo, vía satélite, con todo el gobierno federal. ¿Lo han hecho alguna vez?

–No –repuso Hopkins.

–Con esta gente hay que ser muy diplomáticos –dijo Littleberry.

Austen y Hopkins permanecieron en silencio.

De pronto avistaron un edificio feísimo de proporciones monstruosas. Estaba hecho de hormigón color amarillo grisáceo y tenía las ventanas de vidrio ahumado y blindado. Era el edificio J. Edgar Hoover, la sede nacional del FBI, una especie de fortaleza más ancha por la parte superior que por la base, como un iceberg invertido. El coche en el que viajaban tomó la calle Nueve y entró en el edificio Hoover tras acreditarse en un puesto de seguridad. Cruzaron una barrera, bajaron una rampa y se adentraron en el aparcamiento subterráneo. Subieron en el ascensor hasta el quinto piso y se dirigieron a una puerta de acero abovedada con una cerradura de combinación y un cartel rojo que decía: «Acceso restringido - EN USO».

–Parece que ya han empezado –dijo Will Hopkins.

Pulsó el código de autorización y abrió la puerta. Era el vestíbulo de entrada del Centro de Operaciones de Información Estratégica.

COIE

La sala del COIE de la sede del FBI era una cámara sin ventanas e insonorizada, reforzada con cobre y acero para impedir las escuchas desde el exterior. El interior estaba dividido en distintas secciones separadas por paneles de vidrio. En uno de los espacios más pequeños había un grupo de personas congregadas alrededor de una mesa de reuniones.

Un hombre alto y trajeado de pelo canoso salió a recibirlos. Era Steven Wyzinski, el director de la División de Seguridad Nacional del FBI.

–¿Es usted William Hopkins? ¿Están todos acreditados?

–Sí. Son, en cierto modo, mi equipo –dijo Hopkins.

Austen fue presentada a varios oficiales del FBI, aunque le costaba recordar sus nombres.

–Vamos a transmitir vía satélite dentro de veinticinco minutos –dijo Wyzinski echando un vistazo al reloj de la pared–. No tenemos mucho tiempo. Debemos actuar con rapidez y resolución. Por favor, denos toda la información que tenga, doctora Austen.

Austen abrió su ordenador portátil, les mostró las imágenes y describió la situación. Le hicieron muchas preguntas desde todos los puntos de la sala. Querían estar completamente seguros de que se hallaban ante una amenaza real antes de involucrar al resto del gobierno.

–La transmisión vía satélite comenzará dentro de cuatro minutos –anunció alguien.

–Vamos a transmitir en directo –dijo Wyzinski, poniéndose en pie–. Gracias, doctora Austen.

Entraron en la sala de videoconferencias y se sentaron a una mesa, donde un técnico de sonido les proporcionó unos micrófonos. En las paredes había unas grandes pantallas encendidas, aunque permanecían en blanco, y sobre la mesa varios altavoces.

Steven Wyzinski se ajustó la corbata y carraspeó con nerviosismo.

Una por una, las pantallas se fueron llenando de rostros y unas voces surgieron de los altavoces. La sala se llenó de poder, de auténtico poder. Se respiraba en el aire.

–Se abre la sesión –dijo Wyzinski–. Bienvenidos a COIE. Ésta es una reunión para evaluar el grado de amenaza del caso Cobra. El FBI suele designar con un nombre las investigaciones de delitos de gravedad, y éste recibirá el nombre de Cobra. Pronto entenderán el significado de este término. Esta reunión ha sido convocada por el FBI bajo el mandato de la Directiva de Resolución Presidencial 39 y la Directiva de Seguridad Nacional 7...

Austen temblaba ligeramente, aunque esperaba que no se le notase demasiado. Llevaba días sin dormir bien. Hopkins estaba sentado a su lado.

En dos de las pantallas, situadas una junto a otra, aparecieron los rostros de Walter Mellis y de la directora de los CCE, Helen Lane. Mellis llevaba el uniforme blanco del Servicio de Sanidad Pública de Estados Unidos, incluidas las insignias en el pecho.

–La felicito, doctora Austen –dijo Walter Mellis.

–Walt, ¿dónde estás?

–La doctora Lane y yo estamos en la sede de Atlanta.

El rostro de Frank Masaccio apareció en otra pantalla. Se encontraba con Ellen Latkins, que ya estaba presente, jefa del Departamento de Emergencias del Ayuntamiento de Nueva York, en representación del alcalde.

Steven Wyzinski presentó a Austen y los demás participantes se identificaron. Muchos de ellos eran militares de alta graduación. También había un hombre de la Oficina del Fiscal General, del Departamento de Justicia.

–¿Está lista la conexión con la Casa Blanca? –preguntó Wyzinski.

–¡Conexión con la Casa Blanca! –anunció un técnico.

De pronto se encendió una enorme pantalla situada en posición dominante y en ella apareció un hombre arrugado de mediana edad con un polo de color rosa. Parecía estar acostumbrado a asistir a reuniones coreografiadas al minuto.

–Sí, aquí Jack Hertog, del Consejo de Seguridad Nacional de la Casa Blanca. No estoy seguro de que este incidente requiera una respuesta por nuestra parte en estos momentos.

Wyzinski le dio la palabra a Austen.

Austen se puso de pie y respiró hondo. Sus fotografías ocupaban las pantallas. Leyó las palabras impresas en los dispositivos de dispersión –las cajas de las cobras– y dijo:

–Es una situación muy peligrosa. Se han producido seis muertes relacionadas con la enfermedad en un espacio muy corto de tiempo.

–¿Está segura de que se trata de un agente biológico? –preguntó un coronel, en Fort Detrick.

–Estoy prácticamente segura.

Explicó que se había producido una transmisión infecciosa del agente desconocido causante de la enfermedad en al menos dos de los casos y reiteró que sospechaba que se trataba de un virus.

–De ser así –dijo el coronel del ejército–, es un agente caliente de nivel 4. Pero aún no ha sido identificado, ¿no es así?

–Efectivamente –dijo Austen.

–Entonces ¿cómo puede hablar de amenaza si no sabe de qué agente se trata?

–Buena pregunta –convino Wyzinski.

–Will, dinos si supone realmente una amenaza –dijo Frank Masaccio dirigiéndose a Will Hopkins.

–El doctor Littleberry es quien debería responder a la pregunta.

Littleberry se inclinó hacia delante, seguido por las cámaras.

–Hay muchos factores que desconocemos –dijo–. Para empezar, la identidad del agente, pero también la identidad del individuo o grupo que lo está dispersando. Es difícil evaluar el grado de amenaza, pero sabemos que en una población víctima de un ataque biológico, el número de muertes puede ser elevadísimo. Un kilo de agente caliente pulverizado en el aire sobre la ciudad de Nueva York podría causar unas diez mil muertes. La cifra máxima sería de dos millones, tal vez tres.

–Me parece una cifra un poco exagerada –observó Jack Hertog, el hombre de la Casa Blanca–. He visto distintas estimaciones en varias revisiones de nuestras políticas.

–Espero de verdad que sea exagerada, hijo –comentó Littleberry.

Hertog se mostró molesto. No era forma de dirigirse a un miembro del personal de la Casa Blanca.

Ellen Atkins, de la oficina del alcalde, se sentía cada vez más indignada y decidió intervenir:

–Miren, si creen realmente que esto podría degenerar en algo remotamente parecido a lo que han estado describiendo, me gustaría saber cómo piensan hacer frente a esta situación.

–Comparto su inquietud –dijo Jack Hertog–. Sin embargo, debe comprender que no hay razón para pensar que se trata de un acto terrorista a gran escala. –Por dentro pensó: «¿Por qué accedí a poner mi nombre en la lista?».

–Un momento –intervino Austen–. Las muertes se han producido en un lapso muy corto y la enfermedad es desconocida. Es explosiva por la forma en que afecta a las personas. Creo que tenemos un problema en Nueva York. Un asesino anda suelto.

Hertog sonrió.

–Hay un montón de asesinos andando sueltos, doctora.

–¡Usted no ha visto cómo actúa esta enfermedad!

Steven Wyzinski intentó calmar los ánimos.

–Debemos evaluar la gravedad de la amenaza, no sólo de la enfermedad, sino de la persona o grupo responsables. La persona o grupo llamado... ¿Cómo era?

–Arquímedes –dijo Austen–. Las palabras «*Arquimedes fecit*» están en latín. Significan «Hecho por Arquímedes». Se refieren a la caja de la cobra. La fecha que figura en ella podría aludir al día en que Arquímedes la preparó, y la expresión «prueba humana» se refiere probablemente a un experimento médico con seres humanos.

A continuación se pusieron a debatir las motivaciones de Arquímedes. El caso Cobra no parecía un acto de terrorismo clásico, en el que un grupo actúa siguiendo un programa preestablecido. O por lo menos si lo había, todavía no resultaba nada evidente.

Jack Hertog se estaba poniendo de mal humor. La Casa Blanca tenía problemas más importantes que un asesino rondando por las calles de Nueva York.

–No ha habido una amenaza explícita de un acto terrorista a gran escala –dijo–. Por consiguiente, las previsiones del doctor... em... Littleberry parecen meras conjeturas.

Littleberry se puso en pie.

–Una de las fotografías que tomó la doctora Austen de las cajas de dispersión del cobra muestra un plano de ingeniería –replicó en un tono áspero y airado–. Se trata de algún tipo de biorreactor. Un biorreactor es capaz de crear infinidad de virus en poquísimo tiempo...

–Gracias, doctor Littleberry –lo interrumpió Hertog.

Hopkins había permanecido en silencio, aguardando la ocasión de intervenir. Todavía llevaba la ropa que necesitaba lavar urgentemente.

–A mí me parece que podría tratarse de una situación de extrema gravedad –dijo por fin–. Creo que...

–¿Le importaría recordarnos quién es usted? –le pidió Hertog.

–El agente especial William Hopkins, Jr. Soy biólogo molecular forense y jefe de las operaciones científicas para el grupo de biología de la Unidad de Respuesta frente a Materiales Peligrosos de Quantico.

–Ah, sí. Usted es de esa unidad de acción especial biológica que todavía no está lista –espetó Hertog.

–Ya estamos listos, señor. Y no somos un grupo de acción especial. Somos científicos.

–Pues yo tengo entendido que no están preparados para nada.

Hopkins advirtió que Hertog estaba perdiendo interés, y añadió:

–Creo que hemos reconocido una pauta, un terrorista biológico en etapa de pruebas. Eso es lo que significa la expresión «prueba humana». Por alguna razón, a los terroristas biológicos les gusta probar antes su material. Es lo que sucedió con la secta Aum Shinrikyo en Japón antes de que soltasen el gas neurotóxico en el metro de Tokio. Probaron ántrax dos o tres veces y no consiguieron los resultados que deseaban, así que cambiaron a un gas neurotóxico. Lo mismo ocurrió en 1984 en The Dalles, un pueblo de Oregón. La secta Rajneeshee puso salmonela en ensaladas de restaurantes de la ciudad, y setecientas cincuenta personas enfermaron. Era una prueba. Tenían planeado un ataque biológico a gran escala en la ciudad para más tarde. Lo que estamos observando en Nueva York podría ser la fase de pruebas para una emisión generalizada de un arma biológica.

–Eso no son más que especulaciones –dijo Hertog.

–Pero podemos utilizar la medicina forense para detenerlo –prosiguió Hopkins–. La ciencia forense tradicional se dedica a descubrir pruebas después de que se haya cometido un delito. En este caso tenemos la oportunidad de utilizarla para impedir un acto de terrorismo antes de que suceda, gracias a Reachdeep.

–La unidad que no existe –puntualizó Hertog.

Hopkins sacó un bastoncillo de su bolsillo forrado.

–Esto es el corazón de Reachdeep.

–¿Qué? –exclamó Hertog.

–Este pequeño bastoncillo para tomar muestras. La prueba es básicamente biológica. Todas las armas biológicas contienen indicios, indicios forenses, que conducen hasta el autor del delito. Cuando alguien fabrica una bomba, deja señales y pistas en ella. Podemos analizar el agente infeccioso y ello nos llevará hasta su creador.

–Eso es una locura –sentenció Hertog.

Hopkins siguió hablando con el bastoncillo en la mano.

–Reachdeep se basa en la medicina forense. Consiste en utilizar todas nuestras herramientas, todo lo que está en nuestro poder, para investigar el delito dentro de los límites de nuestro intelecto. Explorar un gran delito es como explorar un universo. Es lo que hacen los astrónomos cuando observan el cielo nocturno con telescopios, o lo que hacen los biólogos al examinar una célula con sus instrumentos ópticos. Una vez que se empieza a traducir el lenguaje, la estructura del crimen y la identidad del autor se van desvelando lentamente, como la estructura de un universo.

–¡Por el amor de Dios, Hopkins! –Era Steven Wyzinski. Parecía sentir vergüenza ajena.

Hopkins se guardó el bastoncillo en el bolsillo y se sentó bruscamente, con el rostro encendido. Miró a Austen de reojo y luego bajó la vista.

–Nunca he visto un informe sobre esta política –murmuró Hertog.

Austen empezó a compadecerse de Hopkins.

–Debemos permanecer invisibles –dijo Hopkins alzando la voz–. El autor podría acelerar la matanza si sabe, o saben, que lo estamos cercando. Es preciso establecer un laboratorio secreto de Reachdeep.

–Esperen un momento –se interpuso el coronel del ejército de Fort Detrick–. Este hombre está hablando de aislar un agente caliente utilizando un laboratorio de campo móvil. Eso es una locura.

Para eso se necesitan unas instalaciones de investigación con un nivel 4 de seguridad biológica.

–Nos encontramos ante un acto criminal que no ha hecho más que empezar –replicó Hopkins–. No tenemos tiempo de mandar pruebas a Fort Detrick para luego trabajar desde allí. Además, si enviamos pruebas a todas partes, podríamos encontrarnos con trabas legales para procesar a los culpables.

El fiscal del Departamento de Justicia estaba de acuerdo con él.

–Necesitamos pruebas que puedan ser utilizadas en un juicio.

–Podríamos desplazar el laboratorio hasta las pruebas mismas –continuó Hopkins–. Propongo que establezcamos un grupo de investigadores alrededor de un laboratorio de Reachdeep. Me refiero a un laboratorio científico central con un equipo forense, y a su alrededor un destacamento especial conjunto formado por agentes y oficiales de policía. El equipo científico dará con algunas pistas, pero necesitaremos cientos de investigadores que sigan indagando a partir de ahí. Debemos realizar un buen trabajo de investigación y combinarlo con una operación forense Reachdeep.

–Todo eso me parece exagerado –le interrumpió Jack Hertog, de la Casa Blanca–. Está pidiendo una fortuna y trabajo federal, y luego ¿para qué? ¿Para crear otro circo mediático como con el avión de la TWA que acabará siendo un misterio irresoluble...?

–¡Eh, un momento! –espetó Masaccio–. Mis hombres ponen su corazón y su alma...

–Cállate, Frank. El laboratorio forense del FBI no tiene un historial muy brillante que digamos. Os pasasteis doce años buscando a Unabomber, y al final fue su hermano quien lo entregó a la policía. ¿Qué queréis hacer ahora? ¿Representar una película de ciencia ficción en Nueva York?

Hopkins miró a su alrededor, en busca de apoyo. Steven Wyzinski se mantenía al margen, pues no deseaba involucrarse en una discusión con la Casa Blanca. El rostro de Frank Masaccio aparecía rojo de ira en la pantalla, pero procuró contenerse. Ya se habían producido demasiados percances con la Casa Blanca en fechas recientes.

Mark Littleberry se levantó despacio y dijo:

–Creo que tengo algo que añadir para enfocar el problema de otro modo. En este país nunca nos hemos encontrado en una situación en la que una población se vea amenazada por un arma biológgica. Pero llevamos tiempo temiendo que ocurra algo así, y la tecnología para el desarrollo y el uso de armas biológicas no deja de avanzar a manos de personas que no controlamos y a quienes no les importan las consecuencias. Aprendimos mucho sobre estas armas durante las pruebas del Pacífico a finales de los años sesenta...

–Perdone –atajó Jack Hertog–, pero no me parece pertinente hablar de esas pruebas en esta reunión.

Littleberry lo fulminó con la mirada y replicó:

–No sé si es pertinente, pero más vale que se lo tome en serio.

–El Presidente se lo toma muy en serio, por supuesto –replicó Hertog.

–Con un arma biológica –prosiguió Littleberry–, se puede producir una gran mortandad. El número de bajas dependerá del tiempo atmosférico y del viento, de la hora del día, de la forma en que se seca y se prepara el agente, del método exacto de dispersión y de la naturaleza del agente en sí. Diez mil muertes en cuestión de días desbordarían a todos los hospitales de la ciudad, que se quedarían sin camas ni suministros. Si el agente fuese contagioso de ser humano a ser humano, los primeros en morir serían el personal médico y las personas que atendiesen a las víctimas. Todos los médicos, enfermeras, bomberos, asistentes de ambulancias y policías desaparecerían en un santiamén. No quedaría nadie para transportar a las víctimas hasta un hospital ni personal médico en los hospitales para tratar a los pacientes. Un número relativamente reducido de muertes por un arma biológica podría dejar a la ciudad sin ningún tipo de atención médica, excepto la que pudieran traer en avión los militares. Un número masivo de muertes resulta inimaginable, pero es técnicamente posible. Y podría suceder en cualquier ciudad del mundo, como Tokio, Londres, Moscú o Singapur. Tal como están las cosas, cualquier desgraciado con una cepa de algún agente peligroso y unos pocos conocimientos de biología podría matar a un número elevadísimo de personas.

Se hizo un silencio en la sala. Incluso Jack Hertog parecía afectado por el peso de las palabras de Littleberry.

Al final fue Steven Wyzinski quien tomó la palabra. Se había quedado algo desconcertado tras la invectiva de Hertog contra el FBI, y quería sugerir que la organización que representaba se hiciese cargo de la situación. Dijo que a pesar de que albergaba serias dudas respecto al grado de amenaza del caso, sobre todo al no haberse mencionado ningún objetivo en concreto ni haberse reivindicado nada, consideraba que no quedaba más remedio que iniciar una investigación a gran escala, y en principio el equipo de Reachdeep de Will Hopkins ofrecía las mayores posibilidades de éxito.

Todos expresaron su conformidad, con más o menos reservas.

–Me temo que esto se va a convertir en un auténtico caos –dijo Hertog–. Pero creo que no tenemos elección. El caso es que no podemos arriesgarnos a que estalle un brote infeccioso en un lugar como Nueva York.

Frank Masaccio sugirió la idea que puso en marcha la operación.

–Tengo el lugar ideal para el equipo de Reachdeep –le dijo a Hopkins–. ¿Conoce Governors Island?

–No, ni idea –dijo Hopkins.

–Está en medio de la bahía de Nueva York, justo delante de Wall Street. Es propiedad federal. Muy seguro. No hay medios de comunicación ni personas entrometiéndose en tu trabajo. Antes pertenecía a los Guardacostas, pero se marcharon y dejaron toda la infraestructura.

–Está bien –intervino Hertog–. Hopkins, lleve a su equipo de científicos a la isla y no la cague. En cuanto al USAMRIID y los CCE, quiero que trabajen paralelamente. Los dos son laboratorios nacionales y ambos recibirán muestras para analizar. Si la labor del FBI se va al traste, los dos laboratorios nacionales estarán listos para tomar las riendas. ¿Están conformes?

La directora de los CCE y el coronel del USAMRIID expresaron su conformidad.

–Señor –dijo este último dirigiéndose a Hertog–, ¿podría hacer una sugerencia? Tiene que haber algún tipo de hospital de biocontención *in situ*. Podría ser en la isla. No queremos, repito, no queremos que ningún individuo infectado con un arma biológica desconocida sea ingresado en un hospital de Nueva York y sus alrededores. Sería sumamente arriesgado.

–Tiene toda la razón –convino un almirante del Servicio de Sanidad Pública.

–El ejército cuenta con laboratorios médicos móviles –agregó el coronel–, que pueden cargarse y desplazarse en helicópteros Black Hawk...

–¿Que tipo de laboratorios? –lo interrumpió Hertog.

–Hospitales de biocontención instalados en un contenedor con un nivel 3 de seguridad biológica. Se cuelga el contenedor debajo de un helicóptero y se puede desplazar a cualquier parte.

–Bien.

–Una cosa más –dijo Frank Masaccio–. La doctora Alice Austen es la persona que ha abierto el caso Cobra. Es pues la agente del caso. Quiero que la nombren ayudante del marshall federal, con plenos poderes de ejecución de la ley. Que alguien del Departamento de Justicia le haga prestar juramento.

–Muchas gracias a todos –dijo Wyzinski–. Queda clausurada la primera reunión sobre el caso Cobra.

Los asistentes se pusieron en pie. Los técnicos recogieron los micrófonos y guardaron las cámaras de vídeo. Las pantallas de la pared se apagaron, una a una.

QUINTA PARTE

Reachdeep

Quantico

Apenas hubo terminado la reunión del COIE, Austen y Hopkins se fueron en un coche federal a la academia del FBI en Quantico, Virginia, que se hallaba a una hora de viaje hacia el sur de Washington. Mark Littleberry telefoneó a su mujer a Boston y se marchó solo en otro vehículo del FBI a Bethesda, Maryland, al Instituto Nacional de Investigación Médica de la Armada, para recoger más biosensores de los laboratorios del Programa de Investigación de Defensa Biológica, que suministraban los Felix y Boinks al FBI.

Hopkins se pasó la mayor parte del trayecto haciendo llamadas con su teléfono móvil para intentar formar a un equipo. Él y Austen apenas tenían nada que decirse. En un momento dado, Hopkins volvió la cabeza y vio que su compañera se había dormido; el pelo le caía sobre el rostro, un rostro delicado que acusaba cansancio, con unas leves ojeras.

Quantico es una base de la Infantería de Marina en la que el FBI dispone de una zona propia. Hopkins abandonó la carretera interestatal 95 y tomó una carretera boscosa que discurría en dirección oeste. Después de acreditarse en un puesto de control, estacionó el vehículo frente a un grupo de edificios de ladrillo de color pálido unidos por unas pasarelas acristaladas. Era la academia del Buró, el lugar donde se forma a los nuevos agentes y donde el FBI cuenta con cierto número de unidades, incluido el grupo de Hopkins, la Unidad de Respuesta frente a Materiales Peligrosos.

–Ya hemos llegado, doctora Austen. –Su voz la despertó.

Austen se alojó en una habitación de invitados de la academia, donde se puso el uniforme de operaciones (unos pantalones militares y una camisa azul), y luego se reunió con Hopkins en un enorme edificio gris que albergaba el Centro de Investigación de unas instalaciones supersecretas de equipamiento electrónico del FBI. Se trata de un complejo de bloques anodinos con unas ventanas de cristal ahumado que ocultan por completo su interior y un bosque de antenas de radio de todas las formas y tamaños en el tejado. Hopkins recogió un distintivo de plástico para Austen en el vestíbulo del CII. Ella introdujo su número de la Seguridad Social en un teclado numérico y un sistema informático le indicó que disponía de una acreditación de seguridad nacional. Frank Masaccio se había ocupado de ello.

Austen siguió a Hopkins por un pasillo que atravesaba el centro del edificio. A ambos lados había unas ventanas cubiertas con persianas negras, de modo que no se veía el interior de las salas.

–Muchas de estas habitaciones son talleres de maquinaria –comentó Hopkins–. Aquí somos capaces de hacer cualquier cosa. Podemos meter una cámara de vídeo en un helado y sacar una foto de las amígdalas de un delincuente... Lo digo en broma.

Llegaron a una puerta de seguridad controlada por ordenador e introdujeron sus distintivos en un torniquete.

–El CII está dividido en compartimientos de seguridad –explicó Hopkins–. La Unidad de Respuesta frente a Materiales Peligrosos está dispersa en compartimentos; todavía no tenemos uno propio porque somos un grupo relativamente nuevo.

Entraron en una amplia cámara de cinco plantas de alto: el Compartimiento D. Estaba iluminado con unas potentes luces y las paredes interiores estaban cubiertas de paneles de aluminio y de malla de cobre. El suelo estaba repleto de cajas apiladas.

–¿Esto es Reachdeep? –preguntó Austen–. Es enorme.

–No, qué va. La mayoría de todo esto pertenece a otras unidades del FBI. Nosotros sólo contamos con un pequeño rincón en el Compartimiento D.

–¿Qué es este lugar?

–Es la cámara insonorizada. Aquí el FBI realiza trabajos electrónicos.

Austen no le preguntó a qué tipo de trabajos se refería, pues le daba la impresión de que no le diría toda la verdad.

Hopkins la condujo por una serie de pasillos provisionales que serpenteaban a través de montones de cajas y estantes metálicos de almacenamiento. También pasaron por delante de una vieja furgoneta averiada con el tablero de mandos abierto, lleno de instrumentos de comunicaciones y de cables colgando. Era un vehículo de vigilancia.

De repente llegaron a una zona cercada por cajas donde había un grupo de personas trabajando frenéticamente.

–¡Will! ¡Eh, ha llegado Will!

Un hombre se acercó a saludarlos. Era un tipo corpulento de unos cincuenta años, con unas espaldas enormes y el rostro surcado de arrugas. Era el agente especial Oscar Wirtz, oficial de Operaciones Tácticas de Reachdeep, es decir, el hombre de las armas y los trajes protectores. También era un especialista en logística y sabía cómo llenar un avión de material a toda prisa, lo cual resulta imprescindible en el FBI. Llevaba una enorme pistola negra. Le estrechó la mano a Austen con cierta brusquedad y dijo:

–Bienvenida a Reachdeep.

Austen fue presentada a los demás miembros del equipo, a las personas que Hopkins había seleccionado para la operación, la mayoría de ellas por teléfono mientras Austen dormía en el coche.

La microbióloga y especialista en imágenes del equipo era una mujer agradable que debía de rozar la treintena, llamada Suzanne Tanaka. No era una agente del FBI sino una técnica civil de laboratorio que hasta hacía poco había trabajado para la Marina de Estados Unidos.

–Suzanne nos estuvo dando la paliza para que la contratásemos –explicó Hopkins–, así que acabamos robándosela a la Armada.

–¿Traigo los ratones, Will? –inquirió la mujer.

–Sí, claro. Trae unos cuantos, pero no demasiados.

Mientras Tanaka manipulaba las cajas de plástico que contenían los ratones de laboratorio, Austen le preguntó:

–¿Sabes utilizar un microscopio electrónico? Necesitamos observar unas muestras de tejidos urgentemente.

–Sí, claro –repuso Tanaka–. Es mi especialidad.

–Suzanne, ¿ya sabes de dónde vamos a sacar un microscopio electrónico? –le preguntó Hopkins.

–El ejército nos va a mandar uno en un camión. También me va a enviar a alguien para que me enseñe a manejarlo.

–Bien –dijo Hopkins–. Esos microscopios siempre tienen alguna peculiaridad.

Hopkins miró la hora en su reloj.

–¿Dónde está Jimmy Lesdiu? Nuestro genio en materiales.

–Aquí mismo.

Un hombre extremadamente alto apareció de detrás de un montón de cajas. Era el agente especial James Lesdiu, analista forense de materiales. Analizaba cabellos, fibras, superficies y productos químicos, y durante la operación trabajaría en colaboración con el grupo forense del FBI en Washington por videoconferencia.

–No sé si podré meter a este hombre en un helicóptero –dijo Oscar Wirtz–. Es demasiado alto. –Lesdiu medía más de dos metros.

–Será mejor que cargues conmigo, Wirtzy, porque Will no puede ocuparse de este caso sin mí –replicó Lesdiu.

–Te voy a decir lo que necesito, Jimmy –dijo Hopkins–. Quiero una unidad de láser infrarrojo. Una pequeñísima, de sobremesa.

–Ya la tengo –repuso Lesdiu señalando con su dedo largo y huesudo una caja de transporte militar de color gris.

–Un espectrógrafo de masas –prosiguió Hopkins–. Para identificar materiales.

–También lo tengo. Uno pequeño. ¿Qué más?

–Una máquina de difracción de rayos X. Pequeña. Portátil.

–Ya la tengo. ¿Ves? Tengo todo lo que necesitas.

En un rincón de la zona de estacionamiento, media docena de hombres y mujeres comprobaban los trajes que los protegerían del peligro biológico. Los trajes eran de color negro azabache, para ser utilizados en operaciones nocturnas. También estaban haciendo el inventario de pistolas de diez milímetros, fusiles de repetición y rifles de asalto MP5 de diez milímetros Heckler & Koch, junto con municiones, luces y material especial para respirar. Oscar Wirtz los llamó y se los presentó a Austen. Todos formaban parte del Equipo de Rescate de Rehenes del FBI con sede en Quantico.

–Se encargarán de las operaciones de la misión –dijo Wirtz–, si es que hay que recurrir a una operación.

En el FBI los llamaban los ninjas.

–Cuidamos de Will por turnos –dijo un ninja llamado Carlos Pedernal.

–Es que Will es científico y no sabe cuidar de sí mismo –explicó Oscar Wirtz.

–De momento no necesitamos ningún ninja –protestó Will mirando las armas–. Si os necesito, muchachos, ya os llamaré.

–Sé realista, Will –dijo Wirtz–. Necesitas una patrulla de operaciones. Tienes que llevártelos a la isla cuanto antes. Si se produce un ataque terrorista, será mejor estar preparados.

Wirtz se dirigió a Austen.

–La idea, por si Will aún no se lo ha explicado, es que ustedes los científicos se encarguen de recopilar las pruebas. Si estalla un arma terrorista, deberán adentrarse en una zona caliente y recoger el máximo de pruebas. Y es posible que necesiten protección.

Austen estuvo a punto de decir que sabía cuidar de sí misma, pero al final optó por permanecer callada. En ese momento Mark Littleberry entró en el Compartimiento D, acompañado de dos agentes del FBI. Llevaban un total de cinco maletas Halliburton. Littleberry había ido a buscar a Bethesda dos máquinas Felix y tres Boinks.

El equipo de Reachdeep estuvo trabajando aproximadamente una hora, organizando las cajas y haciendo el inventario de todo. Oscar Wirtz y sus agentes comenzaron a trasladar el material a un camión que lo transportó hasta la pista de aterrizaje del helicóptero.

Austen se llevó a Littleberry a un lado y le dijo:

–Doctor Littleberry, ¿podríamos hablar en privado? ¿Por qué tenemos que llevarnos todas esas armas?

–Buena pregunta. Eh, Will, ven un momento. ¿Necesitamos a todos esos hombres armados? Sólo es una pregunta, Will.

Hopkins se quedó pensativo.

–Espero que no los necesitemos.

–Si vamos a empezar a pegar tiros en Nueva York, abandono el equipo –amenazó Littleberry–. A mí no me van los tiroteos, y creo que la doctora Austen comparte mi opinión.

Hopkins parecía exasperado. Él mismo llevaba un arma.

–Mira, Mark, yo soy el jefe del equipo y vamos a respetar las reglas.

–¿Las reglas, Will? Pero si no hay reglas.

En esto entró un hombre que se mostró sorprendido al ver todo el material. Era un *marshal* federal, del Departamento de Justicia.

–¿Dónde está la doctora Austen? Me han enviado hasta aquí para nombrarla ayudante mía.

–La verdad es que no quiero ser *marshal* –dijo Austen.

–Lo requiere el gobierno.

–No sé usar un arma.

–No le está permitido usar un arma –dijo Hopkins–. No tiene licencia de armas.

El hombre del Departamento de Justicia invistió a Austen y a Littleberry como ayudantes del *marshal* federal.

–Enhorabuena –observó Suzanne Tanaka–. Ojalá me lo hicieran a mí.

Los helicópteros se dirigieron en formación hacia el norte, a una velocidad de ciento diez nudos. La patrulla de operaciones seguía a los científicos que ocupaban los otros helicópteros.

–Me encantan los Hueys –comentó Oscar Wirtz a un piloto–. Son la hostia de lentos pero te llevan a tu destino.

–Tendríamos que haber usado los Black Hawks –replicó el piloto.

Durante la mayor parte del vuelo, Hopkins estuvo manipulando la caja negra de un Felix, comprobando todas las piezas con sus herramientas Leatherman, encendiéndola y apagándola una y otra vez para asegurarse de que funcionaba correctamente. También examinó el otro Felix, así como los Boinks.

Littleberry permaneció en silencio casi todo el tiempo.

–Me siento un poco raro con todo esto, Will –dijo.

Los helicópteros llegaron a la bahía de Nueva York, sobrevolando el puente Verrazano, a última hora de la tarde. Aquella misma mañana, cuando Austen se había marchado en un avión del FBI, la ciudad estaba cubierta de nubes, que se habían convertido en una masa esponjosa de algodón con suaves tonalidades grisáceas. Eran las nubes cambiantes de la primavera y arrojaban sombras sobre los edificios de la urbe.

–No hay nada en el mundo como estas grandes operaciones –observó Hopkins–. Es una sensación indescriptible.

Austen estaba absolutamente aterrorizada. Nunca había participado en una operación aérea, jamás había visto tantas armas y estaba asombrada de la celeridad con que había actuado el FBI. Aun así le daba la impresión de que cuando un gobierno pone a sus hombres en un estado de emergencia, nadie domina realmente la situación. Tan sólo la historia controla los acontecimientos, y las cosas nunca suceden como uno espera.

Conforme los Hueys de Reachdeep se aproximaban a Governors Island, en el East River, no muy lejos de Brooklyn, los miembros del equipo vieron que ya habían llegado otras unidades del gobierno federal. En medio de la isla había una zona de aterrizaje que en el pasado había estado ocupada por campos de béisbol. Ya habían aterrizado dos helicópteros Black Hawk del ejército y un tercero aguardaba en el aire a que aterrizasen los helicópteros de Reachdeep. Los Black Hawks tenían unas plataformas de carga en la parte inferior que contenían material hospitalario para montar un laboratorio médico sobre el terreno. Uno a uno, los Hueys de Reachdeep tomaron tierra en la isla.

Governors Island tiene un kilómetro y medio de largo, y está llena de edificios abandonados de distintos períodos históricos, entre ellos dos fortalezas de la guerra de 1812, así como edificios más recientes, de los años setenta. Antes de la independencia, Governors Island era el lugar de residencia de los gobernadores coloniales británicos de Nueva York, los cuales preferían vivir en la isla lejos del ruido y el bullicio de la ciudad. Los últimos ocupantes de la isla habían sido las guardacostas de Estados Unidos, pero éstos se habían trasladado a otro lugar, abandonando sus instalaciones.

Habían construido varios edificios de ladrillo, muy espaciosos y elegantes, pintados de blanco y con el tejado de pizarra. El más grande de ellos tenía una cúpula. La parte oriental de la isla estaba separada de Brooklyn por el canal Buttermilk, que contaba con tres espigones en los que estaban amarradas un par de lanchas de los guardacostas. Governors Island se hallaba tan cerca del extremo sur de Manhattan que las torres de Wall Street parecían erigirse sobre ella.

Los miembros del equipo descargaron todo el material de los helicópteros y arrastraron las cajas por la pista de aterrizaje, agachando la cabeza bajo las hélices.

Frank Masaccio los esperaba con un selecto grupo de investigadores. Les estrechó la mano y les dio la bienvenida.

–¿No les parece un lugar fantástico? –dijo metiéndose las manos en los bolsillos de un impermeable negro–. Ahora es todo suyo. No hagan quedar mal a la oficina de Nueva York. Estaré a su disposición siempre que me necesiten.

Unas gaviotas revoloteaban a la luz del atardecer y soplaba una brisa marina. La bahía desprendía un olor a agua salada.

Walter Mellis se encontraba con Masaccio. Había tomado un vuelo desde Atlanta después de la reunión del COIE y parecía asustado. Le estrechó la mano a Alice y dijo:

–Por fin puedo felicitarte personalmente.

–Podrías habérmelo dicho.

–No tenías una acreditación de seguridad.

–Tú me has metido en el FBI.

–Sigues perteneciendo a los CCE. Vamos a enviar a un destacamento epidémico especial. –Se trataba de un equipo de epidemiólogos que inspeccionarían la ciudad en busca de otros casos de Cobra y seguirían la pista de aquellas personas que hubiesen estado en contacto con víctimas potenciales, a fin de mantener bajo control, o al menos eso esperaban, una posible propagación de la enfermedad–. Nuestros laboratorios están listos para realizar el trabajo de apoyo. Os iré enviando muestras.

Ya habían descargado todos los helicópteros del FBI. Dos de ellos permanecieron en la isla para trasladar a los miembros del equipo a la ciudad, mientras que el tercero regresó a Quantico.

En la orilla oeste de la isla, frente a Manhattan y a la estatua de la Libertad, había un viejo hospital de ladrillo. Era el antiguo hospital de base de los guardacostas. En él ya había comenzado la actividad: soldados y oficiales del ejército ataviados con monos verdes subían y bajaban los escalones de la entrada, acarreando el material y los suministros. La idea era convertir aquel lugar en un hospital de biocontención.

Un coronel del ejército con el uniforme verde los aguardaba de pie en la escalera.

–Usted debe de ser la doctora Austen. Soy el doctor Ernesto Aguilar, jefe de la unidad móvil.

–¿Qué tal es el hospital? –preguntó Austen.

–Tiene habitaciones, que es lo único que necesitamos. Dentro de unas horas, se habrá convertido en un hospital de verdad.

Era un hospital muy sencillo y austero, con un olor penetrante a linóleo. Mark Littleberry empezó a merodear, abriendo todas las puertas. Con la ayuda de Hopkins, exploró todo el edificio de arriba abajo, para ver cómo estaban estructuradas las habitaciones, localizar las ventanas y estudiar el sistema de ventilación. Encontró unas cuantas habitaciones cerca de la parte trasera del edificio, unas cámaras interconectadas que parecían idóneas para establecer en ellas el laboratorio de Reachdeep, el centro de biocontención. Los cuartos estaban vacíos salvo por unas mesas de madera y unas sillas metálicas, y había una gran sala de conferencias con una serie de ventanas con vistas a Manhattan y la estatua de la Libertad. En el exterior de la sala había una terraza de observación con una barandilla metálica. Una investigación de gran envergadura requiere reuniones periódicas de los miembros del equipo. Se trata de una práctica habitual. Por lo menos una vez al día, todos los directores de las distintas unidades se reúnen para exponer lo que han averiguado, intercambiar ideas y debatir los pasos a seguir a continuación.

–Estas instalaciones están muy bien, Will –dijo Littleberry.

–Mejor que las de Irak –replicó Hopkins.

La especialista en electrónica que Austen había conocido de camino a la reunión del COIE, la agente especial Caroline Landau, llegó en helicóptero con diverso material de comunicaciones a sumar a los aparatos que Oscar Wirtz había traído de Quantico. Los agentes desplegron una fila de antenas parabólicas en la terraza y, dentro de la sala de conferencias, Landau instaló unos monitores de vídeo, unos teléfonos móviles codificados y unas radios Saber. Los asistentes a las reuniones podrían así establecer un contacto visual instantáneo con el Centro de Control de la oficina del FBI en Nueva York o con la sede central de Washington. También establecieron conexiones de alta velocidad vía satélite con Internet y el World Wide Web.

Mark Littleberry se encargó del centro de biocontención, con la ayuda de Hopkins. El objetivo era crear un área de biocontención donde poder examinar pruebas infecciosas sin correr peligro alguno en una zona con un nivel 3 de seguridad biológica, que bautizaron como «el Núcleo».

Se trataba de una zona caliente formada por tres habitaciones comunicadas entre sí. La primera era la sala de materiales, donde analizarían las pruebas físicas básicas con distintos tipos de máquinas. La segunda era la sala biológica, donde desarrollarían cultivos en frascos y prepararían muestras de tejidos para examinarlas en microscopios ópticos. La tercera, la sala de imágenes, estaba destinada al microscopio electrónico y a todo el material relacionado con él.

Se veía la sala de conferencias a través de un panel de vidrio y se podía acceder a las distintas salas del Núcleo a través de un vestíbulo de seguridad que servía de cámara de descontaminación. Allí los miembros del equipo se pondrían y se quitarían unos trajes desechables del FBI que los protegerían del peligro biológico. Para descontaminarlos utilizarían lejía con una pistola pulverizadora.

Un transbordador de los guardacostas atracó en el muelle situado en la punta norte de la isla. Transportaba un camión blanco que contenía el microscopio electrónico portátil del ejército. El camión lo descargó en una plataforma del hospital y técnicos del ejército lo trasladaron por piezas hasta la sala de imágenes. Allí lo montaron de nuevo con la ayuda de Suzanne Tanaka, mientras le daban instrucciones sobre su manejo.

El microscopio electrónico era un aparato inmenso, de metro ochenta de alto, que utilizaba un haz de electrones para crear imágenes muy ampliadas. Iba a ser una herramienta crucial a la hora de analizar las muestras biológicas calientes y permanecería en el centro de biocontención para facilitar un acceso permanente a las imágenes de las muestras contaminadas.

El equipo se alojaría en una residencia de los guardacostas contigua al hospital, con edificio de ladrillo, circundado de olmos y de plátanos. Al igual que el hospital, tenía vistas a la bahía de Nueva York, a la punta sur de Manhattan y a la estatua de la Libertad. Todos los miembros del equipo disponían de una habitación individual, con una cama metálica provista de sábanas y mantas como único mobiliario.

–Vamos a llevar a cabo esta investigación forense las veinticuatro horas del día –dijo Hopkins al equipo–. Cuando necesiten dormir, hagan saber a los demás dónde se encuentran y procuren dormir un máximo de cuatro horas.

–Como usted diga, capitán Ahab –replicó Jimmy Lesdiu.

La patrulla de operaciones de Reachdeep (los ninjas de Oscar Wirtz) ya se había instalado con todo su material y de momento sus hombres no tenían nada que hacer, de modo que se dedicaron a limpiar las armas y a comprobar a fondo sus enseres. Odiaban este tipo de espera, y algunos de los más jóvenes se quejaron a Wirtz. Éste les dijo que se relajaran y les recordó que los mejores cazadores permanecen inmóviles la mayor parte del tiempo.

El Núcleo se mantendría en un nivel 3 plus de seguridad biológica bajo presión de aire negativa para impedir que las partículas infecciosas escapasen de las salas a través de rendijas. Mark Littleberry ideó cómo hacerlo. Se fue turnando con Hopkins para practicar un agujero con un mazo en una de las paredes exteriores del Núcleo. A continuación introdujeron un tubo de ventilación de plástico flexible en el orificio, taparon todas las rendijas con cinta adhesiva y conectaron el tubo a una unidad portátil con un filtro HEPA que les había proporcionado el ejército. Se trataba básicamente de una aspiradora que succionaba el aire contaminado del Núcleo y lo filtraba antes de expulsarlo por una ventana a través de un segundo conducto de plástico. Este sistema mantendría el Núcleo en un estado de presión negativa, que es lo normal para un nivel 3 plus. Cualquier posible partícula peligrosa que hubiese en el aire no saldría del Núcleo sino que sería absorbida por la aspiradora, donde quedaría atrapada en los filtros HEPA.

Hopkins le dio a un interruptor de la máquina filtradora y ésta emitió un leve zumbido. Terminaron de montar el sistema de tratamiento del aire a las nueve de la noche, cuatro horas después de que los helicópteros aterrizasen en Governors Island.

–Ahora ya tenemos una presión negativa en el Núcleo –explicó Hopkins a los demás–. Aunque esté mal decirlo, ésta es una zona caliente controlada por un artilugio.

–Cada vez que te oigo decir la palabra «artilugio», Hopkins –dijo Littleberry–, sé que estamos en apuros.

El equipo de Reachdeep se congregó en la sala de conferencias.

–Consideren este laboratorio como una nave espacial –dijo Hopkins–. Por un tiempo dejaremos de estar en contacto con el mundo, con nuestras familias y nuestros amigos. Vamos a emprender un viaje para explorar un crimen.

–A un lugar donde nadie sabe muy bien qué está haciendo el asesino –agregó Suzanne Tanaka.

–Una pregunta, Will –dijo James Lesdiu–. ¿De verdad crees que esto va a funcionar?

–No tengo ni idea.

–Lo que me gustaría saber es si es realmente seguro –dijo Walter Mellis. Estaba esperando unas muestras para enviarlas a Atlanta.

–Lo hemos hecho lo más seguro posible –dijo Mark Littleberry.

El resto de habitantes de Nueva York disfrutaba de una tranquila noche de primavera. Las terrazas de los cafés de Greenwich Village estaban muy animadas. Todavía no habían aparecido artículos en los periódicos informando sobre los equipos del FBI que habían aterrizado en Governors Island. Los medios de comunicación no se habían percatado de la creciente actividad en la isla. Los guardacostas la habían utilizado durante años como base para sus operaciones de rescate y los vecinos de Brooklyn estaban acostumbrados a oír el sonido de los helicópteros. Nadie reparó en el hecho de que los guardacostas se habían trasladado a otro lugar, ni en que los helicópteros eran del FBI y del ejército de Estados Unidos.

Hopkins estuvo intentando decidir dónde colocar los escáneres de genes Felix, ya que no era necesario que permaneciesen en el interior del Núcleo. El sistema Felix había sido desarrollado en el Laboratorio Nacional Lawrence Livermore de California para dotar al ejército de un equipo capaz de identificar agentes biológicos desconocidos. Antes de abandonar el Núcleo, las muestras biológicas que iban a ser leídas en los escáneres de genes serían esterilizadas con productos químicos con objeto de matar el virus sin alterar su material genético. Por tanto era posible introducir una muestra de virus estéril en Felix, el cual analizaría su ADN aunque el organismo estuviese muerto.

Hopkins acabó instalando los Felix en unas mesas de la sala de conferencias. Colocó unas sillas alrededor y conectó unos cables al centro de comunicaciones para proporcionar acceso a la Red.

A las siete de la tarde, un ferry de los guardacostas llegó a la isla con un camión refrigerado del depósito de cadáveres, cortesía del ayuntamiento de Nueva York. En él iba el doctor Lex Nathanson. Nathanson estaría presente en cualquier autopsia que entrara en la jurisdicción del médico forense jefe (y cualquier muerte relacionada con el Cobra que se produjera en Nueva York era de este tipo), firmaría el certificado de defunción y ratificaría las pruebas.

El camión del depósito de cadáveres contenía los cuerpos de Peter Talides, Glenn Dudley y Ben Kly, envueltos en tres sacos cerrados. Nathanson iba en la cabina del camión con un especialista en pruebas del FBI que llevaba consigo un enorme tubo de seguridad biológica de la OTAN con las dos cajas de las cobras, así como un cilindro rojo de plástico que contenía la ropa y las armónicas del mendigo.

Los hombres de Frank Masaccio se habían hecho cargo de la habitación de Kate Moran, el taller de arte de la Mater School, la casa de Peter Talides y la tienda de Penny Zecker en Staten Island. Todos los agentes eran especialistas en pruebas. Aunque no tenían experiencia en trabajos que supusieran un riesgo biológico, llevaban monos y mascarillas para respirar y confiaban en que no les sucediese nada. Tardarían días en inspeccionar esos lugares en busca de más pruebas, pero era un procedimiento rutinario en el caso de una investigación criminal y estaban obligados a hacerlo.

–Creo que ya estamos listos para adentrarnos en la zona caliente –dijo Hopkins.

A través de las ventanas de la sala de conferencias se veía el ir y venir de los helicópteros que traían material hospitalario del ejército y se oían las voces de los médicos y las enfermeras que recorrían los pasillos del hospital, preparando las habitaciones para unos pacientes todavía desconocidos.

Los miembros del equipo se pusieron unos uniformes quirúrgicos y se reunieron en la sala de descontaminación antes de entrar en el Núcleo. Abrieron unas cajas de fibra de vidrio y extrajeron de ellas unos trajes espaciales negros del FBI hechos de Tyvek, que los protegerían del peligro biológico. A continuación se pusieron unas botas de goma y dos pares de guantes quirúrgicos. En la cámara apenas cabían todos los miembros del equipo.

–Esto no es precisamente lo que yo llamo divertirse –comentó James Lesdiu. Desplegó un traje negro enorme y se lo enfundó.

Hopkins se colocó una correa de nailon alrededor del traje y colgó de ella su estuche de herramientas Leatherman. Por último se pusieron unas capuchas Racal, esto es, unas burbujas flexibles de plástico transparente con un tubo de aire filtrado. Un dispositivo alimentado con pilas que se coloca en la cintura suministra aire filtrado a la burbuja, manteniéndola bajo presión positiva, para impedir que las biopartículas infecciosas penetren en ella. Las pilas duran ocho horas y proporcionan una gran cantidad de aire filtrado, el suficiente para una persona que esté realizando un gran esfuerzo físico. A diferencia de la capucha Racal, el traje protector en sí no está presurizado, sino que es un traje de cuerpo entero con presión neutra. Los ojos son junto con los pulmones los órganos más vulnerables al aire y por consiguiente requieren la protección de una capucha presurizada.

Hopkins se puso una capucha Racal y mostró a los demás cómo hacerlo. La capucha tenía una especie de doble solapa que cubría el pecho y los hombros. Hopkins cerró la cremallera del traje hasta el cuello, por encima de las solapas, y dijo:

–Debemos ser capaces de ponernos todo el equipo en un máximo de cuatro minutos. Es importante que entremos y salgamos del Núcleo lo más rápido posible. –Se volvió hacia Austen–. Son mucho más sencillos que esos trajes espaciales de dinosaurio que utilizan ustedes en el nivel 4 de los CCE.

–Los trajes de dinosaurio funcionan –replicó Austen.

–Reachdeep es como un castor –dijo Hopkins–. Es ligero, se mueve con agilidad y tiene los dientes afilados.

–¿Y lo pisotean, Hopkins? –espetó Austen.

Littleberry abrió una puerta y los miembros del equipo se adentraron en el Núcleo, desplegándose por las distintas habitaciones para llevar a cabo sus tareas.

Hopkins colocó la caja de la OTAN sobre una mesa. Sacó de ella un cilindro de plástico y lo abrió. Extrajo las servilletas de papel que hacían de relleno y luego sacó las cajas de las cobras. Las dos eran exactamente iguales. La única diferencia visible eran las etiquetas de papel adheridas a la base. Una vez que las cajas estuvieron expuestas al aire libre, el Núcleo se convirtió oficialmente en una zona caliente.

Hopkins dejó las cajas sobre la mesa y escribió la palabra COBRA en un par de etiquetas. Después anotó la fecha y el número de control del laboratorio de Reachdeep (en el FBI se asigna un número a todas las pruebas de laboratorio). Los números de las muestras eran el 1 y el 2.

–He estado pensando en algo, Will –dijo Littleberry–. La persona que hizo estas cajas debió de montar un laboratorio parecido a éste. En algún lugar de esta ciudad hay otro laboratorio, otro Centro. Y está contaminado, como éste.

–Una idea muy interesante, capitán Littleberry –dijo Hopkins–. Es un antinúcleo. El antinúcleo está ahí fuera, y estas cajitas –las señaló–, nos van a llevar hasta él.

Al unir en un solo lugar todos los elementos de la investigación forense, en una instalación de vanguardia, con habitaciones donde alojarse y un grupo de operaciones listo para actuar, Will Hopkins creía (esperaba) que podrían acelerar la operación y concluirla con éxito en un breve espacio de tiempo. La idea era condensar una operación forense de gran envergadura en un movimiento continuo, silencioso, furtivo y ágil, que culminase en una acometida acelerada y fulminante. La presa no debía saber por dónde se movía el cazador, ni siquiera debía sospechar de su existencia.

Insectario

MANHATTAN, DOMINGO

Arquímedes vivía en la tercera planta, en un piso de dos habitaciones. Siempre tenía las persianas bajadas y cubiertas de papel de aluminio para impedir que entrase la luz del sol o que a algún curioso se le ocurriera observar su laboratorio con cámaras termosensoras. A veces le daba la sensación de que lo estaban espiando, aunque era consciente de que en ocasiones se volvía excesivamente paranoico.

Debía mantener el apartamento a oscuras, ya que la luz directa del sol destruiría sus cultivos de virus. En aquel momento estaba almorzando en la cocina. Se había preparado un burrito vegetariano congelado y una tortilla mexicana libre de grasas animales. No comía nada de carne. Era como un parásito en el reino vegetal, pero desgraciadamente todos necesitamos comer. El problema es que hay demasiadas bocas que alimentar. Se levantó y abrió una puerta que daba a un pasillo. Éste era su sala de descontaminación con un nivel 2 de seguridad biológica.

Allí tenía una palangana de plástico llena de agua con lejía donde lavaba (descontaminaba) los objetos contaminados. También había algunas cajas de cartón con material de bioseguridad que había encargado llamando a un número gratuito y que le habían enviado a un apartado de correos de Nueva Jersey. Las había pasado a recoger en coche.

Sacó un traje de Tyvek limpio de una caja y se lo puso. Aunque el Tyvek no era una fibra natural, resultaba imprescindible al entrar en contacto con el virus de la viruela cerebral, o de lo contrario podía infectarse rápidamente. Arquímedes llevaba mucho tiempo manipulando ese virus y jamás se había contagiado, ya que tenía muchísimo cuidado. Había llegado a pensar en la posibilidad de que fuera una de esas personas que, por alguna razón, son menos propensas a un posible contagio. Se cubrió la cabeza y se puso dos pares de guantes de látex, unas zapatillas quirúrgicas y una mascarilla para respirar que le tapaba toda la cara.

Entró en la habitación y cerró la puerta. Su laboratorio de armas era un lugar de trabajo muy confortable. Tenía unas viejas mesas de formica que había comprado en un mercadillo, donde le cambió la caja a la mujer que intentó timarlo y que entró a formar parte de las pruebas humanas experimentales. Después del incidente, Arquímedes estuvo hojeando los periódicos y atento a las noticias de televisión, pero no se mencionó nada sobre su víctima. En el laboratorio también tenía un biorreactor que zumbaba ligeramente, unas cubetas donde secaba los virus y, por último, el insectario.

El laboratorio estaba situado en la parte trasera del edificio. En una ventana, Arquímedes había instalado un sistema de filtración de aire que consistía en un ventilador pequeño y silencioso provisto de un filtro HEPA. El aparato aspiraba el aire del laboratorio de nivel 3, lo filtraba y lo soltaba al exterior, limpio y libre de peligro. Esto creaba una presión de aire negativa en el interior del laboratorio, lo cual impedía que escapasen las partículas infecciosas. El aire del exterior entraba a través de una pequeña abertura en otra ventana. Arquímedes había sellado todas las ventanas con cinta adhesiva. No era muy estético, pero funcionaba.

El insectario que tenía encima de la mesa era una colonia de polillas que mantenía en cajitas de plástico transparentes por razones filosóficas. En realidad no las necesitaba para llevar a cabo su trabajo, pero le hacía gracia conservarlas. Arquímedes abrió la tapa de una de las cajitas, examinó las orugas verdes que había en su interior y les echó un poco de lechuga, pues se alimentaban de vegetales. Arquímedes había plantado alfalfa en el jardín contiguo a su edificio, y al parecer nadie se había percatado de ello.

La cepa natural de su virus de la viruela cerebral vivía en polillas y mariposas. Las orugas se pasaban el día comiendo hojas hasta que morían paralizadas por la cepa insectil del virus, no la cepa humana, ya que esta última no se desarrollaba en insectos. A pesar de estar totalmente aletargadas, las orugas seguían comiendo sin parar. Y luego, de repente, se producía la fusión, término técnico para designar el momento en que una criatura se deshace a causa de un virus. Esto se producía en la fase final y explosiva de replicación del virus y, en menos de un par de horas, la oruga se transformaba en un saco de virus. Arquímedes imaginaba que el mismo tipo de amplificación vírica desharía el cerebro humano.

Metió la mano en el insectario y sacó una oruga muerta de encima de una hoja. El insecto se había convertido en una bolsa líquida llena de una sustancia lechosa y vidriosa, compuesta en un cuarenta por ciento de cristales víricos puros por peso seco. Por tanto casi la mitad de la oruga se había transformado en virus. Arquímedes la estrujó y de ella rezumó la sustancia cristalina. Aquel fenómeno le resultaba fascinante. El poder de transformación de un virus nunca dejaba de sorprenderle, incluso cuando actuaba en el interior de unas simples orugas.

Era interesante comprobar cómo el virus era capaz de convertir a un insecto en una bolsa de cristales víricos. El virus se apoderaba de su anfitrión y lo mantenía con vida (todavía hambriento, deseoso de alimentarse) incluso mientras transformaba su cuerpo en cristales víricos casi en su totalidad. El virus también interrumpía el proceso de desarrollo natural del insecto, de suerte que éste no alcanzaba nunca la edad adulta. Se mantenía joven y comía sin cesar hasta que su cuerpo no era más que cristales. La cepa humana del virus era capaz de transformar el cerebro humano en una bolsa de cristales víricos y hacer que la víctima comiese compulsivamente.

La especie humana tiene más hambre que un insecto hambriento. Con su apetito monstruoso y descontrolado, está destrozando la tierra, pensaba Arquímedes. Cuando una especie explota su hábitat natural, devora los recursos disponibles, se debilita y se vuelve vulnerable a los brotes infecciosos. La emergencia repentina de un agente patógeno mortal, de un asesino infeccioso, reduce a la especie hasta un nivel sostenible. Estas muertes masivas se producen constantemente en la naturaleza. Por ejemplo, a veces las orugas de lagartas infestan los bosques de la zona noreste de Estados Unidos y se comen las hojas de los árboles. A la larga la colonia de orugas se vuelve tan numerosa que agota sus reservas de comida y entre ellas estallan virus de todo tipo. Tarde o temprano algún virus acaba aplastando la colonia y durante los años que siguen los árboles quedan relativamente libres de estos insectos. Los virus desempeñan un papel importante en la naturaleza, pues mantienen a raya a las distintas poblaciones.

No hay más que pensar en el virus del sida, se decía Arquímedes. La gente se lamenta sin cesar de la reducción de la población humana a causa de este virus como si fuese una gran desgracia, y luego se pone a hablar del medio ambiente y del modo en que lo está destrozando la superpoblación. El caso es que el sida es un ejemplo del tipo de enfermedad correctora que siempre aparece cuando una población crece de manera descontrolada. Es un mal necesario. En realidad el único problema es que el sida no ha cumplido su función de manera suficientemente satisfactoria. Y lo que es peor, los médicos de la sanidad pública están intentando desarrollar una vacuna.

No hay ser humano más peligroso que un médico de la sanidad pública. Arquímedes los consideraba en gran medida responsables del incremento descontrolado de la población humana que está destrozando la tierra. Son los peores criminales medioambientales. Incluso en nuestros días están intentando acabar con una especie natural, el virus de la viruela. La viruela es como un bonito tigre blanco y ocupa un lugar propio en la naturaleza. ¿Quiénes somos nosotros para aniquilar a un tigre blanco? ¡El Club Sierra y los Amigos de la Tierra deberían defender a la viruela!

Los acontecimientos que provocan una disminución natural de la población son positivos, como viene demostrando la historia. Hacia el año 1348, la Peste Negra, un organismo bacteriano infeccioso que se transmitía por aire llamado *Yersinia pestis*, aniquiló como mínimo a un tercio de la población del Viejo Continente. Esto resultó muy positivo para Europa, ya que los supervivientes prosperaron, al heredar más tierras y más propiedades. Después de la Peste Negra se produjo un gran auge económico que culminó en el Renacimiento. Como consecuencia de las muertes masivas, los supervivientes se enriquecían y disponían de más alimentos. Había menos pobres hacinados en las ciudades, puesto que muchos de ellos habían muerto. En los años sucesivos escaseó la mano de obra en las ciudades y se inventaron nuevas máquinas y nuevos procedimientos de fabricación para compensar la pérdida de trabajadores no cualificados. Esto ocasionó un flujo de capital cada vez más libre, la creación de los primeros bancos de inversiones en Florencia y otras ciudades, y con ello se acumuló una gran riqueza, se crearon grandes obras de arte y surgieron nuevas ideas. Podríamos decir incluso que la bóveda de la Capilla Sixtina procede de la Peste Negra.

Los historiadores describen la Peste Negra como algo que simplemente «ocurrió» al final de la Edad Media, pero no ven más allá. La Peste Negra no sólo «ocurrió», sino que fue el acontecimiento biológico que marcó el fin de la Edad Media. Y hace tiempo que el mundo debería haber vivido otro acontecimiento similar. Si no sucede pronto, ¿cuántas especies más desaparecerán, cuántas hermosas regiones de las selvas tropicales se desvanecerán para siempre jamás? Si los médicos de la sanidad pública siguen llevando a cabo su labor profesional, acabarán destruyendo el mundo.

De ahí la necesidad de una nueva enfermedad.

La viruela cerebral era una maravilla. Era como un cohete biológico que impulsada por sus proteínas destrozaba el sistema nervioso central, se replicaba vertiginosamente, se desplazaba por las fibras nerviosas del cráneo y transformaba el cerebro en un biorreactor vírico. El cerebro se calentaba y se deshacía del mismo modo en que la forma natural del virus derretía a los insectos.

El biorreactor cerebral se llenaba de partículas víricas hasta que se deshacía dentro del cráneo. Entonces la víctima comenzaba a rezumar fluidos, a morderse, a sacudirse, a sangrar y a perder el control, propagando el virus a su alrededor, contagiando a otros anfitriones de manera caótica pero efectiva. Indiscutiblemente, la viruela cerebral provocaba el sufrimiento humano, pero éste no duraba mucho. Nada de agonías prolongadas, como en el caso del sida. De esta forma los médicos no tendrían tiempo de encontrar una cura. Además, la viruela cerebral no dañaría a ninguna otra forma de vida del planeta, ya que sólo infectaba a la especie humana, ni tendría efecto alguno en los hábitats y ecosistemas de las selvas tropicales.

Arquímedes imaginaba que la viruela cerebral convertiría la ciudad de Nueva York en un biorreactor caliente, en una caldera hirviendo llena de virus amplificándose. Desde la Gran Manzana se propagaría a través de líneas invisibles, siguiendo rutas aéreas, hasta abarcar todo el globo terrestre. Nueva York era el biorreactor que contenía la cepa del virus, el motor de arranque que pondría en marcha el mismo proceso en las demás ciudades. No se trataba exactamente de una venganza por parte de la selva tropical, sino que era una venganza de la biología molecular. Desde Nueva York, la viruela cerebral viajaría a Londres y Tokio, volaría a Lagos, Nigeria, aterrizaría en Shangai y Singapur, se amplificaría por todo Calcuta, y llegaría a Sao Paulo, a Ciudad de México, a Dacca, Bangladesh, y a Yakarta, Indonesia, así como al resto de las grandes metrópolis del planeta. Todas se convertirían en urbes contaminadas por algún tiempo, pero ello no supondría el fin de la especie humana, ni muchísimo menos. Simplemente acabaría con una persona de cada dos, o tal vez una de cada tres. Quizás incluso menos. Era imposible saberlo con certeza. Un arma biológica nunca extermina a una población. Tan sólo la reduce. Y cuanto más la reduce, más sano es el efecto en la especie en cuestión.

Arquímedes comprobó el biorreactor. Era un microrreactor llamado Biozan, tan silencioso como una pecera. Tan sólo se oía el leve zumbido de las bombas. Arquímedes estaba creando el virus concentrado de la viruela cerebral. El líquido que producía, repleto de partículas víricas, se iba vertiendo en un frasco que había en el suelo a través de un tubo flexible, formando en la base una sustancia blanca, compuesta básicamente de virus. Arquímedes vació el líquido del frasco. El poso que quedó en el fondo era viruela cerebral sumamente concentrada. Arquímedes la recogió con una cuchara. Era increíble que un reactor tan pequeño fuese capaz de producir tal cantidad de virus.

Cerca del biorreactor estaban las cubetas de secado. Arquímedes mezcló la sustancia vírica con un tipo especial de vidrio líquido. Era como hacer caramelo. Luego vertió el cristal derretido en la cubeta, y éste se secó y se endureció hasta convertirse en hexágonos de cristal vírico del tamaño de una moneda.

Arquímedes había comprado el cristal líquido por correo. Aunque había resultado un poco caro, era fantástico y parecía funcionar.

Con la punta de los dedos, protegidos por los dos pares de guantes, levantó con cuidado un hexágono de cristal. Le gustaba sostener el cristal vírico entre los dedos y contemplar en él los colores del arco iris.

Sus ensoñaciones se vieron interrumpidas repentinamente por un chirrido, un sonido seco y metálico. Oyó voces y luego un estampido.

Dejó el cristal en la cubeta. Ya le estaban molestando otra vez aquellos críos.

Apartó ligeramente la cortina metálica y echó un vistazo por la ventana. Su laboratorio daba a un solar cercado por una verja de alambrado, donde la gente del vecindario había sembrado un jardín, con flores y arbustos (y la alfalfa que había plantado él mismo). También habían instalado un viejo columpio, un tobogán y un pequeño tiovivo de metal. Los chicos estaban montados en él, empujándolo, pegando gritos. Lo hacían girar demasiado rápido, de ahí los chirridos. Eran unos chiquillos de ciudad de aspecto rebelde, que tendrían unos diez o doce años. Uno de ellos arrojó una piedra a la verja y los demás saltaron del tiovivo y echaron a correr mientras le lanzaban piedras a un gato.

Era un gato abandonado de color marrón y blanco, uno de los animales que se alimentaban de las latas de comida que la gente les dejaba en el parque infantil que había bajo su ventana. El gato se subió a la verja de un salto, pero al percatarse de las pedradas, saltó al suelo e intentó huir mientras lo seguían apedreando. Se retorció en el suelo de dolor al ser alcanzado por una piedra, y al final logró escapar por un agujero de debajo de la valla.

Arquímedes estaba furioso pero no podía hacer nada, ya que estaba atrapado en el nivel 3.

Muestras

GOVERNORS ISLAND

El camión del depósito de cadáveres entró haciendo marcha atrás en el muelle de carga del hospital. En el interior del camión había una camilla mortuoria y las criptas refrigeradas con los cuerpos de Peter Talides, Glenn Dudley y Ben Kly. Los cadáveres estaban envueltos en unas triples bolsas de color blanco cubiertas de símbolos de peligrosidad biológica y empapadas de lejía. Los técnicos de autopsias del depósito de cadáveres de la oficina del forense también habían rociado los cuerpos para matar el agente caliente.

Lex Nathanson y Austen se pusieron unos trajes protectores y unos guantes de malla en un almacén situado cerca del muelle de carga, que Littleberry había habilitado como zona de descontaminación para las autopsias. Empezaron por examinar a Glenn Dudley.

Sin sacarlo de las bolsas, lo levantaron por los hombros y los pies y lo trasladaron a la camilla con grandes dificultades, ya que Dudley era un hombre pesado y musculoso. Nathanson abrió las cremalleras de las bolsas pero no sacó el cadáver. Iban a practicarle una autopsia mínima sin extraerlo de la mortaja para evitar que la sangre y los fluidos se derramasen por el suelo.

Nadie le había quitado la ropa. Dudley todavía llevaba el uniforme quirúrgico y su cabellera aún le colgaba por encima del rostro, dejando al descubierto la bóveda craneal. Él mismo se había preparado el cráneo para la autopsia.

Austen levantó la cabellera. Dudley tenía unos aros dorados en los iris con ramificaciones semejantes a llamas. Austen le abrió la boca y la examinó detenidamente. Había media docena de ampollas de sangre, casi todas en la cara interna de las mejillas.

Austen le cortó el uniforme con unas tijeras romas, le retiró la camisa y le abrió los pantalones.

–He hablado con su mujer –dijo Nathanson–. Tienen tres hijos, el mayor de quince años. Ellos son los que más me preocupan.

–¿Saben qué ocurrió? –preguntó Austen.

–Creo que ella les ha contado algo, pero no todo.

Nathanson practicó la incisión en forma de Y sobre el pecho y el abdomen. Le cortó las costillas con una podadera y le sacó el esternón. Durante todo el proceso permaneció impasible, frío como el hielo. Austen lo observaba con respeto. No había en él el menor asomo de emoción.

–¿Quiere que siga yo, doctor Nathanson?

–No, no hace falta.

Los dos se mostraron sumamente cautelosos. Nathanson no extrajo ningún bloque de órganos. Se limitaron a examinarlos dentro de la cavidad corporal y a tomar las muestras biológicas. Si los extraían y los seccionaban, corrían el riesgo de salpicar gran cantidad de sangre y de fluidos.

Nathanson le envolvió la cabeza con una bolsa de plástico transparente, enchufó la sierra Stryker, la introdujo dentro de la bolsa y ató esta última con un cordel alrededor del cuello. Así impediría que la sangre y el polvo de los huesos saliesen disparados por los aires. Se trataba de un procedimiento normal a la hora de abrir un cerebro contaminado.

Empezó a serrar el hueso, salpicando el interior de la bolsa de polvillo húmedo y sustancia sanguinolenta, y extrajo la parte superior del cráneo. Para entonces Nathanson tenía la mascarilla completamente empapada en sudor. Austen lo observaba con atención. Su compañero parecía tenerlo todo controlado, aunque a veces mostraba signos de debilidad.

–¿Le importaría seguir, doctora Austen? –dijo de repente.

Austen asintió y procedió a cortar la duramadre, la membrana correosa de color gris que recubre el cerebro.

El cerebro de Dudley presentaba el mismo aspecto que el de Kate Moran: vidrioso, gelatinoso, hinchado.

–Le salpiqué una gota de sangre en los ojos –dijo Austen–. Fue culpa mía.

–Quítese esa idea de la cabeza para siempre –replicó Lex Nathanson.

Lo que no podía quitarse de la cabeza era el momento en que

vio a Ben Kly por última vez. Kly le había brindado la oportunidad de escapar aun sabiendo que podría costarle la vida. También la había acompañado y protegido durante la visita al túnel de Houston Street. No era más que un técnico de autopsias, uno de los empleados anónimos que se encargaban de los cadáveres, pero Austen lo consideraba un hombre de un coraje excepcional. Su colaboración en el caso le había costado la vida. Dejaba a una esposa y a un niño pequeño. Austen se vio embargada por la impotencia y el desconsuelo de quien sobrevive a una tragedia.

Austen extrajo el cerebro de Glenn Dudley, manejando el bisturí con sumo cuidado a la hora de cortar los nervios. El cerebro se desparramó sobre la tabla para cortar. Se asemejaba a una bolsa de gelatina plateada. El color la sorprendió. Lo tocó con la punta de los dedos, a pesar de que los guantes le impedían apreciar las sutilezas de la textura. El cerebro casi se deshizo por completo.

Seccionó unos trocitos de la cara inferior y los introdujo en unos frascos.

–Voy a sacarle el ojo, doctor Nathanson.

Él asintió.

Con la ayuda de un fórceps y un bisturí, le levantó el párpado y le raspó el hueso alrededor de la órbita del ojo derecho, hasta que logró extraerlo del todo, con un trozo de nervio óptico colgando. Luego lo introdujo en un frasco.

Austen preparó las muestras por triplicado. Unas eran para Walter Mellis, que se las llevaría a los laboratorios de nivel 4 de los CCE, las otras para el USAMRIID, en Fort Detrick, y las terceras para Reachdeep.

Una vez hubieron terminado de hacer las autopsias y de recoger las muestras, devolvieron los cuerpos a las criptas, abandonaron el camión del depósito de cadáveres y entraron en la sala de descontaminación. Allí desinfectaron los trajes con lejía, utilizando unos pulverizadores manuales. Mark Littleberry supervisó todo el proceso de descontaminación. Por último metieron los trajes en unas bolsas especiales y el doctor Nathanson regresó a la oficina del forense en helicóptero. Por el momento los restos de Peter Talides y Glenn Dudley deberían permanecer en el camión refrigerado, puesto que no podían ser enterrados ni incinerados. Se habían convertido en pruebas federales; el arma asesina se hallaba dentro de sus cuerpos.

Alice Austen llevó una caja llena de frascos con tejidos de las autopsias al laboratorio de Reachdeep. Entró en el vestíbulo de descontaminación de nivel 2 y se puso un traje negro marcado con las siglas del FBI, unas botas ligeras de goma, dos pares de guantes y una capucha Racal sobre la cabeza antes de adentrarse en el Núcleo. Hopkins y Lesdiu se encontraban inclinados sobre las cajas de las cobras, colocadas sobre una mesa bajo unas potentes luces. Ambos llevaban trajes espaciales del FBI.

Los frascos contenían tejido del cerebro, tejido del hígado, fluido espinal, humor vítreo y sangre. Austen entregó las muestras a Suzanne Tanaka, quien se las llevó a la sala de biología para hacer los cultivos y examinarlas en el microscopio electrónico. Alice la acompañó.

Tanaka quería intentar cultivar el virus en frascos de células vivas. Si conseguía que se desarrollase, les resultaría más fácil estudiarlo. Machacó un poco de cerebro de Glenn Dudley en un mortero y vertió la masa en una serie de recipientes de plástico que contenían células humanas vivas. El virus del tejido cerebral podría infectar las células del cultivo y multiplicarse en ellas hasta llenar el frasco de partículas víricas. Tanaka podría entonces introducir una muestra en un microscopio electrónico y observar las partículas, cuya forma y estructura servirían de ayuda a la hora de identificar el virus.

Tanaka hizo un preparado con agua del tejido cerebral de Dudley y se lo inyectó a varios ratones blancos que guardaba en unas cajas de plástico transparentes.

–Éste es nuestro sistema biodetector –dijo. Los ratones son utilizados en los laboratorios de virus de manera similar a los canarios en las minas de carbón. Cuando se está intentando identificar un virus, se inocula en los ratones y, si éstos enferman, se observan los síntomas y luego se examina a los ratones por necropsia. Esto consiste en matarlos, abrirlos y estudiar los tejidos a través de un microscopio–. Ya veremos si se ponen enfermos –añadió Tanaka.

A continuación Tanaka preparó algunas muestras para el microscopio electrónico. Quería intentar obtener una imagen directa de las partículas víricas del cerebro de Glenn Dudley. Con un bisturí, cortó unos trocitos diminutos de tejido cerebral del tamaño de una cabeza de alfiler, los introdujo en unos pequeños tubos de ensayo y añadió una resina de plástico que penetraría en la muestra y la endurecería para que pudiese ser cortada en rodajas.

También quería observar el polvo de las cajas de las cobras. Entró en la sala de materiales, donde Hopkins y Lesdiu todavía estaban examinándolas. Extrajo con unas pinzas una pequeña cantidad de polvo de la caja Zecker-Moran, la introdujo en una probeta de plástico y le agregó la resina.

Todas las muestras quedaron así fijadas en la dura resina de plástica y Tanaka procedió a seccionar los pequeños cilindros con un micrótomo. Éste es un aparato semejante a una máquina para cortar carne, sólo que la hoja es de diamante y las rodajas que se obtienen son del tamaño de la cabeza de una hormiga. Tanaka le iba explicando a Austen lo que estaba haciendo.

–Este tipo de investigaciones me destroza los nervios –dijo–. Apenas puedo pegar ojo cuando estamos metidos en un caso importante.

–¿Has trabajado en otros casos importantes? –preguntó Austen.

Se hizo una breve pausa.

–Bueno, la verdad es que no. Siempre había soñado con esto. Es lo que he querido hacer toda mi vida.

Tanaka colocó las láminas en unas pantallas de cobre del tamaño de esta letra *o*.

–¿Quieres mirar conmigo, Alice?

–Sí.

–Observemos primero el polvo del Cobra.

Tanaka vertió la muestra en una especie de varilla de acero y la introdujo en el microscopio electrónico. Pulsó unos interruptores, ajustó un botón regulador, y se encendió una pantalla. Por último atenuó las luces de la sala para ver mejor las imágenes.

En la sala de materiales, Hopkins estaba llevando a cabo una operación muy delicada. Con la ayuda de unas pinzas y una lupa, obtuvo una mota de polvo prácticamente invisible de la caja Zecker-Moran. Apenas veía lo que estaba haciendo, ya que la capucha Racal le entorpecía la visión. Introdujo el polvillo en una minúscula probeta de plástico que contenía unas gotas de agua salada y un desinfectante.

Dos plantas más abajo, en la sala en penumbra del Núcleo, Tanaka y Austen observaban la pantalla del microscopio electrónico. Ante sus ojos oscilaba la imagen de las partículas de polvo de la caja de la cobra. Tanaka manipuló unos botones y la imagen se desplazó hacia un lado.

–Qué extraño –comentó. Las partículas eran cristales poliédricos con las caras ligeramente redondeadas, como balones de fútbol.

–Eso no es un virus –dijo Austen–. Es imposible. Los cristales son demasiado grandes.

Tanaka encontró algo dentro del cristal. Amplió la imagen, adentrándose en su interior.

–Mira, Alice. Mira eso.

Dentro de los cristales había unas varillas oscuras de algún material desconocido, que formaban unos bultos en determinados lugares. Tanaka señaló uno de ellos y dijo:

–Yo diría que ésas son las partículas víricas. Son partículas víricas incrustadas en cristales.

–¿De qué crees que están hechos los cristales? –preguntó Austen.

–No lo sé. Yo diría que actúan como una capa protectora alrededor de las partículas víricas, si es que esas varillas de su interior son virus, y yo creo que lo son.

Tanaka colocó otra muestra en el microscopio.

–Ahora estamos dentro de una de las células cerebrales del doctor Dudley. –Se refería a las células de manera personal, como si hablase de una mano o un brazo. Los cristales de su interior eran pedazos de material incrustado en el núcleo celular. Algunos de ellos se estaban abriendo y parecían soltar partículas en el citoplasma de la célula. Las partículas se asemejaban a varas. En algunos lugares, éstas flotaban en el interior de la célula cerebral sin ningún cristal a su alrededor.

–Las células del cerebro del doctor Dudley están hechas un cirio –dijo Tanaka en voz baja–. Este virus es tan peligroso como el Ebola.

–¿Has visto el Ebola?

–Sí, claro, formaba parte de nuestra formación. Pero esto no es Ebola.

–¿Crees que sabes lo que es?

–Todavía es demasiado pronto para decirlo, pero me parece que sí.

Austen se hallaba de pie a su espalda, mirando la pantalla. Se sentía mareada, como si se estuviese precipitando en las profundidades de un universo microscópico que se extendía hasta el infinito.

–Tengo que ser cauta –prosiguió Tanaka–. Hay una clase de virus que hace cristales así. Vive en mariposas y polillas.

–¿En mariposas?

–Como lo oyes.

Tanaka se había traído consigo algunos libros de consulta. Cuando se observan partículas víricas en un microscopio para intentar identificar el virus visualmente, se van comparando las imágenes con las fotografías de un libro, del mismo modo en que un ornitólogo va comprobando las imágenes de una guía Audubon.

Tanaka se acercó a una caja que había en un rincón de la habitación y sacó un libro de texto sobre virus. Luego la cerró y se sentó sobre ella, con el libro abierto en el regazo. Austen se sentó a su lado. Tanaka consultó el índice y abrió el libro por la mitad.

–Aquí está –dijo, señalando una fotografía con el dedo.

Era una sección sobre virus de insectos. La fotografía mostraba imágenes de cristales.

–Éste es el virus de la poliedrosis nuclear. Es un nombre bastante complicado. Podríamos llamarlo VPN. ¿Sabes? Como el VIH. Este virus me pone los pelos de punta.

Austen vio que Tanaka no estaba bromeando cuando dijo que el virus la aterrorizaba. Tenía toda la careta empañada, un indicio indiscutible de malestar.

–Creo que los cristales son una clase de proteína –añadió con voz débil, y explicó que las partículas víricas estaban amontonadas en el interior de los cristales–. Los cristales son como unas cáscaras protectoras alrededor del virus. Lo protegen de cualquier posible daño. Esto es un arma creada mediante ingeniería genética, Alice.

Tanaka regresó al microscopio y empezó a sacar fotografías con una cámara electrónica incorporada al aparato. Imagen tras imagen, los enormes cristales aparecieron en una pantalla de vídeo. Austen y Tanaka observaron las células de las zonas doradas de los iris de Dudley y vieron que estaban llenas de cristales. Por tanto eran los cristales que se formaban en el iris los que conferían a los ojos el color amarillo dorado. Había cristales en el nervio óptico. O bien el virus se había desplazado hasta el cerebro desde los ojos a través del nervio óptico, o bien había seguido el camino inverso.

Estaban contemplando una forma de vida que Austen había visto antes en el microscopio óptico de la oficina de Glenn Dudley, cuando observó por primera vez el tejido cerebral de Kate Moran. Entonces no había visto más que unas formas borrosas, mientras que en el microscopio electrónico la nitidez de las imágenes era impresionante y los cristales aparecían como planetas.

–Tenemos que decírselo a Will –dijo Tanaka.

El código

Will Hopkins, vestido con una bata de cirujano en lugar de un traje protector, había establecido una zona de trabajo en una mesa de la sala de conferencias. Mientras Tanaka trataba de obtener una imagen de las partículas víricas, él intentaría «ver» el ADN del virus utilizando sus máquinas. De este modo, esperaba identificarlo rápidamente.

Conectó las dos máquinas Felix y desplegó varios aparatos pequeños encima de la mesa. También sacó un bollo con queso cremoso, que fue comiendo mientras trabajaba. Había cables por todas partes.

Hopkins tenía una muestra del polvo de Cobra en una pequeña probeta de plástico del tamaño del dedo de un bebé. El polvo había sido esterilizado con productos químicos y mezclado con unas gotas de agua. De este modo había dejado de ser peligroso, a pesar de que seguía conteniendo cierta cantidad de ADN del virus. Hopkins sostuvo el tubo en alto para observarlo bajo una potente luz. A veces se llegaba a ver el ADN, que formaba como unos grumos lechosos en la probeta. En esa ocasión, sin embargo, no se veía nada, pese a que el agua estaba llena de hebras de ADN, como una sopa de pasta de cabello de ángel.

Hopkins introdujo una gota del preparado en el orificio de uno de los Felix. La máquina comenzó a leer el ADN, pero la pantalla permaneció en blanco. Había algún problema. Hopkins tuvo que reprimir la tentación de sacudirla, como cuando un televisor no funciona.

Justo en ese momento entraron Austen y Tanaka. Tanaka estaba radiante, rebosante de alegría, pero prefirió esperar antes de comunicarle la noticia.

–No consigo obtener secuencias de los genes –dijo Hopkins.

–Échale un vistazo a esto –dijo Tanaka mostrándole las fotografías.

–¡Qué barbaridad! –dijo Hopkins mientras masticaba el bollo.

–Son partículas del cerebro de Glenn Dudley –explicó Tanaka.

–Del mesencéfalo, la parte del cerebro que controla las funciones primitivas, como masticar –agregó Austen.

–Mira los cristales, Will –dijo Tanaka–. ¿Ves ese bloque de ahí? Parece el virus de la poliedrosis nuclear, el VPN, que se hospeda en las mariposas. Se supone que no afecta a los seres humanos.

Hopkins se puso en pie lentamente, maravillado.

–Pues ahora vive en seres humanos –dijo–. ¡Dios mío, Suzanne! Un virus de mariposa. ¡Esto es fantástico! –Le dio una palmadita en la espalda–. ¡Suzanne, eres insuperable!

Suzanne se sentía visiblemente halagada, pero permaneció en silencio.

–¡Muy bien! –dijo Hopkins paseándose por la habitación mientras se pasaba la mano por la cara–. ¿Qué vamos a hacer ahora? ¿Decirle a Frank Masaccio que tenemos un virus de mariposa? No nos creerá. Pensará que nos hemos vuelto locos.

En biología, la forma de un organismo no indica necesariamente el lugar que ocupa en el árbol evolutivo de la vida. Muchos virus tienen un aspecto muy similar pero son muy diferentes a nivel genético.

–Necesitamos identificar unos cuantos genes –dijo Hopkins–. Necesitamos una huella genética. Felix nos va a demostrar que esto es un virus de mariposa. Ya he empezado a examinar los genes, pero todavía no he conseguido ningún resultado.

Se inclinó sobre la máquina Felix, desplazando los dedos como un loco. Austen le observó las manos mientras trabajaba. Pese a ser musculosas, sus movimientos eran suaves y precisos. No temblaban, ni vacilaban, ni efectuaban ningún movimiento en falso. Hopkins las controlaba a la perfección. Eran unas manos expertas, las manos de un auténtico manitas.

–Estoy purgando el sistema antes de volver a intentarlo.

Sirviéndose de una micropipeta, Hopkins introdujo otra muestra de ADN en Felix. Sin llegar a sentarse, pulsó unas teclas del ordenador y unas letras comenzaron a aparecer en la pantalla.

```
ttggacaaacaagcacaaatggctatcattatagtcaagtacaa
agaattaaaatcgagagaaaacgcgttcttgtaaatgcctgcac
gaggttttaacactttgccgcctttgtacttgaccgtttgattg
gcgggtcccaaattgatggcatctttaggtatgtttttagagg
tatc
```

Éste era el código genético de alguna secuencia de ADN del virus Cobra.

Las moléculas de ADN se parecían a una escalera de caracol cuyos peldaños eran las bases nucleótidas. Existen cuatro tipos de bases, designadas con las letras A, T, C y G, que son las iniciales de adenina, timina, citosina y guanina, todos ellos ácidos nucleicos. La longitud del ADN en las criaturas vivas varía considerablemente. El ADN humano está compuesto por unos tres mil millones de bases, una cantidad suficiente para llenar tres Enciclopedias Británicas. Toda esta información está encerrada en cada célula del cuerpo humano. Un pequeño virus, como el virus del resfriado común, sólo tiene 7.000 bases de ADN. Hopkins suponía que el Cobra, al ser un virus complicado, tendría entre 50.000 y 200.000.

En ocasiones, una docena de bases de ADN son suficientes para proporcionar una huella genética única a un organismo determinado. Mediante un programa de ordenador es posible comparar un código desconocido con uno conocido y, si ambos coinciden, es posible identificar al organismo del que procedía el ADN. Equivaldría al acto de abrir un libro y leer unas cuantas líneas. Si las reconocemos, podemos adivinar de qué libro se trata. Por ejemplo, estas palabras sirven para identificar un libro: «En el principio creó Dios los cielos y la tierra. La tierra era caos y confusión y oscuridad por encima del abismo». La edición exacta del libro, la «cepa» del libro, como si dijéramos, es la traducción de la Biblia.

Mientras las letras seguían desfilando en bloques por la pantalla, Hopkins esperaba identificar pronto qué tipo de libro era el Cobra.

```
gcaagcatttgtatttaatcaatcgaaccgtgcactgatataag
aattaaaaatgggtttgtttgcgtgttgcacaaaatacacaagg
ctgtcgaccgacacaaaaatgaagtttccctatgttgcgttgtc
gtacatcaacgtgacgct
```

–Ha llegado el momento de introducirnos en la Red –anunció Hopkins.

Abrió el programa Netscape en uno de los ordenadores portátiles de Felix y entró en el World Wide Web a través de la antena parabólica que habían instalado en la terraza.

Al cabo de unos segundos, pudo acceder al sitio de GenBank, una enorme base de datos de secuencias genéticas con sede en Bethesda, Maryland. Se trata de la biblioteca central de códigos genéticos del mundo.

Hopkins seleccionó un botón de la pantalla. El ordenador de GenBank leyó el código y empezó a compararlo con códigos genéticos conocidos. Pronto obtuvieron una respuesta:

```
Secuencias que registran el mayor número de coincidencias:

Virus poliedrosis nuclear Autographa californica......  900 4.3e-67 1
Virus poliedrosis nuclear Bombyx mori.................  855 2.4e-63 1
Virus poliedrosis nuclear Bombyx mori.................  855 2.7e-63 1
```

Era una lista de códigos de ADN de virus parecidos al que les había enviado Hopkins. El subrayado era el que más coincidía con el Cobra.

–Parece que hemos obtenido una identificación aproximada del virus Cobra –dijo Hopkins–. La primera línea es la cepa más probable del virus. Señaló con el dedo:

```
Virus poliedrosis Autographa californica
```

El virus Cobra era similar al virus de la poliedrosis nuclear, o VPN, también llamado baculovirus. Aquella cepa en concreto se hospeda en una polilla, la *Autographa californica*, una pequeña polilla blanca y marrón que vive en Norteamérica. La oruga de esta polilla es una plaga que invade las cosechas de alfalfa. El virus infecta la oruga y la mata. El Cobra estaba basado en un virus de polilla, pero había sido manipulado genéticamente.

El VPN es un virus común que se utiliza en los laboratorios de biotecnología de todo el mundo. A Hopkins se le cayó el mundo encima cuando pensó que el virus estaba a disposición de cualquiera e iba a resultar dificilísimo localizar su fuente original. Todo ello le hizo cuestionarse su idea de montar una operación Reachdeep.

Los cristales que Tanaka había fotografiado eran cristales de proteína con partículas víricas incrustadas en ellos, como las pepitas de una sandía. La proteína se llama poliedrina porque forma cristales redondeados, poliedros semejantes a balones de fútbol.

Los genes del VPN se pueden alterar fácilmente sin dañar el virus, lo cual no es muy habitual. Muchos virus son demasiado sensi-

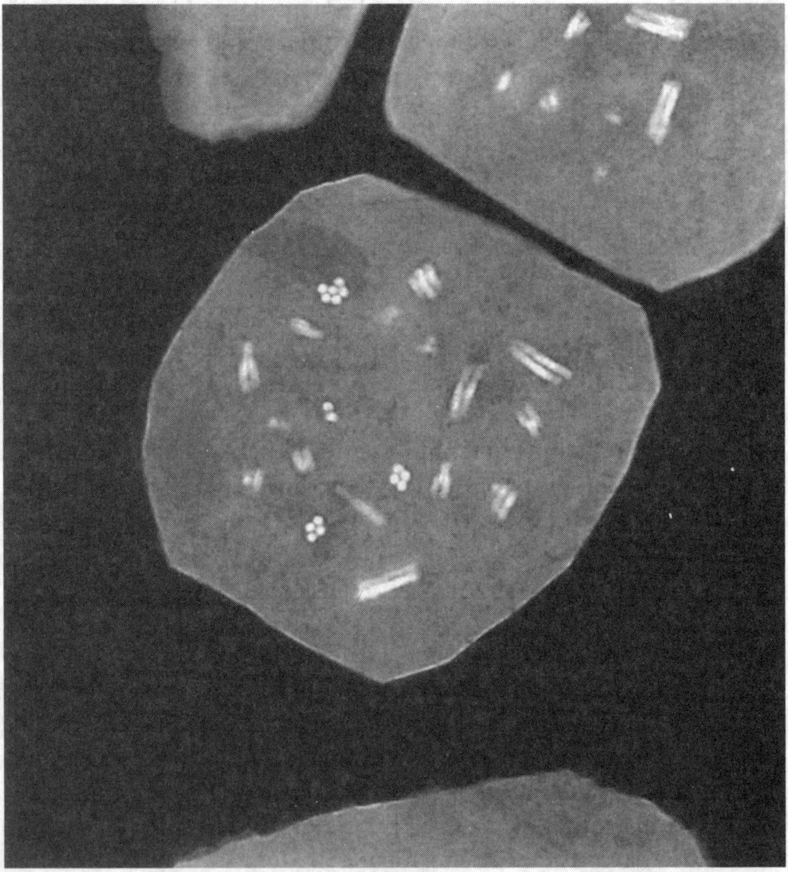

Corte transversal de un cristal del virus de la poliedrosis nuclear de la *Autographa californica*. Ampliación 25.000. *(Micrógrafo electrónico cortesía del doctor Malclom J. Fraser Jr. y William Archer, Departamento de Ciencias Biológicas, Universidad de Notre Dame.)*

bles y dejan de funcionar si se les cambia los genes. El VPN, por el contrario, es un virus fuerte, resistente, flexible, y se le pueden introducir genes extraños que alteran su comportamiento como agente infeccioso. Hopkins lo sabía perfectamente y se quedó helado ante el descubrimiento. Sabía que en algún lugar del código del virus Cobra encontraría genes que habían sido introducidos ahí mediante ingeniería genética para permitir la replicación del virus en el tejido humano, concretamente en el sistema nervioso central.

El Cobra era un virus recombinante o quimera. En la mitología griega, la quimera era un monstruo con cabeza de león, cuerpo de cabra y cola de dragón.

–La quimera –murmuró Hopkins–, era un monstruo muy difícil de matar.

Introdujo unas cuantas gotas más de líquido en Felix y descifró más código de ADN. Austen ya había terminado las autopsias y de momento no tenía nada que hacer. Se puso los pertrechos de seguridad y regresó al Núcleo a ver qué estaba sucediendo allí. Suzanne Tanaka se fue a reanudar su trabajo con el microscopio.

Pistas

En el Núcleo, James Lesdiu estaba realizando un análisis forense de los materiales físicos que se habían utilizado para fabricar las cajas. Al tratarse de bombas, como Hopkins había señalado vehementemente en la reunión del COIE, podrían encerrar pistas forenses que permitiesen averiguar la identidad de su fabricante.

Austen encontró a Lesdiu sentado a una mesa en el centro de la sala de materiales examinando las cajas bajo unas potentes luces. Sostenía una vieja lupa en una mano y unas pinzas en la otra. Sus manos eran enormes y se había puesto dos pares de guantes de goma.

–Me estoy asfixiando con este traje –dijo. Llevaba un traje protector del FBI extragrande y parecía sumamente incómodo. El interior de la capucha Racal estaba empapada de sudor. Volvió la cabeza y se enjugó la cara con una toalla que se había colgado del hombro, por debajo de la burbuja.

Lesdiu estaba inspeccionando una de las cajas con las pinzas.

–Estoy buscando pelos y fibras –explicó–. Aquí hay otro pelo. Es otro Q. –Austen no había oído nunca el término Q.

Lesdiu dijo que había encontrado unos cabellos humanos desconocidos.

–Son cabellos cuestionados. A las pruebas desconocidas las llamamos pruebas Q, o pruebas cuestionadas, porque no sabemos lo que son ni de dónde proceden. –Colocó los pelos sobre una hoja de papel marrón–. Las muestras pueden ser cuestionadas o bien conocidas. Las cuestionadas son cosas que se encuentran en el lugar del crimen. Sherlock Holmes las llamaba pistas. –Sonrió–. Las Q son pruebas físicas. Analizamos este tipo de muestras con la esperanza de que coincidan con algo conocido. La ciencia forense consiste en gran medida en reconocer pautas. Las Q son huellas dactilares, pelos y fibras, sangre, señales de herramientas, pisadas, todo tipo de pistas dejadas por el autor del crimen. El ADN también lo es. El ADN del Cobra que han estado observando en las pantallas es una muestra cuestionada porque no sabemos de dónde procede el virus.

Austen se dio cuenta de que ella misma había estado haciendo algo parecido al principio, cuando había descubierto que las cajas eran el origen de la epidemia.

–Lo que hacen ustedes es el diagnóstico de un crimen.

–En cierto modo, sí –convino Lesdiu.

El FBI conserva enormes colecciones de muestras conocidas de todo tipo de objetos. Se las llama «conocidos de referencia».

–Si consigues identificar una huella dactilar, puedes condenar al culpable, porque las huellas dactilares son únicas. Pero las pruebas forenses no siempre son tan claras. Por eso normalmente se necesitan varias.

Lesdiu dejó las pinzas sobre la mesa. Había decidido tomarse un descanso.

–De momento ya he encontrado dos pelos en la caja Zecker-Moran. Uno es fino y con una punta ovalada de color rojizo.

–Así era el cabello de Kate –dijo Austen.

–Es muy probable que sea de ella. Los hombres de Frank Masaccio han ido a buscar muestras a su habitación. En cuanto las tengan, podré empezar a comparar las Q con las K. El otro pelo es ovalado y transparente. Es una cana de una persona blanca.

–Penny Zecker.

–Podría ser. Vamos a ir a buscar muestras de su pelo a su casa. También he encontrado algunas fibras de lana negra, tal vez de un jersey, del de la chica. En cuanto a la otra caja, la que llevaba consigo el mendigo –Lesdiu señaló la caja del hombre de la armónica–, tiene un montón de fibras de algodón y poliéster en el exterior y en las rendijas. La caja estaba envuelta en su ropa. La verdad es que una persona lo bastante inteligente como para introducir un virus en esta caja es también lo bastante inteligente como para no dejar pelos ni fibras en ella. Este tipo de análisis no nos va a llevar a ninguna parte. Estoy bastante convencido. Pero hay varias maneras de proceder. Esas cajas están repletas de pruebas microscópicas.

Jimmy Lesdiu había instalado toda una serie de máquinas en la sala de materiales. Una de ellas lanzaba un haz de rayos láser infrarrojos sobre un objeto y analizaba el espectro de la luz que rebotaba sobre el mismo. A partir de estos datos proporcionaba información sobre el material del que estaba hecha la muestra y a su vez detectaba huellas invisibles en su superficie. Lesdiu también había instalado una máquina capaz de vaporizar una muestra e identificar los átomos del gas que se desprendía de ella.

Lesdiu encontró varias huellas dactilares en las cajas. Las fotografió con la luz láser y envió las imágenes vía satélite a Washington para que fueran analizadas. Más adelante se descubrió que ninguna de ellas pertenecía al sujeto desconocido, sino que eran de Kate Moran y Penny Zecker. El sujeto desconocido se había cuidado mucho de no dejar huellas.

Habían utilizado un esmalte brillante de color negro para pintar el dibujo de las cajas. Con el láser infrarrojo, Lesdiu obtuvo un espectro de colores de la pintura. Para el ojo humano, ésta era negra, pero para el láser era un arco iris de colores. Lesdiu envió el espectro a Washington y a los pocos minutos un experto en pintura del FBI lo llamó por teléfono. Lesdiu recibió la llamada a través de un altavoz, ya que con la capucha Racal puesta es imposible utilizar un teléfono normal.

–¿Es que están ahí sin hacer nada esperando mi llamada? –gritó Lesdiu al experto en pintura.

–Sí, nos han ordenado que respondamos al instante si no queremos que Frank Masaccio nos cuelgue. –Acto seguido explicó que se trataba de un esmalte normal y corriente que vendían en cualquier tienda de modelismo.

Las pistas se iban reduciendo a una maraña de objetos comunes y corrientes, como solía suceder. Aun así, la pintura era una Q que podría relacionarse con una K si se detenía a algún sospechoso que guardara pintura esmaltada.

Los trocitos de papel en los que figuraban la fecha y el nombre de Arquímedes habían sido adheridos a la base con un pegamento transparente y flexible. Lesdiu cortó una pizca del adhesivo con una cuchilla de afeitar y dijo:

–Es un tipo de adhesivo gomoso. Yo diría que es de silicona, o bien alguna clase de cola sólida que se funde en caliente.

Colocó un poco de pegamento sobre un portaobjetos, lo pasó por la máquina láser y obtuvo algunos datos.

–He conseguido un espectro de infrarrojos increíble. Mire, ¿no le parece precioso?

Alice Austen observó la pantalla y le dijo que no veía más que una línea dentada sin sentido alguno.

–Esos picos y valles contienen información –explicó Lesdiu.

–Si usted observase una célula no vería gran cosa, mientras que yo veo todo un mundo –replicó Austen.

En la sede del FBI había un hombre capaz de ver un mundo en una gota de pegamento. Lo llamaban el genio del pegamento. James Lesdiu envió el espectro del adhesivo a través de una conexión codificada vía satélite al laboratorio forense de la central de Washington mientras hablaba con el experto en cuestión. Éste le hizo esperar unos minutos y le dijo:

–Ya está, Jimmy. He comparado el espectro con todos los adhesivos existentes y creo que el resultado no te va a hacer ninguna gracia.

–Soy todo oídos.

–El espectro que has mandado corresponde a un pegamento de silicona fabricado por la empresa química Forkin de Torrance, California. Se llama Dabber Glue. Se venden millones de tubos y se puede comprar en cualquier ferretería. A mí me gusta mucho. Va muy bien. Yo mismo lo uso en casa.

–¿Por qué no llama alguien a Forkin? –preguntó Austen.

Lesdiu se encogió de hombros.

–No serviría de nada. Es imposible localizar millones de tubos.

A pesar de todo, Lesdiu telefoneó a Frank Masaccio y un agente del FBI se puso en contacto con el presidente de Forkin. El agente y el empresario mantuvieron una grata conversación, y éste convocó una reunión de emergencia con los técnicos y el personal de ventas para la zona noreste de Estados Unidos. Sin embargo, era imposible reducir el número de posibles tiendas donde el sospechoso pudiese haber comprado Dabber Glue. Tan sólo en la zona de Nueva York había por lo menos trescientos establecimientos, y ni siquiera era seguro que el pegamento hubiese sido adquirido en aquella parte del país.

Lesdiu sostuvo la caja entre sus largos dedos para examinarla con una lupa a lo Sherlock Holmes, y vio un polvillo incrustado en el pegamento, unas partículas finísimas de suciedad de color negro azabache.

–Voy a intentar averiguar de dónde procede –dijo.

Debía extraer las partículas de polvo del adhesivo, pero la silicona no es nada fácil de disolver. Tras consultar al genio del pegamento y a químicos del FBI, se fue a buscar un disolvente especial a una de las cajas de suministros. Lo encontró entre un montón de botellas y disolvió una pequeña cantidad de cola en una probeta. Una sustancia negra y parduzca quedó suspendida en el líquido. Luego procedió a separar las partículas. Sacó un imán de otra caja y lo colocó contra el tubo de ensayo. El polvo negruzco se desplazó hacia el imán.

–Es un material ferromagnético. Hierro o acero –dijo.

La suspensión marrón, en cambio, no reaccionó con el imán, lo cual significaba que se trataba probablemente de un material orgánico, de piedra o polvo de cemento. Por tanto Lesdiu había logrado separar las partículas en dos componentes: un polvillo negro y una suspensión marrón.

–Acabo de hacerle la autopsia a un arma terrorista –señaló.

Y con ello había hecho todo cuanto estaba en sus manos como miembro de la operación Reachdeep. La muestra de polvo debía ser enviada a los metalúrgicos del FBI en Washington, quienes completarían el análisis. Lesdiu vertió un fuerte desinfectante en la probeta para esterilizar el polvo por si contenía partículas víricas del Cobra y, unos minutos más tarde, un helicóptero turbo Bell se llevó la muestra a Washington. Tendrían que esperar por lo menos unas horas antes de que los metalúrgicos del FBI averiguasen qué era exactamente el polvillo negro. Tal vez les proporcionase cierta información, aunque nadie sabía si se trataría de una pista decisiva para localizar al asesino.

La única parte de las cajas que quedaba por examinar era el material de que estaban hechas. James Lesdiu no reconocía el tipo de madera, ni tampoco el diseño de las cajas, pero era evidente que estaban hechas a mano. O bien Arquímedes las había fabricado él mismo, o bien las había comprado en alguna tienda de baratijas. Reachdeep necesitaba a un botánico forense. Lesdiu telefoneó a Washington y pidió que les enviasen a un experto en madera. Luego fotografió las cajas con distintos tipos de luz, centrándose sobre todo en los papelitos adheridos a la base. El asesino había evitado las marcas al agua al cortar el papel. El texto en sí procedía de una impresora láser de alta resolución y el tipo de letra era courier. Los científicos del FBI eran capaces de identificar los caracteres de una máquina de escribir tradicional, pero no de una impresora láser. La composición química del papel podría conducirles hasta un fabricante determinado, aunque ello no les ayudaría a encontrar al asesino.

El autor de las cajas había cuidado cada detalle para que fuese imposible localizarlo.

Will Hopkins había organizado una serie de videoconferencias con biólogos moleculares de los Centros de Control de Enfermedades y del USAMRIID, en Fort Detrick. Los expertos le dijeron que la quimera Cobra estaba basada en la cepa de laboratorio de baculovirus más común, que se podía encargar por correo y se utilizaba en todo el mundo. Lo que no comprendían era que llegara a replicarse de manera explosiva en las células humanas.

–Es factible –le dijo uno de ellos–, pero no sé cómo. El baculovirus es adaptable y alguien ha averiguado la forma de adaptarlo a los seres humanos, eso es todo.

Mark Littleberry examinó las fotografías ampliadas que Lesdiu había hecho de los papeles adheridos a las cajas, fijándose especialmente en el dibujo del biorreactor que aparecía en la caja del hombre de la armónica. Aunque nunca había visto aquel tipo de biorreactor, llegó a la conclusión de que había sido copiado de uno real. Arquímedes lo había dibujado mediante un sencillo programa de ordenador y luego había hecho una impresión a escala reducida. Si bien no era más que un boceto, Littleberry estaba convencido de que su autor había utilizado un biorreactor en alguna ocasión y sabía perfectamente cómo funcionaba. Pero ¿quién lo habría fabricado? Junto con varios agentes del FBI y del destacamento especial de Frank Masaccio, consultaron catálogos de ventas y telefonearon a todas las empresas de Estados Unidos para preguntarles por sus distintos modelos de biorreactores. De este modo averiguaron que no era un diseño nacional. Littleberry sospechaba, aunque era imposible saberlo con seguridad, que el biorreactor procedía de una compañía de biotecnología asiática, o tal vez rusa, y por consiguiente sería muy difícil localizar su origen.

La operación forense de Reachdeep no iba tan bien como Hopkins esperaba. Le aterrorizaba la idea de que tantas vidas dependiesen del trabajo de su equipo, e incluso había momentos en que lamentaba ser miembro del FBI. A pesar de que estaba muerto de cansancio, le costaba conciliar el sueño y llegó a preguntarse si tendría una úlcera.

Durante una de las discusiones acerca de las motivaciones del asesino, Hopkins abandonó la sala y se le oyó vomitar en el lavabo. Regresó con aspecto tembloroso y dijo que había tomado demasiado café. Algunos temían que se estuviese poniendo enfermo a causa del virus, pero no sabían qué hacer ni qué decir al respecto.

–Estoy asustado por Will –Littleberry comentó a Austen más adelante–. Espero que no hiciera promesas que no puede cumplir.

·

Hopkins pensó en el virus que él y Littleberry habían encontrado en Irak. El biorreactor de la caja se parecía bastante al que había visto en el camión iraquí, por lo menos según lo recordaba, y consideró la posibilidad de que las muertes que se habían producido en Nueva York fuesen fruto de un acto terrorista promovido por Irak. Cuando se lo comentó a Frank Masaccio por teléfono, éste se mostró muy preocupado.

–Si se trata de terrorismo apoyado por un gobierno extranjero, Will, se podría desatar una guerra.

–Ya lo sé, Frank –repuso Hopkins.

Hopkins telefoneó al Programa de Investigación de Defensa Biológica de la Marina, en Bethesda, y habló con uno de sus contactos, un médico de la Marina llamado John Letersky, que seguía trabajando a altas horas de la noche. Era un miembro del grupo que suministraba los Felix al FBI y había estado intentando analizar los fragmentos de material genético que Hopkins y Littleberry habían enviado al satélite cuando se encerraron en el lavabo.

–¡Will! ¿Qué tal va todo? –preguntó Letersky.

–La verdad es que estoy asustado, John. Estamos metidos en una investigación muy peliaguda que no nos lleva a ninguna parte.

–Ya me he enterado.

–¿Qué me dices de lo que encontramos en Irak?

–Malas noticias, Will.

–¿Cómo de malas?

–Esas muestras de cristales que obtuviste en el camión parecen cristales del virus Ebola, pero algunas de las secuencias de su ADN son similares a las del virus de la gripe. El problema es que no conseguiste suficiente ADN. No sabemos qué estaban fabricando los iraquíes en ese camión, sólo que el virus contenía algo de Ebola y posiblemente también algo de gripe.

Hopkins exhaló un profundo suspiro. No había ninguna relación aparente entre el virus de Nueva York y lo que había encontrado en Irak, lo cual le hizo sentirse mucho mejor, por razones que no sabía muy bien cómo expresar.

–¿Y qué va a hacer la Casa Blanca con respecto al Ebola de Irak? –inquirió.

–Nada. Que quede entre nosotros lo que te he dicho. Intentar que la Casa Blanca preste atención a las armas biológicas es pedir peras al olmo. Entregaremos un informe a las Naciones Unidas, y ahí quedará todo. Los iraquíes declararán que cometimos un error o que estamos mintiendo, y la Casa Blanca abandonará el caso. La verdad es que os pasasteis mucho, y ni siquiera tenemos una verdadera muestra. Además nadie ha vuelto a ver el camión.

Hopkins reanudó su trabajo con las máquinas Felix y a última hora de la tarde descubrió algo importante. Una de las pantalla mostró la siguiente secuencia genética:

```
gaccatattcaggagaaccaaagcccaagac
taaaatcccagaaaggcgtgtagtaacacag
```

Para Hopkins era como cualquier otra secuencia de código genético. La mente humana no puede leer el texto de la vida con la misma facilidad con que lee una obra de Shakespeare, pero el ordenador de GenBank sí que era capaz de leerlo. Hopkins recibió la siguiente respuesta:

```
Secuencias que registran el mayor número coincidencias:

Rinovirus humano 2 (RVH 2) completo ............... 310  5.8e-18  1
Secuencia ADN humano de BAC 322B1 ................. 110  0.53     1
Vibrador crítico zonal del mus musculus ........... 107  0.87     1
```

–Rinovirus humano –murmuró Hopkins–. Rinovirus humano. ¡El resfriado! –Se puso en pie de un salto–. ¡Dios mío! ¡Parte del Cobra es el virus del resfriado!

Corrió hasta la ventana del Núcleo y empezó a golpear el cristal.

–¡Eh! –gritó–. ¡Tenemos el virus del resfriado!

Hopkins siguió descifrando los genes a través de Felix. No podía creerlo. Era imposible que el Cobra fuese en parte un resfriado. No lograba imaginar cómo podían haberlo mezclado con un virus de mariposa. No tenía ningún sentido. De alguna manera los creadores del Cobra habían conseguido crear un tipo de molécula pegajosa en la partícula vírica que le permitía adherirse a las membranas de las mucosidades del cuerpo, en especial en la zona de la nariz y la boca.

–Al principio las víctimas presentan síntomas de resfriado –le comentó Austen–. Kate Moran, sobre todo, estaba muy resfriada.

–No me extraña que se sintiera así –dijo Hopkins–. Es muy probable que este virus se adhiera a los párpados (como hacen los virus del resfriado) o a las membranas de la nariz. Eso explicaría el diseño de las cajas de las cobras, que te arrojan el virus a la cara. Me pregunto si también está ideado para que penetre en los pulmones.

–Pero ¿cómo llega hasta el cerebro? –preguntó Austen.

–Le gustan los nervios. Los nervios ópticos y los nervios olfatorios de la nariz están conectados directamente con el cerebro, ¿no es así, Alice?

Austen asintió.

–O sea que una vez que el Cobra alcanza una membrana de alguna mucosa sale disparado hacia el cerebro. Es un misil biológico destinado a destruir el cerebro. No existe ninguna cura para el resfriado y se trata de una enfermedad muy contagiosa. El Cobra es el resfriado de la cabeza por excelencia.

Una de las dos máquinas Felix emitió un pitido. Hopkins desplazó los dedos por el teclado con la mirada fija en la pantalla.

–Efectivamente. Aquí tenemos otro gen del resfriado. Está rodeado de cadenas de bases con una función biológica desconocida. Em... ¿hola? ¿Qué es esto?

Volvió a pulsar unas teclas y el código genético siguió desplegándose por la pantalla. El lenguaje de la vida iba creando un indescifrable poema de muerte.

Amanecer

LUNES, 21 DE ABRIL

El dormitorio de Alice Austen era una sencilla habitación con vistas a las tranquilas aguas de la bahía, donde centelleaban las luces de los buques de carga. El único mobiliario era una cama plegable de metal provista de sábanas y mantas. Alguien, posiblemente un agente del FBI de la oficina de Masaccio, había ido a Kips Bay a recoger algunas pertenencias de Austen y las había dejado sobre la cama, lo cual le causó cierto reparo. Encendió el teléfono móvil con la intención de llamar a su padre, pero al final decidió no hacerlo para no despertarlo de nuevo. Se tumbó en la cama y se quedó contemplando el techo. Estaba demasiado cansada para desvestirse. Se quedó dormida hasta que despertó de pronto a las cinco y media de la madrugada. La luz del amanecer era de un color grisáceo y se oía a los pájaros cantar.

Suzanne Tanaka permaneció despierta casi toda la noche, trabajando sola en el Núcleo. Casi todos los demás miembros del equipo intentaron dormir un poco. Pero ella era incapaz de conciliar el sueño. Estaba demasiado excitada. Estuvo observando más imágenes en el microscopio electrónico y luego decidió echar un vistazo a los ratones. Aún era demasiado pronto para que manifestasen algún síntoma, pero eso es algo que nunca se sabe.

Se inclinó sobre las cajas de plástico transparentes. Los ratones blancos correteaban en su interior, ya que solían permanecer activos durante la noche. Todos parecían estar sanos con la excepción de un macho tembloroso. Tanaka lo examinó de cerca. Estaba muy activo, mordiendo un pedazo de madera, masticando y masticando sin parar. Pero los ratones suelen masticar mucho, puesto que son roedores. Tanaka miró la hora en el reloj de la mesa. Les había inyectado el material del cerebro de Glenn Dudley la noche anterior y tan sólo acababa de amanecer. Era demasiado pronto para que un ratón, incluso con un metabolismo tan rápido como el suyo, mostrase síntomas clínicos por haberse infectado con el virus. Y de todos modos ni siquiera sabían si el Cobra era capaz de infectar a un ratón. Aun así, le preocupaba el hecho de que el ratón estuviese masticando tanto, aunque bien podían ser imaginaciones suyas.

No quería cometer ningún error, sobre todo después de haberle suplicado a Will Hopkins que la incluyese en el grupo. Al final decidió tomar muestras de sangre de todos los ratones para ver si se habían infectado.

Se fue hasta una caja donde guardaba el instrumental para manipular animales y extrajo un suave guante de cuero y unas jeringas desechables. Se puso el guante encima del guante quirúrgico, abrió una caja y sacó el primer ratón, sosteniéndolo con mano experta. Le clavó la aguja bajo la piel y extrajo unas cuantas gotas de sangre mientras el ratón se debatía violentamente. «Está tan asustado como yo, a su manera», pensó Tanaka. En ese preciso instante el ratón escapó de su mano enguantada, saltó hasta su mano derecha y le mordió levemente a través del guante de látex.

Tanaka soltó un grito sofocado y volvió a meter el ratón en la caja.

Sólo había sido un rasguño. Por un momento pensó que el animal no la había hecho sangrar. Examinó el guante de goma y vio dos puntitos rojos en el dedo índice, donde el ratón le había clavado los dientes. Una pizca de sangre se acumuló bajo el guante.

–¡Mierda! –exclamó.

No podía creer que le hubiese sucedido algo así. ¿Habría algún virus circulando en la sangre del animal? Ni siquiera sabían si el Cobra era capaz de infectar a un ratón. Había oído historias de científicos que se habían pinchado por accidente en los laboratorios calientes del ejército. Al parecer, si se trataba de un agente caliente, incurable, tenías entre diez y veinte segundos para cortarte el dedo con un bisturí. De lo contrario el agente se desplazaba por el dedo y entraba en la corriente sanguínea, propagándose por todo el cuerpo. Por tanto disponías de veinte segundos para salvarte la vida amputándote el dedo.

Corrió hacia la caja, *cogió un bisturí*, le quitó el envoltorio a un bisturí, colocó la hoja a toda prisa y dejó caer la mano sobre la caja.

Sostuvo el bisturí torpemente con la mano izquierda, dispuesta a practicar el corte.

Pero no lo hizo. Fue incapaz.

«Esto es una locura –pensó–. No quiero perder el dedo.»

Para entonces ya habían transcurrido los veinte segundos y ya no tenía elección. Dejó a un lado el bisturí. Tenía el rostro empapado de sudor y la capucha Racal empañada. No pudo contener las lágrimas.

«Tranquila –se dijo–. No va a pasar nada. Ni siquiera sabemos si el virus es capaz de sobrevivir en ratones. Lo único que puedo hacer ahora es esperar, pero sé que no me ocurrirá nada malo. No se lo voy a contar a nadie porque me excluirían de la investigación, y éste es mi primer caso importante.»

Mañana

Alice Austen regresó a la unidad de Reachdeep poco después del amanecer y encontró a Suzanne Tanaka tomándose un café en la sala de reuniones. Parecía agotada.

–Deberías dormir un poco, Suzanne –le dijo.

–Ojalá pudiera.

Hopkins estaba hablando por teléfono con John Letersky, del Programa de Investigación de Defensa Biológica de la Marina, en Bethesda. Eran las seis de la mañana y Letersky seguía trabajando.

–Lo que necesito, John, son algunas sondas de anticuerpos para virus nucleares de insectos. ¿Tienes alguna?

–Qué va.

–Estaría muy bien si pudiésemos programar los biosensores para detectar el Cobra –dijo Hopkins–. Nos gustaría poder analizar sangre y tejidos, y queremos realizar unas rápidas pruebas medioambientales para detectar la presencia del Cobra.

Un biosensor portátil requiere unos compuestos a base de anticuerpos especiales conocidos como sondas, que permiten registrar la presencia de un agente caliente determinado. Las sondas son moléculas que se adhieren a las proteínas del agente. Conforme lo hacen, van cambiando de color y el biosensor lee estos cambios.

–De acuerdo, Will. Voy a hacer algunas llamadas. Tú céntrate en la investigación.

–Café. Necesito un café –dijo Hopkins después de colgar el auricular.

–¿Has conseguido dormir esta noche? –le preguntó Austen.

–Sólo un par de horas. –Se fue hasta la cafetera eléctrica. La jarra estaba vacía–. Necesito desayunar algo. ¿Y tú? ¡Eh, Suzanne! ¿Te vienes a desayunar?

–No tengo hambre. Ya comeré más tarde.

Austen y Hopkins tomaron un helicóptero. Ascendieron por el East River y aterrizaron en el helipuerto de la calle 34 Este. Unos minutos más tarde se hallaban sentados en una cafetería de la Primera Avenida.

–Un desayuno de cuatro estrellas, si añadimos la tarifa del helicóptero –observó Hopkins.

Era una cafetería antigua. Había un cocinero friendo huevos detrás de un mostrador de acero inoxidable y una camarera que iba sirviendo café por las mesas en unos vasos de plástico desechables en soportes reutilizables.

–¿Cómo es que acabó haciendo esto? –preguntó Austen tras probar el café.

–¿El qué? ¿Reachdeep?

–No me parece el tipo de persona.

Hopkins se encogió de hombros.

–Mi padre trabajaba para el FBI.

–¿Está jubilado?

–No. Murió.

–Lo siento.

–Trabajaba como agente en los Ángeles, donde yo me crié. Él y un compañero suyo fueron a hablar con un confidente y llegaron a la cita en el momento en que se producía un asesinato. A uno de los agresores le entró el pánico y abrió fuego contra la puerta cuando llamaron. Mi padre recibió un balazo en el ojo. Yo tenía trece años. De pequeño odiaba al FBI por haberme quitado a mi padre.

–Pero... Nada, da igual.

–¿Me iba a preguntar por qué entré a trabajar en el FBI?

Austen asintió.

–Creo que en un momento dado me di cuenta de que era un policía, como mi padre.

–No es un policía.

–Soy como un policía, y me da miedo que esta investigación no salga bien. –Clavó la mirada en la mesa y se puso a toquetear una cucharilla.

–Creo que todavía no hemos hecho un diagnóstico de la enfermedad –dijo Austen–. Aún no hemos encontrado una explicación para el autocanibalismo.

–Si se mete un virus de insecto en un sistema humano, el resultado es impredecible.

La camarera les llevó un plato de huevos fritos con beicon para Hopkins y una madalena para Austen.

–Debería comer más, Alice. El beicon le sentaría bien.

Austen no le escuchó.

–Si lográsemos identificar la enfermedad, tal vez conseguiríamos descubrir a la persona que la está propagando –dijo con un hilillo de voz.

–Pero sí que tenemos un diagnóstico. Es el Cobra.

–No, no lo tenemos. Will, está examinando el código genético del virus. Yo estoy estudiando el efecto que tiene en las personas, pero todavía no comprendemos el proceso de la enfermedad. No hay un diagnóstico.

–Ésa es una idea un poco extraña. –Sorbió el café lentamente, con aire consternado.

Austen pensó que si pudiese relacionar entre sí todos los datos que tenía en la cabeza, daría con alguna pauta reconocible.

–Will, ¿qué me dice del polvo del pegamento, el polvillo que encontró James Lesdiu? Podría ser polvo de acero del metro.

–¿Polvo de acero? ¿Qué es eso?

Hopkins se llenó la boca de huevo y beicon. Se oía el tráfico de la calle.

–Me lo enseñó Ben Kly. Está por todos los túneles de metro. Dos mendigos han muerto de Cobra y eran vecinos que vivían en un túnel. Es posible que Arquímedes también viva en el metro.

–Eso es imposible. No se puede hacer trabajo de laboratorio en el metro. Un laboratorio de virus tiene que estar limpísimo y se necesitan unos aparatos muy sofisticados. Sería imposible montarlo en un túnel.

–Si tenía restos de polvo de acero en los dedos, puede que impregnara el pegamento cuando estaba fabricando la caja.

–Sí, pero muchísima gente va en metro y seguro que también se manchan los dedos de polvo. Lo único que demuestra el polvo es que Arquímedes tomó el metro el día en que hizo la caja. Menudo descubrimiento.

–Tal vez haya estado explorando el metro en busca del mejor lugar donde perpetrar un ataque terrorista.

Vagando por la ciudad

NUEVA YORK, LUNES, 27 DE ABRIL

Se fue a dormir más tarde de lo habitual y se levantó antes de las siete de la mañana. Primero fue a la zona de estacionamiento, se puso un traje de Tyvek y entró en el nivel 3 para comprobar el biorreactor. El aparato funcionaba con normalidad, y seguiría haciéndolo durante uno o dos días más antes de que Arquímedes tuviese que cambiar el núcleo. Miró si estaba seco el cristal vírico y comprobó que se había endurecido bien durante la noche. Con las manos enfundadas en dos pares de guantes, apresó un hexágono, una fina lámina de cristal vírico de la viruela cerebral, y lo metió en un frasco de plástico que le cabría en el bolsillo. Le enroscó un tapón negro, apretando bien, e introdujo el frasco en un recipiente lleno de agua con lejía para esterilizar el exterior. El interior estaba caliente, en un sentido biológico. El hexágono contenía tal vez mil billones de partículas víricas.

Salió a la calle y estuvo caminando un buen rato. Era lunes por la mañana. Hacía fresco, estaba bastante nublado y no soplaba nada de viento. El cielo tenía un leve tono pardusco, característico de la neblina de verano. Las condiciones climáticas idóneas para una pulverización biológica: apenas corría nada de aire, se había producido una inversión térmica y había una leve capa de contaminación atmosférica.

Cuando llegó a Greenwich Village, entró a desayunar en una cafetería. Pidió una tortilla de queso de cabra con pan recién hecho, miel de mil flores y una taza de café. Nada de carne, aunque aquel día se permitió tomarse unos huevos. Sacó el frasco que llevaba en el bolsillo y lo dejó sobre la mesa, al lado de la comida. Visto así parecía algo totalmente inofensivo, un simple frasquito envuelto en una bolsa de plástico. Pero si alguien lo hubiera observado de cerca, habría distinguido una hoja de cristal vírico en su interior. El camarero no se fijó; nadie se percató de nada.

Arquímedes consideró las distintas opciones. El poder del agente caliente no era el único factor importante, sino también la forma de dispersarlo. Las cajas habían sido el método más adecuado para las pruebas humanas de la primera fase y estaba claro que habían funcionado, como demostraban las moderadas advertencias que estaban emitiendo por televisión. Bien. Pero había llegado el momento de dar un paso más.

Metió la mano en el bolsillo de la cazadora, que tenía colgada en el respaldo de la silla, y sacó una fotocopia de un informe científico. Lo desplegó sobre la mesa, colocó encima la taza de café para sujetarlo y comenzó a leerlo por enésima vez: «Estudio sobre la vulnerabilidad de los pasajeros de metro de la ciudad de Nueva York frente a un acto terrorista con agentes biológicos». Era del Departamento del ejército de Fort Detrick, Maryland, y había sido publicado en 1968.

El estudio describía cómo los investigadores del ejército habían llenado bombillas con un preparado de esporas bacterianas en forma de polvos secos, más finos que el azúcar glasé. Las partículas medían de uno a cinco micrones, el tamaño ideal para penetrar en los pulmones. El agente bacteriano era el *Bacillus globigii*, un organismo que forma esporas inofensivas para los seres humanos. Los investigadores se habían desplazado a varios puntos del metro de Nueva York, incluida la estación de Times Square, y habían arrojado a las vías las bombillas llenas de esporas. Al romperse las bombillas, las esporas se habían dispersado en el aire formando un polvillo gris. Solamente utilizaron unas cuantas bombillas que contenían en total unos trescientos gramos de esporas. Los investigadores descubrieron que en cuestión de días las esporas se habían diseminado por toda la ciudad de Nueva York. Las de Times Square llegaron hasta el Bronx gracias a los trenes que circulaban por los túneles y actuaban como ventosas que chupaban y arrastraban consigo las esporas a lo largo de kilómetros. Luego las esporas salían a la superficie por las bocas de metro y se propagaban por los distintos barrios. «Un gran porcentaje de la población activa del centro de Nueva York –siguió leyendo–, correría el riesgo de contraer una enfermedad si uno o más agentes patógenos fuesen diseminados furtivamente en varias líneas de metro en una hora punta.»

–¿Más café? –le preguntó el camarero.

–No, gracias. El café me pone nervioso.

–Ya le entiendo.

Tras dejarle una generosa propina al camarero, que le había caído simpático, salió a la calle y se preguntó qué dirección tomar. ¿Este u oeste? ¿Norte o sur? Al final se dirigió hacia el este por una calle arbolada. Los árboles estaban floreciendo, aunque aún no habían echado hojas.

Arquímedes había ideado una estrategia: no planearía nada por adelantado, salvo a un nivel general. De esta forma nadie podría predecir sus movimientos. Ni siquiera él sabía exactamente qué haría a continuación. Llevaba una hoja de cristal vírico en el bolsillo que acabaría en algún punto de la ciudad antes de que finalizase el día. Y en su piso, según el último recuento, tenía 891 hojas más metidas en frascos que también saldrían a la calle en su momento, la mayoría de una sola vez.

Desde el parque de Washington Square, caminó en dirección este por Waverly Place en busca de un lugar donde dejar el cristal vírico. Pasó por delante de los elegantes edificios de la Universidad de Nueva York. Le gustaba perderse entre los estudiantes, empaparse de su energía. Siguió por Astor Place, pasó por delante de la Cooper Union, y luego enfiló St. Marks Place, atravesando el corazón del East Village.

En un momento dado sacó un guante quirúrgico del bolsillo de la cazadora y se lo puso en la mano derecha mientras caminaba. Nadie le prestó atención. El guante era para evitar que la piel entrase en contacto con partículas de la viruela cerebral cuando abriese el frasco y desperdigase los cristales por la ciudad.

Siguió caminando en dirección este, cruzó la Primera Avenida y llegó a la zona de Manhattan que se extiende hasta el East River donde las avenidas se llaman A, B, C y D. El color predominante de Alphabet City es el gris, en contraste con los tonos verdes y rojizos del acomodado y elegante barrio de Greenwich Village, hacia el oeste. El gris de Alphabet City, sin embargo, se entremezcla con los amarillos y los verdes de los rótulos de los colmados, los rosas caribeños, y los lilas, blancos y negros de los carteles pintados a mano de las tiendas de baratijas, las tintorerías, las cafeterías, las tiendas de discos y los clubes nocturnos. A lo largo de los años se han derruido numerosos edificios y por tanto el barrio está plagado de solares abandonados, algunos de ellos con jardines.

Cuando cruzaba el parque de Tompkins Square se le ocurrió una idea. El parque tiene una zona de recreo para niños, así como zonas verdes con bancos y alamedas. También hay unos lavabos públicos, lo que hace que acudan muchos mendigos y adolescentes sin hogar. Pensó en dejar el pedacito de cristal en un banco, con la idea de que un borracho o un joven perdido se sentase sobre él, lo rompiera en mil pedazos y liberase las partículas, unas partículas que le impregnarían la ropa y tal vez acabarían penetrando en sus pulmones. Sería como una ejecución terapéutica.

Vio a un par de borrachos tendidos en unos bancos, para el resto del mundo ya estaban muertos. Pero no se movían lo suficiente. También había un grupo de jóvenes sentados en el suelo formando un círculo, algunos de ellos bebiendo cerveza de unas botellas envueltas en bolsas de papel. No debían de tener más de dieciséis años. Cuando lo vieron pasar, le lanzaron la típica mirada maliciosa y sagaz de los adolescentes. Sería mejor no hacer nada delante de ellos, pues podrían percatarse de algo.

Arquímedes empezaba a sentirse frustrado. Llevaba un buen rato caminando y todavía no había encontrado ningún lugar apropiado.

Entonces tuvo otra idea. Aunque suponía un riesgo hacerlo tan cerca de su casa, al parecer las pruebas humanas todavía no habían sido descubiertas, y así podría disfrutar de más tranquilidad en su laboratorio. Giró hacia el sur, en dirección a Houston Street, hasta que llegó al pequeño parque cercado con una alambrada que había al lado de su edificio. Era un lugar muy bonito, con jardines y todo. Y en aquellos momentos estaba desierto, lo cual le venía de perlas.

Se sentó en el tiovivo, que crujió bajo su peso, y pensó que no le vendría mal un poco de aceite lubricante. Entonces, utilizando la mano enguantada, desenroscó el tapón del frasco y dejó caer el trozo de cristal vírico sobre el carrusel.

Los críos no tardarían en volver. Se subirían al tiovivo, empezarían a soltar alaridos y le arrojarían piedras al gato. Y mientras tanto, pisotearían el cristal hasta hacerlo picadillo. «Limpiaos el polvo de los pies, niños, que sois una carga para la tierra.»

Hector Ramirez, un niño de cinco años, estaba a punto de subirse al tobogán cuando cambió de idea y se fue al tiovivo. Su madre estaba sentada en un banco charlando con otra señora. Hector se montó al carrusel y permaneció de pie unos instantes. Hacían falta más niños para hacerlo girar, pero pensó que podría arreglárselas solo. Se bajó, lo empujó con todas sus fuerzas, y el tiovivo comenzó a dar vueltas emitiendo un leve chirrido.

–¡Mamá! ¡Mamá! Empújame.

Pero su madre no estaba por él. Hector se disponía a regresar al tobogán cuando vio una cosa muy bonita. Pensó que podría ser un caramelo, ya que parecía estar hecho de azúcar. Lo levantó y vio que era de distintos colores, como el arco iris. Lo olió, pero no olía a nada. Entonces se lo metió en la boca.

El objeto se volvió como gomoso y se derritió muy deprisa, pero no sabía a caramelo.

–¡Rua! –exclamó el niño, escupiendo unos trocitos.

Aquello no sabía a nada. Se inclinó hacia delante y siguió escupiendo, mientras miraba a su madre.

–¡Hector! ¿Qué estás haciendo?

–Nada, mamá.

Su madre era una mujer joven y guapa. Llevaba una falda corta, una cazadora tejana y unas botas negras.

–Dime, ¿qué estás haciendo?

Al ver que su hijo era incapaz de darle una respuesta, siguió conversando con la otra señora y Hector fue a tirarse por el tobogán.

Los síntomas de resfriado se hicieron sentir en cuestión de horas. La fase de eclipse, en la que aún no aparecen síntomas evidentes en el sistema nervioso central, dura de uno a tres días. Durante ese tiempo el Cobra se va desplazando por el cuerpo y las células infectadas del cerebro pasan a la fase de producción de cristales y se llenan de ellos. La transformación de la personalidad es repentina y devastadora, y el rapto de autocanibalismo sobreviene de manera fulminante, a menudo cuando el anfitrión infectado se sobresalta o se siente momentáneamente confundido, o bien cuando está experimentando emociones fuertes.

Reunión informativa

La operación forense llevaba casi dieciocho horas a toda máquina en Governors Island. Si bien el equipo de Reachdeep había generado un montón de información, de momento ésta no les llevaba a ninguna parte.

Un destacamento epidémico de los CCE se había instalado en un edificio vacío de los guardacostas. Habían estado haciendo llamadas telefónicas, recorriendo la ciudad en busca de nuevos casos de Cobra y localizando a las personas que habían estado en contacto con los fallecidos. Walter Mellis se había marchado a Atlanta con muestras de las autopsias para los laboratorios de biología molecular de los CCE, y el USAMRIID también había empezado a analizarlas.

Reachdeep trabajaba en solitario. Frank Masaccio estimaba que el equipo necesitaba centrarse en las pruebas criminales. Nadie podía telefonear a Reachdeep sin que la llamada pasase por la oficina de Masaccio, pero Reachdeep estaba autorizado a llamar a cualquier parte. Nadie podía aterrizar en la isla ni entrar en la unidad de Reachdeep a no ser que recibiera permiso de Masaccio o de Hopkins, pero los miembros del equipo de Reachdeep tenían los helicópteros a su disposición para desplazarse a donde quisieran, o para hacer llegar a los expertos a la isla.

–Os he puesto en una torre de marfil –les había dicho Masaccio–. Una torre de marfil con un helipuerto.

Las gaviotas se posaban en la barandilla de la terraza de la sala de conferencias y observaban a través de la ventana los distintos aparatos de comunicaciones así como las personas enfundadas en trajes espaciales negros.

Dos helicópteros despegaron del helipuerto de la zona sur de Manhattan y atravesaron el East River. Sobrevolaron el hospital de los guardacostas y aterrizaron en medio de la isla. Cinco minutos más tarde, Frank Masaccio apareció con un grupo de hombres y mujeres, todos ellos agentes del FBI y detectives del Departamento de Policía de Nueva York. Eran los directores de su destacamento especial para el caso Cobra y habían venido a asistir a la reunión informativa diaria. Llevaban consigo cajas de comida china para el almuerzo.

El FBI de Nueva York tiene mucha experiencia en cuestiones culinarias. Suministra comida para llevar a pisos francos y puestos de vigilancia, ya que los agentes no tienen tiempo de cocinar en casa ni de salir a un restaurante (además, comer en un restaurante podría llamar la atención). La comida debe ser entregada por otros agentes del FBI, ya que los repartidores podrían poner en peligro la seguridad de una operación. No es de extrañar que el FBI de Nueva York disponga de las mejores infraestructuras en cuestiones de comida para llevar de todas las oficinas de Estados Unidos.

El almuerzo, pato al estilo Pekín incluido, estaba delicioso.

No había suficientes sillas para todos, así que algunos se sentaron en el suelo. Durante un buen rato se limitaron a comer, sin entablar conversación alguna, hasta que por fin Masaccio abrió la sesión.

–Empiece usted, Hopkins.

Sentada contra la pared, Austen se sentía a gusto, absorta en sus pensamientos, por primera vez en varios días. La voz de Masaccio la despertó de sus ensoñaciones.

Hopkins se puso en pie delante de las máquinas Felix y resumió el estado de las investigaciones. Dijo que Reachdeep había identificado provisionalmente el agente Cobra y que se trataba de una quimera, de un virus recombinante creado en un laboratorio. Era una mezcla de un virus de insecto y del virus del resfriado, lo cual había originado un auténtico monstruo.

–Pero eso no es todo lo que hay en el virus –añadió Hopkins–. Estoy convencido de que vamos a encontrar más sorpresas en su ADN.

Alice Austen expuso lo que había averiguado en las autopsias, mientras que Suzanne Tanaka mostró fotografías de las partículas víricas y de los cristales en los que estaban incrustadas. James Lesdiu, por su parte, les dio los resultados de los análisis de los materiales de las cajas.

–La primera pregunta que me gustaría hacer es la siguiente –dijo Frank Masaccio al equipo de Reachdeep–: ¿Se encuentran algo más cerca del autor del crimen?

–Es difícil de saber –respondió Hopkins.

–Me parece una respuesta muy pobre, Hopkins. Quiero a Arquímedes. Lo quiero ya. –Masaccio resumió lo que había estado ocurriendo al margen de Reachdeep. Se había informado en secreto a los funcionarios de la sanidad pública y al jefe de sanidad de la ciudad.

–El departamento de emergencias municipal ya está preparado –prosiguió Masaccio–. Tenemos equipos descontaminantes del cuerpo de bomberos estacionados en Roosevelt Island, tenemos preparados a los equipos de operaciones especiales del Departamento de Policía de Nueva York, y estamos haciendo todo lo posible para mantener al margen a los medios de comunicación... Otra cosa: el alcalde está muy disgustado.

–¿Con quién? –preguntó Hopkins.

–Conmigo. Se está subiendo por las paredes y no para de gritarme por teléfono. La mayor parte del destacamento especial para el caso Cobra está inactivo, y eso le está sacando de quicio. Ustedes no nos están proporcionando suficientes pistas para seguir. Tengo a agentes recorriendo la ciudad en busca de más cajitas de ésas de madera, pero no han encontrado nada. –Mencionó que su oficina había hecho «un breve comunicado de prensa» a los medios de comunicación.

–¿Cómo? –espetó Hopkins.

–Teníamos que advertir a la gente acerca de las cajas, Will. Hemos dicho que contiene un veneno. No hemos revelado que se trata de un arma biológica, pero no podremos mantenerlo en secreto para siempre. En cuanto descubran algo real, pónganse en contacto conmigo.

–Necesito un historiador de arte –dijo Hopkins.

–¿Qué?

–Un historiador de arte, Frank. Alguien capaz de examinar las cajas y decirnos de dónde proceden.

Una breve historia del arte

Frank Masaccio regresó al edificio del FBI de Manhattan. En menos de una hora, un helicóptero aterrizó en Governors Island con un profesor de arte popular de la Universidad de Nueva York llamado Herschel Alquivir.

El FBI telefoneó a su domicilio del Upper West Side y le preguntó si les podría ayudar a identificar una obra de madera tallada, inmediatamente si no era demasiado pedir.

Alquivir accedió a la propuesta y se quedó de piedra cuando, apenas transcurridos sesenta segundos desde que colgara el auricular, un equipo de agentes federales llamó a la puerta de su casa. Al parecer se encontraban en la calle, aguardando en sus vehículos. Lo condujeron a toda prisa al helipuerto del West Side en un coche federal escoltado por tres vehículos policiales que iban abriéndose paso entre el tráfico con sus luces y sirenas. De camino a Governors Island, el profesor Alquivir empezó a sentirse cada vez más alarmado.

Lo acompañaron a la sala de juntas y le mostraron la puerta que conducía a la sala de descontaminación y al Núcleo. La puerta de acceso estaba cubierta de símbolos de peligrosidad biológica. Hopkins le enseñó a ponerse el traje protector del FBI, y a continuación el profesor procedió a examinar las cajas, con el semblante relajado. Era un hombre delgado de mediana edad que sentía una auténtica pasión por los objetos de madera tallada.

–Estas cajas son juguetes para niños –dijo por fin–. Creo que fueron fabricadas en África oriental, casi me atrevería a asegurarlo. Las cobras no viven en África oriental sino en Egipto, India y otras zonas del sur de Asia. Pero el rey cobra es conocido en todo el mundo y en África oriental vive una numerosa población india. Veo influencias indias en esta caja, pero el tipo de objeto es esencialmente africano. Creo que es un tipo de juguete bastante común en África oriental. Dada la influencia india (la cobra), yo diría que fue fabricada cerca de las costas del océano Índico, donde la influencia india es más evidente.

A las nueve y media de aquella misma noche, dos agentes de la oficina del FBI de Nueva York partieron a Frankfurt en un vuelo de Lufthansa y desde allí tomaron un avión con destino a Nairobi.

Washington

MARTES, 28 DE ABRIL

Arquímedes había finalizado la primera fase de las pruebas humanas, a la que pertenecían las cajas. En el transcurso de la fase I de experimentación médica en seres humanos, se prueban en individuos pequeñas cantidades de un nuevo fármaco. Se trata de pruebas de seguridad. Al ver las advertencias sobre las cajas en las noticias de televisión, Arquímedes confirmó que la viruela cerebral era peligrosa para los seres humanos. Dado el éxito conseguido, ya podía pasar a la fase II. Durante esta segunda fase, se aumenta la dosis y el arma se prueba en un mayor número de individuos. Arquímedes estaba bastante convencido de que los resultados serían satisfactorios, pero quería asegurarse del todo.

A continuación pasaría a la fase III, en la que daría una dosis masiva de viruela cerebral al género humano.

Todavía no sabía si lo andaban buscando, ni qué habrían conjeturado respecto a su persona.

Atravesó la sala de espera de la estación de Penn con un frasco en el bolsillo que contenía un hexágono de cristal vírico y se detuvo a mirar el enorme tablero de salidas de la compañía ferroviaria Amtrak. Vio que había un tren Metroliner a Washington al cabo de diez minutos y compró un billete de ida y vuelta que pagó en efectivo. «Hace semanas que no voy a Washington –pensó–. Las pruebas humanas pueden realizarse en cualquier lugar donde vivan seres humanos.»

En el tren se tomó un bocadillo vegetal con *pita* mientras disfrutaba del paisaje. Se deleitó la vista contemplando el puente sobre el río Susquehanna, junto a la desembocadura en la bahía de Chesapeake. También se bebió un vaso de vino blanco para relajarse un poco y mantenerse firme en su propósito. Los puentes eran preciosas construcciones matemáticas, una de las pocas cosas buenas que hacen los humanos.

En la estación central Metro de Washington, a mediodía, un hombre sentado en uno de los bancos de cemento del andén respiraba con dificultad, como si le faltase el aliento. En esto llegó un tren. El hombre respiró hondo y se levantó. Justo antes de subir al vagón, dejó caer algo en el andén, como si tirase algo al suelo. Parecía un pedazo de plástico brillante. Se rompió en mil pedazos y no tardó en ser pisoteado por los pasajeros. Nadie advirtió que el hombre llevaba un guante de látex de color carne en la mano derecha, ni que contuvo la respiración al subir al vagón. Dejó de respirar durante al menos un minuto.

–Ah –exclamó cuando por fin volvió a respirar mientras el tren circulaba por el túnel en dirección a Union Station, donde los trenes de la Amtrak te llevan a cualquier destino. Una vez en la estación, tiró el guante de goma en una papelera cualquiera de la estación.

Polvo

GOVERNORS ISLAND, MARTES

El rostro de un metalúrgico del FBI apareció en una pantalla de Reachdeep.

–Este polvo que me enviaron es un tipo de acero de carbono medio. La estructura templada de las partículas indicaría que se formaron a través de un proceso de presión como el de calentamiento por rotación.

–En una vía de tren –le dijo Austen a Hopkins.

–Y aún hay más –agregó el metalúrgico–. Hemos encontrado un grano de algo que parece polen.

–¿Polen? ¿De qué tipo?

–Eso es lo que estamos intentando averiguar.

El FBI consultó al doctor Edgar Adlington, un palinólogo (experto en polen) de la Smithsonian Institution de Washington. Un agente especial llamado Chuck Klurt acudió a las torres marrones de dicha institución y tomó el ascensor para dirigirse al sótano.

El doctor Adlington se hallaba inclinado sobre su mesa de trabajo en una habitación sin ventanas que olía a libros viejos y a hojas secas. Estaba examinando una flor con una lupa.

El agente Klurt le mostró unas fotografías de microscopio de un grano de polen y le preguntó:

–Tenemos un pequeño problema. ¿Podría decirme qué es esto?

–Bueno, es un grano de polen.

–¿Tiene idea de dónde procede, doctor Adlington?

–¿Por qué sólo me enseñan un grano? ¿Creen que tengo poderes psíquicos? Esto no es algo que se pueda encontrar en un libro.

–Pero ¿podría ayudarnos?

–Sí, claro. El problema, aunque supone un gran reto, no es insoluble. ¿Cómo ha dicho que se llama?

–Klurt.

–Vamos a ver, señor Klurt.

Adlington examinó las fotografías.

El grano de polen parecía una pelota de fútbol arrugada con surcos a lo largo de las costuras. Adlington colocó una regla sobre la imagen y fue indicando con el dedo las distintas características del grano de polen. De vez en cuando levantaba la mirada para ver si Klurt seguía sus explicaciones.

–Mire esto. Lo que tenemos aquí es un *esporomorfo colporoidato*, de hecho tricolporado, de unos treinta micrones de largo en el eje polar, son achatados esferoidales con un ratio entre el eje polar y el ecuatorial de aproximadamente 1,5, diría yo, mientras que la sexina (¿ve la sexina, Klurt?), esto de aquí, es más gruesa, aunque no mucho más, que la nexina y está muy reticulada con forma heterobroquial, esto es, con muros de báculos simples. ¿Me sigue?

–Sí, claro.

–Este grano de polen podría proceder de una de varias familias de las Caprifoliáceas o de ciertas Celastráceas, pero yo diría que viene de la familia de las Oleáceas.

–Emm...

–Sí. Y me atrevería a decir que tenemos una *intermedia* o *japonica*. Y puede que esté yendo demasiado lejos, señor Klurt, pero yo me arriesgaría a decir, aunque no es más que una simple conjetura, que este grano de polen proviene nada más y nada menos que de la *Forsitia intermedia* «Spectabilis». –Le devolvió las fotografías.

–¿Y eso qué es? –preguntó el agente.

–¡Ya se lo he dicho! ¡Una forsitia! Un arbusto florido. La «Spectabilis» es la variedad más bonita de forsitia. Tiene unas flores enormes de color amarillo intenso y florece en el mes de abril. Es la forsitia más común en América.

En primavera, la forsitia florece en numerosos lugares de la ciudad de Nueva York. Saber que el polen procedía de una forsitia no les ayudaría a localizar al sujeto desconocido, pues era imposible encontrar el origen del grano de polen.

Las cajas de las cobras, por su parte, estaban siendo examinadas por una experta en madera tropical, una profesora de biología celular de plantas de la American University de Washington, una mujer de mediana edad llamada Lorraine Schild que llegó a Governors Island absolutamente aterrorizada.

La profesora Schild se hallaba en la sala de descontaminación ante la puerta que conducía al Núcleo, ataviada con un uniforme quirúrgico. Austen y Tanaka la estaban ayudando a ponerse un traje protector negro del FBI.

–No creo que pueda –dijo con voz temblorosa.

Le suplicaron que colaborase y le pidieron a Hopkins y a Littleberry que abandonasen la sala mientras intentaban tranquilizarla.

–Es lo que más miedo me da del mundo –dijo–. Ahí dentro hay un virus terrible, ¿verdad?

–A nosotros no nos ha pasado nada, de momento –dijo Tanaka.

–Necesitamos urgentemente su ayuda –insistió Austen.

Por fin lograron convencerla. La doctora Schild se enfundó el traje y entró en el Núcleo. Se sentó ante un microscopio y examinó la madera de las cajas. Austen se sentó a su lado. La voz de la doctora Schild sonaba débil y apagada a través de la capucha Racal. Dos años atrás, al firmar el contrato de asesoría con el FBI, no se le pasó por la cabeza que algún día pudiera verse envuelta en algo semejante. Iba girando la careta mientras la observaba por el microscopio.

–La estructura celular de la madera está compuesta por unas hebras sumamente finas. Ésta es una madera muy dura. Las vetas más oscuras son el duramen. La curvatura de los cortes anulares indica que es el centro de un tronco pequeño. Creo que es un vegetal florido. Una madera tan dura sugiere que procede de algún tipo de acacia, pero no les puedo decir exactamente de qué especie. Hay muchísimos tipos de acacias.

–¿Dónde crece? –preguntó Hopkins.

–En hábitats por todo el África oriental. ¿Puedo irme ya?

La acompañaron a la sala de descontaminación y la rociaron con lejía. La doctora Schild se negó a subirse de nuevo al helicóptero Black Hawk y solicitó regresar a Washington en un avión civil.

Nairobi

MIÉRCOLES

Frank Masaccio tenía costumbre de dormir en el edificio del FBI, donde disponía de una cama en una habitación del tamaño de un armario.

A la una de la madrugada, telefoneó al Old Norfolk Hotel de Nairobi, donde unas horas antes habían llegado dos agentes de su oficina, Almon Johnston y Link Peters. En Kenia era miércoles por la mañana. Masaccio les habló de la madera y sugirió que buscasen tiendas donde vendiesen cajas de cobras hechas de madera de acacia.

El agente especial Johnston era un afroamericano que había vivido en Kenia durante un año antes de entrar a trabajar para el FBI. Lo destinaron allí como director de ventas de una empresa estadounidense que comerciaba en África, de suerte que conocía bien el país. Peters trabajaba para la división extranjera de contraespionaje del FBI y no había estado nunca en África.

En Nairobi Johnston y Peters fueron recibidos por un oficial de la Policía Nacional de Kenia, el inspector Joshua Kipkel, el cual les proporcionó un vehículo con chófer. Ninguno de los dos agentes sabía por dónde empezar a buscar, pero el inspector Kipkel les sugirió que probasen primero en las mejores tiendas (llamadas casas) de Tom Mboya Street y Standard Street, emplazadas en el centro de Nairobi. Así pues, se fueron a recorrer la ciudad en coche, deteniéndose en dichos establecimientos. Echaban un vistazo a los productos a la venta y de vez en cuando compraban algo para amenizar la conversación con los tenderos. Cuando les mostraban las fotografías de las cajas de las cobras, todos aseguraban que las habían visto pero que estaban agotadas. Uno de ellos se ofreció incluso a enviar un buque de carga lleno de dichas cajas a Nueva York, aunque pedía una gran suma de dinero en efectivo por adelantado a modo de depósito.

–Se las puedo enviar a un precio especial –insistió.

El inspector Kipkel le contestó con brusquedad en swahili.

–*M'zuri sana* –les decía Johnston a los tenderos. Luego se volvía hacia Peters y Kipkel, y añadía–: Esto no funciona.

El inspector les sugirió que probasen en el Museo Nacional de Kenia.

–Tiene una buena tienda para turistas y unas colecciones que podrían resultarles interesantes.

Exploraron la tienda y el museo, pero no encontraron ninguna caja expuesta o a la venta.

–Vamos al Mercado de la Ciudad –propuso entonces el inspector Kipkel.

–Por mí encantado –dijo Link Peters.

–Tal vez sea un poco duro para ustedes –añadió Kipkel–. Ya verán.

El chófer los condujo hasta una ruinosa estructura de hormigón situada en una calle polvorienta del centro de Nairobi, frente a un supermercado. El Mercado de la Ciudad de Nairobi había sido construido por los británicos cuando Kenia era una colonia británica. Se asemejaba al hangar de un avión. Entraron por la puerta principal y se vieron acosados de inmediato por un grupo de tenderos que agitaban productos de cuero, piezas de ajedrez y todo tipo de bisutería. Cuando Johnston les mostraba las fotografías de las cajas, todos afirmaban haberlas visto y aseguraban que podrían conseguir más para los americanos. Y mientras tanto, intentaban venderles cualquier otra cosa, como cinturones de cuentas, servilleteros, máscaras o joyas de plata.

–Tienen cosas preciosas –comentó Link Peters a Almon Johnston.

Peters se detuvo a comprar unos leones y unos hipopótamos de madera tallada para sus hijos. Tardaron unas dos horas en explorar todo el recinto del mercado, deteniéndose en cada tienda para enseñar las fotografías. Era una sensación agobiante, ya que llevaban consigo todo un séquito de tenderos sumidos en una auténtica histeria comercial. Pero ninguno de ellos fue capaz de mostrarles una caja como la que andaban buscando.

Eran casi las cinco de la tarde, la hora en que cerraba el mercado. Almon Johnston se volvió a Peters y dijo:

–Estoy empezando a pensar que deberíamos probar suerte en Tanzania.

El inspector Kipkel les dijo que aún quedaba una posibilidad: los puestos del exterior, justo detrás del edificio. Salieron por la puerta trasera y se encontraron en un descampado polvoriento repleto de tenderetes donde aquellos que no podían permitirse alquilar un espacio en el mercado vendían todo tipo de baratijas.

Fue Kipkel quien dio con lo que andaban buscando. Vio a una anciana con unas piezas de madera tallada sentada junto a un tenderete y se acercó hasta ella.

Las cajas le resultaban familiares.

–Caballeros, vengan un momento.

La mujer se llamaba Theadora Saitota. Vendía cestas de corteza de baobab y tenía expuestas unas cajitas similares a las de las cobras, sólo que estaban hechas de esteatita gris y no de madera.

Johnston le mostró las fotografías de las cajas. La anciana miró al inspector de policía y dijo:

–Las conozco.

–¿De dónde son? –preguntó Johnston.

–Voi.

–¿Cómo?

–Voi –repitió ella.

–Es un pueblo –explicó el inspector–, donde hay muchos tallistas. –El pueblo se hallaba en la carretera que conducía a la costa–. ¿Sabe quién hace estas cajas?

La mujer parecía vacilante.

Johnston se sacó unos chelines del bolsillo y se los entregó a la mujer. Valían unos cuantos dólares.

La mujer se guardó los billetes en un abrir y cerrar de ojos, y respondió:

–Era un buen hombre. Un artesano de Voi. Tallaba objetos.

–¿Cómo se llama? –inquirió Johnston.

–Moses Ngona. Él era mi primo. Muerto de flaco. El año pasado.

–¿Y usted le vendió las cajas hasta que murió? –dijo Johnston.

–Sí.

–¿Tiene más cajas del señor Ngona?

La anciana le lanzó una mirada severa y permaneció callada. Johnston le dio más dinero.

La mujer alargó la mano hasta una estantería a la altura de sus rodillas y sacó un paquete envuelto en papel de periódico. Lo desenvolvió y colocó una caja de madera encima de la tabla.

Johnston abrió el cierre y una serpiente salió disparada del interior de la caja. Era un rey cobra.

–¿Recuerda haberle vendido alguna de las cajas de su primo a algún turista? –preguntó Johnston.

–Aquí no vienen muchos turistas. Recuerdo a un hombre de Japón, una señora y un señor de Inglaterra, y un norteamericano.

–¿Podría describir al norteamericano?

–Era bajito. –Se echó a reír–. No tenía pelo en la cabeza. Era un pequeño *mzungu*. –*Mzungu* significa hombre blanco, y también fantasma–. Me ofreció muchos dólares ese pequeño *mzungu*. Gran negocio. –Sonrió–. ¡Yo darle dos cajas de mi primo! ¡Él dar veinte dólares! ¡Ja! ¡Ja! ¡Ese pequeño *mzungu*! ¡Le engañé! –Los veinte dólares le habían durado todo el mes.

–¿Cuándo fue eso?

–El año pasado.

Almon Johnston telefoneó a Frank Masaccio desde el Old Norfolk Hotel. Para entonces ya era miércoles por la mañana en Nueva York. Johnston le contó lo que había averiguado.

–Un hombre le pagó veinte dólares. Es un precio altísimo, por eso se acordaba. Es posible que el tipo estuviese planeando el crimen desde hace un año, Frank. La mujer está ahora en la comisaría de policía. Van a intentar hacer un retrato robot. Ella dice que todos los blancos bajitos y calvos le parecen iguales, pero creo que conseguirán dar con algún rostro. Link y yo podríamos empezar a consultar el archivo de visados del Ministerio de Asuntos Exteriores. El problema es que por aquella época unos cincuenta mil estadounidense se sacaron visados para Kenia. Va a ser una paliza comprobarlos todos.

–Ya sé que es un palo, muchachos, pero no queda más remedio que examinar esos cincuenta mil visados –replicó Masaccio.

Aquella misma tarde, un fax de la unidad de Reachdeep emitió un pitido y expulsó el retrato robot de un hombre. Llevaba gafas, tenía la nariz estrecha y unas mejillas bastante regordetas. Era casi calvo y aparentaba unos treinta o cuarenta años. Era un posible sospechoso, aunque también podría ser un turista cualquiera. Hopkins enganchó el retrato en la pared, donde pudieran verlo todos los miembros del equipo.

Caso

MIÉRCOLES, 29 DE ABRIL

Suzanne Tanaka examinó el rostro de la pared. Al igual que los demás miembros de Reachdeep, era incapaz de apartar la vista del dibujo. ¿Sería realmente el hombre que buscaban? Estaba sumida en un auténtico pavor, en un terror indescriptible que la mantenía en vela. Pero no dijo ni una palabra a los demás.

Se fue a inspeccionar a los ratones a la sala de biología del Núcleo. Uno de ellos parecía más activo que los demás. Se estuvo lamiendo durante largo rato, aunque también había momentos en que no se movía y permanecía como paralizado. En un momento dado se atacó. Empezó a roerse las patas delanteras y a arrancarse pelo, sobre todo de la panza, pero no llegó a morir.

En presencia de Austen, Tanaka mató al ratón y lo diseccionó. Lo colocó sobre una tabla para cortar y, con tres pares de guantes y un traje protector completo, lo abrió con un bisturí y obtuvo una muestra del cerebro, que luego examinó en el microscopio electrónico. Si bien algunas de las células contenían cristales de Cobra, en general el tejido cerebral parecía menos dañado que en los seres humanos. Por consiguiente el virus parecía producir una infección no letal en un ratón.

Al poco rato enfermó otro ratón. Se encogió y se lamió durante horas. Otros dos ratones también parecían temblorosos. Tanaka quería examinar con un microscopio óptico las células del ratón que acababa de sacrificar. Cortó el cerebro en finas láminas, las tiñó y las observó en el microscopio de doble tubo binocular junto con Austen.

–¿Cuándo viste los primeros síntomas de enfermedad en el ratón? –le preguntó Austen.

Tanaka no respondió.

–¿Suzanne?

–Em, em, anoche, creo. Estaba muy agitado. Ése fue el primer síntoma, creo.

Apartó la vista del microscopio y se inclinó hacia delante.

–¿Estás bien?

–Sí, estoy bien. –Y volvió a mirar por el binocular.

Austen siguió observándola.

–No te he visto dormir desde que llegamos, Suzanne. Tampoco te he visto comer.

–Es que no tengo tiempo.

–Tienes que encontrar el tiempo. Lo digo en serio –la reprendió con suavidad.

Austen cambió la muestra y procedieron a examinar el mesencéfalo del ratón. No era muy diferente del mesencéfalo humano, una parte central con un montón de ramificaciones nerviosas en la parte superior de la médula espinal.

Austen movió el portaobjetos.

–Creo que estamos viendo los ganglios basales. –Eran un conjunto de fibras nerviosas del mesencéfalo del ratón. Las células tenían cristales en el centro y estaban llenas de ramificaciones–. Es como si los ganglios basales hubiesen comenzado a crecer, como si hubiese habido algún tipo de reorganización de todas las conexiones. ¿Tú qué piensas?

–¿Que qué pienso? Em... yo no puedo pensar.

–¿Suzanne?

Austen levantó la mirada del microscopio. Se hallaba a poco más de medio metro del rostro de Tanaka. A Suzanne le temblaban los labios y una gota de líquido transparente brotó de su nariz.

–¡Suzanne!

La unidad médica del ejército ingresó a la primera víctima del equipo, la técnica Suzanne Tanaka, en una habitación del hospital de biocontención situada en la segunda planta. Habilitaron un vestíbulo de acceso donde los médicos y las enfermeras pudieran ponerse el traje protector antes de entrar en ella. Le inyectaron de inmediato un gota a gota intravenoso de ribavirina, una droga que ralentiza la replicación de ciertos virus, y le dijeron que no se preocupase, que esperaban poder tratarle la enfermedad. Sin embargo, a pesar de toda la tecnología de la que disponían, se encontraban tan indefensos como los médicos de la Edad Media ante la Peste Negra. Instalaron unas máquinas de control en la habitación y empezaron a administrarle tenitoína, una medicación contra los ataques epilépticos. Cuando intentó morderse los dedos y las muñecas, le ataron las manos con gasas, pero se las arrancó con los dientes y se vieron obligados a inmovilizarle los brazos con unas correas de nailon atadas a la cama. No había perdido el juicio y se sentía terriblemente aprensiva respecto al futuro. Más que nada le aterrorizaba la idea de morir sola, pero no quería que su familia la viera en semejantes condiciones.

–¿Puedes quedarte conmigo, Alice? –dijo con voz apagada.

Una enfermera con una mascarilla y un traje protector le enjugó el sudor de la cara.

Austen permaneció junto a Tanaka el máximo de tiempo posible. Tanaka dijo que no se sentía muy enferma, sólo muy resfriada, y que no sabía por qué había querido hacer «eso», refiriéndose al hecho de desgarrarse la carne con los dientes.

En Governors Island había un equipo de cuatro epidemiólogos de los CCE que llevaban los dos últimos días entrevistando a los allegados de las víctimas, tomando muestras sanguíneas de personas que podrían haber sido expuestas al virus y telefoneando a los hospitales de la zona. Uno de ellos, un oficial de inteligencia epidémica llamado Gregory Katman, encontró un nuevo caso.

En el hospital de Nueva York, un hombre había sido ingresado de urgencias tras sufrir constantes ataques epilépticos. Empezó mordiéndose la boca con violencia mientras cenaba con su esposa en un restaurante del Upper East Side. Se llamaba John Dana. El equipo de Reachdeep envió al hospital un helicóptero militar de evacuación de heridos para trasladarlo a Governors Island. Sin embargo, para cuando hubieron rellenado los documentos de traslado del paciente, John Dana había fallecido.

Alice Austen y Lex Nathanson le practicaron la autopsia y le diagnosticaron una infección del virus Cobra. El cuerpo de Dana servía de prueba federal y por tanto no pudo ser devuelto a la familia.

Los investigadores de los CCE, que trabajaban en colaboración con algunos agentes del destacamento especial de Masaccio, entrevistaron a la familia Dana. Al parecer John Dana atravesó el andén de Brooklyn en la mañana del sábado en que Peter Talides perdió la vida en las vías del metro. Dana era el hombre que acabó con las gafas salpicadas de materia gis, y se había contagiado a través de los ojos. El Servicio de Sanidad Pública de Estados Unidos puso a su mujer en cuarentena en una habitación del hospital de Governors Island, donde se autorizó a sus dos hijas a visitarla.

John Dana se había infectado con el virus Cobra de la caja Zecker-Moran, que se había transmitido de Kate Moran a Peter Talides, y de Talides a John Dana. Por tanto el virus había pasado por tres generaciones de infección en seres humanos sin debilitarse lo más mínimo. Austen comprobó durante la autopsia que los síntomas clínicos del Cobra en Dana eran prácticamente idénticos a los de Kate Moran.

La señora Helen Zecker, madre de Penny Zecker, fue hallada muerta en su domicilio de Staten Island por un investigador de los CCE. Su cuerpo yacía en la silla reclinable. «Aquello» había logrado acabar con ella, como ella misma había temido y vaticinado. En vista de estas muertes, Austen llegó a la conclusión de que el Cobra era capaz de sobrevivir en la especie humana, en una cadena tal vez ilimitada de contagio de ser humano a ser humano.

Recombinación

Hopkins siguió utilizando la máquina Felix para descifrar el material genético del Cobra.

El ADN del Cobra contenía unas 200.000 bases nitrogenadas, lo que lo convertía en uno de los códigos genéticos más largos y complicados de cualquier virus. Numerosos virus, en especial los que utilizan ARN en lugar de ADN para su material genético, contienen unas 10.000 bases de código.

Un virus con un largo código genético, como el Cobra, resulta ideal para ser convertido en una arma mediante ingeniería genética, ya que se le pueden añadir fragmentos de código suplementario sin dañarlo y sin impedir que pueda multiplicarse.

Durante todo el día y gran parte de la noche, Hopkins estuvo analizando en el Felix muestras de sangre, de tejidos y de polvo, obteniendo secuencias genéticas del Cobra e intentando identificarlas. Era como montar un enorme rompecabezas.

La estructura de los genes del organismo se volvía cada vez más clara, aunque algunas de sus partes le resultaban un misterio. El Cobra era un virus recombinante que había sido creado con gran habilidad y astucia.

–Es un arma de primera clase –comentó un día Hopkins a Littleberry y a Austen–. Está claro que no es un invento casero.

Hopkins estaba observando la pantalla.

–Eh, mirad esto –dijo.

Acababa de introducir un tramo de código en GenBank. En la pantalla apareció lo siguiente:

```
Secuencias que registran el mayor número de coincidencias:

Virus Variola major (cepa Bengladesh...........  3900  0.0  1
Virus Variola (genoma XhoI-F,O,H,P,Q...........  3882  0.0  1
Virus Variola García-1966 .....................  3882  0.0  1
```

<u>Virus Variola major (cepa Bangladesh-1975)</u>

–¡Variola major! ¡Eso es la viruela! –dijo Hopkins señalando la pantalla–. El Cobra es en parte viruela. ¡Qué ingenioso!

Se volvió hacia Austen y Littleberry. Éste no respondió. Se limitó a mirar la pantalla y de pronto le asestó un puñetazo a la mesa.

–¡Maldita sea! –exclamó–. ¡Maldita sea! ¡Esos hijos de puta!

Abandonó la sala y salió a la terraza de la sala de conferencias a contemplar la bahía de Nueva York. Permaneció apoyado en la barandilla durante un buen rato. Los demás miembros del equipo decidieron no molestarlo. Hopkins siguió analizando el código genético hasta altas horas de la noche, murmurando para sí unos términos extraños:

–Marco de lectura abierto... factor de virulencia A47R...

Historia invisible (III)

MIÉRCOLES POR LA NOCHE

Los asuntos de seguridad del gobierno estadounidense están compartimentados. La información pasa de una agencia a otra a través de los altos cargos. El flujo de información está controlado por burócratas y personal del servicio de inteligencia. Esto significa que las distintas partes del gobierno federal ignoran lo que están haciendo las demás. Los archivos se suelen destruir por motivos de seguridad, y la gente se jubila y muere. Así pues, el gobierno de Estados Unidos desconoce partes de su propia historia, que permanecen ocultas en la memoria de sus protagonistas.

Cuando surge una emergencia, alguien de una rama del gobierno puede necesitar información de alguna persona de otra sección. Entonces se reúnen en una sala e intercambian información en una conversación informal. Esto forma parte de la historia oral secreta, algo que en teoría no debería suceder pero que sucede constantemente.

Mark Littleberry telefoneó a Frank Masaccio y le explicó que poseía cierta información que necesitaba comunicarle con fuertes medidas de seguridad. Poco después, se reunieron en el Centro de Control del FBI, en el edificio federal. Era de noche y la sala estaba desierta con la excepción de la agente Caroline Landau, que estaba trabajando con unos vídeos. Masaccio se detuvo ante una puerta de acero de la pared oeste del Centro de Control, que daba a una sala conocida como la Conferencia 30-30, un espacio inexpugnable que de hecho es una caja fuerte de acero Mosler. Masaccio introdujo una clave en un teclado numérico y ambos se acomodaron en sillas en torno a una mesita. La puerta se cerró tras ellos.

Por el rabillo del ojo, Caroline Landau los había visto entrar en la cámara de seguridad, y comprendió que se trataba de algún asunto relacionado con el Cobra. Se preguntó si estarían llevando a cabo algún tipo de operación. Percibía que estaba al caer, de la forma en que uno percibe que se aproxima, un frente atmosférico acompañado de leves vientos y del presagio de una tormenta eléctrica.

–Hemos encontrado un gen letal de la viruela en el virus Cobra –dijo Littleberry.

–¿Ah, sí? –Para Masaccio no significaba gran cosa.

–Will lo llama el gen explosivo. Crea una proteína que dispara las partículas víricas por la célula infectada. Sería algo así como fuegos artificiales que estallan en el interior de la célula. Destruye las células del cerebro al tiempo que dispara el virus por todas partes. Por eso los afectados mueren tan deprisa, Frank. El virus se dispara en sus cerebros. El Cobra es en parte viruela.

Masaccio hizo un ruido con la boca y se toqueteó el anillo.

–Todo eso está muy bien, pero ¿cuándo vais a encontrar al asesino?

–Lo que estás intentando hacer es cambiar las consecuencias de la historia.

Masaccio respondió que era plenamente consciente de ello.

Littleberry se reclinó en la silla. Se sentía agotado, y se preguntó cuándo volvería a ver a sus nietos y a notar el viento del golfo de México acariciándole el rostro. El hecho de haber encontrado viruela en el virus Cobra era en cierto modo como... morir.

–Es extraño, Frank. Me siento orgulloso de lo que hice como científico. Pero me arrepiento más que nunca de lo que hice como ser humano. ¿Cómo puede uno reconciliarse con eso?

–Es imposible.

–Me sucedió algo al final del programa. Me refiero al programa nacional de armas biológicas. A finales de 1969, justo antes de que Nixon acabase con él.

La central de producción de armas biológicas del ejército de Estados Unidos era la planta de Pine Bluff, Arkansas. En 1969, Littleberry recibió una invitación de unos investigadores del ejército para visitar la fábrica y ver cómo cargaban bombas y cabezas de combate con ántrax seco. Los trabajadores llevaban únicamente monos y mascarillas, nada de trajes protectores.

–De repente me di cuenta de que todos eran negros –le explicó Littleberry a Masaccio–, mientras que los capataces eran blancos. Los que llenaban las bombas de gérmenes eran afroamericanos y los anglosajones eran los que daban las órdenes.

Littleberry había intentado quitárselo de la cabeza, había intentado convencerse de que aquellos hombres estaban muy bien pagados, y de que los militares se habían portado muy bien con él.

–Soy tan tozudo que tardé demasiado tiempo en abrir los ojos a la realidad. Lo que estaba sucediendo en Arkansas era que habían contratado mano de obra negra desechable en una fábrica de enfermedades, ni más ni menos.

Cuando en 1969 Nixon suspendió el programa de armas biológicas, Mark Littleberry se quedó sin trabajo.

–Nixon me dejó en la calle y le estoy muy agradecido. Lo único que había conseguido como médico eran unos cuantos miles de monos muertos y unas armas biológicas supereficientes.

–Espera un momento –dijo Masaccio–. Yo tenía entendido que esa mierda biológica era inutilizable, que no funcionaba.

–¿Dónde oíste eso?

–De todas mis fuentes.

–Eso es un bulo, una mentira como una catedral. Es el tipo de mentira que llevamos años oyendo en boca de la comunidad científica civil, que vive en la inopia en lo que se refiere a armas biológicas. Estuvimos probando biosistemas estratégicos en el océano Pacífico durante cinco años. En el atolón de Johnston lo probamos todo, todas las armas letales, todas las formas de propagarlas. No todo funcionó. Para eso existe la investigación y el desarrollo. Pero vimos qué funcionaba y, créeme, esas armas funcionan. Puede que no te guste la forma en que actúan, pero son efectivas. ¿Quién te dijo que no funcionaban?

–Uno de nuestros asesores universitarios. Tiene acreditación de seguridad.

–Un catedrático con acceso a información reservada. ¿Te describió lo que ocurrió en el atolón de Johnston?

Masaccio no respondió.

–¿Mencionó en algún momento el atolón de Johnston?

–No.

–Entonces volvamos a la realidad. De repente Nixon acabó con el programa a finales de 1969. Fue una decisión suya. Yo estaba agonizando con ese maldito programa, preguntándome si debería dejarlo, y de repente va Nixon y acaba con todo. Nunca le perdonaré por haberme arrebatado una decisión que me correspondía haber tomado por mí mismo.

Littleberry decidió entonces que debía hacer algo para compensar el hecho de haber trabajado con armas. Solicitó el ingreso en el Servicio de Sanidad Pública y empezó a trabajar para los Centros de Control de Enfermedades, donde participó en la guerra contra la viruela. A principios de los años sesenta, unos cuantos médicos de los CCE tuvieron una idea ambiciosa: intentar erradicar un virus del planeta. Escogieron la viruela como la candidata con más posibilidades de experimentar una extinción total, ya que sólo se desarrolla en los seres humanos, en lugar de esconderse en algún animal de la selva tropical, en cuyo caso sería imposible de exterminar.

Littleberry se sacó la cartera del bolsillo del pantalón y extrajo de ella una pequeña fotografía. Era vieja, con las puntas dobladas y estaba recubierta de plástico. La llevaba en la cartera desde hacía veinte años. Se la enseñó a Masaccio y dijo:

–Éste es el trabajo que me devolvió la integridad.

La fotografía mostraba a un africano delgado en medio de un paisaje desértico, de pie junto a una valla, con la mirada desviada de la cámara. No llevaba camisa y tenía los hombros, los brazos y el pecho cubierto de ampollas.

–¿Debería reconocerlo? –preguntó Masaccio.

–No –repuso Littleberry–. Pero si fueses médico de la sanidad pública, lo conocerías. Se llamaba Alí Maow Maalin. Era cocinero. La foto fue tomada en Somalia, el 26 de octubre de 1977. El señor Maalin fue el último caso humano de viruela. La forma de vida de la viruela no ha vuelto a aparecer de forma natural en ningún otro lugar de la tierra. Aquello marcó el punto final de una de las peores enfermedades del planeta. Yo estaba allí con Jason Weisfeld, otro médico de los CCE. Vacunamos a todo el mundo en kilómetros a la redonda. El condenado virus no pudo salir del señor Maalin e infectar a otro anfitrión. Lo aniquilamos por completo. Me refiero a miles de médicos de la sanidad pública de todo el mundo. Médicos de India, de Nigeria, de China, médicos descalzos de Bangladesh, gente de esa región del mundo. Me temo que ha llegado el momento de preguntarnos hasta qué punto tuvo realmente éxito aquella campaña contra la viruela.

Littleberry estaba pensando en la sorpresa que la historia y la naturaleza depararon a la humanidad en 1973, cuatro años antes de que se produjera el último caso natural de viruela y tan sólo un año después de que se firmara la Convención sobre Armas Biológicas: la revolución biotecnológica.

La ingeniería genética consiste en desplazar genes de un organismo a otro. Un gen es un segmento de ADN que encierra el código necesario para crear una proteína concreta en una criatura viva. Un gen sería como un trozo de cinta, una cinta microscópica que se puede cortar y pegar. Los biólogos moleculares utilizan ciertas enzimas de empalme que actúan como tijeras y cortan el ADN. (La biología molecular consiste en gran medida en cortar y empalmar cintas.) Se puede cortar el ADN por donde se quiera, extraerlo de una tira más larga y luego introducirlo en otro organismo. Es decir, es posible transplantar un gen. Si se hace correctamente, el organismo tendrá entonces un nuevo gen y hará algo diferente, creará una nueva proteína. Se convertirá en otra criatura viva y transmitirá a su progenie sus nuevas características. Si se deja que el organismo se multiplique, lo que sucede es que se clona el organismo. Un clon es una reproducción exacta concebida en un laboratorio. En eso consiste la ingeniería genética. No obstante, una de las grandes complicaciones es que al desplazar ADN de un organismo a otro éste no siempre funciona correctamente en su nuevo hogar, aunque es posible hacer que funcione. Un organismo que contiene segmentos de ADN ajeno es lo que se denomina un organismo recombinante.

La revolución biotecnológica comenzó en 1973, cuando Stanley N. Cohen y Herbert W. Boyer, entre otros, lograron introducir unos genes en la bacteria *Escherichia*, un microrganismo que vive en el intestino humano. Hicieron unos bucles de ADN y consiguieron introducirlos en las células de la *E. coli*. A partir de ese momento estas células eran diferentes, ya que encerraban ADN suplementario. Cohen y Boyer compartieron el premio Nobel por este gran logro científico. Los genes que transplantaron hicieron que la *E. coli* se volviera resistente a ciertos antibióticos. Los organismos con sus nuevas características, con su resistencia a los antibióticos, no eran peligrosos. Se podían aniquilar fácilmente con otros antibióticos. El experimento era perfectamente seguro.

Cohen y Boyer habían realizado uno de los experimentos históricos de la ciencia del siglo XX. Se crearon nuevas industrias en Estados Unidos, Japón y Europa, se formaron nuevas empresas, se curaron enfermedades de nuevas maneras y se hicieron grandes descubrimientos respecto a la naturaleza de los sistemas vivos.

Sin embargo, casi de inmediato, los científicos comenzaron a temer que el desplazar genes de un microrganismo a otro pudiese originar brotes de nuevas enfermedades infecciosas, o bien desastres medioambientales. Hasta tal punto saltó la voz de alarma que incluso resultaba aterrador pensar en organismos recombinantes. Los científicos solicitaron una suspensión temporal de la experimentación genética hasta que la comunidad científica debatiese a fondo los peligros y propusiera ciertas directivas de seguridad para prevenir accidentes. En el verano de 1975 tuvo lugar una reunión para tratar estas cuestiones en Asilomar, California.

La Conferencia de Asilomar aportó un poco de moderación y calma a una situación que parecía intrínsecamente aterradora. A partir de entonces los científicos actuaron con prudencia en el ámbito de la ingeniería genética. Se establecieron las llamadas Directrices de Seguridad de Asilomar a la hora de llevar a cabo experimentos genéticos en microrganismos y se creó toda una serie de comités y procedimientos de seguridad. Al cabo, las preocupaciones de los científicos occidentales respecto a los riesgos de la ingeniería genética supusieron un anteproyecto para lo que se convertiría en el programa soviético de armas biológicas.

Por aquel entonces, un tal doctor Yuri Ovchinnikov, uno de los fundadores de la biología molecular en la Unión Soviética, y algunos de sus colegas, propusieron iniciar un programa de armas creadas mediante ingeniería genética a los altos cargos soviéticos, incluido Leonid Brézhnev. El líder soviético no tardó en comunicar a la comunidad científica de su país que recibirían dinero si investigaban en el campo de la ingeniería genética y aseguró que se les proporcionaría todo cuanto necesitasen si sus descubrimientos resultaban aplicables al armamento.

En 1973, el año del experimento con clones de Cohen y Boyer, el Comité Central del Partido Comunista de la Unión Soviética estableció una organización de investigación y producción biotecnológica aparentemente civil llamada Biopreparat. A veces los científicos que participaban en ella la llamaban simplemente «la Compañía». Estaba controlada y subvencionada por el Ministerio de Defensa soviético y su principal propósito era la creación de armas biológicas utilizando avanzadas técnicas científicas. El primer director de Biopreparat fue el general V. I. Ogarkov.

En 1974, los soviéticos establecieron en Siberia un complejo de institutos de investigación destinados especialmente a desarrollar armas víricas avanzadas utilizando las técnicas de la biología molecular. La central era el Instituto de Biología Molecular de Koltsovo, un complejo de investigación independiente emplazado en un bosque de abedules a treinta kilómetros al este de la ciudad de Novosibirsk. La versión oficial era que el instituto se dedicaba a hacer medicinas, pero a pesar de todo el dinero estatal gastado en las «medicinas» de Biopreparat, lo cierto es que la Unión Soviética padecía una carencia crónica de vacunas y de los medicamentos más básicos. Resulta bastante evidente que todo aquel dinero no se estaba gastando en medicinas.

La mayoría de las eminencias científicas en el campo de la microbiología y la biología molecular soviéticas recibieron dinero del ejército para llevar a cabo labores de investigación relacionadas con el desarrollo de armas biológicas. Algunos de ellos ejercieron presión para obtener el dinero, mientras que otros no sabían lo que estaba ocurriendo o preferían no hacer demasiadas preguntas. Entretanto, en Occidente, se oponía una fuerte resistencia, vehemente y arraigada, a la idea de que las armas biológicas funcionaban, y se tenía la esperanza, del todo respetable aunque tal vez ingenua, de que los soviéticos se mostrarían razonables en lo que se refiere a dichas armas. Los científicos en general creían que el tratado estaba dando excelentes resultados, y los biólogos en particular se congratulaban por ser más precavidos y sensatos que los físicos, cuya reputación se vio empañada por las armas de destrucción masiva.

Mientras tanto, los servicios de espionaje seguían filtrando acusaciones sobre un programa de armas biológicas en Rusia. Los científicos, como era razonable, se mostraban recelosos ante este tipo de información que no venía respaldada por pruebas y parecía proceder de militares de derechas y de paranoicos de la CIA, que al parecer tendían a presentar a Rusia como un demonio para servir sus propios intereses. Aquellos que sostenían que los soviéticos habían utilizado armas tóxicas en poblaciones de las colinas del sureste asiático fueron ridiculizados en las publicaciones científicas. En 1979, cuando el ántrax pulverizado se propagó por la ciudad de Sverdlovsk matando a sesenta y seis personas, los expertos estadounidenses en armas biológicas declararon que los habitantes de la ciudad habían comido carne en mal estado. El principal defensor de esta teoría fue un bioquímico de la Universidad de Harvard llamado Matthew S. Meselson, uno de los artífices del Convenio de Armas Biológicas. Meselson contribuyó a convencer a Nixon de que se acogiera al tratado e insistió en que el accidente de Sverdlovsk había sido una catástrofe natural. Su punto de vista se impuso durante largo tiempo, a pesar de que algunos sostenían que había armas biológicas de por medio.

Más adelante, en 1989, Vladimir Pasechnik, un científico de Biopreparat, desertó y se marchó a Gran Bretaña. Había sido el director del Instituto para Preparados Biológicos Ultrapuros, un centro de investigación de Biopreparat conocido como frente atmosférico situado en Leningrado. Los servicios de espionaje militar británicos le dieron el nombre clave de Paul y lo interrogaron durante meses en una casa de la campiña británica a unos ochenta kilómetros al oeste de Londres.

Pasechnik les dijo que había fábricas de armamento biológico masivo ocultas por toda la Unión Soviética, y que dicho país había desplegado varias cabezas de combate biológicas estratégicas en misiles intercontinentales que apuntaban a todos los puntos del planeta. Estas ojivas podrían ser cargadas con agentes calientes y disparadas en cualquier momento. Cerca de los lugares de lanzamiento había búnkeres con grandes reservas de agentes infecciosos. El doctor Pasechnik hablaba como un experto en ingeniería genética, sabía exactamente en qué consistía y afirmó que su propio laboratorio llevaba un tiempo centrado en la creación de armas mediante ingeniería genética, al igual que en diversos puntos de la Unión Soviética con distintos agentes biológicos.

El presidente George Bush y la primera ministra Margaret Thatcher fueron informados de la situación. Es posible que Pasechnik estuviese exagerando, ya que gran parte de lo que declaró era difícil de verificar. Aunque era indudable que la Unión Soviética tenía un programa de armas biológicas, resultaba imposible conocer su alcance. Bush y Thatcher ejercieron una gran presión personal sobre Mikjail Gorbachov para que confesara toda la verdad acerca de las armas biológicas y permitiera que un equipo de inspección entrase en algunas de las instalaciones soviéticas.

Esto sucedió a finales de otoño y principios de invierno de 1990, cuando el régimen soviético se estaba desmoronando en medio de la confusión de la *glasnost* y la *perestroika*, y la Unión Soviética se encaminaba hacia el colapso económico y su subsiguiente desintegración. En esas mismas fechas, el presidente Bush se preparaba para entrar en guerra con Irak (la guerra del Golfo estalló en enero de 1991). Las tropas estadounidenses y aliadas afluían al golfo Pérsico. Los informes de los servicios de espionaje indicaban que los iraquíes poseían un arsenal de armas biológicas, pero se desconocían los datos exactos. Tanto la Unión Soviética como Oriente Medio tomaron por sorpresa a Estados Unidos en cuestiones de armas biológicas.

–Yo sólo era uno más en el grupo de inspectores –dijo Littleberry a Masaccio–, pero creo que puedo hablar por todos mis colegas.

Justo antes de las Navidades de 1990, Mark Littleberry y un grupo de compatriotas volaron a Londres de camino a Rusia para realizar una serie de inspecciones. Entre los estadounidenses había analistas de la CIA, agentes del FBI, expertos del ejército, y algunos, como Littleberry, eran científicos civiles versados en armas biológicas.

El equipo de inspección se vio sometido a una larga espera en Londres. Les dijeron que estaba resultando difícil ultimar los detalles del procedimiento de inspección de las instalaciones rusas. Lo que en realidad estaba sucediendo era que Gorbachov necesitaba un poco más de tiempo para que los militares sacaran las reservas de armas vivas de las fábricas y esterilizasen las instalaciones con productos químicos. De repente, en 1991, los inspectores recibieron permiso para entrar a echar un vistazo. Mientras el mundo tenía la mirada puesta en la guerra del Golfo, los inspectores se desplazaron a varios puntos de la Unión Soviética.

La venda que tapaba los ojos de los científicos no tardó en caer. Uno de los inspectores, un experto estadounidense en procesos avanzados de producción biotecnológica para la creación de vacunas mediante ingeniería genética, explicó más adelante que cuando llegó a Rusia estaba convencido de que los militares y los analistas de los servicios de espionaje habían exagerado el problema, pero una vez inspeccionadas las instalaciones, llegó a la conclusión de que la amenaza tenía proporciones inimaginables. Según sus palabras, era algo «aterrador».

En la Unión Soviética había aproximadamente dieciséis grandes instalaciones de armas biológicas identificadas (cincuenta y dos, si se incluyen las pequeñas). El equipo sólo visitó cuatro de ellas. Las instalaciones eran básicamente de dos tipos: fábricas de producción de armas, y laboratorios de investigación y desarrollo. A sesenta y cinco kilómetros al sur de Moscú, cerca de una localidad llamada Serpujov, los equipos inspeccionaron el Instituto de Microbiología Aplicada de Obolensk, unas enormes instalaciones de Biopreparat. El instituto está formado por treinta edificios y es al menos diez veces más grande que el complejo del USAMRIID de Fort Detrick. El edificio principal se llama Corpus Uno. Tiene ocho plantas y ocupa más de dos hectáreas de terreno. Es un enorme laboratorio biológico monolítico de ciento cuarenta mil metros cuadrados, lo que lo convierte en una de las mayores instalaciones biológicas del mundo. El Corpus Uno está rodeado de un triple alambrado de púas y el sistema de seguridad del recinto incluye sensores de vibración del suelo, detectores del calor corporal con infrarrojos y guardias armados de las Fuerzas Especiales. En el interior del edificio, el equipo de inspección tuvo la oportunidad de explorar zonas calientes soviéticas.

Descubrieron que el diseño del Corpus Uno era diferente y algo más sofisticado que el de las zonas calientes del USAMRIID o el de los Centros de Control de Enfermedades de Atlanta. Las zonas calientes del Corpus Uno tienen una estructura circular por niveles. El núcleo caliente se halla en el centro del edificio y está rodeado de círculos concéntricos con los distintos niveles de seguridad biológica, de manera que conforme uno se va acercando al centro, pasa del nivel 2 al nivel 3 y por último al nivel 4. Los científicos soviéticos estaban orgullosos, y con razón, de su diseño circular. También estaban muy orgullosos de sus trajes espaciales AP5. Los estadounidenses que llegaron a probárselos dijeron que eran más cómodos que los que ellos conocían.

En el Corpus Uno, la labor de investigación se centraba en la *Yersinia pestis*, la bacteria causante de la peste que aniquiló de un plumazo a un tercio de la población europea en la Edad Media.

El director científico de Obolensk era el doctor N.N. Urakov un microbiólogo con rango de general y cara de halcón. Tenía el pelo largo, liso y canoso, y lo llevaba peinado hacia atrás. Parecía un hombre frío e inexpresivo excepto cuando hablaba en tono fervoroso del poder de los microrganismos.

Los equipos de inspección encontraron zonas de investigación destinadas a la mutación y la selección rápida de cepas de la peste mediante la exposición a luz ultravioleta y a radiaciones nucleares. Llegaron a la conclusión de que los investigadores estaban llevando a cabo la mutación forzada y la selección de cepas de la Peste Negra que pudiesen vivir y multiplicarse en una zona de combate nuclear. La Peste Negra de Obolensk era un arma estratégica. Más adelante, los miembros del equipo declararon que la Peste Negra estaba destinada al uso bélico y estaba plenamente integrada en las fuerzas estratégicas de la Unión Soviética y en sus planes de guerra. Se trataba pues de un arma biológica en dos sentidos. En primer lugar, al parecer estaba desplegada en cabezas de combate de misiles estratégicos intercontinentales que apuntaban a todos los puntos del planeta, y en segundo lugar, era sumamente contagiosa e incurable con la medicina.

Los inspectores encontraron cuarenta cubas de fermentación gigantescas dentro de las zonas calientes del Corpus Uno, que se utilizaban para cultivar grandes cantidades de algún organismo desconocido. Tenían seis metros de alto y el hecho de que se encontrasen en el interior de las zonas de biocontención demostraba que en ellas se cultivaban agentes calientes. Eran los reactores más grandes que los inspectores habían visto nunca. ¿Para qué necesitaría cualquier programa legítimo de investigación médica cuarenta cisternas de seis metros de alto para cultivar Peste Negra y otros organismos dentro de una zona caliente de biocontención rodeada de fuertes medidas de seguridad militar? Uno de los inspectores diría más tarde que un solo reactor de Obolensk podía satisfacer toda la producción nacional del programa de armas biológicas iraquí en el momento en que estalló la guerra del Golfo. Y había varias instalaciones de producción de armas biológicas del tamaño de Obolensk diseminadas por Rusia.

Cuando los inspectores llegaron a la fábrica, la maquinaria de producción del Corpus Uno estaba esterilizada y presentaba un aspecto reluciente. Las cámaras y las cisternas olían a lejía y a productos químicos. Todos los materiales biológicos vivos, es decir las cepas y los medios de cultivo, fueron extraídos de las zonas a las que los inspectores tuvieron acceso. Éstos tomaron muestras, pero en los tubos de ensayo no creció ningún organismo.

El doctor Urakov aseguró a los estadounidenses y a los británicos que la investigación médica que se estaba llevando a cabo en Obolensk era con fines absolutamente pacíficos. Y cuando los inspectores le preguntaron por qué la Unión Soviética había construido un centro de investigación de ciento cuarenta mil metros cuadrados con una fuerte protección militar, con cuarenta reactores de seis metros de alto, dedicado en gran parte a la investigación y producción de la Peste Negra con un riesgo biológico del nivel 4, el doctor Urakov respondió que la Peste Negra suponía un problema en la Unión Soviética.

Los inspectores le dieron la razón a este respecto.

Con todo, señalaron que la Unión Soviética sólo notificaba un puñado de muertes por Peste Negra al año, y por consiguiente la peste no suponía un problema tan grave como decían. Sobre todo, añadieron, porque la peste se puede tratar con simples antibióticos.

El doctor Urakov replicó que en un país tan grande como la Unión Soviética, tenían la «necesidad de investigar».

Los inspectores comenzaron a hacerle preguntas de ingeniería genética. ¿Incluía esa necesidad de investigar la necesidad de mutar genéticamente la Peste Negra con el propósito de crear un arma?

Las respuestas del doctor Urakov eran alarmantes. Dio a entender que estaban trabajando con cepas de la Peste Negra increíblemente letales, unas cepas inimaginables. Sostenía que eran naturales y dijo que unas vacunas no tendrían ningún efecto. Los inspectores tuvieron la sensación de que se estaba jactando de manera encubierta de los logros de su personal en el campo de la ingeniería genética, aunque no estaban del todo seguros. Urakov y sus colegas dejaron de piedra a los inspectores cuando les propusieron organizar una «transferencia de tecnología» con Estados Unidos, de suerte que Estados Unidos tuviese acceso a los descubrimientos realizados en Obolensk, por un precio a acordar. Llegaron a insinuar que Estados Unidos se había quedado rezagado frente a la Unión Soviética en cuestiones de armas biológicas, que los inspectores eran una especie de tapadera, una excusa para fisgonear y averiguar lo que habían hecho los científicos soviéticos con el fin de que Estados Unidos pudiese ponerse al día.

En realidad es bastante fácil introducir en bacterias genes resistentes a los antibióticos. Es una técnica muy sencilla. Los informes de las agencias de espionaje occidentales afirmaban que, de hecho, la Peste Negra de Obolensk era resistente a dieciséis antibióticos y a las radiaciones nucleares. No estaba muy claro cómo los rusos habían desarrollado semejante cepa, si es que lo habían hecho. ¿Habrían utilizado la ingeniería genética, o bien unos métodos más tradicionales de ensayo y error para crear cepas peligrosas?

En cualquier caso, Estados Unidos exigió al gobierno de Moscú que explicase si tenía o no una cepa de Peste Negra resistente a varios medicamentos para la producción de armas. Hasta la fecha, los biólogos y los líderes políticos rusos no han proporcionado ninguna respuesta que tuviese sentido. Tan sólo han negado las acusaciones de una forma vaga.

–Esa Peste Negra de Obolensk es un producto increíble –dijo Littleberry–. Es básicamente incurable con la medicina. Y es sumamente contagiosa en los seres humanos. Si alguien lanzase medio kilo de Peste Negra de Obolensk en el metro de París, más valdría no vivir ni en los alrededores. Una de nuestras mayores preocupaciones es que el gobierno ruso parece haber perdido el control de esas cepas militares creadas mediante ingeniería genética.

El equipo de inspectores se trasladó a la ciudad de Novosibirsk, situada al oeste de Siberia. A treinta kilómetros hacia el este, en un bosque de alerces y abedules, se encuentra el Instituto de Biología Molecular de Koltsovo, un complejo de investigación biológica formado por unos treinta edificios que contienen diversas zonas calientes con el diseño ruso circular. La labor de investigación que se lleva a cabo en el Instituto se centra en distintos virus: el Ebola, el

Marburgo, un agente cerebral sudamericano llamado VEE (encefalitis equina venezolana), la fiebre hemorrágica Congo-Crimea, la encefalitis transmitida por ácaros (otro virus cerebral) y el Machupo (fiebre hemorrágica boliviana).

El equipo descubrió que las instalaciones de investigación de Koltsovo contaban con biorreactores destinados al cultivo del virus de la viruela, y advirtieron que la producción soviética militar de viruela podría ascender a varias toneladas al año.

Littleberry se quedó de piedra.

–Fue uno de los peores momentos de mi vida –le dijo a Masaccio–. Pensé en todos esos médicos de India y de África luchando palmo a palmo contra la viruela, mientras ese monstruo de Biopreparat se disponía a producir toneladas del virus.

Resultó que Koltsovo no era el único lugar de Rusia donde se producía viruela para uso bélico, sino que había otros dos. Uno era una fábrica situada en una localidad de las afueras de Moscú llamada Zagorsk (ahora Sergveiev Posad), y el otro una planta militar de producción de armas de la viruela emplazada en Pokrov.

–Eso que se dice hoy en día de que la viruela se encuentra en un único congelador en Rusia es una gilipollez –dijo Littleberry–. El Ministerio de Defensa ruso tiene reservas de cepas del virus de la viruela en ultracongeladores militares en distintos puntos del país. Los militares rusos no van a renunciar a su viruela, ni en broma. La viruela es un arma estratégica y es especialmente valiosa ahora que el virus natural ha sido eliminado de la población humana.

La mayoría de los habitantes de la Tierra han perdido la inmunidad frente a la viruela, que es una enfermedad increíblemente letal e infecciosa. Una persona infectada puede fácilmente contagiar a otras personas, de manera que un pequeño brote en una población que carezca de inmunidad al virus se convertirá rápidamente en una epidemia letal.

–Todos creemos que estamos protegidos porque nos vacunaron de pequeños –dijo Littleberry–. Malas noticias: las vacunas dejan de ser efectivas al cabo de diez o veinte años, y hace veinte años que dejaron de utilizarse. Los únicos que siguen vacunándose son los soldados.

Las existencias de vacunas de la viruela a nivel mundial ascienden a un número de dosis suficientes para vacunar a medio millón de personas, es decir uno de cada diez mil habitantes de la tierra. Si la viruela comenzase a transmitirse de ser humano a ser humano en una epidemia mundial, esas vacunas adquirirían más valor que los diamantes. Lo malo es que además se puede mutar el virus genéticamente para que sea inmune a las vacunas, con lo cual las vacunas existentes resultarían inútiles.

En Koltsovo, los científicos admitieron que estaban «trabajando con el ADN del virus de la viruela». Los inspectores se quedaron estupefactos. Hasta entonces no se habían encontrado con nada tan sorprendente. Como no comprendían muy bien lo que significaba «trabajar con el ADN de la viruela», les pidieron una explicación.

Las respuestas fueron muy vagas, de modo que los inspectores fueron a por todas. Querían saber qué le hacían exactamente a la viruela. Siguieron presionando a los rusos con sus preguntas, pero no obtuvieron respuesta alguna. La situación se volvió extremadamente tensa, con unas implicaciones muy negativas, y todo quedó en un punto muerto. En el trasfondo se hallaban los misiles intercontinentales cargados de agentes calientes, y los inspectores se preguntaban si estarían apuntando a su país con el virus de la viruela, y con qué tipo de viruela. Ambas partes comprendieron que los inspectores habían metido las narices en el corazón de la biología militar moderna.

No se obtuvo ninguna respuesta convincente. Las explicaciones de los biólogos rusos se fueron tornando cada vez más extrañas. Dijeron que estaban trabajando con «clones» de la viruela, no con la viruela misma. En Occidente, los experimentos genéticos con la viruela se llevan a cabo utilizando clones del virus de la viruela de las vacas, ya que ésta es inocua para los seres humanos (es la cepa que se utiliza para crear la vacuna de la viruela). Trabajar con clones de la viruela supone trabajar con un virus de la viruela recombinante. Al insistir en que sólo estaban trabajando con «clones de la viruela», los rusos admitieron que estaban haciendo biología negra con la viruela, pero se negaron a especificar si habían creado cepas totalmente nuevas o bien estaban trabajando con partes del virus. Era imposible saber si estaban mezclando partes de la viruela con otro virus o bacteria para proceder a su análisis, o si habían creado un nuevo tipo de viruela resistente a las vacunas.

Todas las declaraciones de los biólogos soviéticos se grabaron en cintas y éstas fueron traducidas una y otra vez por expertos en lengua rusa. Las palabras fueron analizadas hasta la saciedad por expertos de la Agencia de Seguridad Nacional y de otras agencias de espionaje. Al final, como dijo Littleberry:

–Nunca llegamos a saber qué coño estaban haciendo con la viruela.

No hay que olvidar que se trataba de científicos militares y que el propósito de su labor de investigación era militar. Habían intentado, y tal vez conseguido, crear un tipo de viruela mediante ingeniería genética. Una de las personas que tomaron parte en el enfrentamiento entre los inspectores y los biólogos militares rusos especuló que éstos habían desmenuzado el material genético de la viruela y habían introducido los genes en bacterias. De este modo descubrieron cuáles eran los genes letales y los metieron en la viruela de los monos, creando así una quimera recombinante, un arma estratégica resistente a las vacunas.

Cuando los equipos de inspección regresaron de Rusia, la CIA, los servicios de espionaje británicos y la Agencia de Seguridad Nacional sufrieron un ataque al corazón colectivo. Se acababa de abrir una brecha entre los conocimientos reales de los inspectores y las creencias de la comunidad científica civil. Los científicos más renombrados, sobre todo en el campo de la microbiología y la biología molecular, obtuvieron acreditaciones de seguridad y fueron informados de la situación no sólo en Rusia sino también en otros países. Todos sin excepción se quedaron pasmados. «Se les pusieron los ojos como platos», según un científico estadounidense que asistió a dichas reuniones informativas. Los biólogos descubrieron que se habían planeado uno o más atentados con armas biológicas en Manhattan, algo inconcebible hasta entonces. Para algunos de ellos lo peor fue darse cuenta de que destacados colegas habían inventado y estaban desarrollando armas que en ciertos aspectos eran mucho más potentes que la bomba de hidrógeno.

Matthew Meselson, de la Universidad de Harvard, seguía insistiendo en que la Convención sobre Armas Biológicas no había sido violada. Durante años, Meselson había dominado las discusiones sobre armas biológicas y sus opiniones fueron generalmente aceptadas. Había publicado artículos en prestigiosos diarios defendiendo la tesis de que las muertes por ántrax que se habían producido en Sverdlovsk en 1979 fueron causadas por una carne en mal estado, aportando datos científicos detallados de colegas rusos. Al parecer los propios creadores del tratado sobre armas biológicas se convirtieron en su guardián ya que estaba en juego el «éxito» del mismo, y ello los volvió ciegos a la realidad.

Los periodistas rusos comenzaron a investigar el accidente de Sverdlovsk y, en 1991, el jefe de la sucursal de Moscú del *Wall Street Journal*, Peter Gumbel, viajó a Sverdlovsk en tres ocasiones. Corriendo riesgos personales y mientras era perseguido y acosado por el KGB, localizó a la mitad de las víctimas civiles. Escuchó las historias desgarradoras de sus familias, habló con los médicos que habían tratado a los fallecidos, descubrió pruebas médicas y llegó a demostrar que la mayoría de las víctimas vivían o trabajaban cerca de un complejo militar. Meselson había escrito que el ántrax procedía de una «fábrica de procesamiento de carne de Aramil». Gumbel se desplazó hasta esa localidad y descubrió que allí no había ninguna fábrica de carne, sino tan sólo un pueblecito pintoresco. Más adelante informó al profesor de Harvard de que la presunta fábrica de carne no existía, y declaró en un tono bastante seco que «el profesor Meselson parecía desconcertado».

Meselson se vio sumido de pronto en una situación, como mínimo, bastante delicada. El *Wall Street Journal* dio a entender que los datos científicos que Meselson había publicado sobre Sverdlovsk no sólo eran erróneos, sino que podrían haber sido inventados por sus colegas rusos. Meselson había sido a un tiempo víctima y divulgador de información científica potencialmente engañosa e incluso fraudulenta. Obtuvo permiso para viajar a Sverdlovsk y, junto con su mujer Jeanne Guillemin y un equipo de colaboradores, demostró que el brote de la enfermedad había sido causado por un escape de ántrax de unas instalaciones militares. Acabó publicando sus descubrimientos en la revista *Science* en 1994, aunque en ningún momento atribuyó el mérito de sus averiguaciones a Peter Gumbel, que ni siquiera aparecía citado.

Meselson y sus colaboradores concluyeron que sólo se había escapado una pizca de ántrax que resultaría prácticamente invisible si se sostuviera entre los dedos. Algunos expertos, sin embargo, sostenían que era imposible que una cantidad tan insignificante hubiese causado la muerte a tantas personas al recorrer la ciudad. Resulta más lógico, y se trata de la versión generalmente aceptada, que la cantidad de ántrax fue superior a la estimada por Meselson, aunque nadie lo sabe con seguridad. El accidente tenía que ver con la producción de ántrax para uso bélico y el motivo fue que no se colocaron los filtros en las máquinas pulverizadoras, pero es muy probable que el mundo nunca llegue a saber qué sucedió realmente.

Lo importante es que Matthew Meselson había cambiado radicalmente de opinión. Existe una gran diferencia entre una pizca de un arma y una tonelada de carne en mal estado. Pero hubo otro cambio de postura que resultó aún más impresionante: el presidente ruso Boris Yeltsin confirmó al mundo que la Rusia moderna había heredado de la Unión Soviética un programa de armas biológicas. Esta información fue corroborada y ampliada por otros dos desertores del citado programa. Recientemente, altos oficiales del programa ruso hicieron pública una lista de los agentes calientes que las fuerzas militares de ese país utilizarían en caso de guerra. En orden de preferencia, serían: la viruela, la Peste Negra y el ántrax. Uno o más de ellos podrían estar manipulados genéticamente. ¿Tratado de armas biológicas? ¿Qué tratado?

Masaccio y Littleberry permanecieron en silencio unos instantes mientras Masaccio trataba de asimilar el contexto en el que se había producido el caso Cobra.

–El cáncer se ha extendido mediante metástasis –dijo Littleberry–. Ahora muchos países poseen armas biológicas. Siria tiene un extraordinario programa de armas biológicas. También se cree que ese país es promotor del terrorismo, aunque eso lo sabrás tú mejor que yo, Frank. Si Siria tiene un programa, no sería de extrañar que Israel se hubiese metido a fondo en la biología negra, y los científicos israelíes se cuentan entre los mejores del mundo. Irán también está metido hasta el cuello en armas biológicas. Son expertos en biología molecular y también están probando misiles de crucero. Imagínatelo, Frank. Piensa en diseminaciones lineales de un agente caliente manipulado genéticamente. China tiene unas enormes instalaciones de armas biológicas en el desierto de Sinkiang, pero es difícil saber lo que están haciendo porque nuestros satélites son incapaces de detectar labores de investigación sobre armas biológicas. No es posible ver el interior de los edificios y, aunque lo viéramos, no sabríamos qué están cultivando en los biorreactores. Lo que sí sabemos es que los chinos son muy buenos en el campo de la biología molecular. Pero eso no es todo. Hay muchísimos más países desarrollando armas biológicas y ninguno de ellos tiene un control absoluto. Ahí fuera hay idiotas muy listos y tarde o temprano se producirá un accidente biológico grave, algo que hará que lo de Sverdlovsk parezca un juego de niños. Y creo que será a nivel mundial, no sólo en una ciudad.

Littleberry añadió que a veces se preguntaba si ya se habría producido algún accidente grave.

—Es casi seguro que el síndrome de la guerra del Golfo está causado por armas químicas, pero todavía no hemos descartado del todo la posibilidad de que se deba a algún arma biológica. Es posible que en un primer momento los iraquíes hicieran una pulverización de algún agente experimental sin que nos diésemos cuenta, ya que no habríamos reconocido al avión en cuestión. Esto implica la posibilidad de que el síndrome de la guerra del Golfo sea contagioso y esté propagándose. Personalmente lo dudo, pero nunca se sabe. Y piensa en el virus del sida. Existen muchos indicios de que el sida es un virus natural que procede de las selvas tropicales de África Central, pero de hecho su origen es totalmente desconocido. No podemos descartar la posibilidad de que el sida sea un arma. ¿Será el sida algo que escapó de algún laboratorio de armas? No lo creo, pero no dejo de preguntármelo.

—¿Es ése el caso del Cobra? ¿Se escapó de algún lugar, Mark?

—Lo dudo. Yo creo más bien que alguien lo robó de algún laboratorio.

—¿Y qué me dices de Rusia? ¿Qué está ocurriendo allí ahora?

—Ése es un asunto muy delicado. Muy feo, en realidad.

—Ya te entiendo.

—En el Instituto de Biología Molecular de Koltsovo hay un edificio que no tiene nombre ni número. Nosotros lo llamábamos el Corpus Cero y exigimos que nos dejasen entrar.

Después de un montón de vacilaciones, los escoltas rusos permitieron a los inspectores realizar una breve visita al Corpus Cero. Desde aquel día, ningún otro inspector de Estados Unidos ni de cualquier otro país ha tenido acceso a ese edificio. Todo lo que se conoce de ese lugar se basa en una breve inspección de 1991.

El Corpus Cero está situado en una esquina del recinto de Koltsovo. Es un gran edificio de ladrillo en forma de cubo, y con las ventanas pequeñas.

–No sabíamos qué había dentro del Corpus Cero. Las imágenes del satélite no mostraban nada –dijo Littleberry.

En el momento de la inspección, todo el personal de Koltsovo fue enviado a casa, de manera que el Corpus Cero estaba desierto cuando entró el equipo de inspección con un grupo de escoltas. No había gran cosa que ver. El edificio parecía albergar únicamente oficinas y laboratorios de biología normales. En una de las mesas de un laboratorio, uno de los inspectores descubrió un trozo de papel clavado con una chincheta en el que estaba escrito en inglés: «El águila no puede atrapar una mosca». Parecía ser una forma de burlarse de los inspectores.

Mientras los inspectores registraban unas oficinas, Littleberry les dijo que se iba al servicio. Cuando salió del lavabo, vio que los demás se habían marchado por un pasillo y estaban a punto de doblar una esquina. Decidió aprovechar la oportunidad para seguir en la otra dirección y se ausentó del grupo sin permiso.

Conforme le contaba la historia a Masaccio, Littleberry tuvo la sensación de que viajaba en el tiempo. Conservaba unos recuerdos muy nítidos, que contrastaban con la neblina que envolvió los acontecimientos posteriores.

Littleberry se dio cuenta de que los pasillos del Corpus Cero eran circulares. Todos ellos giraban en torno al núcleo del edificio pero ninguno daba acceso al centro mismo, lo cual sugería que debía de haber algo oculto en él, posiblemente una zona caliente.

La cuestión era cómo llegar hasta allí. En la pared interna de uno de los pasillos, Littleberry encontró una puerta de acero sin indicación alguna y sin ningún símbolo de peligro biológico. La abrió y se encontró en un corredor que conducía hacia el centro del edificio. La luz era muy débil, de modo que encendió una linterna.

El pasillo estaba totalmente vacío. Littleberry siguió avanzando hasta alcanzar otra puerta que daba a un amplio espacio interior. Era el centro del Corpus Cero, y estaba completamente a oscuras. Lo alumbró con la linterna y descubrió que era como un hangar de varias plantas de alto. En el centro había un enorme cubo de acero del que salían sondas y tubos. Éstos eran sin duda dispositivos sensores, destinados a inspeccionar lo que sucedía en su interior.

Littleberry rodeó el cubo. Sus pisadas resonaban en el suelo de cemento. Encontró una sala de control llena de consolas de ordenadores y todo tipo de mandos e indicadores. El lugar estaba desierto, ya que el personal se había marchado a casa y las computadoras estaban apagadas.

Littleberry se volvió hacia el cubo y fue entonces cuando se fijó en la escalera que conducía hasta una puerta situada a media altura. Ésta tenía una manija en forma de rueda, como la puerta a presión de un submarino. Alumbró la puerta con la linterna y entonces vio el símbolo: una flor roja de peligro biológico.

La flor lo atrajo hacia sí como si fuese su propio destino. «A la mierda. Contendré la respiración», se dijo. Cuando llegó a lo alto de la escalera, giró la rueda y se abrieron unos cerrojos. Respiró hondo, abrió la puerta y alumbró el interior con la linterna.

Empezó a descender unos escalones que conducían a la cámara. Sabía perfectamente lo que era: una cámara de explosiones, para probar pequeñas armas biológicas en el aire. Se utiliza para simular un campo de batalla contaminado con un arma biológica.

De repente oyó como unos gimoteos.

–¿Hola? –dijo.

No hubo respuesta.

Al fondo de la cámara encontró un pasadizo horizontal. Lo examinó con la linterna y vio jaulas con animales. En una de ellas había una mona en cuclillas. Era una rhesus. La mona alargó el brazo hacia él y luego lo retiró.

–Lo siento, bonita, pero no tengo comida –dijo Littleberry.

Como todos los primates hembras, la mona tenía senos para amamantar a sus crías, pero los pezones rezumaban sangre. Su cuerpo estaba cubierto de unas ampollas de sangre negras que quedaban semiocultas bajo el pelo. Parecían granates a la luz de la linterna. Entonces Littleberry vio unos charcos de sangre en el suelo de la jaula. La mona perdía sangre por la vagina. Era una hembra humana simulada en una zona de guerra biológica simulada.

De pronto la mona lanzó un grito de alarma. Tenía los dientes cubiertos de sangre.

Littleberry no había contenido la respiración. Había estado en una cámara de pruebas explosivas destinada a probar preparados del virus Ebola deshidratado por congelación que la Unión Soviética estaba desarrollando para introducir en ojivas de misiles. En ella también se probaba el virus de la viruela para cabezas de combate.

Tres días después de haber entrado en la cámara del Corpus Cero, Littleberry se vio aquejado de fiebre y sufrió un ataque. Se lo llevaron de urgencias al hospital de biocontención de Koltsovo. Era un hospital con decenas de camas situadas detrás de puertas de acero de cierre neumático, donde los médicos y las enfermeras llevaban trajes de protección.

–Tenía el Ebola transmitido por aire –dijo Littleberry.

–¿Y cómo es que no estás muerto? –le preguntó Masaccio.

–Con un arma biológica, siempre habrá supervivientes. Puede que los tratamientos rusos funcionasen en mi caso. Todavía no lo sabemos.

Mark Littleberry permaneció ingresado en el hospital durante cuatro semanas. El personal médico estaba avergonzado y no dejaba de disculparse, e hicieron todo cuanto estaba en sus manos para cuidar de él.

–¿Y qué sentías teniendo eso? –inquirió Masaccio.

–Lo único que recuerdo es cómo maldecía a esos doctores en trajes espaciales cada vez que intentaban darme la vuelta en la cama.

–Hay algo que debo preguntarte, Mark. ¿Tenemos un programa secreto de armas biológicas?

Littleberry lo miró fijamente y respondió:

–Dios mío, tú deberías saberlo, Frank.

–Bueno, pues no lo sé. La CIA no siempre me lo cuenta todo.

–Hay dos respuestas a tu pregunta. La primera, que yo sepa no existen pruebas de que los militares de este país tengan un programa secreto de armas biológicas. La segunda respuesta es que podríamos tenerlo en cualquier momento. Nuestra industria de biotecnología es insuperable.

–Entonces ¿por qué no lo tenemos?

–La noticia se filtraría bastante rápido. Éste es el gobierno con más filtraciones del mundo, y la opinión pública lo detendría. Eso al menos es lo que quiero creer.

El personal del Instituto de Biología Molecular de Koltsovo ascendía a cuatro mil trabajadores en el momento de la primera inspección de armas biológicas, en 1991. Para 1997, después de las dificultades económicas que padeció Rusia, este número se había reducido a unos dos mil, lo que significa que dos mil científicos y empleados de Koltsovo ya no trabajan allí. Algunos de ellos han desaparecido y ni siquiera el gobierno ruso parece conocer su paradero. Algunos han abandonado Rusia y están trabajando en programas de armas biológicas de otros países, probablemente en Irán o Siria, posiblemente en Irak y tal vez en países asiáticos. Qué cepas se llevaron consigo y dónde se encuentran ahora es una cuestión que obsesiona a las agencias de espionaje.

Biopreparat está en bancarrota e intenta obtener fondos de donde sea para conservar los empleos de los científicos y empleados. El gobierno de Moscú no quiere que estos científicos abandonen Rusia ya que podrían llevarse consigo las cepas militares de virus junto con sus propios conocimientos a algún país enemigo. Hoy en día, en Rusia, es posible comprar crema facial hecha por Biopreparat, así como vodka de esta misma marca, conocido como el «sol siberiano». Los científicos de Biopreparat han confesado a los estadounidenses que está hecho en cisternas que habían contenido ántrax, y al parecer lo dicen en serio. Es muy probable que este vodka sea una bebida segura. Si en algo es experto Biopreparat es en esterilizar una zona caliente. La empresa es en la actualidad una sociedad anónima y sus acciones cotizan en la bolsa de Moscú.

El Ministerio de Defensa ruso siempre mantuvo el control del trabajo de desarrollo de armas biológicas del país, así como del almacenamiento y el despliegue de las armas. Financiaba el trabajo de investigación realizado por Biopreparat y utilizaba sus frutos en las cabezas de combate. Es muy difícil encontrar a un experto que considere que Rusia ha renunciado al desarrollo de armas biológicas ofensivas. Es probable que el alcance del programa sea más reducido, pero se cree que sigue adelante en emplazamientos secretos, incluso más recónditos que antes. La defensa sigue siendo una cuestión sumamente importante para Rusia. Conforme la biología molecular va resultando más económica y fácil de desarrollar, y conforme las instalaciones de producción de virus se van volviendo más pequeñas y portátiles, un programa de armas biológicas puede seguir adelante casi de manera inadvertida. La mosca se vuelve más pequeña, más rápida y más difícil de atrapar.

En recientes visitas a Moscú, científicos estadounidenses se han percatado de que en las ventanas del Corpus Cero las luces están encendidas a las tres de la tarde, cuando empieza a anochecer en Siberia en otoño e invierno. Las luces están apagadas en casi todo el resto de Koltsovo, pero permanecen encendidas en todos los pisos del edificio sin nombre. Los directores rusos del lugar han explicado a los visitantes que «allí sólo trabajan tres matrimonios que han sido vacunados de la viruela». Es evidente que en el Corpus Cero trabajan muchas más personas, y se desconoce lo que están haciendo en la cámara de pruebas de aerosol del Ebola-viruela del interior del Corpus Cero. Asimismo, se ignora quién financia el trabajo de investigación y qué tipo de investigación se está llevando a cabo en el Corpus Cero.

–Biopreparat acabó hecho añicos –dijo Littleberry–. Se cayó y se rompió en mil pedazos cuando se derrumbó la Unión Soviética. Los añicos partieron en todas direcciones. Hoy en día la parte visible es la que fabrica vodka y cremas faciales. Otro pedazo cayó en manos de los militares rusos, y es posible que haya más piezas invisibles flotando por ahí. Fragmentos peligrosos. Tal vez Biopreparat tenga un niño malo que ya no guarde ninguna relación con Rusia.

–¿Así que crees que un niño malo ha creado el virus Cobra? –preguntó Masaccio en tono incrédulo–. ¿Crees que han sido los rusos?

Littleberry sonrió.

–No exactamente. Este virus es tan bello y tan nuevo que tiene que ser nacional, Frank. Es indiscutible. Observarlo es como contemplar una nave espacial. Pero la viruela que hay en él... es de lo más rancio y me huele a Rusia. Will Hopkins insiste en que analicemos el Cobra para llegar hasta su creador. Yo creo que el Cobra tiene dos creadores. Uno es norteamericano y el otro ruso. Se han unido de alguna manera y hay dinero de por medio. Tiene que haberlo. Yo creo que hay una empresa implicada en esto. El Cobra proviene de un niño malo, y yo diría que ese niño malo es una empresa nacional que está actuando desde algún lugar cerca de la ciudad de Nueva York

SEXTA PARTE

La operación

El niño

JUEVES, 30 DE ABRIL

Alice Austen se encontraba con el coronel Ernesto Aguilar y dos enfermeras del ejército a bordo de un helicóptero militar que acababa de despegar del helipuerto de la calle Treinta y cuatro. Llevaban a un niño de cinco años llamado Hector Ramirez, que vivía en la Avenida B. El pequeño estaba consciente tendido en una camilla, inmovilizado con unas correas y tapado con mantas. Le habían puesto una mascarilla de oxígeno transparente y se le veían los labios ensangrentados y desgarrados. Había sufrido un ataque epiléptico de gran mal en la sala de urgencias del hospital Bellevue, aunque las convulsiones habían remitido. Mantenía la mirada fija en el techo del helicóptero y sus ojos castaños habían adquirido una tonalidad dorada en el iris.

Austen había insistido en acompañar al equipo de evacuación. Tal vez no debería haberlo hecho, pero se presentó al coronel Aguilar y le dijo que, en calidad de médico, debía permanecer con el niño en todo momento como representante del equipo Reachdeep. El coronel no se lo discutió.

El doctor Aguilar iba comprobando las constantes vitales del enfermo. El helicóptero, atestado de gente, sobrevoló el puente de Williamsburg. La hélice hacía tanto ruido que se comunicaban a través de auriculares.

–¡Cuidado! ¡Está sufriendo otro ataque! –dijo el doctor Aguilar.

Hector Ramirez comenzó a agitarse. A pesar de que estaba atado a la camilla, su cuerpecito parecía increíblemente fuerte. Se giró en diagonal bajo las correas, y empezó a sacudir la cabeza y a morderse los labios. La sangre le salpicó la máscara de oxígeno.

Una capitana enfermera del ejército, Dorothy Each, le quitó la mascarilla y le sujetó la cabeza. Llevaba unos guantes de goma. Era imposible controlarle las mandíbulas. El helicóptero dio una sacudida y el niñó se agitó violentamente, sin dejar de morder. Finalmente el helicóptero comenzó a descender hacia Governors Island.

Austen, que también tenía las manos enguantadas, lo agarró por las muñecas, unas muñecas diminutas de niño de cinco años, y le sorprendió la fuerza del pequeño.

Las dos mujeres se inclinaron sobre él y Austen le sujetó la cabeza.

–Tranquilo, cariño, tranquilo –le dijo.

Notó que el cuello del niño se ponía rígido y se retorcía. Era la contorsión basal. Era la primera vez que Austen presenciaba este fenómeno en un paciente.

La capitana Each le agarró entonces la mandíbula con las dos manos para impedirle que se mordiera, al parecer con éxito. Pero de repente el niño arqueó la espalda y le dio un fuerte mordisco a la enfermera en la mano izquierda. Los dientes rasgaron el guante de goma.

–¡Ah! –exclamó la enfermera.

Se retiró unos instantes y luego volvió a sujetarle la cabeza y la mandíbula. Austen vio que le sangraba la mano, manchando el cabello del niño. No obstante, optó por permanecer callada.

Nadie hizo el menor comentario, aunque todos sabían que la capitana Dorothy Each sería ingresada en cuarentena en la unidad médica del Ejército.

La madre del niño, Ana Ramirez, su tía, Carla Salazar, y su hermana de diez años, Ana Julia, fueron ingresadas como pacientes en la Unidad Médica, ya que todas habían estado en contacto con el enfermo. Ocupaban habitaciones separadas y el personal médico del ejército las atendía las veinticuatro horas del día. No se podía hacer gran cosa por ellas salvo una terapia de control y apoyo. La madre del niño empezó a mostrar síntomas de resfriado: secreciones mucosas transparentes de la nasofaringe. El doctor Aguilar ordenó que se administrase a los pacientes un gota a gota intravenoso de un medicamento experimental del ejército, el cidofovir. En teoría era efectivo contra la viruela, pero no sabían cómo actuaría en el caso del Cobra. También recetó una dosis de feritoira para controlar los ataques del niño, pero decidió no suministrarle medicamentos antiepilépticos más potentes por temor a que entrase en un coma irreversible. De momento el pequeño era el único miembro de la familia que había sufrido ataques epilépticos. Su madre se mantenía alerta, aunque profundamente aterrorizada y casi histérica por el estado de su hijo.

Los médicos habían creado una unidad de cuidados intensivos de biocontención, un conjunto de habitaciones a las que se accedía a través de un vestíbulo en el ala norte del hospital. Hector Ramirez se encontraba allí, junto con Suzanne Tanaka.

Tanaka yacía inmovilizada en una cama, con un gota a gota de cidofovir, ribavirina y Valium. Perdía el conocimiento de vez en cuando, pero aún no había padecido ningún ataque.

El niño estaba atado a una cama con varias máquinas a su alrededor. Una de ellas era un sensor de presión para controlar en todo momento la presión craneal del paciente. Le habían practicado un pequeño orificio en el cráneo e introducido en él un sensor de plástico. La máquina era capaz de detectar la menor hinchazón del cerebro. Si ésta llegaba a producirse, los médicos podrían recurrir a la cirujía para extraer un fragmento del cráneo a fin de crear espacio para la hinchazón.

–El índice de mortalidad es atroz, pero podría ser nuestra única oportunidad –explicó Aguilar a la doctora Austen.

De repente Hector emitió un chillido agudo. Austen se acercó a él y vio que su cuerpo, pequeño para su edad, temblaba como si lo agitase el viento. Las enfermeras le habían atado con unas suaves gasas las muñecas, los tobillos y el pecho. Habían hecho todo lo posible para inmovilizarle la cabeza, pero su boca era incontrolable. Se había arrancado parte de la lengua y se la había tragado. Tenía los ojos entrecerrados y un tic en las pupilas.

–¡Mamá! –gritó–. ¡Mamá!

Austen se inclinó sobre la cama y le dijo:

–Somos médicos y estamos aquí para ayudarte, Hector.

–¿Dónde está mamá? –preguntó en español.

Austen le tocó la frente. A través del guante, notaba que los músculos faciales se endurecían y se crispaban.

No podían hacerle una tomografía porque su estado era demasiado inestable y podría sufrir un ataque epiléptico de manera inesperada. Por momentos los médicos y las enfermeras trabajaban frenética y desesperadamente, pero en ocasiones parecían sumidos en un auténtico cenagal.

Will Hopkins entró en la unidad de cuidados intensivos ataviado con un traje protector. Las sondas acababan de llegar de la Armada y las había programado en un biosensor Boink.

–Tengo un aparato portátil que creo que detectará el Cobra –dijo.

Hopkins mezcló con agua salada unas cuantas gotas de la sangre del niño y luego introdujo una gota del preparado en el orificio del aparato.

El dispositivo emitió un pitido.

–Cobra –dijo Hopkins mirando la pantalla.

Suzanne Tanaka, por su parte, agonizaba en una cama situada en la otra punta de la unidad. Hopkins le realizó un análisis sanguíneo, aunque el resultado era evidente. Permaneció un rato junto a ella y le dijo:

–Lo siento mucho.

Tanaka no estaba en condiciones de responder, ni siquiera era seguro que hubiese oído sus palabras.

Al salir de la unidad de cuidados intensivos, Hopkins se encontró con Alice Austen y ambos comentaron lo que le había sucedido a Suzanne Tanaka. Hopkins dijo que mientras ella dormía en el coche de camino a Quantico, Suzanne le había suplicado que la incluyese en la misión.

–Fui yo quien tomó la decisión –dijo.

–No mire atrás, Will.

–No puedo evitarlo.

–Yo tampoco. Tendría que haber ingresado a Peter Talides en el hospital.

En la propagación de un agente infeccioso, el azar es un factor importante en la supervivencia de la víctima. Hopkins se fue a analizar la sangre de Aimee Dana, la mujer de John Dana, el hombre que se había infectado con la sangre de Peter Talides en el metro.

No apareció ningún resultado en la pantalla, lo cual sugería que estaba fuera de peligro. A continuación Hopkins se fue a ver a la capitana Dorothy Each.

La enfermera había sido conducida a una habitación de biocontención. Estaba sentada en una silla leyendo un libro, con la mano vendada. Parecía tranquila, pero estaba muy pálida.

Hopkins le analizó la sangre. De momento no había indicios de Cobra.

–Parece que está bien, aunque aún es un poco pronto –le dijo.

–Gracias de todos modos –repuso ella.

En la habitación de Hector Ramirez, Austen seguía observando al pequeño. Le daba la sensación de que estaba a punto de comprender un aspecto importante. La pauta parecía emerger, y luego se le escapaba de nuevo.

–Creo que todavía no hemos dado con un diagnóstico –le dijo al doctor Aguilar.

–Hemos averiguado bastantes cosas.

–Sí, pero aún no entendemos el proceso de la enfermedad. Nos falta el diagnóstico.

–Sí, puede que tenga razón. ¿Usted qué opina?

–Está ahí, pero no alcanzo a tocarlo.

En esto entró un médico con los resultados de unas pruebas de Hector. El recuento de células blancas del fluido espinal era demasiado alto.

–El ácido úrico también es muy alto –observó el médico.

–¿Cuál es el recuento? –preguntó Austen.

–Catorce coma seis. Altísimo.

–Se debe probablemente a los ataques –dijo el doctor Aguilar. A las personas que padecen un colapso muscular les sube el ácido úrico en la orina y en la sangre.

De pronto Austen pensó en la autopsia de Kate Moran y en las rayas de color amarillo dorado de los riñones, debidas al ácido úrico. Su mente se puso en acción. Era como si hubiera visto desplegar las alas a un pájaro que llevara una marca de ornitólogo en ellas.

–¿Podrían aflojarle las correas? –dijo Austen–. Quiero ver cómo mueve las piernas.

Las enfermeras se mostraron vacilantes, pero Austen insistió y al final accedieron. Se arrodilló en el suelo y agarró con fuerza el brazo del niño.

Hector la observaba con los ojos amarillos. Parecía haber perdido la personalidad, era como si su ser hubiese muerto, al menos en parte.

Austen le soltó el brazo ligeramente y el niño se lo llevó a la boca y se mordió. Luego soltó un gemido y empezó a gritar:

–¡No! ¡Basta ya! ¡Ah! –se quejó el niño en español.

–Oh, Dios mío –exclamó una de las enfermeras.

Con las correas aflojadas, el niño adoptó una postura muy peculiar. Tenía un brazo doblado hacia la boca y la pierna opuesta también doblada. La otra seguía estirada. Era como un jugador de esgrima asestando un golpe, una cruz en diagonal del cuerpo humano.

Aquella postura indicaba una lesión en, el mesencéfalo.

El niño se retorció, arqueó la espalda y empezó a dar bruscos tijeretazos con las piernas.

De repente el diagnóstico le saltó a la vista.

–Se comen a sí mismos. Son niños –dijo Austen aterrorizada–. Se arrancan los ojos. Lash. Lesch. ¿Cómo se llama, doctor Aguilar?

–Oh, Dios mío –murmuró Aguilar. De repente también lo comprendió con claridad.

–El ácido úrico –dijo Austen.

–Sí, tiene razón. Parece que este niño tiene el síndrome de Lesch-Nyhan.

–Había olvidado cómo se llamaba.

Lesch-Nyhan

El síndrome de Lesch-Nyhan es una enfermedad sumamente rara, causada por una mutación genética. Se produce un caso por cada millón de nacimiento y sólo afecta a los varones. Alice Austen no hizo el diagnóstico sola, sino con un equipo de médicos.

Frank Masaccio voló a Governors Island de inmediato acompañado de otros responsables de su destacamento especial conjunto. Llegaron justo en el momento en que Austen y los demás médicos exponían el diagnóstico al equipo de Reachdeep.

Austen tenía la palabra.

–El síndrome de Lesch-Nyhan es posiblemente la enfermedad genética más terrible que se conoce.

El síndrome está causado por una mutación del cromosoma X, el que se hereda de la madre. A los niños aquejados por esta enfermedad les falta una enzima llamada HPRT que descompone un producto metabólico residual. La carencia de HPRT provoca un enorme exceso de ácido úrico en la sangre.

El síndrome de Lesch-Nyhan fue identificado por primera vez en 1964 por Michael Lesch y William L. Nyhan. Michael Lesch cursaba entonces su segundo año de medicina en la Universidad John Hopkins de Baltimore, y Bill Nyhan era el tutor de su labor de investigación.

Un bebé afectado por el síndrome de Lesch-Nyhan parece normal hasta que los padres empiezan a notar lo que suelen describir como una «arena naranja» en los pañales. Se trata de cristales de ácido úrico procedentes de los riñones. Los verdaderos problemas comienzan antes de que el bebé cumpla un año. El niño sufre espasmos y no desarrolla una coordinación normal. Es incapaz de aprender a andar ni gatea, sus extremidades se vuelven rígidas y tiende a adoptar la postura de «esgrima» característica del síndrome, con un brazo y la pierna opuesta doblados, lo cual indica una lesión de las fibras nerviosas del mesencéfalo. En cuanto le salen los dientes, empieza a morderse en un acto incontrolable. Se desgarra los labios y se come los dedos, concentrándose en determinadas partes del cuerpo, nadie sabe por qué.

Los padres son incapaces de controlar a su hijo y a menudo los médicos no consiguen emitir un diagnóstico. Es posible que el niño no sea retrasado mental y que tenga una inteligencia normal, aunque es difícil de determinar en una etapa en la que es incapaz de hablar. Los afectados mantienen los ojos brillantes y alertas, y parecen asimilar el mundo con discernimiento e inteligencia. Pueden llegar incluso a arrancarse las uñas con los dientes. Empiezan autolesionándose y, a medida que se hacen mayores y más fuertes, atacan a sus seres queridos, asestándoles golpes y puntapiés, mordiéndoles y profiriendo obscenidades. Con todo, es evidente que son capaces de querer a sus semejantes, y desarrollan unos fuertes lazos afectivos con las personas que los cuidan, incluso mientras las están atacando.

Estos pacientes se producen un dolor intensísimo y lamentan causar daño a otras personas, aunque no pueden evitarlo. Chillan de agonía mientras se están mordiendo, son conscientes de lo que están haciendo pero son incapaces de controlarse. Sienten el dolor pero siguen descarnándose, y cuanto más agudo es el dolor más se muerden. Aunque temen hacerse daño, el miedo hace que se vuelvan todavía más violentos. Así se va alimentando, literalmente, el ciclo de comportamiento del síndrome. Cuando el afectado presiente que se va a mutilar alguna parte del cuerpo, suplica que le aten las manos y lo inmovilicen. La aparición repentina de una persona desconocida en la habitación puede desencadenar una crisis. Suelen vomitarse encima y pueden llegar a enuclearse, a arrancarse los ojos, aunque se trata de un fenómeno bastante raro. No hay muchos adultos aquejados por la enfermedad. Algunos afectados llegan a alcanzar la juventud, aunque tarde o temprano mueren por insuficiencia renal o bien por alguna herida que se hayan infligido.

El código genético humano está compuesto de unos tres mil millones de bases de ADN. Una única mutación en algún punto del genoma humano es la causante de la enfermedad de Lesch-Nyhan. Los científicos conocen el modo en que esta mutación del ADN transforma toda la estructura resultante de la enzima. Es muy sencillo. Lo que sigue siendo un misterio es por qué un cambio en una enzima provoca una transformación radical en el comportamiento. ¿Qué tipo de lesión cerebral es capaz de hacer que un organismo intente comerse a sí mismo? Nadie lo sabe.

Austen explicó al grupo que el virus Cobra parecía desencadenar una especie de síndrome de Lesch-Nyhan en los seres humanos, tanto en hombres como en mujeres, y que se había convertido en una enfermedad infecciosa. Probablemente el Cobra era capaz de bloquear el gen necesario para la enzima HPRT, lo cual conducía de alguna forma al autocanibalismo. La enfermedad de Lesch-Nyhan natural era un trastorno progresivo que se desarrollaba lentamente a medida que el niño crecía.

–Nadie sabe qué tipo exacto de lesión cerebral conduce a la autoagresión. Al parecer el Cobra provoca la misma clase de lesión cerebral, pero de manera explosiva. El virus parece replicarse a gran escala, como lo hace el virus VPN de las polillas, y ese último estallido casi deshace por completo el cerebro humano, desencadenando el salvaje cambio de comportamiento en las horas previas a la muerte.

Frank Masaccio había estado escuchando atentamente, con las manos en los bolsillos, mientras contemplaba la hoja de fax colgada en la pared con el rostro de un turista estadounidense que podría o no ser el sujeto desconocido, y buscaba el modo de utilizar toda esa información para seguir adelante con las pesquisas. De repente vio un nuevo movimiento en su partida de ajedrez.

–Ya sé qué podemos hacer –dijo a los congregados–. Tenemos que inspeccionar a todas las empresas biotecnológicas que estén investigando esta enfermedad y obtener listas de todos sus empleados. Así podremos comprobar si alguno de los nombres coincide con el de algún turista de entre los miles que obtuvieron visados para viajar a Kenia. Si lo conseguimos, habremos dado con Arquímedes.

Hector Ramirez falleció el jueves por la tarde. En ese momento Hopkins y Austen estaban trabajando en el Núcleo de Reachdeep, confirmando que la enfermedad causada por el virus Cobra era un tipo de síndrome de Lesch-Nyhan.

Mientras tanto, la investigación había pasado al terreno financiero. La oficina del destacamento especial conjunto de Nueva York examinó los archivos más recientes de la Comisión de Valores y Bolsa compañías de la industria biotecnológica, pero no encontraron nada de utilidad. Asimismo, los agentes telefonearon a la sede de la Administración de Alimentos y Medicinas de Maryland y solicitaron información sobre cualquier labor de investigación acerca de nuevos fármacos para tratar la enfermedad de Lesch-Nyhan.

En Estados Unidos las compañías biotecnológicas se han instalado en tres grandes zonas geográficas. Una es la bahía de San Francisco, en California, donde la biología se suma a la industria informática de alta tecnología de Silicon Valley. La segunda zona se encuentra en Massachusetts, en los alrededores de Boston. La tercera, la más extensa, conforma toda una región que se extiende hacia el sur desde el centro de Nueva Jersey, a través de Pennsylvania, hasta Maryland, en los alrededores de Washington D.C. Se conoce como el cinturón biotecnológico del Atlántico Medio, y es allí donde se encuentran algunas de las compañías pioneras en ingeniería genética e investigación biomédica. En las tres zonas geográficas, estas empresas están fomentando el crecimiento económico, creando puestos de trabajo, enriqueciendo a la gente y desarrollando medicamentos que ayudan a las personas a vivir más años y a llevar una vida más productiva. En su conjunto, se encuentran a años luz del resto del mundo en biotecnología.

En cuestión de horas, los agentes habían averiguado que sólo había dos compañías en Estados Unidos que investigasen el síndrome de Lesch-Nyhan. Una era una empresa pública de Santa Clara, California, situada en las afueras de San Francisco, y la otra una compañía privada de Greenfield, Nueva Jersey, a una hora en coche al suroeste de la ciudad de Nueva York. Se llamaba Bio-Vek, Inc. y, al ser una empresa privada, sus informes financieros no figuraban en los archivos de la Comisión de Valores y Bolsa. Pero recientemente había sometido un informe a la Administración de Alimentos y Medicinas solicitando permiso para seguir adelante con la primera fase de unas pruebas clínicas para el tratamiento de la enfermedad de Lesch-Nyhan en niños, cierto protocolo de terapia génica que consistiría en introducir genes sanos en el tejido cerebral de los enfermos. Los investigadores del Cobra de Nueva York recibieron la ayuda de la oficina del FBI en Trenton, Nueva Jersey, la cual examinó los documentos financieros de la compañía y el registro de sociedades del estado de Nueva Jersey, así como los archivos de sus empleados. Bio-Vek era una empresa muy pequeña que tan sólo contaba con quince trabajadores a tiempo completo. Su presidente era el doctor en medicina Orris Heyert.

–Creo que ya la tenemos –dijo Masaccio–. Ahí es donde debemos investigar.

Debatió con Hopkins y con los demás investigadores la mejor forma de proceder. Una opción consistía en irrumpir en Bio-Vek con un nutrido equipo de analistas de delitos económicos, congelar las operaciones de la compañía e intervenirla como prueba federal. La intervención es una medida extrema y para realizarla los agentes del FBI deben demostrar que se ha cometido un delito y obtener una orden de registro de un magistrado federal que los autorice a entrar en la empresa y a apoderarse de las pruebas judiciales, lo cual era imposible en este caso. No existía ninguna causa probable para pensar que se había cometido un delito, esto es, ninguna prueba evidente que permitiese relacionar a Bio-Vek con el autor del crimen ni con ningún tipo de delito. Ningún magistrado del gobierno autorizaría una redada en Bio-Vek.

La manera correcta de proceder, es decir el modo en que el FBI actuaría en circunstancias normales, sería tomarse su tiempo para obtener las pruebas necesarias, tal vez mediante un agente infiltrado. Realizarían entrevistas con los empleados y se pondrían en contacto con los bancos de la compañía a fin de obtener datos financieros, todo ello con la máxima discreción. Asimismo, comprobarían las transacciones de la empresa con los proveedores y los clientes e intentarían hacerse una idea de los movimientos de capital.

Masaccio consideraba que el dinero era el suministro de sangre de un delito. Al ver lo rápido que habían dado con el nombre de la compañía después de que la doctora Austen identificase el tipo de enfermedad que causaba el virus, Masaccio comprendió, supo en el fondo de su corazón, tras toda una vida de experiencia como investigador, que el dinero estaba relacionado de alguna manera con las muertes que se habían producido en Nueva York. El todopoderoso dólar estaba ahí, en algún lugar, pero ¿dónde?

Como todos deseaban que se detuviera al responsable del brote en cuestión de días, antes de que muriesen más personas, Frank Masaccio estaba sometido a una gran presión y debía resolver el caso con urgencia. No disponía de tiempo para montar una cuidada investigación de Bio-Vek y averiguar el perfil de la empresa. Y sin embargo no disponía de prueba alguna para justificar una redada. Había muchas posibilidades de que la empresa en sí fuese inocente, de que no tuviese nada que ver con el caso. El asesino podría ser un empleado o un ex empleado, y la compañía podría incluso ofrecerse a cooperar con el FBI. Masaccio decidió pues solicitar su colaboración, con mucho tiento. Para ello utilizaría a algunos miembros de Reachdeep, ya que ellos sabrían exactamente qué tipo de preguntas hacer.

Bio-Vek, Inc.

GREENFIELD, NUEVA JERSEY, VIERNES, 1 DE MAYO

Will Hopkins, Alice Austen y Mark Littleberry tomaron un helicóptero turbo Bell que atravesó la bahía de Raritan y aterrizó en una pista de hierba situada no muy lejos de Greenfield, a unos cuantos kilómetros al este de Bio-Vek. Allí los recibieron tres agentes de la oficina de Trenton en dos coches del FBI sin distintivo alguno. El equipo de Reachdeep se subió a uno de ellos, conducido por una mujer, mientras que los otros dos agentes permanecieron en el otro. Se dirigieron discretamente a una zona apartada de la pista de aterrizaje, y allí uno de los agentes entregó a Hopkins una minigrabadora que le sujetaron a la espalda, debajo de la americana. Hopkins llevaba un traje de color gris oscuro con una camisa azul y una corbata clarita de seda. Unas gafas de sol completaban la indumentaria típica de un agente federal. Austen pensó que el atuendo le favorecía. Lo único que menoscababa su imagen era un bultito en la americana. Hopkins llevaba una pistola semiautomática de nueve milímetros SIG-Sauer, aunque no era eso lo que causaba el bulto, sino el bolsillo forrado de plástico.

Pasaron por unas calles suburbiales y llegaron a una zona de negocios con unos edificios bajos contruidos durante el auge empresarial de los años ochenta. Aunque no eran muy antiguos, tampoco parecían especialmente nuevos, y albergaban distintos tipos de empresas. En uno de ellos había una imprenta junto a una empresa de ingeniería civil.

El equipo de investigación pasó discretamente por delante del edificio de Bio-Vek, que tenía unas ventanas con los cristales cobrizos. Littleberry señaló unas altas tuberías plateadas que sobresalían del tejado.

–Son respiraderos –señaló–. Yo diría que ahí dentro hay un laboratorio de biocontención del nivel 2 o 3.

–Eso no es nada inusual –observó Hopkins.

Los dos coches del FBI estacionaron en un descampado junto a un contenedor de basura situado cerca de la imprenta, donde no los viera nadie. Mark Littleberry llevaba una pequeña maleta Halliburton que contenía un biosensor portátil Boink, así como material para tomar muestras.

Hopkins, Austen y Littleberry echaron a andar tranquilamente por la calle. El día era espléndido, con unas nubecillas blancas que se desplazaban por un cielo azul de ensueño. Olía como en Colorado a tres mil metros de altura. Los cerezos en flor resplandecían, agitados por la brisa. Toda la vegetación de los alrededores parecía rebosante de vida. Un planeador hacía piruetas en las alturas, dejándose llevar por las cálidas corrientes bajo las nubes. Sin duda el piloto se lo estaba pasando en grande. Unos halcones de cola roja surcaban el cielo y unos zopilotes volaban lentamente en círculos, disfrutando de la brisa.

Los investigadores de Reachdeep se detuvieron ante la puerta marrón de Bio-Vek. Junto a ella había una caja galvanizada para las muestras clínicas.

Hopkins, que fue el primero en entrar, dio los nombres verdaderos de los miembros del equipo a la recepcionista. Le dijo que eran del FBI y que deseaban ver al doctor Orris Heyert, presidente de Bio-Vek.

–¿Tienen una cita con él? –dijo la mujer–. Aquí no aparecen sus nombres.

–No, pero es importante –replicó Hopkins.

La recepcionista avisó al doctor Heyert por teléfono y, al cabo de un momento, éste apareció por una puerta del vestíbulo visiblemente perplejo. Era un hombre atractivo de cuarenta y tantos años con el pelo oscuro y bien peinado, y unos rasgos muy expresivos. Vestía una camisa blanca arremangada con varios bolígrafos en el bolsillo. Tenía toda la pinta de estar recién embarcado en una aventura empresarial.

El despacho del doctor Heyert era una habitación pequeña atestada de objetos, con fotografías de su mujer y sus hijos en los estantes.

–Ya sé que nos hemos presentado sin avisar –se excusó Hopkins–, pero necesitamos su ayuda. Yo trabajo para el FBI y mis colegas para el Centro de Control de Enfermedades y para la Armada de Estados Unidos.

–Antes de continuar, ¿podrían enseñarme algún tipo de identificación? –dijo el doctor Heyert.

Hopkins le mostró sus credenciales y Austen su carnet de los CCE.

–¿Les apetece un café?

Todos asintieron. Heyert llamó a su secretaria y le pidió que les llevara café. Mantenía una actitud muy informal que hacía que Hopkins pareciese algo tenso y nervioso a su lado.

–Necesitamos su colaboración para investigar un caso –dijo Hopkins.

–Espero que mi empresa no sea el objeto de la investigación.

–No. Estamos buscando a un sospechoso desconocido que ha estado cometiendo actos terroristas con un agente biológico infeccioso, y tenemos razones para pensar que conoce a fondo la enfermedad de Lesch-Nyhan. Necesitamos su experiencia y asesoramiento.

–Todo esto es muy extraño.

–¿Por qué?

Hopkins miró tranquilamente a Heyert. Transcurrieron unos instantes en silencio. Era evidente que Heyert esperaba que Hopkins dijese algo más, pero Hopkins permaneció callado, mirándolo fijamente.

Por fin Heyert respondió:

–Bueno, no sé, me parece extraño.

–¿Ha despedido a algún empleado últimamente? ¿Se ha marchado alguien de su empresa? Hemos pensado que tal vez un ex empleado suyo sea la persona que estamos buscando.

–Hace tiempo que no se ha marchado nadie de la empresa. Nuestros empleados son muy leales.

Hopkins examinó a Heyert detenidamente, observando su cuerpo y sus ojos al tiempo que escuchaba sus palabras, que de todos modos quedarían grabadas en una cinta.

–¿Podría describir el trabajo de investigación que están llevando a cabo en su compañía?

–La mayor parte son productos patentados –repuso Heyert en tono suave.

–¿Hay algún ámbito del que nos pueda hablar?

–Estamos intentando encontrar una cura para el síndrome de Lesch-Nyhan utilizando una terapia génica. ¿Saben en qué consiste?

–No del todo. ¿Nos lo podría explicar?

–La terapia génica consiste en reemplazar un gen dañado del tejido humano por otro sano. Esto supone introducir los nuevos genes directamente en las células. Para eso utilizamos virus llamados vectores. Si infectas un tejido con un vector, el virus añade genes o bien los altera.

–¿Qué tipo de virus están utilizando?

–Un virus artificial.

–¿Y está basado en un virus natural?

–No, en varios.

–¿Cuáles?

–Principalmente, en el virus de la poliedrosis nuclear.

–Ah –dijo Hopkins–. Pero ¿ese virus no se desarrolla en insectos?

–Normalmente sí.

–¿Podría decirme una cosa, doctor Heyert, qué cepa es la que están usando?

–La *Autographa californica*. Ha sido modificada para penetrar en las células cerebrales humanas.

–Tengo una curiosidad, doctor Heyert. ¿Podría crearse este virus de manera que no sólo entrase en el cerebro sino que se replicase allí? ¿Podría entonces contagiarse de persona a persona?

Heyert se rió de un modo que parecía algo forzado.

–¡Por el amor de Dios! ¡No!

–Hay indicios que sugieren que el sospechoso tiene pensado utilizarlo de esa forma y estamos intentando evaluar el grado de amenaza que supone para la población.

–¿Entonces aún no ha ocurrido nada?

–Ha ocurrido lo que se percibe como una amenaza.

–¿Para hacer qué?

–Para que la gente se contagie de este virus.

–¿Y quién es el que está planeando algo así?

–Como he dicho antes, doctor Heyert, eso es lo que estamos intentando averiguar.

–No creo que suponga una amenaza –aseveró Heyert–. Es imposible utilizar el virus de ese modo.

–¿Podría un virus artificial propagar cambios genéticos en la población humana? –preguntó Hopkins.

Hubo una larga pausa.

–Ésa es una idea descabellada. Ese tipo de afirmaciones me resultan francamente ofensivas. Soy médico, y lo que estamos haciendo aquí está tan lejos de lo que me está insinuando que resulta casi humillante. Estamos intentando aliviar el sufrimiento más atroz. ¿Ha visto alguna vez a un niño afectado por el síndrome de Lesch-Nyhan?

Bio-Vek era una empresa pequeña que ocupaba una sola planta. Orris Heyert los condujo a la parte trasera del edificio, donde había una serie de salitas repletas de mesas y material de laboratorio. Estaban llenas de jóvenes trabajando, en su mayoría ataviados con ropa informal.

–¿Quién les financia? –preguntó Littleberry con su habitual indiscreción.

–Inversores privados.

–¿Le importaría decirnos quién? –dijo Hopkins.

–Bueno, yo para empezar. Me fueron muy bien las cosas en mi último negocio.

–¿Quiénes son los accionistas que controlan la empresa? –preguntó Hopkins mientras observaba el lenguaje corporal de Heyert.

–Yo soy uno de los socios. Naturalmente, existe un número limitado de accionistas.

–¿Cuánto ha invertido? –inquirió Hopkins.

–Parece que usted también ha trabajado en biotecnología, doctor Hopkins.

–No exactamente.

Heyert le dirigió una mirada no demasiado agradable.

–No salió bien, ¿eh? Así que se fue a trabajar para el gobierno.

Entraron en un laboratorio cuyas mesas estaban repletas de material de investigación, frascos, agitadores, incubadoras y pequeñas centrifugadoras. Había vitrinas de seguridad biológica contra las paredes. Mientras cruzaban el laboratorio, Littleberry susurró a Hopkins:

–Esos respiraderos que hemos visto en el tejado provienen de algún lugar cerca de aquí. Tiene que haber una unidad de nivel 3 que aún no hemos visto.

Entraron en una pequeña sala de espera con unas cuantas sillas tapizadas y una puerta donde decía CLÍNICA.

–En la sala de observación tenemos a un paciente con su madre –dijo Heyert–. Se llama Bobby Wiggner.

Bobby

El doctor Heyert preguntó a la señora Wiggner si le importaría que le presentara a su hijo a dos visitantes.

–¿Quiere que lo aten?

La madre miró a su hijo e hizo un gesto de negación con la cabeza.

Heyert hizo pasar a Austen y a Hopkins. Littleberry prefirió esperar fuera.

Bobby Wiggner era un joven de aspecto infantil. Tenía una barba incipiente y se hallaba sentado en una silla de ruedas con la espalda muy encorvada y el cuerpo rígido. Estaba sujeto a la silla mediante una correa de cuero que le habían colocado alrededor del pecho.

Austen lo examinó con la atención de un médico que intenta averiguar qué le ocurre a su paciente.

La madre estaba sentada en una silla frente a él, a una distancia prudente de sus brazos. Le estaba leyendo *David Copperfield.*

Bobby era un muchacho delgado y huesudo. Llevaba una camiseta y pañales. Tenía las piernas cruzadas y rígidas, y le sobresalían las rótulas.

Iba descalzo y mantenía los pies entrelazados, con el dedo gordo tieso en un ángulo muy peculiar.

Carecía de labios y su boca era un agujero formado por un tejido húmedo y protuberante que se extendía por la parte inferior del rostro: eran las cicatrices de los mordiscos. Le faltaban los dientes superiores, que con toda probabilidad le habían extraído para impedir que se mordiese, pero conservaba los inferiores. Tenía la mandíbula muy flexible y no dejaba de moverla. Con los años, se había ido desgarrando el labio superior y parte de la nariz con los pocos dientes que le quedaban. También se había comido el paladar óseo, a base de mordisquearlo. De este modo, utilizando sus dientes inferiores a modo de instrumento cortante, se había abierto un agujero en el rostro que se extendía desde el paladar hasta la nariz.

Se había comido el tabique nasal, es decir el cartílago y la carne que separan los dos orificios de la nariz, de manera que respiraba por la boca, emitiendo una especie de silbido. También le faltaban varios dedos, entre ellos el pulgar derecho.

El joven escrutó a Austen y a Hopkins con los ojos brillantes, hundidos bajo unos pesados párpados. Tenía el pelo enmarañado y cortado a clapas, y de su silla de ruedas colgaban varias correas Rubatex. Tenía las manos libres.

La señora Wiggins interrumpió la lectura del libro y les dijo:

–Mi hijo los ve con más claridad que ustedes a él.

Austen y Hopkins se presentaron.

–¿Jé jieren? –preguntó Bobby. Las palabras silbaron por su boca. Le costaba articular porque le faltaban los labios, los dientes superiores y el paladar.

–Sólo hemos venido a verte y a saludarte –dijo Austen.

–Ají esoy.

–¿Cómo te encuentras hoy? –le preguntó Hopkins.

–Asanse ien.

De repente se le contorsionó el cuerpo, se le arqueó aún más la espalda y empezó a retorcer las piernas. Sus brazos salieron disparados hacia Austen. Ella apartó la cabeza justo a tiempo, esquivando la garra mutilada.

Bobby soltó un gemido y dijo:

–O sienso. O sienso.

–No pasa nada.

–Ese al insierno.

–Por favor, Bobby –lo reprendió su madre.

Entonces Bobby arremetió contra ella, maldiciéndola con virulencia. Su madre no reaccionó.

–O sienso. O sienso –le dijo Bobby.

–Necesita que lo aten –dijo la madre.

Rápidamente, con hábiles movimientos, ella y el doctor Heyert lo inmovilizaron con las correas Rubatex. Le ataron las muñecas a la silla y le apretaron una banda ancha contra la frente para impedir que sacudiese la cabeza.

–Eso esá mehor –dijo Bobby–. E se jodan. O sienso.

–Es una mente verticalmente dividida –explicó el doctor Heyert–. Ha sufrido un trastorno en el tallo encefálico y ataca a los seres que ama. La corteza superior, la parte consciente y racional de la mente, odia este comportamiento pero no puede controlarlo. En estas luchas entre el cerebro superior y el tallo encefálico, gana este último porque es primitivo y más potente.

–Cero liro. ¡Ahora!

–¿Estás seguro, Bobby? –La señora Wiggner intentó seguir leyendo.

–Iero ever algo. Or aor.

–¿Quieres leche?

–No. No. –Probablemente quería decir que sí.

La madre le dio de beber de una taza de plástico provista de un pitorro. De repente Bobby vomitó la leche y su madre le limpió el rostro con una toalla.

Bobby volvió la cabeza y miró a Austen, con los ojos vidriosos. Estaba completamente inmovilizado.

–¿E gusa Sar Sec?

–Lo siento, pero no te entiendo. ¿Podrías repetírmelo?

–Mi hijo le ha preguntado si le gusta *Star Trek* –dijo la madre–. Siempre pregunta lo mismo.

–A Hopkins le encanta –respondió Austen.

Hopkins se sentó en una silla al lado de Bobby.

–Sí, me gusta mucho esa serie –le dijo.

–A mí amvién –balbuceó Bobby.

Hopkins lo escuchó con atención y llegó a comprender sus palabras. La conversación, traducida, fue la siguiente:

–Mi episodio favorito es «La ciudad al borde de la eternidad».

–¡Vaya! ¡El mío también! –replicó Hopkins–. Cuando el capitán Kirk acaba en Chicago.

–Se puso muy triste cuando la mujer murió –dijo Bobby.

–Sí, no pudo salvarla.

–O se cambiaría la historia.

–El capitán Kirk amaba a esa mujer. Tendría que haberla salvado, y al carajo con la historia.

Se enzarzaron en una auténtica conversación. Hopkins parecía haber olvidado que estaba llevando a cabo una entrevista para el FBI.

Austen observó a Hopkins charlando con el paciente, inclinado hacia delante. Se le marcaban los músculos de la espalda y los hombros, y parecía muy tierno. Austen se dio cuenta entonces de que había dejado de ver a su compañero de forma estrictamente profesional, aunque aquel no era el momento para ese tipo de cosas, así que intentó apartarlo de su mente.

En la sala de espera, Mark Littleberry preguntó a un empleado dónde estaba el servicio y se marchó por un pasillo en dirección al centro del edificio con la maleta Halliburton en la mano. Una vez más, se había desmarcado del grupo. Encontró una puerta que daba a un pequeño pasillo, al final del cual había otra puerta marcada con el número 2.

Cuando la abrió se encontró en un pasillo aún más corto que el anterior. Había unos monos blancos de Tyvek en unos estantes y de la pared colgaban unas máscaras con unos filtros de color lila. Al final del pasillo había otra puerta con una ventanilla, un símbolo de peligro biológico y el número 3. Conducía al centro del edificio.

–El diseño circular –murmuró Littleberry.

Miró por la ventanilla y vio una pequeña habitación de un blanco resplandeciente, antiséptico. Sobre una mesa había un biorreactor. Era un modelo en forma de sombrero de copa, con el núcleo en forma de reloj de arena. En él figuraba el nombre del fabricante, Biozan.

Littleberry se puso una de las mascarillas y abrió la puerta, con la maleta en la mano.

El reactor Biozan estaba funcionando. Se notaba el calor que desprendía y la sala estaba libre de olores.

Littleberry colocó la mano en la superficie de vidrio. Era exactamente la temperatura humana, 37 grados centígrados, la temperatura de las células vivas. El interior del aparato estaba lleno de células infectadas con un virus. En la parte superior había una maraña de tubos flexibles. De uno de ellos goteaba un líquido que se vertía en un frasco hermético de vidrio que habían colocado en el suelo. El líquido era de un color rojo rosáceo. Las células del reactor estaban enfermas y agonizantes, y al estallar estaban vertiendo las partículas víricas en el líquido que salía del Biozan.

–He atrapado una mosca –dijo en voz alta.

Abrió la maleta Halliburton y sacó un bastoncillo estéril para tomar muestras. En el momento en que le quitaba el envoltorio, oyó unos pasos en el pasillo. Se agachó contra la pared, bajo la ventanilla de la puerta, pero la maleta permanecía abierta y a la vista.

Alguien se asomó a la habitación, pero no llegó a entrar. Oyó unos tacones. Parecía una mujer.

Se levantó y frotó el bastoncillo por el interior y alrededor del orificio del Biozan de donde salía el líquido. Acto seguido la introdujo en el biosensor Boink. El aparato emitió un pitido y en la pantalla apareció la palabra «Cobra».

Metió el bastoncillo en un tubo de ensayo y lo guardó en la maleta. Ya había visto bastante. Debía salir de allí antes de que aquella sustancia le invadiese el cerebro y lo convirtiese en un biorreactor humano. Dejó la mascarilla en la pared y atravesó el vestíbulo. Una vez en el pasillo principal, dobló una esquina y se fue en busca de Hopkins y los demás.

Allí fue donde se topó con la mujer, que venía en dirección contraria. Se miraron a los ojos. Era la doctora Mariana Vestof.

–Estaba buscando el servicio –espetó Littleberry.

El tiempo pareció detenerse. Vestof permanecía inexpresiva, aunque se había puesto pálida. Entonces sonrió y dijo:

–¿Sigue inspeccionando lavabos, doctor Littleberry? –Soltó una carcajada sin inmutarse, sin apenas mover los labios.

–¿Sigue haciendo vacunas, doctora Vestof?

–Sólo para usted, doctor Littleberry.

En ese momento aparecieron Hopkins y Austen, seguidos del doctor Heyert.

Al ver a Hopkins, Vestof se quedó paralizada unos instantes.

Hopkins no reaccionó en absoluto.

–Tengo que ocuparme de un asunto –dijo la doctora Vestof, y se marchó sin más demora.

–Bueno, muchas gracias, doctor Heyert. Ha sido usted muy amable al concedernos su tiempo.

–Me habría gustado ayudarles más.

–Nos ha sido de gran ayuda.

Hopkins, Austen y Littleberry se subieron al coche del FBI. Hopkins telefoneó a Frank Masaccio desde su teléfono móvil y le pidió que vigilasen el edificio de Bio-Vek.

–Debemos vigilar todo el edificio. Dice Mark que es una fábrica de armas. Ha tomado una muestra de un biorreactor y ha dado positivo para el Cobra. –Entonces le explicó quién era la doctora Vestof–. La vi en Irak la semana pasada. Es una mujer muy cosmopolita, nació en Rusia pero vive en Ginebra. Está metida en esto hasta el cuello.

–Si están fabricando un arma biológica, podemos detenerlos inmediatamente –dijo Masaccio–. Ése es un crimen que figura bajo el Título 18. El único problema es que no podríamos presentar esa prueba en el juicio. –Masaccio estaba pensando en el modo en que Littleberry se había apoderado de la muestra. Podría ser considerada una inspección ilegal.

El dilema era si allanar la empresa Bio-Vek de inmediato o bien vigilarla de cerca y recopilar más pruebas. Al final Masaccio decidió permanecer en observación durante la noche.

–Recuerda que nuestro principal objetivo es atrapar al sujeto desconocido antes de que mate a más personas. Y esa compañía podría llevarnos hasta él.

El helicóptero atravesó Red Bank, en Nueva Jersey, sobrevoló la bahía de Raritan y se dirigió hacia la zona este de Staten Island, en dirección a Governors Island. El mar estaba agitado y un fuerte viento azotaba el helicóptero.

–Es posible que Bio-Vek esté relacionada con BioArk, la compañía para la que Vestof dijo que trabajaba –apuntó Hopkins–. Tal vez las dos compañías estén intercambiando cepas y tecnología.

–Bienvenidos a la aldea global –gruñó Littleberry.

–Seguro que Heyert se está intentando convencer de que no ha hecho nada malo –comentó Hopkins.

–Es probable que esté jugando a dos bandas –dijo Littleberry–: gana dinero vendiendo enfermedades y al mismo tiempo curándolas.

En Bio-Vek, el doctor Heyert, la doctora Vestof y otros dos directores se hallaban reunidos en la sala de juntas. La luz de última hora de la tarde iluminaba la ventana de color ámbar. No parecía haber nadie en el edificio, y reinaba una gran calma en los bellos jardines del exterior. El FBI había iniciado la vigilancia de la zona. Los equipos venidos de Trenton y Nueva York estaban formados por hombres y mujeres de distintas edades y grupos étnicos, apostados en coches de diversos modelos.

Fuera del edificio, un petirrojo hembra, cargada de huevos, brincaba por el bien cuidado césped impecable. Dentro, Heyert tenía la palabra:

–Quiero que se detenga la producción inmediatamente. –Iban a parar el Biozan, las centrifugadoras, todas las máquinas. Esterilizarían todos los materiales líquidos mezclándolos con lejía y una vez se hubiesen asegurado de que estuviesen muertos, los tirarían por el desagüe y luego harían correr el agua–. Quiero que desinfecten esas habitaciones con lejía, de arriba abajo. Reiniciaremos la línea de producción con nuestro virus para uso médico. Destruyan todos los productos destinados a armamento, incluidas las cepas. No quiero que quede ni rastro del arma. Y borren todos los datos pertenecientes al proyecto del disco duro del ordenador.

–Si les registran, confío en que no encontrarán nada sospechoso –dijo la doctora Vestof.

–El problema es Tom Cope –afirmó el doctor Heyert–. No sé qué habrá hecho, pero lo están buscando. Cope estaba loco. Lo supe desde el primer momento. Cuando lo despedimos, nos robó el cuarto Biozan, y seguro que se llevó una cepa del arma. ¿No es así?

Los demás directores no lo sabían.

–¿Cómo pueden decirme que no saben si Cope nos robó una cepa? –tronó Heyert–. ¡Todos los tubos de ensayo tenían un código de barras!

–Es posible que cultivase el virus a partir de una cantidad ínfima –dijo uno de los directores.

–¿Cree realmente que ese empleado robó un cultivo, doctor Heyert? –preguntó la doctora Vestof lanzándole una mirada severa–. Eso es increíble. La Compañía se va a quedar de piedra.

Heyert estaba empapado de sudor. Tenía las axilas de la camisa húmedas y oscuras.

–¡Esto no es culpa mía!

–Que yo sepa es usted el director de este departamento –replicó con frialdad la doctora Vestof.

–¿Dónde está Cope ahora? –preguntó Heyert.

Nadie tenía ni idea.

–¿En Nueva York?

La doctora Vestof decidió cambiar de planes y marcharse del país aquella misma noche. Era evidente que la sucursal norteamericana estaba a punto de estallar y prefería hallarse bien lejos de Estados Unidos cuando eso ocurriese.

Redada

Aquella misma noche, el equipo de Reachdeep se sumió en una especie de estasis en Governors Island. Suzanne Tanaka se debatía entre la vida y la muerte en la unidad médica. Había sufrido un ataque epiléptico y el pronóstico era terminal, según el doctor Aguilar.

Oscar Wirtz preparó a sus hombres para llevar a cabo una operación. Su patrulla estaba compuesta por un total de seis agentes del Equipo de Rescate de Rehenes, entrenados para operaciones químicas, nucleares y biológicas. Para entonces ya habían decidido atacar Bio-Vek, aunque todavía no sabían cuándo. Masaccio prefería esperar a obtener más pruebas. Confiaba en que la compañía lo conduciría directamente al asesino, aunque era consciente de que quizá se verían obligados a cerrarla en cualquier momento, según lo que averiguasen.

Bio-Vek contaba con quince empleados. Una regla de oro del FBI a la hora de entrar en una empresa consiste en utilizar un número de hombres superior al de los empleados y asignar a cada agente un trabajador, incluidas las secretarias. El asalto en sí dura unos sesenta segundos. Durante ese breve lapso de tiempo, cada agente detiene al empleado que le han asignado. Le ordena que no toque nada, que se aparte de todo tipo de máquinas y que permanezca inmóvil. La mayoría de los empleados suelen ser inocentes y quedan absueltos, pero la empresa en su conjunto puede convertirse en prueba federal. Masaccio pensó que podrían realizar la operación con unos cuarenta agentes, incluida la patrulla de Reachdeep, y encargó a Hopkins que se pusiera en contacto con un magistrado para solicitar la orden de registro.

A la una de la madrugada, los agentes que vigilaban el edificio de Bio-Vek informaron de que las luces estaban encendidas y había actividad en el interior. Al parecer todos los empleados se habían marchado a sus casas excepto Heyert. En un momento dado lo vieron introduciendo papeles en una trituradora.

–¡Están destruyendo las pruebas! ¡A por ellos! –gritó Masaccio en el Centro de Control del edificio del FBI de Nueva York. Los helicópteros despegaron de Governors Island y los coches del FBI entraron en Bio-Vek.

Alice Austen no tomó parte en la operación, ya que no había sido entrenada para ese tipo de acciones. Permaneció junto a la cama de Suzanne Tanaka, vestida con un traje protector. Tanaka estaba conectada a unas máquinas que la mantenían con vida, aunque en realidad no servían para nada, como tampoco servía ninguna terapia de apoyo. El virus había invadido el mesencéfalo y se había desarrollado en la parte superior del tallo encefálico, donde no había forma de alcanzarlo. Tanaka se había mordido los labios, pero lo que más parecía molestarle eran las ampollas de sangre que se le habían formado en la boca y que habían comenzado a reventarse. Pidió un poco de agua, pero era incapaz de controlar el acto de tragar, así que la escupió mezclada con sangre sobre el traje de bioprotección de Austen. Tanaka permaneció consciente casi hasta el final. El virus había dejado intacta la parte racional de la mente incluso mientras destruía las áreas que controlan los actos involuntarios.

–¿Crees en Dios, Alice? –le preguntó Tanaka con voz apagada. Resultaba difícil entender sus palabras y padecía contracciones espasmódicas en el rostro, empapado en sudor.

–Sí, pero no le comprendo.

La madre de Suzanne Tanaka llegó en un helicóptero procedente de Carolina del Norte. Su hija le había pedido que fuera a verla. Desgraciadamente, para cuando la mujer terminó de ponerse el traje protector ya era demasiado tarde. Suzanne Tanaka había muerto.

La primera unidad de agentes del FBI que entró en Bio-Vek vestía un uniforme especial para ese tipo de operaciones, pero no un traje protector. La puerta estaba cerrada con llave, así que se vieron obligados a derribarla por la fuerza. Tras ellos entraron Wirtz y el grupo de operaciones de Reachdeep, ataviados con trajes protectores. Se habían cambiado en la pista de aterrizaje. Hopkins y Littleberry, también con trajes protectores, acompañaron a Wirtz hasta la sala del biorreactor. Entretanto, los agentes ocuparon todo el edificio, desplegándose en todas direcciones.

Los únicos que se encontraban en la empresa eran Heyert y otro director de Bio-Vek. Heyert estaba en su despacho hablando por teléfono. El equipo le mostró la orden de registro y le informó de que la empresa quedaba confiscada como prueba federal, incluidos todos los datos de los ordenadores. No lo detuvieron de inmediato, sino que le pidieron que aguardase en su despacho unos minutos porque Hopkins deseaba hablar con él. Aun así, le leyeron sus derechos constitucionales y le recordaron que tenía derecho a guardar silencio y a buscarse a un abogado.

Heyert decidió esperar. No quería dar la impresión de que estaba huyendo.

Littleberry condujo a Hopkins y a Wirtz hasta la sala del biorreactor. Entraron en ella exactamente treinta segundos después de haber irrumpido en el edificio. Los biorreactores estaban apagados y la habitación apestaba a lejía. Se olía incluso a través de las mascarillas para respirar.

Sacaron unos bastoncillos y tomaron muestras de distintos puntos de la sala del biorreactor. Llegaron a llenar dos docenas de tubos de ensayo de plástico. Hopkins se ocupó del biorreactor y el resto del material, mientras Littleberry frotaba las paredes, los rincones y un interruptor de la luz. Hopkins se subió a una mesa para examinar los filtros HEPA que había en el techo y comprobó que eran nuevos.

–Mira en la basura –dijo Littleberry.

Encontraron un cubo de basura lleno de filtros HEPA y trajes bioprotectores usados. Todo estaba empapado de lejía. Era una sala muy pequeña y resultaba evidente que una o dos personas podían haberla limpiado como mucho en un par de horas.

Hopkins introdujo las muestras en el Boink portátil, que no dejaba de emitir pitidos mientras detectaba el Cobra que había por toda la sala. El esfuerzo por desinfectar la habitación había fracasado por completo. La lejía había matado el virus, pero había sido incapaz de destruir todo su ADN.

Cuando terminaron regresaron al despacho de Heyert, que los esperaba con unos agentes.

Se sentaron frente a él y se quitaron las mascarillas. Hopkins pensó que sería más prudente dejárselas puestas, aunque ni Heyert ni la mayoría de los agentes del FBI las llevaban. Era una de esas situaciones en las que se acaba corriendo un riesgo.

–Quiero brindarle la oportunidad de tomar la decisión acertada –dijo Hopkins–. Va a ser la decisión más importante de su vida, doctor Heyert. Hemos encontrado una cantidad abrumadora de pruebas de que aquí se están fabricando armas biológicas y le va a resultar imposible justificarlo como un trabajo legítimo de investigación médica. Su empresa ha sido intervenida y está usted bajo investigación policial. Creo que va a ser detenido por la justicia, acusado de violar la Sección 175 del Título 18 del Código Penal de Estados Unidos. Ésa es la sección sobre armas biológicas y la pena podría ser cadena perpetua. Si el delito está relacionado con un acto terrorista, entonces se trata de un crimen capital y podría pagarse con la pena de muerte. Deje que se lo repita: la pena de muerte.

Heyert lo observaba en silencio.

–No podemos solicitar un indulto –prosiguió Hopkins–, pero si coopera con nosotros ahora mismo, podemos recomendar al juez que sea indulgente. De lo contrario creo que pasará la mayor parte del resto de su vida en la cárcel.

–Yo no he cometido ningún delito. Si había algo malo... habrá sido un accidente.

–Ayer tomamos muestras de su biorreactor mientras estaba funcionando, doctor Heyert, y encontramos un virus. Hemos analizado la mayoría de sus genes y está claro que se trata de un arma. Es una quimera para uso bélico, una mezcla de un virus de insecto, de la viruela y del resfriado. Es sumamente peligroso. Al parecer altera un gen del cuerpo humano, provocando la enfermedad de Lesch-Nyhan en personas sanas. Es un arma letal.

–Eso es mentira.

–Se presentarán las pruebas en el juicio.

–¡Yo no he cometido ningún crimen!

–Podrían acusarlo de actuar como cómplice en un acto terrorista.

Heyert estaba terriblemente asustado.

–¿Ha habido muertes?

–Dígamelo usted.

Algo comenzó a fracturarse en el interior de Heyert, de forma muy sutil al principio, como una grieta en una cáscara de huevo. El huevo no llegó a romperse del todo, tan sólo rezumaba.

–Esto no es culpa mía –insistió.

Littleberry, que había estado observando a Heyert con aire furioso, gritó:

–Entonces ¿de quién es la culpa?

–Nosotros no controlamos las cosas. Nos controla BioArk, la empresa. BioArk es nuestro socio general. Yo sólo soy un empleado, un director medio.

–¿Y dónde está BioArk? –preguntó Hopkins.

–En Ginebra.

–¿Es una empresa suiza?

–Es una multinacional. No se de dónde es originariamente la Compañía, pero la sede está en Suiza.

–Hay un terrorista amenazando las calles. ¿Quién es?

Heyert se estremeció.

–No sé de qué me están hablando.

–Sí que lo sabe. Por favor, no se equivoque, doctor Heyert. Por su bien y por el de su familia.

Heyert respiró hondo y dijo:

–Se llama Tom Cope... Thomas Cope. Es un hombre muy extraño. Un buen científico. Nos ayudó a desarrollar... nuestras... algunas de nuestras... cepas.

–¿A qué se refiere? –inquirió Hopkins.

–Lo contratamos para investigar un... un aspecto en concreto del virus. No se replicaba muy bien en los tejidos humanos y él... él lo arregló.

–¿Por qué? ¿Por qué querían que el virus hiciese eso? ¿Que se replicase en los tejidos humanos?

Se hizo un silencio, que Hopkins prefirió no interrumpir.

–¿Por qué? –repitió Hopkins por fin.

Heyert parecía al borde de las lágrimas.

–Tengo familia. Tengo miedo por ellos.

–¿Por qué?

–Por BioArk. Estoy asustado. Yo podría... podría ayudarles. Puedo hablarles de BioArk. Pero ¿podrían proteger a mi familia? ¿Y a mí? Esa gente de BioArk... son implacables.

–No podemos prometerle nada –dijo Hopkins–, pero si nos ayuda con la investigación y accede a declarar en el juicio, existe un programa de protección de testigos.

–BioArk me da más miedo que ustedes. –Heyert fue incapaz de contenerse por más tiempo. Lo confesó todo de un tirón–. BioArk es una empresa de biotecnología, una multinacional. Parte de su actividad, sólo parte de ella, es biología negra. También fabrican medicamentos. Se dedican a ambas cosas. Me pagaban muy bien, y a mis empleados también, pero nos dijeron que si nos íbamos de la lengua nos matarían. Abrieron una sucursal aquí porque, bueno, porque esto es Estados Unidos, y es aquí donde se encuentran los mejores expertos en biotecnología. Montaron esta compañía, Bio-Vek, para desarrollar aspectos específicos de investigación sobre armas víricas. Una de ellas era el desarrollo del VPN como arma. Yo... yo contraté a Tom Cope para que hiciese que el VPN infectase a los seres humanos. Hay muchísimo dinero en todo esto, señor Hopkins.

–¿Y qué hay de los pacientes, doctor Heyert, de los niños con Lesch-Nyhan?

–Yo soy médico. Me gustaría ayudarlos, pero eso no da dinero. Es una enfermedad muy rara.

–Y ese Cope, ¿desarrolló el virus?

–No. Otros científicos de BioArk ya lo habían desarrollado casi en su totalidad. Pero había algunos problemas y pensaron que aquí podríamos resolverlos. Tom no hizo más que afilar la hoja del arma. Yo lo despedí porque no me parecía de confianza y era un poco raro, hasta parecía peligroso.

–¿Cuánto virus robó? –preguntó Hopkins.

–No lo sé... Se llevó un Biozan.

–¿Un biorreactor? –exclamó Littleberry.

–Sí, el número cuatro. –Heyert estaba temblando.

–Necesitamos ver sus archivos sobre Cope –dijo Hopkins.

Los informes de los empleados de Bio-Vek estaban guardados en un fichero cerrado con llave en la oficina de la secretaria de Heyert. Heyert entregó la llave a los agentes y éstos consultaron el contrato de trabajo así como el currículum vitae de Cope. Si éste era verídico, lo cual era bastante improbable, Cope tenía un doctorado en biología molecular de la Universidad Estatal de San Francisco y un historial profesional bastante agitado. Durante años había trabajado en el Laboratorio Nacional de Los Álamos. No estaba casado.

Thomas dejaba de ser el sujeto desconocido. El archivo contenía una foto suya. Se le podría describir como un hombre bastante gris, pues no tenía ningún rasgo prominente o característico. Era de mediana estatura, con la tez más bien pálida y una calva incipiente. Tenía treinta y ocho años, y llevaba unas gafas de montura metálica.

Un equipo de investigadores siguió interrogando a Heyert, pero una vez hubo revelado el nombre de Cope, Heyert dejó de hablar y solicitó llamar a su abogado.

Hopkins telefoneó a Frank Masaccio para informarle sobre Cope. Lo primero que hicieron los agentes del FBI fue comprobar si el asesino disponía de una tarjeta de crédito. Se trata del modo más rápido y cómodo de encontrar a alguien. A través de la tarjeta, se puede averiguar en qué establecimientos compra un individuo y qué ha estado adquiriendo en los últimos meses. De este modo se puede localizar rápidamente al sujeto en cuestión.

Descubrieron que Cope había estado utilizando una tarjeta Visa a su nombre para encargar material de laboratorio a distintos proveedores de Estados Unidos. Los productos eran enviados a un buzón especial que Cope mantenía en un servicio de mensajería en un centro comercial conocido como el Apple Tree Center, situado en East Brunswick, Nueva Jersey. Estos encargos eran la única actividad que aparecía en la tarjeta de crédito. Era evidente que Cope iba a recoger el material en coche o en camión y luego se lo llevaba a otra parte.

Hopkins se encontraba en el aparcamiento de Bio-Vek hablando por teléfono con Frank Masaccio.

–Tendremos a Cope como mucho en un par de días –dijo Masaccio–. Incluso dentro de unas horas. Habéis hecho un gran trabajo.

–No cantes victoria todavía –repuso Hopkins.

–Sí, ya lo sé. Cualquier operación puede irse al traste en cualquier momento. Pero vamos a detenerlo. Lo presiento. Vamos a llevar a cabo una operación de vigilancia masiva en el Apple Tree Center. He metido en el caso a la mitad de los agentes de la oficina de

Newark. Cope va a pasar a la historia. Espera un minuto, Will, tengo una llamada.

Mientras Hopkins esperaba, le sonó el busca. Era el número de contacto del COIE en Washington.

Cuando Masaccio retomó la línea, parecía otro.

–Tenemos un problema en Washington –dijo.

Washington

SÁBADO, 2 DE MAYO

La segunda reunión del COIE sobre el caso Cobra comenzó treinta minutos más tarde. Eran las diez de la mañana cuando Hopkins y Littleberry aterrizaron en Governors Island. Se fueron directamente a la sala de juntas de la unidad de Reachdeep, donde Austen ya se encontraba en una videoconferencia con Washington. Frank Masaccio estaba sentado a su lado.

Desde su despacho de la División de Seguridad Nacional del FBI, Steven Wyzinski había ordenado (con la aprobación de la Casa Blanca) el despliegue de unidades médicas por toda la ciudad de Washington.

En una noche se habían producido once muertes presuntamente a causa del Cobra. Las víctimas aparecieron en salas de urgencias de toda la zona metropolitana. El destacamento especial del de los CCE estaba intentando controlar la epidemia.

–Los medios de comunicación se han vuelto locos –dijo Jack Hertog. Acababa de llegar de la Casa Blanca y estaba furioso. En la pantalla de vídeo, su polo aparecía de color verde pálido–. Dicen que podría ser una intoxicación deliberada y especulan con que nos acaban de bombardear con un arma química.

Walter Mellis se encontraba con él en la sala del COIE.

–Tenemos a un equipo en las calles y estamos investigando la epidemiología. Ya tengo un resultado preliminar.

–¿Y cuál es? –preguntó Hertog con brusquedad.

–Todos los casos parecen ser personas que viajaban en los trenes de cercanías de Washington. Alguien soltó un agente caliente en algún lugar.

–¡Maldita sea! –exclamó Hertog–. ¿A cuánto asciende el número de víctimas?

–De momento sólo hemos visto once casos nada más, lo que hace suponer que sólo soltaron una pequeña cantidad de agente.

–A modo de advertencia.

–Debió de soltar muy pocos gramos en el aire –dijo Littleberry–. Si fuese un acto terrorista a gran escala lo sabríamos, porque habría miles de muertos.

Mellis se volvió hacia alguien que le estaba hablando. Dijo:

–Hemos estado analizando muestras en Atlanta. Tenemos una confirmación preliminar de que el agente de Washington es el virus Cobra.

Todos los casos de Cobra estaban siendo trasladados en helicópteros medevac del ejército y de la Marina al Hospital Naval de Bethesda. Es decir, se estaba evacuando a los supervivientes, mientras que los muertos eran almacenados en un camión refrigerado que patrullaba la ciudad.

Cuando Jack Hertog habló, lo hizo en nombre de la Casa Blanca.

–Estoy aquí para decirles que el presidente de Estados Unidos ofrecerá una rueda de prensa dentro de unas horas para explicar a los ciudadanos qué está sucediendo. Al parecer la operación Reachdeep ha sido un fracaso. Ha fracasado de manera estrepitosa.

–Tenemos el nombre del sujeto desconocido –dijo Hopkins.

Se hizo un profundo silencio.

–Creemos que su nombre es Thomas Cope. Es biólogo molecular, un ex empleado de Bio-Vek, Inc., una empresa de biotecnología situada en Greenfield, Nueva Jersey. En estos momentos estamos investigando sus antecedentes.

–¿Está detenido? –preguntó Hertog.

–Todavía no –respondió Masaccio.

–Eso no es suficiente –dijo Hertog–. ¿Dónde está ahora?

–¿Podría salir la imagen de Cope en la pantalla? –inquirió Hopkins. El rostro de Cope apareció en las pantallas de Washington–. Hemos obtenido esta fotografía de Bio-Vek.

Frank Masaccio dijo que el nombre del doctor Thomas Cope figuraba en la lista de ciudadanos estadounidenses que habían visitado Kenia en el momento en que fueron adquiridas las cajas de las cobras en Nairobi.

Los archivos de Bio-Vek indicaban que Cope no estaba casado

ni tenía hijos, pero el FBI estaba intentando localizar a sus familiares. Entonces Masaccio explicó que Cope contaba con un buzón de correos en Nueva Jersey.

–Cuando comprobamos los movimientos de su tarjeta de crédito, descubrimos que hace poco encargó unos trajes de seguridad y unos filtros para respirar a una empresa de California. Éstos fueron enviados a través de Federal Express y la fecha de entrega era el sábado, es decir hoy mismo. En el servicio de mensajería nos han dicho que Cope suele recoger sus pedidos el día en que llegan. Hemos comprobado todos los números de teléfono que dejó en distintos formularios, pero son falsos, de manera que no podemos localizarlo a través de las llamadas. Pero va a ir a recoger ese paquete. Tiene una llave que le permite entrar a cualquier hora del día y ya tenemos a casi un centenar de agentes esperándolo.

–Sí, pero ¿cuánto falta para eso? –preguntó Hertog.

–Horas, con un poco de suerte –dijo Masaccio–. Los miembros de Reachdeep llevarán trajes protectores, por si surge algún problema en el centro comercial. Cabe la posibilidad de que lleve consigo el arma biológica.

–El director del FBI me ha autorizado a decir que todos, repito, todos los recursos del FBI serán dedicados a este caso –dijo Steven Wyzinski.

–¿Y si el caballo no abandona el establo? –preguntó Hertog, alzando la voz–. ¿Cómo saben que va a ir a recoger el paquete? ¿Cómo saben que no forma parte de un grupo organizado?

–No puedo asegurar nada hasta que lo detengamos, pero confío en que será bien pronto –dijo Masaccio.

–¡Déjate de gilipolleces! –gritó Hertog–. Por el amor de Dios, hay gente muriéndose en Washington. ¡Esto no es Lubbock! Esto es Washington, ¡la capital del país! ¡Aquí viven las personas que gobiernan el mundo! Y ustedes por ahí haciendo el gilipollas con sus probetas de mierda nos han metido en un buen berenjenal. Quiero que el FBI tome el mando del caso y actúe en colaboración con quien pueda serles de utilidad en el gobierno. Quiero que esos incompetentes de Reachdeep abandonen el caso y que pongas a tus mejores hombres, Frank, a auténticos profesionales, al mando de la situación.

Littleberry lo interrumpió de repente y gritó:

–El terrorista va a contaminar Nueva York mientras ustedes cambian de mando y el presidente intenta salvar el pellejo.

–Queda despedido –espetó Hertog.

–No puede despedirme porque estoy jubilado.

–Entonces le voy a retirar la maldita pensión.

Escapada

Austen y Hopkins estaban sentados uno frente a otro en la sala de reuniones de Reachdeep. Llevaban horas sin tener nada que hacer salvo hablar del caso. Mark Littleberry se hallaba en la terraza de observación contemplando la ciudad. También llevaba un buen rato fuera.

–Me preocupa que Frank esté metido en un callejón sin salida –dijo Hopkins–. ¿Y si Cope no pasa a recoger el correo? Podría estar en cualquier parte.

Austen estaba emborronando con un lápiz su plano de la ciudad.

–¿Sabe? He estado pensando... hay tantos casos aquí, en esta parte de la ciudad. Es extraño. Tenemos algunos casos en Washington, pero todos los demás se han producido en una sola zona. Mire. –Le enseñó el plano, desplazando el dedo por el sudeste de Manhattan: Union Square, donde había muerto Kate Moran, East Houston Street, donde vivían Lem y el hombre de la armónica, el Lower East Side, donde residían Hector Ramirez y su familia, y el mercadillo de la Sexta Avenida, en la calle Veintiséis, donde se conocieron Penny Zecker y Kate Moran–. Creo que es muy significativo.

–Sí, pero ¿de qué nos sirve?

–Cope actúa como un hilo conductor en la zona. Se ve en los casos. Cuando tienes varios casos de una enfermedad, hay que buscar los hilos que los unen. Cope es el hilo.

–No puede ir a comprobarlo. No podemos salir de aquí.

Hertog había dejado bien claro que el equipo de Reachdeep debía permanecer en Governors Island y dedicarse exclusivamente al trabajo de laboratorio.

Irritada ante las expectativas, Austen se marchó al ala del hospital donde se encontraba la unidad médica del ejército. Se puso un traje protector antes de entrar y se dirigió a las habitaciones donde permanecía en cuarentena la familia de Hector Ramirez. La madre del niño, Ana, se hallaba en estado crítico y había sido desahuciada. Las fuertes dosis de fenitoína habían evitado los ataques epilépticos pero no el autocanibalismo, y se encontraba inmovilizada en la unidad de cuidados intensivos.

Austen hizo una visita a Carla Salazar, la hermana mayor de Ana, que había sido ingresada en una habitación con vistas a una avenida arbolada.

Carla permanecía en cuarentena a pesar de que los análisis del Cobra habían dado negativo. Estaba asustada y deshecha por el estado de su hermana y la muerte de su sobrino.

Austen se sentó a su lado y le preguntó qué tal andaban los ánimos.

–No muy bien –repuso la mujer con un hilo de voz.

–¿Se encuentra bien?

–Ahora sí, pero ¿qué me pasará más adelante? Podría acabar como mi hermana. No me atrevo ni a mirarla. –Rompió a llorar.

–Quiero enseñarle una foto, señora Salazar. ¿Podría echarle un vistazo?

–No lo sé.

Austen le entregó la fotocopia en color en la que se veía el rostro de Cope. Los agentes del FBI ya le habían mostrado el retrato robot de Nairobi.

La mujer observó la imagen por unos instantes.

–Es posible que haya visto a este hombre alguna vez –dijo–. Sí, es posible.

A Austen le dio un vuelco el corazón. Le habría gustado que Hopkins estuviese allí, para hacer las preguntas adecuadas.

–¿Es éste el hombre que asesinó al hijo de mi hermana?

–Podría ser. ¿Quién es?

–Déjeme pensar. Creo que lo he visto un par de veces, pero no estoy segura. Creo que es el tipo que un día se puso a gritar a unos niños. Pero no sé... no, creo que no es el mismo hombre. ¿Cree que es el tipo que envenenó a Hector? Estaba muy enfadado con los niños. Tenía algo que ver con un gato.

Hopkins llamó a Masaccio por teléfono.

–Frank, escucha. Tenemos una posible identificación. Aquí hay una mujer, la tía de Hector Ramirez, que cree recordar a Cope del vecindario.

–¿Está muy convencida?

–No, no mucho, pero podría ser cierto.

–Mira, Will. Ya sé que es muy duro que os hayan excluido de la investigación, pero no puedo hacer nada con la Casa Blanca. No eres un detective, sino un científico. Estamos listos para atrapar a Cope y creo que va a suceder de un momento a otro.

–Podría hacer cualquier cosa mientras estáis ahí esperando.

–Hasta ahora no ha dado muestras de querer destruir una ciudad. Ya ha tenido su oportunidad y no acabó con Washington.

–Estaba en una fase de pruebas. ¿Y si ya ha acabado con ellas?

–¡Está bien! Enviaré a alguien a investigar la zona, en cuanto encuentre a alguien disponible. Y tú cálmate un poco, Will.

–Vamos a repasar los datos más importantes –dijo Hopkins a Austen–. ¿Cuáles cree que son?

Habían estado intentando averiguar una pauta, pero de momento todo había sido en vano. Austen enumeró las pistas que parecían significativas.

–Tenemos a la tía de Hector, que cree haberlo visto. Eso sería cerca de la Avenida B. Tenemos al hombre de la armónica que vivia cerca de Houston Street, y por último el polvillo negro del pegamento, procedente del metro.

–Y había un grano de polen en el polvo, ¿se acuerda? De forsitia.

–Hemos de ir a esa parte de la ciudad y volver a inspeccionar los túneles de metro.

Hopkins se levantó, paseó por la habitación y le asestó un puñetazo a la pared. No podían salir de la isla.

–Hasta luego, Hopkins –dijo Austen abandonando la sala de conferencias.

Hopkins miró a su alrededor. Wirtz estaba ocupándose del material de comunicaciones y Littleberry seguía fuera. Se guardó la pistola que tenía al lado de un Felix, una radio Saber (su último recurso para contactar con el gobierno federal), un biosensor portátil programado para detectar el Cobra y una de las fotocopias en color de la fotografía de Tom Cope. El rostro con gafas de la imagen mantenía la mirada perdida. Hopkins la dobló y se la metió en el bolsillo.

Mark Littleberry se dio cuenta de lo que estaban haciendo.

–¿Adónde vais? –les preguntó. Y les dijo que le gustaría acompañarlos.

–Por una sola vez no vas a ser tú el que se escape, Mark. ¿Podrías quedarte en el hospital y explicar adónde hemos ido si alguien te lo pregunta?

Austen y Hopkins salieron por la puerta principal del hospital. Estaba todo muy tranquilo, ya que los médicos del ejército estaban reunidos en el centro de biocontención. Echaron a andar por una avenida de plátanos, pasaron junto a unos edificios abandonados y llegaron a un espigón que se extendía hacia el canal Buttermilk en dirección a Brooklyn. Allí había una lancha de la policía amarrada con dos agentes a bordo. Éstos estaban escuchando una emisora de radio que ofrecía unas noticias bastante vagas acerca del brote de una enfermedad en Washington.

–¿Nos podrían llevar al Battery? –preguntó Hopkins.

Para los policías, los miembros del equipo de Reachdeep seguían teniendo prioridad para lo que quisieran, de modo que accedieron encantados.

La lancha partió a toda velocidad por el canal Buttermilk. La marea estaba bajando y la embarcación recibía unas ligeras sacudidas de las aguas del río East. Austen y Hopkins miraron a su alrededor. Se estaba poniendo el sol.

En la terraza del hospital de los guardacostas, Littleberry continuaba su vigilia, absorto en sus pensamientos. Vio la lancha atravesando el río. Alzó la mirada al cielo y vio unas nubecillas que se acercaban por el sur. Los vientos del oeste de los últimos días habían perdido fuerza y el aire se había vuelto cálido y apacible. Vio, dada la estructura del cielo, que se había producido una inversión del aire sobre la ciudad, atrapando el polvo y las partículas, que permanecían suspendidas en lo alto. La luna comenzaba a salir a última hora del día, lo cual le recordó algo que había visto casi treinta años antes. Si bien no había mirado ni escuchado los boletines informativos, sabía que las noticias del ataque de Washington empezaban a llegar a los hogares. El cambio del viento y los medios de comunicación obligarían a Thomas Cope a actuar.

–Lo hará esta noche –murmuró Littleberry.

La preparación

Las primeras pruebas humanas habían terminado. Sobre la mesa del laboratorio de nivel 3 había un enorme tubo de vidrio con el fondo metálico, que había llenado con unos hexágonos de cristal vírico finos y transparentes, del tamaño de una moneda de veinticinco centavos. Arquímedes llevaba un traje blanco de Tyvek, dos pares de guantes y una mascarilla. Con unas pinzas, estaba introduciendo en el tubo los últimos cristales que quedaban en la cubeta de secado.

Sostuvo uno de ellos ante una grieta de la cortina. Al recibir la luz del atardecer, el cristal, refractó todos los colores del arco iris y le recordó a un ópalo.

Se acercó al detonador biológico BX 104, uno de sus pequeños tesoros. Se trataba de un explosivo militar de baja potencia que se utiliza en los núcleos de las bombas biológicas. Es un dispersor biológico. Un kilo de cristales víricos diseminados en una fina nube del tamaño de una manzana de calles se extendería muy bien por la ciudad.

Introdujo un pedazo de detonador biológico en el tubo y lo empujó hacia dentro con el pulgar. Los cristales se fueron rompiendo y agrietando. Luego añadió un fulminante con unos cables. Necesitaba una parte de explosivo por cada tres partes de virus, que es la proporción normal en la creación de bombas con armas biológicas explosivas. Sabía que la explosión mataría algunas de las partículas víricas, pero poco importaba puesto que cada cristal vírico contenía mil billones de partículas. Por consiguiente, una enorme cantidad de virus sobreviviría al impacto. Muchas de las partículas incrustadas en el cristal saldrían volando por los aires, creando una neblina de cristales víricos que se dispersaría como un gas.

El fulminante accionaría el detonador biológico. Arquímedes utilizó un reloj microchip como temporizador y una pila de nueve voltios, lo cual le permitía programar la cuenta atrás con bastante margen de tiempo. Y una vez activado el detonador, un kilo de cristal vírico saldría disparado por los aires. Tres horas eran más que suficientes para alejarse de la ciudad en dirección contraria al viento. Nueva York se disponía a enviar al mundo una nueva enfermedad. La ciudad tardaría un par de días en percatarse de la situación, y para entonces tal vez numerosas personas se habrían desplazado a otro lugar, incluido él mismo, Arquímedes. Permanecería en Washington durante unas semanas para seguir los acontecimientos mientras planeaba sus próximos movimientos. Y entonces, quizá, repetiría la acción en la capital. Le gustaba ser imprevisible.

Puso en marcha el temporizador, terminó de llenar el tubo de vidrio y lo cerró herméticamente con un tapón metálico.

Hizo otro tanto con otro tubo de cristal para disponer de dos bombas madre que colocaría en distintos lugares. De este modo no había manera de fracasar.

A continuación armó las granadas que hacían de detonadores biológicos. Eran más pequeñas que las bombas madre. Arquímedes llenó dos envases de plástico con una mezcla de cristales víricos y de cristales rotos de una botella. Cada granada contenía casi doscientos gramos de explosivo. La onda de choque escupiría cristales rotos mezclados con virus. Las granadas explotaban al apretar un botón de un temporizador.

Arquímedes salió del nivel 3 con las bombas en la mano, se desinfectó el traje con lejía en la zona de estacionamiento y se lo quitó. Luego extrajo las bombas de la bolsa de plástico, las lavó con lejía para esterilizarlas por fuera y las guardó en un maletín de médico de color negro. Era su bromita personal. Se dijo que era el mejor médico de la sanidad pública.

Entró en su dormitorio con el maletín negro, abrió el cajón del escritorio, sacó una pistola semiautomática de diez milímetros Colt Delta Elite y le introdujo un cargador. El arma era una versión de alta tecnología de la clásica Colt, 45 del ejército. Estaba provista de una mira con rayos láser que arrojaba un punto de luz roja en el objetivo, lo cual la hacía sumamente precisa. Decidió llevar el arma como medida de seguridad, por si se viese obligado a defenderse. Ya estaba listo para adentrarse en la corriente sanguínea de la ciudad.

Austen y Hopkins tomaron el metro de Lexington Avenue en dirección norte. Austen consultó el plano y se apearon en la estación de Bleecker Street. Caminaron en dirección este hacia Bowery y la Primera Avenida, y allí entraron en la boca de metro del tren F, en East Houston Street, que conducía hasta el túnel donde vivían los mendigos víctimas del Cobra.

Se dirigieron al extremo este del andén, descendieron a las vías y echaron a andar entre los montones de escombros y las columnas de acero que ofrecían un aspecto peludo debido al polvillo negro. Luego pasaron por una abertura de la pared metálica y siguieron por el túnel abandonado que se extendía por debajo de Houston Street.

–Qué mal huele aquí –señaló Hopkins.

Austen permaneció callada.

–Odio los túneles –dijo Hopkins.

–Para algunas personas es su hogar.

Llegaron a la cámara donde vivía Lem, que había limpiado muy por encima alguna brigada de limpieza de la ciudad. Hopkins sacó su linterna Mini Maglite y echó un vistazo a su alrededor. No parecía haber ninguna salida excepto la estación de metro.

Siguieron avanzando por el túnel, alejándose cada vez más de las vías en uso.

–Ya debemos estar casi en el East River –observó Hopkins.

El sonido de los trenes fue quedando atrás. Pasaron por delante de un colchón y una silla, y siguieron caminando hasta el final del túnel, donde había una pared de hormigón y una puerta de acero, cerrada con llave. En ella había un cartel que rezaba: «Peligro. Alta tensión. Prohibida la entrada».

Hopkins intentó abrir la puerta y la sacudió un poco.

–¿Hay alguien ahí? –llamó.

Tan sólo se oía el leve zumbido de la corriente eléctrica.

Decidieron dar media vuelta y salir a la calle. Las aceras estaban atestadas de transeúntes. Muchos de ellos eran estudiantes de veintitantos años. También había homosexuales, algún que otro hombre o mujer sin techo y jóvenes que parecían modelos de pasarela. Austen y Hopkins se unieron a la muchedumbre y echaron a andar por Houston Street, observando los rostros de la gente. Hopkins sacó la fotocopia del bolsillo y volvió a mirar la imagen de Arquímedes. Estaba cayendo la tarde y la gente se dirigía a los restaurantes, las salas de cine o los típicos lugares de ocio de un sábado por la noche.

Cuando llegaron a un pequeño parque de Houston Street, Austen se sentó en un banco. Hopkins parecía inquieto, caminando de un lado para otro.

–¿Se encuentra bien, Alice? –le preguntó.

–Deje de mirarme a los ojos –replicó Austen.

Se puso a contemplar los edificios y a las personas que paseaban por la calle, y la ciudad pareció desintegrarse en su imaginación. Los edificios se convirtieron en unos huesos vacíos, como un arrecife de coral muerto, y las personas se desvanecieron por completo. La ciudad se volvió repugnante, sumida en el silencio.

Hopkins se sentó a su lado. En el banco contiguo yacía un borracho dormido. Hopkins siguió examinando la imagen de Tom Cope.

–¿Ha leído algo sobre Jack el Destripador? –le preguntó Austen.

–Creo que era un patólogo que descuartizaba a mujeres.

–No sé lo que era, pero iba caminando hasta sus víctimas y después de matarlas se marchaba caminando. Creo que Tom Cope también es así. Va andando a todas partes.

Siguieron paseando hacia el East Village, mirando fijamente a los transeúntes, que en ocasiones se mostraban visiblemente molestos. Se encaminaron hacia el este hasta que llegaron a la Avenida B y pasaron por delante del bloque de apartamentos donde vivía Hector Ramirez. Entraron en una tienda de ultramarinos y Hopkins le enseñó la fotografía al tendero, pero el hombre no reconoció el rostro.

–Esto es una pérdida de tiempo –sentenció Hopkins–. Hay nueve millones de personas en esta ciudad.

–Tal vez deberíamos volver al túnel.

–No está en el túnel. Está paseando por las calles. Es la mejor forma de esconderse.

Inspeccionaron el East Village de punta a punta, recorriendo todas las calles y avenidas. Pasaron por el antiguo Cementerio de Mármol, donde están enterradas celebridades de la época de Herman Melville, y atravesaron el parque de Tompkins Square. Hopkins, el agente del FBI, sintió un extraño sentimiento de envidia al ver a los niños en los bancos sin nada que hacer salvo perder el tiempo charlando de nada en particular. Parecían estar pasándolo en grande. De repente miró a Austen y se dio cuenta de que ya no pensaba en ella en términos estrictamente profesionales, lo cual le causó cierta inquietud.

Consideraron entrar en el Greenwich Village, pero al final decidieron caminar por el Bowery. Pasaron por delante de varias tiendas de abastecimiento de restaurantes, la mayoría cerradas. Un chino estaba intentando hacer pasar por la puerta de su establecimiento una enorme máquina para mezclar masa de pan que tenía de adorno en la acera. Cruzaron por debajo de Houston Street y se adentraron en el SoHo, aunque les pareció que el barrio estaba demasiado animado y lleno de turistas para ser del gusto de Cope. También pensaron en dar una vuelta por Little Italy, pero les dio la impresión de que se estaban alejando demasiado de la zona prevista, así que torcieron hacia el norte, volvieron a cruzar Houston Street y acabaron de nuevo en el East Village.

Era un momento del día de transición. La animación del sábado por la tarde comenzaba a apagarse, pero aún no había comenzado la vida nocturna de la ciudad. La gente que aún disfrutaba de aquella tarde de primavera paseaba relajada por las calles, sin prisas por llegar a ninguna parte. Hopkins y Austen acabaron en la parte menos atractiva del East Village, cerca de las avenidas C y D, donde no había árboles en las aceras y el barrio ofrecía un aspecto desolado. Aquélla siempre había sido una zona pobre de Manhattan, donde los residentes no se sentían con ánimos de plantar árboles. Oyeron el sonido de un martillo en la distancia, y un gato se los quedó mirando desde el umbral de una puerta. En un pequeño garaje, a un hombre que estaba tendido sobre una tabla con ruedas bajo un coche deportivo se le cayó al suelo una herramienta. Las calles transversales estaban prácticamente desiertas, aunque se irían animando al cabo de unas horas. Hopkins se detuvo de pronto y dijo:

–¿Dónde estamos?

–No lo sé –repuso Austen–. Cerca de la Avenida C.

–Es un barrio un poco cutre.

–No está tan mal.

Era una zona un tanto sórdida. Los edificios eran en su mayoría viviendas de alquiler del siglo XIX. Algunos habían sido renovados y otros derruidos, dejando descampados donde crecían zumaques entre camiones abandonados cubiertos de grafitis. Algunos de los terrenos estaban rodeados de una cerca de alambre de púas, mientras que otros habían sido convertidos en jardines. Cruzaron una verja que daba a un solar donde había un parque infantil entre macizos de flores. El jardín se encontraba entre dos edificios. Hopkins entró y se sentó en un tiovivo. Austen se sentó a su lado.

–Nos van a castigar contra la pared por lo que hemos hecho –dijo Hopkins restregando los pies en la tierra.

Un gato abandonado de color marrón y blanco pasó por delante de ellos, se dirigió hacia una lata de comida que alguien había dejado en el suelo y se puso a comer mientras los observaba. Se oía el sonido del tráfico a través de los tablones de madera contrachapada que bordeaban un lado del parque.

Hopkins empujó el tiovivo, que comenzó a chirriar mientras giraba.

–Qué divertido –exclamó empujando con más fuerza.

–Déjelo ya –dijo Austen–. Me pone nerviosa.

Hopkins lo detuvo lentamente.

Austen se hallaba frente a unos arbustos que habían plantado recientemente detrás de una traviesa de ferrocarril. Tenían unas flores amarillas en forma de cuerno que habían comenzado a marchitarse con la llegada del mes de mayo.

–Mire, Hopkins, es una forsitia...

Austen levantó la vista y vio la parte trasera de un edificio de ladrillo de cuatro plantas que había sido renovado. Habían instalado unas ventanas con doble acristalamiento y los marcos metálicos. En el tercer piso, las ventanas estaban cubiertas de unas brillantes persianas blancas y en una de ellas había un pequeño ventilador de alta tecnología.

Austen y Hopkins se quedaron estupefactos.

–Oh, Dios... Oh, Dios mío –dijo Hopkins. Se levantó despacio y añadió–: No mire hacia arriba. Camine como si nada.

Salieron del parque paseando como dos personas que no tuvieran nada que hacer. Cruzaron la calle y fueron a observar la fachada del edificio. Era un pequeño bloque de pisos de principios de siglo con la fachada de ladrillos amarillentos y una pesada cornisa. Todas las ventanas del tercer piso estaban tapadas con persianas blancas. Aunque era un edificio en buen estado, no tenía ascensor.

–Debe de subir el material por las escaleras, pero es factible –dijo Hopkins–. Vamos a comprobar el interfono.

Subieron los escalones y miraron los nombres del interfono. Ninguno de ellos era Cope. En el timbre del piso número tres figuraba la palabra «Vir».

Volvieron a cruzar la calle y siguieron contemplando la fachada. Hopkins se metió las manos en los bolsillos y adoptó una postura desgarbada.

–*Vir* significa «hombre» en latín –comentó Austen.

De repente se abrió la puerta del edificio.

Tom Cope llevaba en la mano el maletín de cuero negro, su bromita particular. Los vio cuando salía por la puerta principal: un hombre y una mujer que lo observaban detenidamente desde el otro lado de la calle. Cambió de idea al instante, dio media vuelta y regresó al vestíbulo. «¿Estaré imaginando cosas?», se dijo.

Al ver la puerta abierta los ojos de Hopkins se encontraron con los de un hombre de aspecto modesto, con gafas, una calva incipiente, la tez pálida y un rostro que llevaba grabado en la mente. Se sacó la pistola de la americana y echó a andar hacia la entrada, dispuesto a detener al sospechoso tras haberlo identificado.

Austen lo agarró del brazo y le dijo:

–No lo haga. Llevaba algo en la mano.

Hopkins se detuvo en seco. Austen tenía razón. Cuando alguien lleva una bomba, no se le arresta así como así.

–Hazte a un lado. –La empujó hacia un rincón de la puerta y la protegió con su propio cuerpo–. Puede que vaya armado. Tiene que salir de aquí.

–No.

–Entonces siéntese en los escalones, Alice. Y arrímese todo lo que pueda a la pared. –Se sentó a su lado–. Está bien. Estamos esperando a un amigo que vive aquí, aquí sentados, charlando tranquilamente. Venga, sonría. Eso es, así me gusta. Tengo que usar la radio. –Se inclinó hacia ella y seleccionó el canal de emergencia de la radio Saber. Le respondió un empleado del FBI–. Soy el agente especial Will Hopkins. Póngame con Frank Masaccio. Es muy urgente. –Al cabo de un momento–: Frank, estamos en el East Village, cerca de Houston Street. –Miró a su alrededor y le dio la dirección exacta–. ¡Ya lo tenemos, Frank! ¡A Cope! Lo hemos visto con una especie de maletín. Lo tenemos vigilado. Al parecer utiliza el alias Vir, V-I-R. Necesito refuerzos. ¡Muchos refuerzos! Puede que tenga una bomba. Estoy sentado en la entrada con Austen.

–Hopkins. Número uno: quedas despedido. Número dos: eres mejor agente que tu viejo. –Frank Masaccio se hallaba en el Centro de Control de las oficinas del FBI–. Voy a mandarte todo lo que tengo.

Vigilancia

Tom Cope subió corriendo las escaleras, con el maletín en la mano. Cerró el pestillo de la puerta y se sentó en el sofá del salón, con la maleta a un lado. «Me estaban mirando como si lo supieran todo –se dijo–. Parecían del FBI. No, es imposible que me hayan encontrado. Pero entonces, ¿por qué me miraban de esa forma?»

Se levantó y se acercó a la ventana, aunque no se atrevía a mirar. Al final retiró la cortina y se asomó a la calle. ¿Se habrían marchado? Entonces los vio, sentados en un portal al otro lado de la calle. Parecían estar hablando.

Regresó al sofá y pensó que se había vuelto paranoico.

«¡Oh, mierda!», exclamó para sí. Había puesto en marcha los temporizadores y debía desactivar las bombas, pero para ello tenía que volver a entrar en el laboratorio de nivel 3. Al cabo de unos minutos se encontraba en él ataviado con el traje protector. Abrió las bombas y desconectó los cables. Salió del nivel 3, lavó el traje y las bombas con lejía en la zona de descontaminación, se quitó el traje y lo metió en una bolsa de plástico.

Se volvió a sentar en el sofá e intentó tranquilizarse un poco. Colocó una bomba llena de cristales víricos sobre una mesita, sacó la pistola Colt Delta Elite del maletín y la dejó al alcance de la mano.

Austen y Hopkins seguían sentados en el umbral de la puerta. Una mujer casi se vio obligada a saltar por encima de ellos para entrar en el edificio.

–¿Por qué no van a sentarse a otra parte? –les espetó.

Hopkins le dijo a Austen:

–No mire hacia el piso de Cope.

Empezaba a anochecer.

Volvió a retirar ligeramente la cortina para ver si el hombre y la mujer seguían en la calle. Al parecer se habían marchado. «¿Por qué estoy tan asustado?», se preguntó. Consideró abandonar el edificio por la salida de emergencia para luego desaparecer en el metro. Pero era incapaz de moverse. Si algo fallaba, acabaría en manos del FBI o de BioArk. Casi esperaba que fuese el FBI. Prefería terminar en la cárcel antes que tener que enfrentarse a alguno de esos tipos de BioArk. «¿Cómo he podido acabar atrapado en mi propio edificio? –pensó–. ¿Estoy realmente atrapado?» Volvió a mirar por la ventana. El hombre y la mujer estaban sentados en el umbral de otra puerta. ¿Por qué no se marchaban de una vez?

Frank Masaccio había llamado a la sede de Washington del FBI. Les explicó que el agente Hopkins había salido de Governors Island pero al parecer había encontrado al terrorista y se hallaba en compañía de la doctora. Dijo que había enviado a un grupo de operaciones de vigilancia a la zona, que incluía al equipo de Reachdeep y a distintos grupos de rescate de rehenes. Prácticamente toda la oficina de Nueva York iba a tomar parte en la operación e incluso había pedido refuerzos a Quantico. Al mismo tiempo, algunos de sus agentes empezaron a interrogar a las personas que vivían en el edificio de Cope para hacerse una idea del tipo de vecinos que tenía y qué clase de barrio era.

–Estamos intentando acceder a una pared que dé al piso de Cope –dijo Masaccio.

Una furgoneta de reparaciones de la televisión por cable se detuvo en una esquina de la Avenida C. El conductor miró a Hopkins y le hizo una señal con la cabeza. Hopkins y Austen caminaron hasta la camioneta y se subieron a ella por la puerta de atrás.

Oscar Wirtz estaba sentado en la parte trasera de la furgoneta, vestido con un chándal gris. La camioneta arrancó.

Entretanto, una vieja furgoneta llena de muebles viejos estacionó en doble fila frente al edificio de Cope. En la cabina iban un hispano y una mujer afroamericana con aspecto desharrapado. La mujer tenía algo en la oreja que parecía un audífono. Estaba hablando con Frank Masaccio, y su voz era transmitida en directo a la oficina del COIE en Washington.

–No hay actividad en el tercer piso –informó.

La camioneta de la televisión por cable en la que se encontraban Austen, Hopkins y Wirtz aparcó en doble fila en una tranquila calle transversal a dos manzanas del piso de Cope. De repente un enorme camión de mudanzas estacionó delante de ellos. Hopkins y Austen bajaron de la furgoneta y subieron al camión. En él se hallaba Littleberry junto con unos cuantos hombres de Oscar Wirtz, esto es, la patrulla de operaciones de Reachdeep. En el interior había varias cajas de material de protección frente al peligro biológico. De momento, el camión hacía las veces de zona de estacionamiento y abastecimiento para una posible operación biológica.

–¿Vamos a pasar a la acción? –preguntó Austen.

–Usted no, doctora –repuso Wirtz.

Hopkins estaba escuchando a Masaccio a través de la radio Saber.

–Su vecina de abajo no sale de casa. Es diabética y está enferma del corazón. No podemos molestarla. Y es demasiado arriesgado entrar en el piso de arriba, porque podría vernos pasar. A un lado del edificio hay un descampado que se extiende hasta Houston Street. Por desgracia es un espacio abierto y también podría vernos. Nuestra única opción es el edificio de al lado, que tiene una pared común con el piso de Cope. Así que vamos a entrar ahí, Will Junior, e intentaremos acercarnos a él lo más posible. Dile a Wirtz que se prepare para actuar en caso de emergencia.

Se había puesto el sol. Eran las ocho y media de la tarde.

Antes de efectuar cualquier movimiento para detener a Cope, querían comprobar qué aspecto tenía, cuál era su estado mental y de qué armas disponía. Otro camión se detuvo cerca del edificio. Era un camión de reparaciones de la compañía eléctrica Con Edison. Tres empleados con cascos, una mujer y dos hombres, entraron en el edificio contiguo y llamaron al timbre de un apartamento del tercer piso. Cuando un hombre les abrió la puerta, le mostraron sus credenciales del FBI. El tipo escribía artículos para una revista de música *rap*.

–Mi nombre es Caroline Landau –dijo la mujer de Con Edison–. Soy agente del FBI. –Luego presentó a sus compañeros.

–¿Qué quieren de mí? –preguntó el periodista.

Landau le dijo que necesitaban su cooperación porque había un asesino al otro lado de la pared.

–Creemos que tiene una bomba. Esto no es ninguna broma. Le ruego que nos ayude.

El hombre parecía incapaz de articular palabra. Por fin dijo tartamudeando:

–Me está enredando.

–Le juro que es verdad.

–No me lo creo.

–Se lo suplico personalmente, señor –insistió Landau–. Corre un grave peligro personal. Todos estamos en peligro.

Al hombre le dio la impresión de que no tenía elección. Bajó a la calle con uno de los hombres de Con Edison y se marchó en el camión. Pasó la noche en un hotel, cortesía del FBI.

Piso tras piso, el FBI evacuó todo el edificio contiguo al de Tom Cope. No se atrevieron a evacuar el del asesino por temor a ser descubiertos, con la excepción del primer piso, donde vivía una mujer soltera. La interrogaron en el camión y descubrieron que el hombre del tercer piso decía llamarse Harald Vir y apenas se relacionaba con ninguno de los vecinos, aunque parecía muy educado. Era Tom Cope.

En el piso del periodista, Caroline Landau y un grupo de técnicos montaron unos aparatos sensores por control remoto. De una de las cajas de herramientas de Con Edison, sacaron un taladro capaz de perforar ladrillo y piedra sin hacer el menor ruido. Cortaron la capa de yeso y extrajeron el material aislante. Al otro lado de la pared de ladrillo se hallaba el apartamento de Cope.

Caroline Landau instaló en la pared una serie de micrófonos del tamaño de monedas de cinco centavos que captarían los sonidos del piso de Cope y los introducirían en un analizador. A través de unos auriculares, oirían todo lo que sucediese en el interior del piso, en sonido estéreo, con una precisión increíble.

El camión de muebles en el que iban Hopkins, Austen, Wirtz, Littleberry y los ninjas de Reachdeep estacionó cerca del edificio de Cope. En la oscuridad, moviéndose con rapidez, descargaron una serie de bolsas de pertrechos y subieron a la tercera planta del edificio contiguo, donde acababa de comenzar la operación de vigilancia técnica del FBI.

La agente Caroline Landau y su equipo montaron dos cámaras de imágenes térmicas en unos trípodes. Parecían cámaras de vídeo, con la excepción de que las lentes eran enormes y tenían unos espejos dorados, como unos ojos de rana gigantescos. Las cámaras eran capaces de ver en luz infrarroja, que es el calor. Captaban el calor a través de las paredes y lo veían con claridad.

Landau las conectó a unas pantallas y en ellas apareció una imagen térmica del piso de Tom Cope. Lo vieron pasearse por la sala de estar con un objeto en las manos. Parecía tranquilo, o por lo menos ésa era la impresión que daban sus movimientos.

En otra habitación vieron un enorme cilindro caliente y supusieron que sería el biorreactor. Los técnicos practicaron un agujero en forma de cono en la pared para verlo con más claridad. Tardaron unos instantes en perforar el ladrillo, con el temor de que Cope se percatase del leve zumbido. Dejaron intacta la capa de pintura del piso de Cope y luego la pincharon con un alfiler. Introdujeron en el orificio en forma de cono un aparato óptico de manera que la punta penetrase en el agujero de la pintura. Era un objetivo ojo de pez tan pequeño como la punta de un lápiz. De esta forma el aparato óptico quedaba oculto detrás de la pared y, aunque Cope mirase el objetivo, ni siquiera repararía en él, o bien pensaría que era una mota de polvo.

–Somos como una mosca en su pared –observó Caroline Landau.

El cono óptico estaba conectado a un sistema electrónico de vídeo. En una pantalla apareció una imagen ojo de pez del laboratorio de Tom Cope.

Mark Littleberry reconoció un reactor Biozan.

–No está en funcionamiento –dijo–. Supongo que ya ha terminado de crear sus cepas de virus. Pero es posible que el líquido del reactor esté infectado con Cobra.

Vieron las cajas de polillas y orugas, y una fotografía de la selva amazónica. Cope permanecía fuera del laboratorio, como una figura fantasmal de color naranja que se sentaba en el sofá o se desplazaba con aire inquieto por el salón, sin soltar en ningún momento el largo tubo que sostenía en las manos. Le oyeron decir, en sonido estéreo:

–Imbécil. Esto es demasiado importante como para fracasar en estos momentos.

Encima de la mesa frente al sofá se veía un bulto borroso. Hopkins y Austen pensaron que sería el maletín que llevaba cuando lo vieron en el portal. Entonces Cope lo abrió, manipuló un objeto en forma de tubo y otros dos más pequeños, y sacó algo perfectamente reconocible.

–Tiene una pistola –dijo Caroline Landau–. Podría ser una cuarenta y cinco. Tiene una mira excelente.

Cope dejó el arma sobre la mesa y se tumbó en el sofá, a menos de tres metros del nutrido grupo de vigilancia del FBI y del grupo de operaciones especiales, sin sospechar lo más mínimo que al otro lado de la pared había una potente fuerza de la ley, como un creciente torrente de agua a punto de reventar una presa. Estaban fascinados con lo que Cope sostenía en las manos, que sin duda era un arma biológica. Les daba la sensación de que contaba con dos bombas grandes, una de ellas metida en el maletín. Consideraron practicar otro orificio en la pared e introducir otro objetivo ojo de pez para verlas con más claridad, pero al final decidieron no hacerlo por temor a que Cope se percatase. Hasta entonces habían tenido mucha suerte y lo último que les faltaba era meter la pata. No sería la primera vez en operaciones de este tipo.

Cope se sentó en el sofá. ¿Qué hacer? ¿Le estaban vigilando o no eran más que imaginaciones suyas? Se volvió a asomar a la ventana, aunque no se atrevió a permanecer allí más que unos instantes. Pronto se vería obligado a actuar. Regresó a la sala de estar y sopesó una de las pequeñas granadas biológicas. A pesar de que el explosivo no era muy potente, la granada resultaría devastadora en un espacio cerrado, como una habitación o un túnel. Las granadas eran tanto una defensa como un arma ofensiva. Podría utilizarlas de ambas maneras.

Desde el Centro de Control del FBI, Frank Masaccio y sus hombres supervisaban la situación y permanecían en contacto con el COIE, que se hallaba en pleno funcionamiento en Washington. Masaccio era quien tomaba las decisiones. No pensaba irrumpir en el piso de Tom Cope sabiendo que tenía una bomba. Era demasiado peligroso. Esperaría a que Cope saliera del edificio y lo detendría en la calle. La idea era actuar tan deprisa que no le diese tiempo a hacerla estallar.

Había francotiradores apostados en los tejados con rifles Remington 308. Si recibían la orden de disparar, apuntarían a los ojos, un procedimiento habitual en este tipo de operaciones. Siempre se procura alcanzar a la víctima a menos de cinco centímetros de los ojos. La bala penetra en el cráneo, destroza el tallo encefálico y lo expulsa a través del orificio de salida. De este modo los músculos se relajan y, si la persona tiene el dedo en el gatillo o en un detonador, el dedo se relaja espontáneamente.

Masaccio ordenó a los francotiradores que no disparasen a no ser que se les ordenase. No sabía cómo funcionaba la bomba de Cope y ésta podría estallar si Cope se desplomaba en el suelo. Ante el menor indicio de que fuese a detonar la bomba dentro del piso, el equipo de Reachdeep tenía instrucciones de derribar la pared lo antes posible para detenerlo. El objetivo era el mismo de siempre: no necesariamente matar a Cope, sino, por encima de todo, dejarlo indefenso.

Para entrar en el apartamento necesitaban a un experto en el tema. El FBI contaba con varios de ellos en Quantico. Mientras se iniciaba la operación de vigilancia, Oscar Wirtz había telefoneado a Quantico para que le enviasen uno. Un hombre llamado Wilmot Hughes viajó a Nueva York en un avión del FBI. Llegó a las diez en punto. Cope seguía en el piso y todavía no había efectuado ningún movimiento.

Wilmot Hughes era un hombre delgado y de baja estatura que se había pasado la vida ideando formas de irrumpir en todo tipo de lugares, a menudo con la ayuda de explosivos. Era capaz de entrar en aviones, barcos, coches y búnkeres.

Inspeccionó la pared de ladrillo, palpándola con las manos y dándole unos leves golpecitos.

–Afortunadamente es una pared insignificante –comentó.

Empezó a colocar unas cargas explosivas de plástico encima de los ladrillos. Una porción oval de la pared que daba a la sala de estar de Cope desaparecería en una fracción de segundo en cuanto decidiesen volarla. Hughes dijo a los hombres de Reachdeep que se tendieran contra la pared a ambos lados de los explosivos cuando éstos estallasen.

Cope parecía indeciso. En un momento dado se fue al lavabo y orinó, y al cabo de una hora volvió a hacerlo. Se le veía cada vez más nervioso. De vez en cuando la imagen de Cope, una cálida figura humana, atravesaba la sala de estar y se asomaba a la ventana. Las cortinas aparecían como rectángulos negros en las pantallas.

Masaccio habló con Wirtz a través de unos auriculares. Le dijo que se preparase para actuar, que Hughes ya les había preparado el terreno. Wirtz y los ninjas se pusieron los trajes de bioprotección y unos chalecos antibalas.

–Voy a entrar –dijo Littleberry–. Quiero ver su laboratorio.

–Eres demasiado mayor para este tipo de acciones –le dijo Hopkins.

–No puedes impedírmelo. –Littleberry se volvió hacia Austen–. ¿Viene usted también?

–Por supuesto, doctor.

–Eh... –dijo Hopkins.

Les ordenó que permanecieran detrás de él, aunque sabía que era una batalla perdida de antemano. Todos se pusieron los trajes protectores negros y Wirtz los obligó a llevar también chalecos antibalas y unos auriculares ligeros. Wirtz ordenó a Hopkins que se mantuviese bien apartado.

–Ni tú ni los médicos debéis entrar ahí hasta que haya pasado el peligro.

–Me subiré a tu espalda, Oscar –replicó Hopkins.

Se colocó una riñonera y la llenó con unos cuantos objetos imprescindibles: bastoncillos para tomar muestras, el protector de su bolsillo repleto de cosas, entre ellas, lápices y bolígrafos, la linterna Maglite y un biosensor Boink. También se ató la pistola semiautomática de nueve milímetros SIG-Sauer y conectó los auriculares a un transmisor-receptor que llevaba colgado de la cintura y que funcionaba con una gran variedad de canales. Éste permitía a los miembros del equipo comunicarse entre sí y con el centro de control. Por último se puso una capucha Racal, por encima del cable. Encendió el ventilador alimentado con pilas para activar los filtros HEPA y la burbuja quedó así presurizada durante un máximo de ocho horas. Los filtros emitían un leve zumbido. Hopkins empezó a dar unos saltitos, pues estaba muy excitado e impaciente.

–¡Cálmate, Will! –dijo Oscar Wirtz–. Estás haciendo que tiemble el suelo. –Wirtz pensó que su compañero sería nulo manejando un arma, aunque no tuvo el coraje de decírselo.

Hopkins apagó el ventilador y se quitó la capucha Racal. No tenía sentido dejársela puesta mientras esperaban a que Cope se decidiese a entrar en acción.

En los tejados del vecindario, mientras tanto, los francotiradores mantenían vigiladas las ventanas del piso de Cope con miras telescópicas de rayos infrarrojos. Lo veían de tanto en tanto, cada vez que se acercaba a la cortina metálica. Y cuando asomaba la cabeza, colocaban la cruz reticular sobre sus ojos, aunque sabían que no estaban autorizados a disparar. Cope no soltaba la bomba, se movía constantemente y parecía temeroso de acercarse a las ventanas.

A poco más de kilómetro y medio de distancia, Frank Masaccio se preguntaba qué hacer desde la oficina del FBI. El COIE controlaba todos sus movimientos desde Washington y la Casa Blanca estaba al borde de sufrir un ataque al corazón. El presidente todavía no había dado una rueda de prensa. Estaban a la espera de los acontecimientos de Nueva York. Mientras Frank Masaccio consideraba las distintas opciones, le llegó la voz de Steven Wyzinski:

–Frank, Frank, ¿me oyes? El fiscal general está aquí, en el COIE.

–Señor Masaccio –dijo el jefe máximo de Frank Masaccio, tan sólo por debajo del presidente en la cadena de autoridad–, cualquier decisión que tome a partir de ahora deberá ser aprobada por mí.

Masaccio seguía recomendando que no se efectuara ningún movimiento repentino. No quería que sus fuerzas entrasen en acción ni que Cope se percatase de su presencia. Intentar negociar con él sería sin duda demasiado arriesgado, ya que podría hacer estallar las bombas. No estaba claro qué sospechaba Cope exactamente, pero Masaccio tenía planeado esperar a que abandonase el edificio y detenerlo en la calle. Intentar apresar a alguien en el interior de un edificio era una locura y si el tipo tenía un arma de destrucción masiva, había que proceder con sumo cuidado.

Cope volvió a entrar en el cuarto de baño, llevando consigo la bomba madre. La dejó en el suelo, desenrolló un montón de papel higiénico y se sonó la nariz. Luego se enjugó la cara con más papel, caminó hasta el lavabo y se la mojó con agua fría. El equipo de vigilancia sabía que era agua fría por el color de las imágenes térmicas.

Cope estaba tan nervioso que se había puesto a temblar. «¿Por qué estaré tan asustado?», se preguntó. Se miró al espejo y vio que sus ojos presentaban un color extraño. ¿Había un círculo dorado en el iris? Se examinó las pupilas reflejadas en el espejo. Le moqueaba la nariz y tenía el labio superior empapado.

No. Era imposible. Sabía que la viruela cerebral era selectiva a la hora de infectar a sus víctimas. Sabía que sólo infectaba a la mitad de las personas que habían sido expuestas al virus en pequeñas dosis. En este sentido era como muchas otras armas víricas. Llevaba meses manipulando el virus y hasta entonces no le había ocurrido nada. Era imposible que se hubiese infectado a esas alturas. Se preguntó si habría cometido algún error. Tal vez no contuvo la respiración durante el tiempo suficiente cuando soltó el agente en Washington. Tal vez se le había adherido una pequeña cantidad a la ropa o al pelo. No, era imposible. Estaba convencido de que era inmune. Seguro que no eran más que imaginaciones suyas.

«A mi mente no le pasa nada –insistió–. No siento nada raro. Si me hubiese infectado, notaría algo diferente. Soy un esquizofrénico paranoico perfectamente normal», se dijo, casi con una sonrisa. No obstante, volvió a preguntarse si habría cometido algún error durante la segunda fase de las pruebas, en Washington.

Cope tenía un biorreactor lleno de virus líquido, como sospechaba Littleberry. Por tanto estuvieron debatiendo qué deberían hacer en el caso de que se derramara en el interior del piso mientras apresaban a Cope. Los hombres del Departamento de Emergencias del alcalde que se hallaban con Frank Masaccio en el centro de control propusieron una idea que podría funcionar. Consistía en llenar algunos camiones de bomberos con desinfectante y rociar todo el edificio de Cope si se vertía el contenido del biorreactor. El cuerpo de bomberos encontró en Brooklyn a un mayorista de productos químicos que disponía de grandes cantidades de hipoclorito de sodio, la lejía que se suele utilizar para la colada. Llenaron varios camiones de lejía y agua y los estacionaron en fila lo más discretamente posible (aunque no era para nada discreto) en una calle a la vuelta de la esquina. El cuerpo de bomberos también aparcó en la zona unos camiones de descontaminación que normalmente se utilizan para descontaminar a bomberos o ciudadanos que han sido expuestos a asbesto o a productos químicos.

Ya era la una de la mañana y Cope no había logrado conciliar el sueño. Seguía indeciso. Ello se debía en parte a que no era del todo dueño de sí mismo. La transformación había comenzado a acelerarse. Se le estaban formando cristales en el tallo encefálico.

–Acercad los camiones de bomberos todo lo posible sin que se vean desde la ventana de Cope –dijo Hopkins a Masaccio–. Que estén preparados para pulverizar la lejía por todo el edificio en cuanto demos la orden. Wirtzy está impaciente por entrar en acción. Que empiecen a soltar la lejía en cuanto atravesemos la pared. Y si estalla la bomba, esperemos que se descontamine el edificio.

–Eso es mucho pedir, Hopkins –dijo Masaccio.

Huida

Ya eran las tres de la madrugada. Alice Austen había estado observando a Cope en las pantallas de las cámaras térmicas. Cope aún no se había acostado. Cuando se levantó del sofá y comenzó a pasearse por la habitación, Austen arriesgó un diagnóstico. Cope parecía estar haciendo gestos involuntarios, como movimientos espasmódicos. Gemía y hablaba para sí:

–No estoy enfermo. No estoy enfermo.

–Creo que se ha infectado, Will –dijo Austen.

Siguieron estudiando sus movimientos, aunque era imposible estar del todo seguros.

Entonces Cope pareció tomar una decisión.

–Opción dos –dijo.

–¿Qué ha sido eso? –preguntó Hopkins.

–Está perdiendo la paciencia –dijo Littleberry.

La pantalla mostró la imagen borrosa de Cope inclinado hacia el objeto que sostenía en las manos. Oyeron un sonido. Era el tapón metálico que Cope estaba desenroscando del tubo de vidrio que contenía la bomba. Estuvo manipulando algo y se oyó otro ruido, seco y crepitante. Cope estaba tirando de unos cables a través de la masa de hexágonos víricos que contenía el tubo. Estaba volviendo a montar la bomba.

Hopkins se puso en pie y levantó la mano.

–¡Wirtzy! ¡Está a punto de hacerla estallar! ¡Preparaos!

Tardaron unos segundos en ponerse las capuchas Racal, cerrarse los trajes protectores y encender los filtros de aire. «Si el edificio se contamina con esa bomba –pensó Hopkins–, podríamos morir todos, con o sin traje protector.» El aire cerca del lugar donde estallara la bomba biológica estaría tan lleno de virus que la protección de los trajes podría resultar insuficiente. Oscar Wirtz y cinco ninjas del equipo de Reachdeep se apostaron rápidamente contra la pared a ambos lados de los explosivos mientras Wilmot Hughes preparaba los mandos. Todos iban equipados con trajes espaciales y chalecos antibalas. Los ninjas llevaban granadas de fogonazo y armas de asalto Heckler & Koch.

En Washington, cuando el grupo del COIE se dio cuenta de que Reachdeep se aprestaba a entrar en acción, se empezaron a oír voces contradictorias gritando al unísono.

–¿Qué coño está haciendo Hopkins?

–¡Masaccio! ¡Contéstenos!

Cope volvió a colocar el tapón en el cilindro y metió la bomba en el maletín.

Hopkins observaba la imagen térmica, intentando interpretar el lenguaje corporal de Cope. ¿Haría estallar la bomba sin salir del apartamento? Era poco probable. ¿Qué estaría haciendo?

Con el maletín en la mano, Cope caminó hasta el pasillo que conducía al laboratorio. Abrió la puerta sin ponerse un traje protector. Fue entonces, a través del objetivo ojo de pez, cuando lo vieron con claridad por primera vez. Permaneció de pie junto a la puerta, miró hacia el biorreactor, y de repente agarró un pesado vaso de precipitados y lo arrojó contra la máquina.

El biorreactor, hecho principalmente de vidrio, explotó. El contenido rosa salió volando por los aires en forma de gotitas y se desparramó por el suelo, infectándolo de virus.

–¡Está contaminado! –gritó Hopkins.

–¡Adelante! –ordenó Masaccio.

Todos se arrimaron a la pared y Wilmot Hughes detonó los explosivos.

La pared se vino abajo como si estuviese hecha de grava y se abrió un boquete de forma oval. Wirtz y sus ninjas irrumpieron en el piso de Cope.

Austen, tendida en el suelo, fue incapaz de levantar la mirada. Hundió la cabeza entre los brazos y notó un retortijón de estómago. Las granadas produjeron destellos a su espalda y cegaron las cámaras térmicas.

Wirtz y sus hombres mantenían las armas listas para disparar. Hopkins vio que las pantallas se ponían en blanco al estallar las granadas, pero no tardaron en volver a funcionar con normalidad. Entonces vio a Cope corriendo.

–¡Oscar, está a tu izquierda! –gritó a través de la radio.

Vio a Wirtz y a sus hombres desplazarse por el piso. Dos de ellos se separaron del grupo y se fueron hacia la izquierda.

–¡Wirtzy, está en la cocina! –vociferó Hopkins. De pronto vio la figura de Tom Cope hacerse un ovillo y, por increíble que parezca, cayó en picado a través del suelo y desapareció–. ¡Está bajando! –gritó Hopkins.

Apuntaron las cámaras hacia abajo y vieron a Cope descender por el edificio, hasta que su imagen se desvaneció por completo.

Tras destrozar el biorreactor, Tom Cope había salido del laboratorio y cerrado la puerta. Al cabo de un instante, el piso se había llenado de explosiones y destellos de luz. Se fue corriendo a la cocina mientras unas figuras ataviadas con trajes de protección negros irrumpían en el salón.

Numerosos edificios antiguos de Nueva York todavía conservan el hueco del montaplatos que se solía utilizar para transportar comida de un piso a otro y que hoy en día puede servir para bajar la basura. Era la ruta de escape que Cope tenía planeada.

Hasta el momento no se había atrevido a utilizarla porque temía que lo estuviesen esperando en el sótano del edificio, pero a esas alturas no le quedaba elección.

Con el maletín de médico en la mano, Cope se subió al montaplatos a través de una abertura de la pared y comenzó a descender a gran velocidad, mientras las cuerdas chirriaban en las poleas. Fue a parar al sótano, al interior de un armario. Abrió la puerta y vio que no había nadie fuera. Echó a correr por un conducto de la calefacción hasta que llegó a una pequeña abertura en la pared de ladrillo cubierta con un tablero. Era su vía de escape. Arrancó la madera y se adentró en el agujero, arrastrando las rodillas por el cemento. Se rasgó los pantalones y se arañó la piel. El túnel estaba lleno de polvo. Al otro lado se oía el rumor de un tren.

El equipo de rescate de rehenes del FBI entró por la puerta principal del edificio y se fue deteniendo en cada planta antes de cubrir el siguiente tramo de escaleras. Cuando llegaron al tercer piso, los miembros del equipo oyeron a través de los auriculares que el sospechoso había escapado por el montaplatos y se encontraba probablemente en algún lugar del sótano.

Siguiendo las instrucciones de Hopkins, Oscar Wirtz y algunos de sus hombres entraron en la cocina, y encontraron el hueco del montaplatos.

Al cabo de unos segundos apareció Hopkins en el piso con un depósito lleno de Envirochem, un potente líquido antivírico. Le seguían Austen y Littleberry. Se fueron directos a la sala del biorreactor. Hopkins comenzó a rociar el suelo y las paredes con el desinfectante, creando una neblina en la habitación. Pronto llegaría la lejía de los camiones de bomberos.

Wirtz llamó a Hopkins por radio y los tres científicos se dirigieron a la cocina.

–Ha escapado por el hueco del montaplatos –dijo Wirtz–. Vamos a buscarlo.

Siguieron a Wirtz por las escaleras, en medio de una confusión terrible. Los demás equipos de rescate, equipados únicamente con mascarillas para respirar, estaban evacuando a los residentes del edificio. La anciana que vivía debajo de Cope debía ser evacuada rápidamente, ya que el reactor se encontraba justo encima de su piso.

El grupo de Reachdeep dejó a los demás equipos a cargo de estas tareas y se centró en atrapar a Cope. Wirtz y sus ninjas encabezaban la redada del sótano, con los científicos a la zaga, incapaces de mantenerse al margen de la operación. Wirtz se juró que la siguiente vez se aseguraría de que permaneciesen encerrados en una caja, aunque por el momento no podía hacer nada.

Encontraron enseguida el pasadizo de la pared y la hoja de madera en el suelo.

–¡Cope! ¿Está ahí dentro? –gritó.

No hubo respuesta.

Wirtz vio un rastro de sangre en el suelo de cemento, así como unas gotitas de un líquido transparente. Hopkins empapó un bastoncillo de sangre y lo introdujo en el Boink. El biosensor emitió un pitido.

–Cobra –dijo.

«¿Y ahora qué?», pensó

Volvieron a llamarlo por el pasadizo. Silencio.

–Apártense –ordenó Wirtz a los científicos–. Primero los hombres de la operación.

Se subió al pasadizo y sus hombres le siguieron uno a uno, avanzando a gatas, con las armas por delante. Apenas cabían y no llevaban linternas. No estaba previsto que acabasen en semejante lugar.

Wirtz llegó al final del túnel, que se abría a un espacio oscuro y luego descendía hasta un pasaje estrecho y rectangular. Todavía se veía algo.

–¿Qué está ocurriendo ahí abajo? –preguntó Frank Masaccio. Seguía sentado en el puesto de control, escuchándolos por radio, perdiendo los estribos por momentos. No le parecía estar en control de la situación.

–¿Qué está sucediendo en Nueva York? –Esta vez era Steven Wyzinski desde Washington.

Se oyó un estruendo que iba aumentando de intensidad. Lo captaba el micrófono de Wirtz.

Entonces oyeron la voz de Wirtz por encima del rumor:

–Lo que están oyendo es un tren. Estamos cerca del metro. Estoy detrás de una especie de pared.

Cope se había adentrado en el metro. Había logrado escabullirse de una impresionante operación del FBI y llevaba consigo por lo menos una bomba biológica.

–¡Esto es absolutamente espantoso! –vociferó Masaccio.

–Tal vez podamos controlarlo –dijo Hopkins por el auricular.

–¿Qué quieres decir?

–Los túneles del metro son una zona natural de biocontención. Si hace estallar una bomba, quizá podríamos cerrarlos herméticamente y detener los trenes. Creo que es mejor tenerlo aquí abajo que arriba, al aire libre. Intentemos atraparlo en los túneles. Frank, tienes que cerrar todos los ventiladores para que no escape el aire de los túneles ni entre aire de fuera.

Masaccio hizo una llamada urgente al Centro de Control de Operaciones de las Autoridades de Tránsito de la calle 14 Oeste. Se trata de una enorme sala de control en la que trabajan decenas de operadores del sistema del metro. Tras hablar con un supervisor, comenzaron a detener los trenes y apagaron todos los ventiladores.

Masaccio estaba frenético, dando órdenes a pleno pulmón. El objetivo era que los agentes del FBI y los oficiales de policía de Nueva York cerrasen todas las bocas de metro del barrio de East Houston Street y luego peinaran los túneles en busca de Tom Cope. Prácticamente ninguno iba equipado con pertrechos protectores frente al riesgo biológico. Si estallaba la bomba de Cope, muchos de ellos morirían. Masaccio estaba utilizando todas sus reservas de hombres a pesar de que no iban preparados. Pero no tenía elección.

Los miembros del equipo de Reachdeep siguieron el pasadizo por el que había desaparecido Cope. Conducía hasta la puerta que había al otro extremo del túnel abandonado de Houston Street. La puerta estaba cerrada, pero lo que parecía un pestillo seguro no era más que un mecanismo que se abría con facilidad si uno sabía manipularlo. Era la vía de escape de Cope. Aquella ruta pasaba justo por delante del lugar donde vivían Lem y el hombre de la armónica. Los dos mendigos perdieron la vida porque habían visto a Cope usar esa puerta.

En cabeza iban Oscar Wirtz y cinco de sus ninjas, y les seguían Hopkins, Austen y Littleberry. A pesar de que Littleberry, o cualquier persona de su edad, ya no estaba para operaciones de ese tipo, no lograron disuadirlo. Era imposible controlar a aquel hombre.

El túnel se volvió silencioso. Los trenes habían dejado de circular.

De pronto oyeron la voz apagada de Masaccio por los auriculares.

–¿Qué estáis haciendo?

–No te oigo, Frank. Estamos perdiendo la conexión –dijo Hopkins–. Estamos llegando a la estación de la Segunda Avenida. Tienes que cerrarla.

–Eso es lo que estamos haciendo. Hemos enviado policías a todas las estaciones –replicó Masaccio.

Siguieron avanzando a paso ligero.

Los especialistas en comunicaciones del FBI les dijeron que se pasaran a una frecuencia de radio que utilizaban las autoridades de tránsito. Esto mejoró la recepción, que dependía de unos cables que se extendían por los túneles. Cuando los miembros de Reachdeep llegaron al andén de la estación de la Segunda Avenida, lo encontraron desierto.

Atajo

Había salido al andén de la Segunda Avenida unos minutos antes que los hombres que lo perseguían. No sabía si esperar a que llegase un tren. A las tres de la madrugada, podría ser una larga espera.

«No esperes un tren –se dijo al fin–. Sería una locura. Y la calle estará repleta de agentes. Será mejor no salir de aquí. Sigue avanzando.»

Empezaba a convencerse de que se había infectado, aunque todavía era capaz de desplazarse. Sin embargo, aún confiaba en que tal vez habría desarrollado algún tipo de resistencia al virus y lograría sobrevivir.

Maletín en mano, corrió hasta el otro extremo del andén, descendió a las vías y echó a andar en dirección oeste, siguiendo la ruta del tren F hacia el centro de Manhattan. Sus pies avanzaban pesadamente por las traviesas. De pronto se percató de algo que no le hizo ninguna gracia: reinaba un profundo silencio en los túneles, no había electricidad en las vías y no se oía ningún ventilador, a pesar de que las luces seguían encendidas. Entonces oyó un sonido a su espalda. Se giró y vio, en la distancia, a cinco o seis hombres con trajes de protección negros atravesando el andén de la Segunda Avenida.

Echó a correr con todas sus fuerzas, pisando charcos y tropezando con las traviesas. «Todavía no me han cazado –se dijo, animado por una fría determinación–. Ten coraje. Las futuras generaciones te recordarán como un hombre de visión y voluntad heroicas.»

Siguió avanzando por el túnel en dirección oeste hasta que vio que se estaba acercando a otra estación de metro. Sabía que era la parada de Broadway Lafayette. Pensó en salir a la calle, aunque no estaba del todo seguro.

No sabía qué hacer. Consideró soltar la bomba allí mismo, pero al final se le ocurrió una idea mejor.

Ya había explorado aquel túnel, a pie, mientras inspeccionaba la ciudad en busca de lugares donde llevar a cabo un ataque biológico. Recordaba haber visto un túnel secundario, un atajo que apenas se utilizaba. Sabía que retornaba a las vías, de modo que podría rodear a sus perseguidores. Por fin consiguió encontrarlo. Era una desviación a la izquierda que daba a un túnel de una sola vía, en dirección sur, hacia el Lower East Side de Manhattan.

En ese preciso instante, Frank Masaccio era informado sobre la existencia de dicho túnel. Estaba hablando con los operadores de la red de metro de la sala de control de la calle Catorce. Había enviado a un equipo del FBI a la estación de Broadway Lafayette. En esos momentos el grupo se desplazaba en dirección este hacia el equipo de Reachdeep, que venía por el oeste. Iban a intentar atenazar a Cope entre las dos estaciones.

–Allí está el túnel BJ-1 –dijo un operador a Masaccio–. Si ese tipo lo encuentra, será su única vía de escape.

–¿Adónde conduce? –preguntó Masaccio.

Conducía a una estación emplazada en la esquina de Delancey con Essex. Masaccio ordenó a un equipo de la policía o del FBI (el que estuviera más cerca) que se desplegara allí de inmediato.

Entretanto, el equipo de Reachdeep llegó a la entrada del túnel BJ-1. Era un túnel en curva, mal iluminado.

–Creemos que ha entrado ahí –les dijo Masaccio. Su voz sonaba lejana y crepitante.

–Estamos perdiendo la conexión –dijo Wirtz.

–Id hacia la izquierda por ese túnel –ordenó Masaccio.

El equipo de Reachdeep entró a toda prisa en el túnel BJ-1, que se extendía hacia el sur y hacia el este bajo el Lower East Side. Estaba iluminado con unas cuantas bombillas y tenía las paredes negras a causa del polvo de acero. A medida que se adentraban en el túnel, su contacto por radio con el Centro de Control del FBI se fue deteriorando hasta perderse por completo. Para entonces el grupo estaba formado por seis ninjas armados hasta los dientes, entre ellos Oscar Wirtz, y tres científicos: Will Hopkins, Alice Austen y Mark Littleberry. Reachdeep se había quedado solo.

Essex-Delancey

Tom Cope avanzaba cautelosamente, pero deprisa, por el túnel BJ-1, con el maletín negro que contenía los dispostivos explosivos de las bombas de dispersión de virus Cobra cristalizado. También llevaba consigo la pistola Delta Elite. La única vía del túnel brillaba bajo las escasas luces de los huecos abiertos en sus paredes. De vez en cuando Cope se detenía a escuchar. En un momento dado le pareció oír a sus perseguidores a su espalda, aunque no estaba seguro.

El túnel descendía, en dirección sur. Pasaba por debajo de un aparcamiento, seguía por Bowery Street y se dirigía al sur de la ciudad a lo largo de Sara Delano Roosevelt Parkway, una franja de zonas verdes y parques infantiles del Lower East Side. Eran las tres y veinte de la madrugada del domingo y, cuando los coches de la policía y del FBI irrumpieron en el barrio, y los equipos policiales comenzaron a invadir las bocas de metro, no había casi nadie por la calle, con la excepción de los propietarios de clubes nocturnos, que se preguntaron qué estaría ocurriendo. Como los periodistas suelen escuchar las radios de la policía, los camiones de televisión no tardaron en desplazarse hasta la zona, informando sobre un posible ataque terrorista. Hasta entonces el caso Cobra se había mantenido en secreto, pero en cuanto Cope se dio a la fuga y la operación se convirtió en una persecución, la noticia saltó a los medios de comunicación.

El túnel BJ-1 se iba adentrando cada vez más bajo tierra. Al principio descendía hacia el sur, pero luego giraba hacia el este, alejándose de Sara Delano Roosevelt Parkway, trazaba una curva bajo el viejo corazón del Lower East Side, por debajo de Forsythe Street, Eldridge Street, Allen Street y Orchard Street, y después seguía derecho hacia el este por Delancey Street.

Cope sabía relativamente bien adónde se dirigía. Había explorado aquellos túneles a pie y memorizado varias rutas de escape. Aquélla era quizá la mejor de todas. Se encaminaba hacia el puente de Williamsburg, que parte de Delancey Street y conecta Manhattan con Brooklyn. Pensó que podría esconder los explosivos en algún lugar del túnel, o bien dejarlos al aire libre para que se propagasen por la ciudad. No quería que nadie los encontrase. Ése era el problema. Si dejaba las bombas en el túnel, podrían encontrarlas y tal vez desactivarlas. Le dolía la pierna, pues se había lastimado la rodilla mientras intentaba escapar de su edificio, y ello le entorpecía la huida.

El túnel comenzó a ascender y torció hacia el noreste. Cope vio unas luces en la distancia. Era el andén de la parada de Essex-Delancey Street, una estación de diseño complicado situada al pie del puente de Williamsburg.

Cope decidió salir por aquella boca de metro, ya que no era necesario subir escaleras para acceder a la calle. El túnel llegaba muy cerca del andén de Essex Street. Unos doscientos metros más allá, las vías ascendían hasta el puente. El andén estaba desierto. Se veían luces a lo lejos. Era su salida. No se les ocurriría cortarle el paso por allí.

Entretanto, un grupo de policías de Nueva York descendía las escaleras por las que se accedía al andén de Essex Street.

Mientras huía por las vías, Cope oyó pasos y gritos, y vio movimiento en las escaleras. Dio media vuelta y echó a correr por donde había venido. Se ocultó en un hueco de la pared del túnel BJ-1, desde donde escuchaba el chisporroteo de las radios. Estaban registrando el andén y era evidente que de un momento a otro irían a buscarlo al túnel.

Sabía que le perseguía un equipo del FBI por el túnel BJ-1, de manera que estaba atrapado entre el FBI y el Departamento de Policía de Nueva York.

Consideró hacer estallar la bomba allí mismo, pero vaciló. Las cosas no eran tan sencillas. No estaba del todo seguro de que se hubiese infectado con el virus y le resultaba muy difícil optar por quitarse la vida. Era mucho más fácil decidirse a vivir, siempre que le quedase algo de esperanza. Debía de haber una forma de escapar.

Oyó el roce de los trajes protectores, las pisadas de las botas de goma... Se acercaban a todo correr.

Echó a andar arrimado a la pared y se adentró en una zona oscura, donde había unas salas abandonadas. Las atravesó rápidamente, agachado. Los policías se hallaban en el andén, a menos de diez metros de distancia. Encontró algunos ventiladores, viejos y rotos, y un frigorífico. ¿Adónde ir? Por un momento pensó en esconderse en la nevera, que curiosamente estaba pintada de negro. Pero era demasiado pequeña. Se arrodilló y se acurrucó contra la pared, junto al frigorífico.

Abrió el maletín y sacó una bomba llena de cristales víricos. Destapó un extremo del tubo y tiró de los cables detonadores. Si los cruzaba, si provocaba un cortocircuito, el biodetonador explotaría. Él moriría, pero la forma de vida que había creado sobreviviría en el mundo.

La estación de Essex Street cuenta con una amplia zona abandonada que en tiempos fue una estación de tranvías. Los policías, tras recorrer los andenes, se aprestaban a registrarla. En ese momento el equipo de Reachdeep llegó al andén de Essex Street y los ninjas deliberaron unos instantes con algunos policías. Cope había desaparecido.

–Puede que haya huido por el puente –dijo un policía–. Si no, tiene que estar en la zona de los tranvías. –Al ver a los agentes enfundados en sus trajes protectores, se preguntó a qué se estaría exponiendo.

–Ustedes permanezcan al margen –les dijo Wirtz–. No van protegidos.

Los agentes del FBI tomaron prestadas las linternas de los oficiales de policía y procedieron a registrar la zona de tranvías, desplazándose entre las columnas. Hopkins, Austen y Littleberry permanecieron sin linternas en las vías de metro, cerca del túnel BJ-1. Embutidos en sus trajes, con los cascos flexibles y transparentes en la cabeza, apenas se oía nada, pero a Hopkins le pareció oír un ruido a su espalda. Se volvió y se encontró frente a un conjunto de salas abandonadas repletas de basura. Vio unos soplantes de aire y una especie de frigorífico negro. El sonido parecía proceder de detrás de la nevera.

Hopkins sacó su pistola y rodeó el frigorífico. Nada. Miró a su alrededor y vio que todo estaba cubierto de un polvillo negro. Al otro lado de la nevera, descubrió unas pisadas recientes. Entonces vio la sangre, varias gotas de sangre fresca.

Abrió la riñonera y sacó el Boink y un bastoncillo. Introdujo la muestra de sangre en el aparato y oyó el peculiar pitido de la máquina. En la pantalla apareció la palabra COBRA.

Hopkins habló en voz baja por sus auriculares.

–Emergencia. Aquí Hopkins. Ya lo tenemos. Está muy cerca. ¡Eh! ¿Qué ocurre? –Un velo de silencio parecía haberse desplegado sobre los auriculares. Aquella era una zona sin cobertura–. ¡Frank! ¡Frank! –siseó–. ¿Me puede oír alguien? ¡Hemos localizado a Cope!

Hopkins oyó fragmentos de la voz de Masaccio, pero era incapaz de comprender lo que le estaba diciendo.

–¡Frank! ¡Escúchame!

Mientras hablaba por radio, Hopkins se volvió lentamente, intentando ver en la oscuridad.

–¡Al suelo! –ordenó a Austen y Littleberry. Se inclinó hacia delante, por encima de unas máquinas, y gritó–: ¡Doctor Cope! ¡Doctor Cope! Por favor, entréguese. No le haremos ningún daño. Por favor, señor.

Allí no había nadie. Pero al otro lado de las máquinas encontró una puerta abierta que daba a una zona a oscuras repleta de basura, donde habían estado viviendo unos mendigos. Hopkins avanzó contra la pared, en penumbra, a través de la inmundicia, listo para resguardarse en cualquier momento. Llegó a una abertura de la pared que conducía a un túnel de un metro de alto lleno de cables eléctricos.

Hopkins deliberó qué hacer. Seguía oyendo fragmentos de conversación a través de los auriculares.

–¡Frank! ¡Masaccio! ¡Wirtzy! –llamó. Nada.

No sabía si entrar en el túnel. Llevaba la linterna Mini Maglite, pero no era lo ideal para operaciones nocturnas. La encendió de todos modos, listo para agacharse si la luz desencadenaba un tiroteo.

No sucedió nada. Alumbró el túnel con la linterna y gritó:

–¡Mark! ¡Alice! ¡Vayan a buscar a Wirtz! Aquí hay un túnel.

Se agachó y se adentró en el túnel, alumbrando los cables eléctricos con la linterna. El túnel se extendía en línea recta. Siguió avanzando deprisa, concentrado en el problema que se les avecinaba. ¿Estaría perdido Cope o conocería una salida? Temía que en cualquier momento el túnel se viniera abajo como consecuencia de la onda expansiva de la bomba. Era evidente que Cope se dirigía hacia el puente de Williamsburg, pero la policía le había cortado el paso. Por tanto tenía pensado salir al aire libre y hacer estallar la bomba de noche.

Hopkins había recorrido cierta distancia por el interior del túnel cuando se dio cuenta de que lo estaban siguiendo. Se detuvo y vio a Austen justo de trás de él.

–¡No lleva arma ni linterna! –le dijo.

–Siga avanzando –replicó ella.

–Es usted una pelma, doctora Austen.

–Siga adelante o déme la linterna.

–¿Dónde está Mark?

–Se ha ido a buscar a Oscar.

Sin decir una palabra más, Hopkins siguió avanzando, indignado con Austen, pero más que nada enfadado consigo mismo, ya que se sentía responsable por haber permitido que Cope escapase. Si muriese un montón de gente... Decidió no pensar en ello y concentrarse en encontrar a Cope.

Hopkins y Austen continuaron adentrándose en el túnel. En ocasiones se veían obligados a andar a gatas. Sin duda había corriente en los cables eléctricos y Hopkins temía que acabasen electrocutados si tocaban un aislador roto. Lo único bueno era que tal vez Cope se electrocutaría primero.

De repente Hopkins advirtió con preocupación que la luz de la linterna iba perdiendo intensidad, hasta que el haz se volvió de color amarillo.

El túnel conducía hacia el suroeste desde la estación de metro de Essex-Delancey Street, por debajo del Lower East Side. Hopkins y Austen llegaron a una curva en ángulo recto, y luego otra. El túnel continuaba durante varias manzanas, pasando por debajo de Broome Street, Ludlow Street y Grand Street, hasta que llegaron a una encrucijada, donde se abrían tres rutas distintas.

Se detuvieron indecisos y Hopkins se puso a examinar el suelo con la linterna en busca de gotas de sangre. No había sangre, pero sí un charco en la bifurcación de la derecha. Había salpicaduras de agua en la pared; Cope había tomado aquella dirección. Hopkins estaba desorientado y no sabía muy bien adónde se dirigían. En realidad estaban entrando en Chinatown.

El túnel se estrechó aún más y se vieron obligados a arrastrarse dificultosamente por encima de los cables eléctricos. Los cables estaban ligeramente calientes y se notaba cómo vibraban. Mientras avanzaba, iba hablando con Austen a través de los auriculares.

–Doctora Austen, deténgase, por favor. No siga. Se va a hacer daño.

Austen no respondió.

Al cabo de unos minutos se toparon con una plancha de acero que les cortaba el paso. Era una pequeña compuerta de acceso. Hopkins le dio unos golpecitos con la punta de los dedos enguantados. La compuerta chirrió y comenzó a abrirse.

–¿Qué es? –preguntó Austen a su espalda–. Muévase.

–No puedo moverme. Manténgase cuerpo a tierra. Podría haber disparos.

Empujó la compuerta ligeramente, con la pistola en la mano, y la compuerta se abrió de par en par con un fuerte crujido. El sonido resonó profundamente por el túnel y luego se hizo de nuevo el silencio. Al otro lado de la trampilla había un amplio espacio negro. Hopkins lo alumbró con la linterna.

Era un enorme túnel subterráneo. «¿Dónde diablos estamos? –pensó Hopkins–. ¿Qué parte de la ciudad es ésta?» El haz de luz no llegaba muy lejos, pero el túnel se perdía en la oscuridad. Era un túnel doble, con unas columnas de hormigón en medio. De las paredes sobresalían como espinas negras unas barras de acero dobladas y retorcidas. La compuerta se hallaba a unos tres metros del suelo.

Si bien tenía una linterna, Cope optó por no utilizarla para no ser descubierto. De vez en cuando la encendía y la apagaba, pero la mayor parte del tiempo avanzaba a tientas. No tenía ni idea de dónde estaba.

Al llegar a la compuerta, había mirado a su alrededor con la linterna y había decidido bajar al túnel, sujetando con cuidado el maletín. Pero cuando aterrizó aparatosamente en el suelo de cemento, se oyó un crujido en su interior. Uno de los tubos de vidrio se había roto, así que no le quedó más remedio que dejarlo allí.

Comprobó que el temporizador seguía funcionando y colocó el cilindro de cristal en un rincón oscuro, junto a una columna. Contenía unos 435 hexágonos de cristal vírico además del explosivo biodetonador. Cope siguió avanzando por el túnel, encendiendo la linterna de tanto en tanto.

El maletín era más ligero, aunque seguía conteniendo una bomba, las granadas y la pistola. En un momento dado el túnel ascendía y torcía ligeramente hacia la derecha. Cope estaba impaciente por salir a la calle. En el exterior la noche era apacible, sin apenas nada de viento. Era la noche perfecta.

El túnel era un tramo sin terminar que se extendía por debajo de Chinatown y el Lower East Side; era una más de varias rutas de metro de la ciudad de Nueva York que se habían comenzado a construir y habían quedado inacabadas. El túnel en el que se encontraba Cope estaba destinado a la línea de Segunda Avenida, que no llegó a completarse nunca.

Hopkins se asomó a la compuerta y vio lo que parecía un túnel de metro, aunque no había ninguna vía. Se colgó del borde y se dejó caer. Aterrizó de pie sobre el suelo de cemento. Austen cayó a su lado.

–Le ordeno que no siga adelante. Soy el jefe de la operación... –dijo Hopkins.

Austen lo adelantó sin hacerle el menor caso.

El túnel inacabado se extendía de norte a sur por debajo de Chinatown y se dirigía hacia el puente de Manhattan, que cruza el East River. Mientras avanzaban por el túnel, Hopkins iba alumbrando todos los rincones con la linterna, con la pistola en el mano. No se veía ninguna salida.

Entonces decidió volver a probar la radio.

–¿Frank? ¿Wirtz? ¿Estáis ahí?

La radio no funcionaba en el túnel. Siguieron caminando, iluminando las columnas, hasta que llegaron a unas escaleras metálicas que conducían a una puerta abierta. La pregunta era si Cope había utilizado aquella salida o bien había seguido adelante.

Decidieron continuar por el túnel hasta que se toparon con una pared de hormigón. Allí era donde había finalizado la construcción de la línea de metro años atrás, y no había ninguna salida. Por tanto Cope debía de haber subido las escaleras. Volvieron sobre sus pasos, habiendo perdido un tiempo precioso, pero al llegar a la puerta Hopkins se mostró vacilante.

–Ánimo, Will. Si no, déme el arma a mí –le dijo Austen en voz baja.

–¡No me vengas con tonterías, doctora! Estoy aterrorizado, y usted también debería estarlo. Lleva una bomba y está armado.

Al final Hopkins subió las escaleras y se encontró en una habitación vacía que daba a una serie de puertas abiertas, a oscuras.

En el Centro de Control, Frank Masaccio empezaba a comprender la situación. Había tenido graves dificultades para mantenerse en contacto con Reachdeep por radio. Wirtz y Littleberry le habían comunicado que el equipo se había separado y Cope había desaparecido en la estación de metro de Essex Street. Se había producido una gran confusión y mucho retraso en el momento en que los policías salieron al puente de Williamsburg a detener el tráfico. Al parecer, Cope seguía en el metro y había escapado por un túnel del servicio eléctrico. Hopkins y Austen habían salido tras él y, con cierto retraso, Wirtz y los ninjas también se habían adentrado en el túnel, pero nada más entrar habían perdido el contacto por radio. El equipo de Reachdeep permanecía totalmente incomunicado.

–¿Dónde está Littleberry? –preguntó Masaccio a un agente.

–El doctor Littleberry se ha marchado por el túnel con Wirtz.

–¿Cómo? ¡Todo el maldito equipo de Reachdeep se ha metido en una ratonera! –gritó Masaccio–. ¡Vayan a buscarlos ahora mismo!

Masaccio pidió información por teléfono a los ingenieros de Con Edison y a los operadores de la red de metro. Quería saber adónde conducía el túnel y le dijeron que terminaba en la línea de la Segunda Avenida.

–¿De qué línea me están hablando? –vociferó Masaccio–. ¿Creen que soy imbécil? ¡He vivido en Nueva York toda mi vida, así que no me vengan con que hay una línea de metro de la Segunda Avenida.

Los operadores insistieron en que existía tal línea, sólo que el túnel estaba vacío.

–¡Lo que nos faltaba! ¡Un túnel vacío! –exclamó Masaccio. Se volvió hacia sus directores y dijo–: Envíen a nuestros hombres de Rescate de Rehenes. ¡Dios mío! ¿Cómo ha podido suceder algo así?

Los operadores de metro informaron a Masaccio de que la mejor manera de acceder al túnel de la Segunda Avenida era a través de una trampilla que había al pie del puente de Manhattan, en Chinatown.

Hopkins debía decidir cuál de las puertas utilizar. Intentó adivinar el razonamiento de Cope. Seguramente Cope deseaba salir cuanto antes a la calle, al aire libre. Hopkins probó todas la puertas y encontró una escalerilla metálica detrás de una de ellas. Se subió a ella seguido de Austen y llegaron a otra habitación. Al otro lado de la misma había una puerta abierta, también a oscuras. Entonces oyó un sonido metálico y vio una luz parpadeante.

Se arrojó al suelo, tirando de Austen, y apagó la linterna. Se arrastraron por el pavimento y, tras oír un golpe repentino, oyeron a Cope maldecir entre dientes. Hopkins siguió avanzando con el arma preparada y la linterna apagada, temiendo por su vida y por la de Austen. Se prometió que jamás volvería a formar parte de un equipo de rescate de rehenes. No comprendía cómo alguien podía dedicarse a ese tipo de trabajo.

Para entonces ya había llegado a la puerta abierta. Oía y notaba a Austen desplazándose a su espalda. Estaba tan enfadado con ella que tenía ganas de gritar. Si Austen recibía un balazo se lo tendría bien merecido, aunque no soportaba la idea de que le sucediese algo así.

Se resguardó detrás del umbral de la puerta y encendió brevemente la linterna para alumbrar el espacio de donde procedía el ruido.

Era una cámara muy profunda. El suelo se hallaba a unos seis metros de la puerta. Parecía destinada a la circulación del aire. No había nadie en ella, pero en el suelo había una linterna apagada.

A Cope se le había caído la linterna. Ése era el sonido que habían oído y por eso había maldecido.

En las paredes interiores de la cámara había unas pequeñas aberturas, unos respiraderos a los que se accedía por unas escalerillas. Era obvio que Cope había utilizado una de ellas. Era el sonido metálico que habían oído antes de que a Cope se le cayese la linterna. El problema era que había seis huecos.

–¡Doctor Cope! ¡Doctor Cope! ¡Entréguese! –gritó Hopkins.

No le quedaba más remedio que bajar a la cámara. Comenzó a descender por la escalerilla, con la pistola en la mano. Iba a intentar mirar en todos los túneles de ventilación, uno por uno. ¿Qué más podía hacer, aparte de darse por vencido? Pero si Cope lograba escapar... Cuando llegó al pie de la escalera observó los distintos respiraderos, empapado de sudor con el traje protector, dispuesto a disparar si Cope abría fuego. Se dio cuenta de que era un blanco muy vulnerable y empezó a pensar que acababa de cometer una estupidez, algo que Wirtz no haría jamás.

Se disponía a recoger la linterna de Cope cuando oyó la voz de Austen por radio:

–¡Will! ¡Arriba!

En ese preciso instante vio el objeto de plástico. Pasó volando por su lado. Había sido arrojado de una de las aberturas. Rebotó a sus pies, rodó un poco y se detuvo debajo de una escalera. Tenía una luz roja parpadeante.

Era una granada. Era imposible salir a tiempo de la cámara. Iba a explotar en ella con él dentro.

Oyó a Austen chillar. Agarró la granada y la lanzó con fuerza a uno de los respiraderos. La oyó rebotar en su interior.

Aun así debía salir de allí cuanto antes, ya que la explosión se haría sentir por toda la cámara.

Se encaramó a una escalerilla como un chimpancé al que persiguiera una nube de avispones del infierno, y se le cayó la pistola. Estaba intentando llegar a otra abertura para resguardarse de la bomba. Una vez allí se arrojó de bruces en su interior.

Se produjo un destello rojo y amarillo. La onda de choque retumbó por el túnel y tiró de su traje protector. A continuación se oyó un crujido y un pedazo de cemento se desprendió del techo del túnel en el que se encontraba, atrapándolo en su interior. De pronto se encontró inmovilizado en un pequeño respiradero, completamente a oscuras. Notó un silbido en los oídos, como el motor de un avión.

–¿Hola? –llamó.

No hubo respuesta.

–¿Alice?

Suponía que la granada contenía material vírico, cristales del Cobra.

–¡Estamos contaminados! ¡Creo que estamos en un espacio contaminado!

No hubo respuesta.

Se preguntó si habría alguna raja en el traje. Le preocupaban sobre todo los filtros de aire y la burbuja de la cabeza. Los pulmones eran la parte más vulnerable del cuerpo. Comprimido entre las estrechas paredes del túnel, se palpó el casco flexible para ver si estaba en buen estado. Al parecer no había sufrido ningún daño. Los ventiladores seguían emitiendo un zumbido.

Estaba prácticamente a oscuras, pero no del todo. ¿De dónde procedía la luz? Entonces se dio cuenta de que estaba tendido sobre su Mini Maglite. Se metió la mano bajo el pecho y la agarró. Gracias a la linterna vio que tenía los auriculares por encima de la cara, en el interior del casco.

–¿Alice? –dijo por el micrófono–. ¿Está ahí? –Esperó–. ¿Hola? Conteste, por favor. –No se oía más que el silbido de la radio desconectada.

Alice Austen había visto a Hopkins arrojar la granada al respiradero y subirse a otra escalerilla, para intentar escapar de la onda expansiva. Entonces se acurrucó detrás de la puerta para protegerse a su vez de la explosión. Vio el destello, pero no oyó ningún ruido.

El resplandor se apagó al instante, y Austen yacía totalmente a oscuras. Hopkins llevaba la única linterna que tenían.

–¿Will? ¿Will? ¿Está ahí? –llamó por los auriculares.

No recibió más que un sonido uniforme, el de la sangre que corría por su cabeza así como su respiración jadeante. No quería que Hopkins estuviese en apuros, de ninguna de las maneras.

–¡Will! –chilló–. ¡Por favor, hábleme! ¡Will! ¡Will! –Nada.

Entonces pensó que estaba haciendo mucho ruido. Si Cope se encontraba por allí, seguramente la habría oído.

Decidió descender a la cámara para ayudar a su compañero. Fue palpando la pared en la oscuridad hasta que dio con la escalera. Pero ésta se le escapó de las manos y se inclinó vertiginosamente hacia el vacío, o por lo menos ésa fue la impresión que le dio en la oscuridad. La explosión había roto la escalera. No había forma de bajar a la cámara, no había forma de ver si la linterna de Cope funcionaba, lo cual era bastante improbable de todos modos.

«¿Y ahora qué?», se preguntó. Podía permanecer allí donde estaba, tendida en el suelo, esperando a que acudiesen en su ayuda, o bien intentar regresar al túnel principal. Se decidió por esta última opción, ya que pronto aparecerían los equipos de rescate.

Se puso de pie en la oscuridad e intentó recordar por dónde habían venido. Echó a andar con los brazos estirados hasta que llegó a la escalera por la que habían subido hasta allí.

–¿Will? –volvió a llamar en voz baja–. ¿Está bien? Por favor, contésteme, Will. ¿Me oye?

Descendió por la escalera guiándose por el sentido del tacto. Una vez abajo, se preguntó qué dirección tomar. Ariadna tenía un hilo; ella sólo contaba con su memoria. Fue tanteando el camino con las manos, sumida en una oscuridad total.

Mientras palpaba la pared Austen tocó una tela. Entonces notó su brazo. Era Cope que había estado esperando contra la pared.

Disparó el arma dos veces, y los destellos los iluminaron a los dos, congelados en la luz como animales nocturnos captados por el flash de un naturalista. Las dos balas pasaron por debajo de su brazo. Cope erró el tiro por unos centímetros.

Austen atravesó corriendo la estancia, chillando aterrorizada, y se escabulló por una puerta a oscuras. De repente cayó rodando por la escalerilla metálica que daba al túnel principal, resollando de dolor. Se levantó del suelo, echó a correr y chocó con algo.

Acabó tendida en el suelo, boca arriba, sollozando de miedo. Le dolía todo el cuerpo y se preguntó si se habría roto algún hueso. Intentó dejar de llorar y se puso en pie, para salir de allí cuanto antes.

Aunque seguía estando todo oscuro, sabía que aquél era el túnel principal. Se desplazó hacia un lado y se agachó arrimada a la pared. Procuró recuperar el aliento desesperadamente. Le dolía el cuerpo a causa de la caída, pero no podía hacer el menor ruido para evitar que Cope le disparase de nuevo. Tal vez estuviese intentando escapar, tal vez se había marchado. De hecho había perdido la linterna.

Austen escuchó con atención pero no oyó nada, aunque no oía muy bien a causa del casco protector y del zumbido de los ventiladores.

Esperó unos instantes, aguzando el oído. Vio como unas chispas en sus ojos, debido a los nervios ópticos en plena oscuridad. Entonces oyó algo, como un sonido metálico, seguido de silencio, y luego un leve chirrido. Aguardó, totalmente inmóvil, intentando evitar el menor roce de su traje protector, pero no podía impedir que zumbasen los ventiladores. Pareció transcurrir una eternidad. Tenía los músculos rígidos y doloridos. Atrapada en el interior del traje, no alcanzaba a oír los sonidos a su alrededor. Estuvo tentada de quitarse el casco para oír mejor, pero temía que la granada que había explotado estuviera llena de Cobra.

De repente se fijó en una lucecita, un puntito rojo en la pared. No tenía ni idea de lo que era. Se desplazaba muy deprisa y parecía rebotar por los artesones y las columnas, como una luciérnaga roja. No veía de dónde procedía. Parecía tener vida propia, sin ninguna conexión aparente con nada.

De pronto se dio cuenta de que estaba dirigido a ella. Era un rayo láser. Se agachó y reprimió un chillido.

La luz roja siguió rebotando a su alrededor. Si bien no veía a Cope, sabía que se encontraba en el umbral de la puerta, en lo alto de la escalera, apuntando el láser hacia ella.

El puntito se adentró en el túnel, regresó y volvió a perderse en la otra dirección.

–Oigo el zumbido de su traje –dijo Cope. Tenía una voz pausada, bastante suave y estridente, aunque farfullaba un poco, como si tuviese la boca llena–. No consigo localizarla. Me pitan los oídos. –El puntito rojo rebotó por el suelo–. Pero tarde o temprano esto la encontrará.

El láser recorrió unas columnas, dio media vuelta, siguió avanzando por el suelo hacia ella y tocó su traje.

Austen lanzó un chillido y saltó hacia un lado. Se vio un fuerte destello acompañado de un estampido ensordecedor que resonó por todo el túnel

Austen encontró una abertura entre dos columnas, se levantó de golpe y echó a correr en la oscuridad. El puntito rojo seguía persiguiéndola.

Al cabo de unos instantes se detuvo y se agachó con la punta de los dedos en el suelo, como un atleta al inicio de una carrera, lista para salir huyendo en cualquier dirección.

La voz de Cope brotó bruscamente de la oscuridad y resonó en túnel de hormigón.

–No llevo mascarilla. –La voz se hallaba a unos diez metros, a su derecha–. La oigo mejor de lo que usted me oye a mí.

De pronto Austen oyó a Hopkins por los auriculares.

–¡Eh! ¿Hay alguien ahí?

«Está vivo», pensó Austen.

–Ah, es su radio –dijo Cope.

Austen arrancó los auriculares de la radio que llevaba en el cinturón y procuró permanecer inmóvil.

–La pistola está cargada con balas de punta hueca. Cada una tiene una bolita de cristal vírico en la punta. BioArk también vende esta tecnología. He adquirido un montón de tecnología de la Compañía. –Se le oía bajar las escaleras metálicas–. Usted no comprende lo que estoy haciendo. No tengo intención de matar a mucha gente. Sólo a algunas personas.

En el Centro de Control del FBI, Masaccio estaba hablando con los operadores del metro.

–¿Que tienen un sistema de iluminación en ese túnel? ¡Pues enciendan esas malditas luces! ¡Tengo a gente ahí dentro! ¿Cómo? ¿Qué transformador de potencia? ¿Por qué es un problema?

En la oscuridad, Austen casi era capaz de notar el peso del arma que se aproximaba mientras Cope seguía guiándose por el zumbido del traje. Tensó los músculos, lista para salir disparada èn cualquier momento. Tomó conciencia de la fragilidad de su cuerpo, de su ser mortal, y notó la gelatina de la que estaba formada su mente envuelta en un hueso duro, que podría hacerse añicos...

De repente, con un leve zumbido, un montón de luces fluorescentes se fueron encendiendo por todo el túnel, inundándolo de un resplandor azulado.

Cope sostenía el arma como un policía. Tenía el rostro empapado. Un líquido le brotaba de la nariz y se deslizaba por el mentón.

Tenía los labios ensangrentados y las gafas salpicadas de sangre. Había comenzado a morderse. De pronto disparó y la bala se estrelló contra la pared, mientras Austen corría con todas sus fuerzas.

Las luces se apagaron de nuevo. Austen se dirigía a toda velocidad hacia el final del túnel. De pronto todo explotó. Vio unos destellos violetas y cayó al suelo, convencida de que el impacto la había alcanzado. Pero tan sólo había tropezado con un pedazo de cemento. Permaneció allí tumbada, temiendo moverse.

Hopkins había estado pidiendo auxilio a través de sus auriculares. Al no recibir respuesta, pensó que su radio estaría rota. Estaba tendido boca abajo en un estrecho pasadizo horizontal. El túnel no estaba diseñado para el cuerpo humano, sobre todo con un traje protector y un chaleco antibalas. El túnel, de medio metro de alto y setenta centímetros de ancho, se perdía en la oscuridad. Era imposible darse la vuelta en su interior y no podía retroceder pues la explosión le había bloqueado la salida. No le quedaba más remedio que seguir adentrándose en el pasadizo. Empezaba a notar los primeros temblores causados por la claustrofobia. Si permanecía allí, se podría quedar sin aire. De modo que comenzó a arrastrarse por el suelo, llamando por radio a sus compañeros de vez en cuando. Intentó quitarse el chaleco antibalas para tener más espacio. Desató las correas de velcro, pero le resultó imposible sacar los brazos.

Al cabo de un momento llegó al final del túnel.

–Oh, no –murmuró.

Debía dar marcha atrás. Pero en ese momento palpó una especie de canto o esquina. Era un hueco, un nuevo túnel que descendía y se perdía en la oscuridad. Lo alumbró con la linterna y vio que tenía unos seis metros de profundidad. Era un agujero sin salida. Sólo de mirarlo se le revolvió el estómago. Su única opción era regresar al mismo punto y esperar a que vinieran a rescatarlo.

Intentó dar marcha atrás, pero le resultaba más difícil que avanzar. Entonces se le ocurrió darse la vuelta. Así tendría más aire para respirar y podría gritar a través de la abertura bloqueada.

Le daba la impresión de que en el túnel vertical, que se unía en ángulo recto al horizontal, había suficiente espacio para poder girar el cuerpo. Se retorció, se contorsionó y probó todas las posturas imaginables, con la cabeza suspendida sobre el hueco del túnel.

–Es un problema matemático irresoluble –murmuró.

El problema era el maldito chaleco antibalas. Mientras intentaba quitárselo una vez más, le sucedió algo terrible.

Resbaló y cayó de cabeza por el agujero de seis metros. Se estampó de bruces contra el suelo y por poco se partió el cuello. Quedó inmovilizado en posición vertical, con los brazos pegados a los costados. Y encima había perdido la linterna. Terminó boca abajo en un túnel sin salida, sin luz y sin aire. No había forma de salir de allí.

El rugido que notaba en los oídos era el sonido de su propia voz pidiendo clemencia. El pánico lo sacudió como una serie de descargas eléctricas. Empezó a chillar descontroladamente, aterrorizado de pura claustrofobia. Se debatía contra las paredes de cemento, intentando moverse de algún modo, pero permanecía atrapado boca abajo. No había suficiente aire para respirar y no había manera de salir de allí. Siguió sacudiéndose, gimiendo, chillando y agitando las piernas inútilmente.

Entonces respiró hondo, contuvo la respiración durante unos instantes y volvió a expulsar todo el aire de los pulmones. Lo intentó de nuevo, para ver si perdía el conocimiento y acababa con todo. Pero no lograba desmayarse, lo cual significaba que había suficiente aire para mantenerse con vida. Así tal vez aguantaría una semana. «No pienses en eso –se dijo–. Tengo que relajarme. Me estoy muriendo. Si voy a morir, quiero alcanzar algún tipo de paz interior. Piensa en algo. ¿Cómo era aquel dicho Zen? «Un hombre sabio puede vivir cómodamente en el infierno.» «Olvídate del infierno. Piensa en California, piensa en la mejor playa de California, en la playa de Malibú. No, en esas calas escarpadas de Laguna Beach.» Intentó imaginarse tendido en la cálida arena de Laguna, con el olor a aire salado, el graznido de las gaviotas, el rumor del oleaje, el sol del océano Pacífico... Tantas oportunidades perdidas... «Serás tonto. Si sales vivo de ésta, deberías pedirle para salir. No te cortes un pelo. Dios, el aire está tan cargado aquí dentro que estoy empezando a perder la cabeza.»

De repente notó algo que le presionaba la mejilla. Era la Mini Maglite. Le dio la vuelta y consiguió encenderla. Iba progresando.

Torció el cuello a izquierda y derecha, y vio cemento a pocos centímetros de sus ojos. Tenía la cara sudada y colorada, rebosante de sangre por estar suspendido boca abajo.

De pronto se quedó de piedra. Había algo oscuro y abierto detrás de su cabeza. ¡Una abertura!

Volvió la cabeza todo lo que pudo y vio que era un estrecho pasadizo que se perdía en la oscuridad. Gracias a la linterna, logró echarle un vistazo al túnel.

Entonces se volvió a sobresaltar. En el suelo, al pie de una escalera, había un enorme tubo de vidrio colocado en posición vertical. Estaba hasta los topes de hexágonos de cristal vírico. Era la bomba biológica de Cope.

Se encontraba a pocos metros de su cabeza y contenía suficiente cantidad de virus para contaminar zonas enteras de Nueva York y sus alrededores.

Debía intentar desarmarla. Seguro que tenía algún tipo de temporizador. Le iba a resultar difícil, dada la postura en la que se encontraba. Se sacudió y se contorsionó a duras penas hasta que por fin logró girar lentamente el cuerpo. Seguía boca abajo pero al menos tenía la bomba delante. A base de torcer los hombros consiguió introducir una mano por la abertura. Iba a intentar alcanzar la bomba con los dedos para atraerla hacia él, pero estaba demasiado lejos, a casi un metro de distancia.

Se llevó la mano a la cintura y abrió los alicates del estuche de herramientas Leatherman. Alargó el brazo de nuevo, pero el intento resultó totalmente en vano. En semejantes circunstancias, un metro era como un año luz.

En la riñonera había metido la linterna y el protector de bolsillo. Abrió la cremallera y este último cayó al suelo, desparramando todos los objetos que contenía. «Piensa un poco –se dijo Hopkins–. Un hombre sabio es capaz de montar artilugios en el infierno.»

Procedió a hacer el inventario de las cosas que habían caído al suelo, mientras decía en voz alta:

–Lápiz mecánico, cajita de minas de lápices, Goober o Raisinet, no estoy seguro, mi bolígrafo espacial Fisher, que escribe con gravedad nula, bastoncillo, otro bastoncillo, otro bastoncillo, un poco de cinta adhesiva enrollada a un cabo de lápiz, una entrada usada para un partido de los Redskins, media galleta Oreo.

Hay que ser imbécil para no llevar cinta adhesiva a una operación federal antiterrorista.

–Para fabricar una sonda adherente –dijo.

Con la cabeza inclinada para ver lo que iba haciendo y con una sola mano, arrancó la cinta del lápiz y comenzó a unir los distintos objetos, con el fin de crear un palo lo bastante largo. Pensó en quitarse el guante para poder coordinar mejor sus movimientos, pero al final decidió no hacerlo. Había demasiado virus a su alrededor.

Unió el lápiz mecánico al bolígrafo espacial Fisher y al cabo del otro lápiz, creando una sonda. Luego sacó los bastoncillos de los envoltorios e hizo otro tanto, formando un segundo palito. Los unió los dos y de esta forma consiguió una sonda bastante larga, cuyo extremo, formado por los tres bastoncillos para tomar muestras, era ligero, flexible y delicado. Aunque se doblaba un poco, había conseguido crear un artilugio lo bastante largo. Por último, añadió una bolita de cinta a la punta, reforzándola con más cinta adhesiva, hasta que casi se quedó sin cinta.

Hopkins ya disponía de una sonda adherente digna de un manitas del Instituo Tecnológico de California. El mango tenía unos sesenta centímetros de largo, tras haber utilizado objetos varios de su bolsillo. Este tipo de sondas se utilizan para extraer tuercas, arandelas y otras piezas que se han desprendido dentro de máquinas de alta tecnología. Hopkins agarró la sonda con los alicates, que la alargaban todavía más, y la tendió hacia la bomba. Nada. Le faltaban unos diez centímetros.

–¡Maldita sea! –exclamó.

«Piensa –se dijo–. Usa ese cerebro que Dios te ha dado.»

–¿Serás burro? ¡La linterna! –espetó.

Añadió la Mini Maglite a la sonda y sostuvo ésta con los alicates. Alargó el brazo de nuevo hasta que la punta tocó la bomba. La presionó unos instantes para que se adhiriese al vidrio del cilindro y luego tiró de él. El cilindro se volcó sobre el cemento con un fuerte golpe y el vidrio se rompió, liberando los hexágonos de cristal, que cayeron al suelo formando un pegote, relucientes como un ópalo de fuego a la luz de la linterna.

–¡Excelente! –exclamó Hopkins. El material de la ojiva se había derramado, dándole acceso al detonador.

Vio el explosivo en medio del montón de virus. Había un fulminante y algo que parecía un temporizador, aunque no lo veía muy bien. «Esto es muy burdo –se dijo–. No hacía falta ser un experto en explosivos para fabricar una bomba vírica, siempre que dispusieras del material biológico.»

De pronto vio movimiento a su alrededor y oyó un ruido. Era una rata que se acercaba al cristal vírico dispuesta a comérselo.

–¡Fuera de aquí! ¡Rata asquerosa!

La rata lo miró, impasible.

Sacó el pedazo de galleta Oreo y se lo lanzó.

–Ten, cómete esto.

La rata desapareció con la galleta.

Hopkins procedió a desarmar el explosivo. Éste llevaba un temporizador de laboratorio, no muy diferente a un avisador electrónico de cocina. Lo tocó con la punta de la sonda y tiró de él con cuidado. El temporizador salió del tubo lentamente, arrastrando consigo el fulminante y el detonador.

Le dio la vuelta y miró los números que figuraban en él: 00.00.02.

–¡Aaaaah! –gritó.

Arrancó el fulminante del explosivo y la arrojó por los aires. El dispositivo estalló en algún lugar del túnel. Hopkins se preguntó si habría matado a la rata.

Seguía habiendo un pedazo de cristal vírico en el suelo, aunque al encontrarse bajo tierra podrían deshacerse de él y descontaminar el lugar. Sería un poco aparatoso, pero factible.

Lo importante era salir de allí cuanto antes. Volvió a doblar y a contorsionarse de mil maneras para darse la vuelta. Consiguió volver la cabeza hasta ver el túnel lleno de hexágonos de cristal vírico. Respiró hondo, esperando que los filtros lo protegiesen del virus, y se fue deslizando de espaldas por la esquina.

–¡Eso es!

Salió boca arriba del agujero y se levantó, pisando el cristal vírico con los pies. Comprobó el traje con la linterna y vio que no había agujeros ni desgarros, aunque no estaba del todo seguro. La capucha Racal seguía presurizada y los filtros funcionaban, al parecer. Esperaba no haberse rasguñado la piel, ya que de lo contrario se habría convertido en un muerto viviente.

Entonces vio la escalera por donde Cope había descendido para depositar la bomba. También había un túnel horizontal, aunque no tenía ni idea de adónde conducía.

En ese preciso instante oyó dos disparos lejanos, procedentes del túnel. ¿Qué estaba sucediendo? Atravesó el pasadizo con la espalda encorvada y llegó hasta un tablón de madera. Lo empujó y éste cayó a un amplio espacio abierto y a oscuras.

–¿Hay alguien ahí? –llamó. Alumbró el lugar con la linterna y vio unas columnas y una figura en movimiento.

–¿Alice?

De pronto apareció una lucecita roja en su pecho y oyó a Austen chillar:

–¡No!

Notó un rugido en los oídos y algo le golpeó el pecho y lo arrojó hacia atrás. Era una sensación que no había experimentado nunca. Una bala le había alcanzado el corazón, y fue entonces cuando cayó en la cuenta de que le habían disparado y se estaba muriendo.

Tumbada en la oscuridad, Austen había oído decir a Hopkins: «¿Hay alguien ahí?». En ese mismo momento vio el resplandor de la linterna, y también a Cope, inmóvil, inclinado, contorsionándose ligeramente y apuntando mediante el láser. De pronto el láser se detuvo sobre el pecho de Hopkins.

Cuando Cope disparó, Austen oyó un chasquido. La linterna cayó rodando por el suelo, apuntando el haz de luz en todas direcciones. Cope disparó una vez más, y otra, y otra, sirviéndose del láser.

Chillando como una desesperada, Austen se levantó y se abalanzó sobre Cope, arrojándolo al suelo. Vio fugazmente los ojos brillantes del Cobra a la luz de la linterna.

Entonces le arrebató la pistola, lo apuntó con ella en la cara y le metió el cañón en la boca. El láser rojo se reflejó en su boca y Austen vio las ampollas que le cubrían la carne. Se hallaba a pocos centímetros de su rostro.

De pronto se oyó un sonido metálico y se encendieron las luces del túnel. Cope estaba temblando. Un brazo se le puso rígido repentinamente mientras el otro se doblaba. Se le arqueó el cuello y empezó a retorcerse. Era la contorsión de Lesch-Nyhan. Bajo las luces fluorescentes, Cope parecía muy poca cosa, un ser patético.

–Lo has matado –murmuró Austen.

Se puso en pie lentamente, apuntándolo a los ojos con la Colt. El puntito rojo temblaba en la frente de Cope. Austen se disponía a apretar el gatillo.

–No... Alice.

Austen se volvió. Hopkins se hallaba de pie a su espalda, encorvado, sin aliento. Tenía dos agujeros en el chaleco antibalas. Los demás impactos no lo habían alcanzado. Sostenía varios objetos atados con cinta adhesiva.

–... Queda... –resolló. Las balas le habían golpeado el pecho, dejándolo sin aliento.

Austen sacudió la cabeza.

–Siga... –dijo Hopkins, doblado por la cintura, mirando a Austen.

–Queda detenido –dijo Austen.

Hopkins trató de enderezarse y tosió.

–Tiene que... acusa...

–Se le acusa de asesinato –dijo Austen.

–Perra del FBI –espetó Cope.

–Se equivoca, señor. Soy médico de la sanidad pública.

Cope puso los ojos como platos. Comenzó a mover los labios y a sufrir contracciones en la cara. Algo que dijo la doctora debió de desencadenar el ataque epiléptico.

Comenzaron a oír un rumor creciente de voces por los auriculares y luego oyeron ruido en el aire, que culminó con la llegada de un tropel de gente por el túnel de la Segunda Avenida. Era el grupo de operaciones de Oscar Wirtz.

Simultáneamente, un equipo de operaciones especiales de la policía de Nueva York provistos de caretas antigás se adentraba en el metro a través de la compuerta del puente de Manhattan. Se oían sus pisadas sobre el enrejado de acero así como el tintineo de sus armas.

Cuando ambos grupos confluyeron en el túnel, vieron al sospechoso presa de un ataque epiléptico. Hopkins les dijo que el túnel podría estar biológicamente caliente ya que había estallado una granada y había cristales víricos en la zona.

–¿Dónde está Mark? –preguntó Hopkins.

–Está detrás nuestro, Will –respondió Wirtz.

Justo en ese momento oyeron a Littleberry. Se dirigía hacia ellos por el túnel de la Segunda Avenida. Su voz sonaba quebradiza por radio, y costaba entenderle. Entonces lo oyeron gritar:

–¡Abajo! ¡Todos abajo! Dejó una... –Un destello acabó con sus palabras.

Vieron la onda expansiva desplazarse hacia ellos por el túnel. Procedía de la bomba que Cope había dejado al lado de una columna, cerca de la trampilla. Nadie había reparado en ella salvo Littleberry, y estaba intentando advertirles cuando explotó.

La onda expansiva adoptó la forma de un menisco y se convirtió en una fina burbuja de cristal vírico en polvo. Pasó por encima de sus cabezas y desapareció. Por un instante todos vieron el rostro del virus Cobra para uso bélico, que impregnó el túnel de una neblina grisácea que estaba viva y ansiosa por encontrar sangre.

Cuando se extinguió el eco de la onda expansiva, el túnel se sumió en un silencio absoluto.

Cope volvió la cabeza y se quedó contemplando el túnel. Hopkins cayó de rodillas. Austen se arrodilló a su lado y le colocó la mano en la espalda. Vio las lágrimas correr por el interior del casco de Hopkins.

–¡Fuera! ¡Todos fuera! –chilló Oscar Wirtz–. ¡Este túnel está infectado!

Salieron del túnel por la trampilla metálica al pie del puente de Manhattan y se vieron sumidos en una vorágire de luces de emergencia cerca de Chatham Square, en Chinatown. Momentos antes, el estruendo de la explosión, que se había producido a unos quince metros bajo tierra, alertó a los equipos de emergencias. Las calles estaban atestadas de vehículos de emergencias. Había hombres en trajes de Tyvek hablando por teléfonos móviles, jefes del departamento de emergencias municipal. Los equipos de televisión no estaban autorizados a acercarse. La zona estaba inundada de luces halógenas y el aire impregnado del sonido de las radios portátiles y del rumor ensordecedor de media docena de helicópteros que permanecían suspendidos en lo alto. Frank Masaccio había llamado a todas las unidades de emergencia imaginables y seguía dando voces por sus auriculares desde el Centro de Control, ordenándoles que se congregasen al pie del puente de Manhattan.

El caso Cobra no pasó inadvertido para los residentes de Nueva York. Los policías hacían retroceder a los grupos de mirones que habían salido a la calle de buena mañana. Al este, por encima de Brooklyn, una hebra de nube rojiza indicaba que estaba a punto de amanecer. No circulaba ningún vehículo por el puente de Manhattan, que habían cerrado al tráfico, y la mayoría de las líneas de metro del sur de la ciudad estaban fuera de servicio.

En el Centro de Control del edificio del FBI y en el COIE de Washington, se tenía la sensación de que la situación seguía siendo delicada pero podría llegar a controlarse. Iban llegando informes fragmentarios. Había estallado una bomba, pero la explosión se había producido bajo tierra en un túnel abandonado y se intentaría contener en su interior el polvo de la bomba. Los informes eran confusos, incompletos, a veces contradictorios, procedentes de distintas fuentes, aunque comenzaban a aflorar algunos datos. Frank Masaccio los escuchó a través de los auriculares y exclamó:

–¿Cómo? ¿Que el tipo está detenido? ¿Están seguros? ¿Están completamente seguros? ¿Quién lo ha detenido? –Se levantó bruscamente y añadió–: ¿Austen? Me están tomando el pelo, ¿o qué?

Hopkins y Austen iban tropezando con la maraña de mangueras que había por el suelo. Austen abrazaba a Hopkins por la cintura. Aunque ambos seguían enfundados en sus trajes protectores, nadie les prestó atención, puesto que había mucha gente que los llevaba y nadie sabía quién era quién. El personal del cuerpo de bomberos acudió en tropel, ataviado con uniformes verdes que protegían del peligro químico, dando voces en medio del crepitar de las radios. Los bomberos comenzaron a colocar láminas de lona impermeabilizada sobre media docena de conductos de aire que conducían a las estructuras del complejo de túneles de la Segunda Avenida. Suponían que algunas partículas víricas ya estarían escapando por dichos respiraderos. En cuanto hubieron terminado de bloquear los conductos, los equipos de emergencia apilaron encima de las losas esteras de fibra de vidrio y los camiones de bomberos las empaparon de agua mezclada con lejía para matar el virus. Por último llegaron los camiones con filtros HEPA, que extraerían el aire del túnel de la Segunda Avenida y lo pasarían por unos filtros enormes, del tamaño de un camión.

Hopkins y Austen se dirigieron a un camión del cuerpo de bomberos inundado de luces. Era el camión de descontaminación humana de Nueva York.

–Usted primero, Hopkins –dijo Austen.

Hopkins se subió al camión y cerró la puerta. Se hallaba en una cámara descontaminante. Un pulverizador comenzó a rociar su traje con productos químicos. Luego se quitó todos los pertrechos protectores y los metió en una bolsa cubierta de signos de peligro biológico. Una vez desnudo, recibió una ducha de agua caliente. Se lavó el cuerpo dos veces, primero con una solución de lejía, y después con agua y un jabón desinfectante. Tardarían días en saber si tenía partículas víricas en los pulmones. Luego cruzó una puerta que daba al vestuario del camión y los bomberos le dieron un chándal de color azul con las siglas del cuerpo de bomberos de Nueva York.

Austen se adentró en el camión y siguió el mismo procedimiento.

Algunos de los ninjas de Reachdeep sacaron a Cope del túnel a través de la trampilla al pie del puente de Manhattan, atado a una silla que encontraron en una de las habitaciones vacías. Lo habían inmovilizado con una cuerda de nailon para impedir que se sacudiera o se mordiese. Una vez en el exterior, cortaron las cuerdas y lo colocaron en una camilla bajo unas potentes luces. Parecía consciente, pero permanecía en silencio.

Lo metieron en una ambulancia que lo llevó al helipuerto de Wall Street, y desde allí un helicóptero lo condujo a Governors Island. Una vez en la isla, se negó a declarar. Falleció en la unidad médica del ejército cuatro horas más tarde.

En el informe secreto que se redactó a continuación, los expertos coincidieron en que la ciudad de Nueva York había tenido mucha suerte. Durante todo el día, los camiones de bomberos estuvieron vertiendo agua y productos químicos en el túnel, y las salidas de los conductos de aire estaban empapadas de desinfectantes. Entretanto, los camiones de los filtros HEPA, que eran básicamente aspiradoras sobre ruedas, seguían extrayendo aire del sistema de túneles y pasándolo por los filtros, que retenían las partículas, para luego expulsarlo al exterior libre de virus.

Al final, catorce ciudadanos contrajeron el virus Cobra en distintos puntos de Nueva York, ya que, inevitablemente, algunas partículas escaparon de los filtros y los productos químicos, y encontraron un pulmón humano. Los catorce casos se hallaban repartidos por el Lower East Side y Williamsburg, en Brooklyn, e incluso en zonas tan alejadas como Forest Hills, en el barrio de Queens. Fue una auténtica pesadilla epidemiológica para los Centros de Control de Enfermedades. Casi todos los recursos de dicha agencia se utilizaron para localizar y tratar los catorce casos de Cobra que siguieron a la explosión del túnel. Todos los pacientes fueron trasladados a Governors Island para ser atendidos en una unidad del ejército.

Asimismo, cinco trabajadores que tomaron parte en las tareas de emergencia se infectaron con el virus Cobra. Casi todos ellos eran bomberos que habían colocado el material de fibra de vidrio en los respiraderos de los túneles y que, en medio del caos, no habían tenido tiempo de protegerse con mascarillas. El número de muertos registrado entre los equipos de emergencia (tan sólo cinco) se consideraba un milagro. Numerosos expertos temían que éstos se verían diezmados durante la operación.

La capitana Dorothy Each, que se infectó al ser mordida por Hector Ramirez, murió en Governors Island. De un total de diecinueve casos de Cobra en Nueva York como consecuencia de la explosión de la bomba, dieciocho perdieron la vida. Una niña de ocho años sobrevivió pero acabó con la enfermedad de Lesch-Nyhan crónica y una lesión cerebral permanente. Se administró a todos los pacientes medicamentos anticonvulsiones así como la droga experimental contra la viruela, el cidofovir, pero los tratamientos no surtieron efecto. El número total de víctimas del Cobra ascendía a treinta y dos, incluido el caso índice, el hombre de la armónica, Kate Moran y muchos otros, y contando también a Thomas Cope. Ben Kly no figuraba entre ellos porque no había sido infectado, a pesar de que falleció como resultado de la infección de Glenn Dudley. Mark Littleberry era considerado simplemente como un hombre que había perdido la vida en acción.

El destacamento especial de los CCE y el departamento de sanidad de la ciudad pusieron en observación a aquellas personas que habían estado en contacto con casos de Cobra. El Servicio de Sanidad Pública de Estados Unidos se acogió a sus antiguos poderes legales para poner a dichas personas en cuarentena, en los dormitorios de los guardacostas de Governors Island. En el siglo XIX, cuando no existían curas para la mayoría de enfermedades infecciosas, la única forma de impedir que se propagase una enfermedad era recurriendo a la cuarentena. Se trata de una práctica muy antigua, que en ocasiones funciona.

Cuarentena

Austen y Hopkins fueron ingresados en una unidad de cuarentena del Centro Médico de la Universidad de Nueva York, situado en el East Side de Manhattan, donde permanecieron bajo observación en un nivel 3 de biocontención durante cuatro días. Habían cumplido con su trabajo y necesitaban disfrutar de un poco de paz. Frank Masaccio no permitió que se quedasen en la isla. Estimaba que ya habían padecido bastante y no tenían por qué verse rodeados de personas muriendo de Cobra.

Hopkins telefoneó a Annie Littleberry, la viuda de Mark Littleberry a Boston. Le explicó que su marido había servido a su país hasta el final y que en las últimas semanas había contribuido notablemente a garantizar la seguridad de personas de todo el mundo. Había contribuido a recoger pruebas para demostrar la existencia de un programa de armas biológicas en Irak que al parecer se dedicaba a la mutación genética de virus, y había ayudado a descubrir el caso de una compañía que estaba implicada en actividades delictivas en Estados Unidos.

–Creemos que se van a abrir varios procesos judiciales como consecuencia de la labor de Mark. Una o más empresas multinacionales de biotecnología con sede en Suiza y Rusia podrían acabar con sus altos ejecutivos bajo orden de arresto en Estados Unidos. Va a ser una pesadilla para los diplomáticos. Mark estaría muy orgulloso, estoy seguro. Es algo que le encantaba hacer: crear trabajo extra a los diplomáticos, señora Littleberry.

–Me estoy volviendo loco aquí dentro –dijo Hopkins a Austen durante la tarde del cuarto día.

Vestían un pijama y una bata del hospital, y habían estado paseando en direcciones opuestas por una pequeña sala de recreo en la vigésima planta del hospital, con vistas al East River, donde las barcazas eran mecidas por la corriente grisácea. Se oía el rumor del tráfico del East River Drive.

Se encontraban perfectamente. Eran el equivalente de los monos afortunados de las pruebas del atolón de Johnston, los supervivientes; tal vez habían acabado con una o dos partículas en los pulmones pero no habían llegado a enfermar. Resultaba difícil de creer que ninguno de los dos se hubiese infectado con el virus Cobra, sobre todo Austen. Es posible que estuvieran expuestos a él, aunque también era probable que los trajes protectores hubiesen funcionado.

Se habían pasado los cuatro últimos días hablando por teléfono con todos los altos cargos del gobierno de Estados Unidos. Hasta el momento los medios de comunicación desconocían los detalles de la operación: en ruedas de prensa, los hombres de Frank Masaccio se habían referido a Hopkins y a Austen como «agentes federales» que habían «detenido al sospechoso Thomas Cope». En ningún momento se mencionó a Reachdeep. Para la opinión pública, el caso Cobra había sido un nuevo acto brutal de terrorismo, que había causado la muerte a poco más de una docena de personas. No había sido tan grave, ni muchísimo menos, como la bomba de edificio federal Murrah de Oklahoma. Pocas personas comprendieron realmente lo grave que había sido la situación. Austen y Hopkins agradecieron a Masaccio sus esfuerzos por proteger su intimidad.

Durante el poco tiempo que habían pasado juntos en el hospital ninguno de los dos había mencionado un tema que les resultaba cada vez más obvio durante los últimos días de la investigación, y especialmente al final.

El teléfono sonó y Hopkins respondió.

–Habla el agente especial Hopkins.

Tenía una manera un tanto fría de contestar al teléfono. A Austen le molestaba un poco, pero la achacó a su formación en el FBI.

–Sí, Frank, está aquí conmigo, pero no creo que quiera hablar contigo ahora mismo...

–Por tercera vez, dile que no –dijo Austen.

–Pero lo dice en serio. Dice que podrías ascender muy rápido.

–Voy a volver a trabajar para Walter Mellis. Lo tengo clarísimo.

–Es definitivo, Frank. Se va a quedar en los CCE. Está bien, sí, ya lo sé. Yo también estoy decepcionado...

Hopkins colgó el teléfono y se dejó caer en una silla.

–¡Ah! –exclamó sin motivo aparente. Llevaba unas zapatillas de espuma, como las que dan en los aviones, y comenzó a dar golpecitos en el suelo. Entonces se levantó, estiró los brazos, hizo crujir los nudillos, caminó hasta la ventana y exhaló un suspiro–. Sabía perfectamente desde el momento en que nos encerraron aquí que no íbamos a caer enfermos. Es una ley universal. Cuando te ponen en cuarentena, es una garantía de salud.

El cielo brillaba como en esas tardes despejadas de los días que empiezan a alargarse antes de la llegada del verano.

Hopkins miró su reloj.

–Saldremos de aquí a las cinco. ¿Qué tienes pensado hacer?

–No lo sé.

–¿Te gusta el *sushi*?

–Sí, me encanta.

–A mí también. Conozco un restaurante increíble en un viejo barrio industrial del centro. ¿Qué te parece si los dejamos a todos plantados y nos vamos a comer *sushi*?

Le parecía una idea excelente.

El anfitrión

Hacia mediados del verano, un niño de tres años que vivía en el Lower East Side falleció en el hospital de Bellevue a consecuencia del virus cerebral del Cobra. No se sabía cómo podía haberse infectado. Cabía la posibilidad de que hubiese encontrado algunos cristales en algún lugar, o de que a pesar de los días y las semanas de tratamiento con productos químicos desinfectantes, algunos rincones de los túneles bajo el Lower East Side siguiesen contaminados. No estaba claro cuánto tiempo sobrevivían los cristales de Cobra al aire libre, siempre que fuese en un lugar oscuro y seco, donde no llegase la luz directa del sol.

Alice Austen viajó a Nueva York desde Atlanta y entrevistó a la familia del niño. Descubrió que tres días antes de morir, le había mordido una rata en el pie mientras dormía.

Más adelante, a principios de septiembre, un mendigo falleció en el hospital Elmhurst de Queens, también de una infección por Cobra. Vivía en un túnel de metro debajo de la avenida Roosevelt, en Jackson Heights. En aquella zona había numerosos túneles abandonados, evidentemente plagados de ratas. Los túneles de Jackson Heights conectan directamente con el lado este de Manhattan a través de un túnel que pasa por debajo del East River. Probablemente las ratas infectadas habían abandonado Manhattan por ese túnel.

El cuerpo del mendigo, sin embargo, no presentaba ninguna mordedura. Aun así, los investigadores de los Centros de Control de Enfermedades atraparon docenas de ratas y les analizaron la sangre. Una de ellas dio positivo. Parecía haberse arrancado la mayor parte del pelo de la panza. Había sobrevivido a la infección y se había convertido en portadora del Cobra.

Los investigadores de los CCE analizaron la sangre de más ratas de otras zonas de la ciudad y comprobaron que el Cobra había invadido la población de roedores, donde era capaz de sobrevivir sin matar a su anfitrión. El Cobra y la rata se habían amoldado el uno a la otra. Suzanne Tanaka había sido la primera en descubrir que el Cobra podía sobrevivir en roedores cuando sus ratones se infectaron sin llegar a morir. Y cuando uno de ellos le contagió el virus, demostró de manera accidental que el Cobra es transmisible de roedor a ser humano. Los virus saltan de una especie a otra constantemente, y algunos investigadores consideran que tienen tendencia a llenar huecos ecológicos, esto es, hábitats para la enfermedad. El Cobra parecía haber encontrado un hueco en la población de ratas.

No estaba claro cómo el Cobra había hecho su aparición entre las ratas. Posiblemente las del túnel de la Segunda Avenida se infectaron al estallar la bomba. Alice Austen se preguntaba, no obstante, si las ratas que se habían alimentado del cuerpo de Lem en Houston Street podrían ser la fuente original. Lo más probable era que nadie llegase a saberlo nunca. En cualquier caso, el Cobra había penetrado en los ecosistemas de la tierra y era imposible predecir su suerte.

Como todos los virus, el Cobra no poseía una mente ni una conciencia, pese a ser inteligente en un sentido biológico. Como todos los virus, el Cobra no era más que un programa concebido para replicarse a sí mismo. Era un oportunista, y sabía esperar. Había conseguido una especie de estasis en las ratas, un punto de equilibrio. Las ratas eran un buen lugar donde agazaparse por un tiempo indefinido, ya que la especie humana no llegaría nunca a exterminarlas. Asentado en su nuevo anfitrión, el Cobra seguiría replicándose durante generaciones, tal vez cambiando y adoptando nuevas formas y cepas, aguardando la oportunidad de dar un paso más, de mayor envergadura.

Glosario

accidente de Sverdlovsk. Accidente industrial que provocó un escape de ántrax en polvo para uso bélico durante la noche del 3 de abril de 1979 en la ciudad de Sverdlovsk (hoy Ekaterinburgo), Rusia, causando al menos sesenta y seis muertos.

ADN. Ácido desoxirribonucleico. Una molécula preciosa, en forma de cinta entrelazada formando una doble hélice. Almacena el código genético de los seres vivos.

aerobiología. Estudio científico de las características de dispersión y contagio de las armas biológicas en el aire.

aerosol, bioaerosol. Polvos finos o neblina de gotitas líquidas dispersados en el aire. Pueden ser naturales o creados para uso bélico.

agente caliente. Arma biológica letal u organismo infeccioso letal de forma natural.

agente técnico (término del FBI). Agente del FBI especializado en la manipulación de material técnico, en gran parte aparatos electrónicos de vigilancia y material de comunicaciones.

Al Hakam. Fábrica de armas biológicas en Irak, cuya existencia fue revelada por Bagdad. Utilizada para la producción de ántrax hasta 1995 o 1996 y destruida por las Naciones Unidas en 1996.

Al Manal. Fábrica de armas biológicas en Irak, cuya existencia fue revelada por Bagdad. Produjo siete mil metros cúbicos de toxina botulínica concentrada durante la guerra del Golfo.

amplificación. Multiplicación de un virus. Tiene lugar dentro de las células de un anfitrión vivo, en células introducidas en un tubo de ensayo, o bien en el interior de un **biorreactor**.

ántrax. Organismo bacteriano unicelular capaz de formar esporas. Causa una enfermedad mortal parecida a la neumonía cuando es utilizada como arma.

arma biológica (bioarma). Organismo vivo infeccioso utilizado como arma o toxina no viva derivada de un organismo vivo y utilizada como arma.

arma estratégica. Arma capaz de destruir un ejército, una ciudad o una nación.

bacteria. Microrganismo unicelular, sin núcleo y con una gruesa membrana. Es la forma de vida más común de la tierra.

baculovirus. Véase **virus de la poliedrosis nuclear**.

bastoncillo de muestras. Utensilio principal del arsenal del inspector de armas biológicas, utilizado para tomar muestras de superficies. Se parece a un bastoncillo para limpiarse los oídos, sólo que el palo es de madera y la punta de espuma. Cuando se utiliza con buenos materiales de laboratorio, es capaz de revelar la presencia de **biología negra.**

biología negra. (informal). El uso clandestino de la biotecnología y la **ingeniería genética** para crear armas **recombinantes** o **quimeras** con material genético alterado artificialmente.

Biopreparat. Organización de biotecnología soviética, antes secreta, financiada en gran parte por el Ministerio de Defensa soviético, y que se dedicaba en gran medida, aunque no exclusivamente, a la investigación, el desarrollo y la producción de armas biológicas.

biorreactor. Aparato semejante a una cisterna destinado a la **amplificación** de un virus.

biosensor portátil Boink. Aparato biosensor en parte real y en parte ficticio capaz de detectar casi al instante unos veinticinco agentes patógenos infecciosos y peligrosos.

cámara de pruebas explosivas. Una cámara de acero cerrada donde se prueban en animales armas biológicas en aerosol (**aerobiología**).

Centro de Investigación de Ingeniería. Edificio de la academia del FBI de Quantico donde se llevan a cabo labores de investigación y desarrollo de equipamiento electrónico supersecreto. Es también la sede actual de la **Unidad de Respuesta frente a Materiales Peligrosos** del FBI.

Centros de Control de Enfermedades, Atlanta (CCE). La principal agencia federal de Estados Unidos para la epidemiología y el control y la prevención de enfermedades.

ciencia forense. El estudio científico de pruebas físicas después de haberse cometido un crimen.

clonación. Cultivo de copias idénticas de un organismo que ha sido alterado genéticamente en un laboratorio.

Cobra. Virus recombinante ficticio creado a partir del **virus de la poliedrosis nuclear**, el **rinovirus** y la **viruela.**

COIE. Centro de Operaciones de Información Estratégica de la sede del FBI, en el edificio J. Edgar Hoover de Washington. Se trata de un complejo de salas insonorizadas situadas en la quinta planta y equipadas con material para videoconferencias.

Conferencia de Asilomar. Conferencia celebrada en la primavera de 1975 para debatir los peligros de la ingeniería genética. Llevó a la publicación de las Directivas de Seguridad de Asimolar, una serie de recomendaciones para el desarrollo de experimentos de **ingeniería genética** en los laboratorios.

Convención sobre Armas Biológicas de 1972. Tratado internacional que prohibía el desarrollo y el uso de armas biológicas y de venenos derivados de organismos vivos. Ratificado por 140 naciones; violado por un número creciente de países.

Corpus Cero. Nombre con el que se conoce un edificio del **Instituto de Biología Molecular de Koltsovo,** en Rusia, donde se han realizado experimentos con el virus Ebola transmitido por aire para uso bélico y el virus de la **viruela** secado **en cámaras de pruebas de explosiones** gigantescas, una labor que podría continuar en nuestros días. Se describe como un edificio de acceso prohibido para extranjeros. Fue visitado en una ocasión por un equipo de inpsección británico-estadounidense en 1991.

Corpus Uno. El principal edificio de investigación del Instituto de Microbiología Aplicada de Obolensk, situado en Serpujov, a unos ciento diez kilómetros al sur de Moscú. Expertos e inspectores de armas biológicas creen que en dicho instituto se desarrollaron experimentos de **ingeniería genética** con la Peste Negra (*Yersinia pestis)* con fines bélicos durante un período de varios años.

cristal vírico. Término utilizado por el autor para designar un material semejante al vidrio que contiene partículas víricas secas altamente concentradas.

Diseminación lineal. Vertido de biopartículas en polvo para uso bélico mediante un avión que se desplaza en línea recta y por tanto dispersa las partículas en línea. Éstas se propagan a favor del viento por una zona de territorio potencialmente enorme.

epidemiología. El estudio de las epidemias.

Experimento de Cohen y Boyer. Realizado en 1973. Stanley N. Cohen y Herbert W. Boyer, entre otros, lograron introducir genes extraños en la bacteria *E. coli*. Fue el primer transplante de un gen sano y marcó el inicio de la revolución biotecnológica. Este experimento se lleva a cabo hoy en día en las escuelas.

Felix. Máquina ficticia metida en un maletín que «descodifica» rápidamente el ADN de organismos vivos.

filtro HEPA. Aprehensor de partículas de alta eficacia, utilizado para atrapar partículas biológicas, y así purificar el aire.

gen. Porción de ADN, generalmente de unas 1.500 bases de largo, que codifica una proteína o enzima.

genoma. El ADN completo de un organismo vivo.

ingeniería genética. La manipulación del material genético de un organismo en un laboratorio con el fin de crear un organismo con características diferentes.

Instituto de Biología Molecular de Koltsovo. Complejo de investigación de virología situado cerca de Novosibirsk, en Rusia.

Maalin, Alí Maow. Cocinero de Somalia. A finales de octubre de 1977, fue el último caso de viruela natural de la tierra.

mesencéfalo. El extremo superior del tallo encefálico; conecta con la cara inferior del cerebro y controla funciones como la acción de las pupilas y la respiración. Está relacionado con las respuestas básicas del cuerpo, como la alimentación, la masticación y la agresividad.

Nivel de seguridad biológica 3 plus. Un alto nivel de biocontención justo por debajo del nivel 4. Requiere una presión de aire negativa, filtros HEPA y atuendo de seguridad con máscaras antigás.

Oficina del Médico Forense Jefe. Oficina del médico forense de Nueva York, situada en el número 520 de la Primera Avenida, en Manhattan.

Pasechnik, Vladimir. El primero, y en ningún modo el último, gran desertor del programa de armas biológicas soviético (y ahora ruso). Era el director del Instituto de Preparados Ultrapuros de Leningrado (hoy San Petersburgo).

patólogo, patología. Médico que estudia los tejidos enfermos y practica autopsias.

poliedrina. Proteína cristalina que se fabrica en los núcleos de las células durante una infección por el **virus de la poliedrosis nuclear.**

prosector. Persona encargada de una autopsia, que hace la disección anatómica.

Pruebas del atolón de Johnston. Pruebas a gran escala de armas biológicas realizadas por los militares estadounidenses entre 1964 y 1969 en zonas de mar abierto del atolón de Johnston, en el océano Pacífico.

pulverización biológica (informal). Diseminación en el aire un arma biológica.

Quimera. En la mitología griega, monstruo con cabeza de león, cuerpo de cabra y cola de dragón. También designa a un virus creado en un laboratorio mediante la mezcla (recombinación) de material genético procedente de otros virus. Normalmente se realiza con fines pacíficos, aunque las aplicaciones militares son evidentes.

rinovirus. Virus del resfriado. Existen más de cien tipos distintos.

Servicio de Inteligencia Epidémico. Forma parte de los **Centros de Control de Enfermedades** y se dedica a investigar brotes de enfermedades.

Servicio de Sanidad Pública de Estados Unidos. Rama *desarmada* de los servicios militares estadounidenses, una de las más antiguas. Hoy en día forma parte del Departamento de Sanidad y Servicios Humanos. Entre sus responsabilidades figuran los **Centros de Control de Enfermedades** (CCE).

síndrome de Lesch-Nyhan. Enfermedad genética hereditaria que afecta únicamente a los varones, causada por una lesión en un único gen y que provoca un extraño comportamiento en el que el paciente se autolesiona, se muerde los labios, los dedos y los brazos, y a la vez agrede directamente a otras personas.

Snow, John doctor. Epidemiólogo y médico de Londres que en 1853 identificó una bomba de agua de Broad Street, en Londres, como el origen de un brote de cólera.

Sujeto desconocido (término del FBI). Autor desconocido de un delito.

transmisible. Contagioso.

Unidad de Respuesta frente a Materiales Peligrosos. La unidad de emergencia del FBI que se dedica al análisis forense de sustancias nucleares, químicas y biológicas.

UNSCOM. Comisión Especial de las Naciones Unidas.

USAMRIID. United States Army Medical Research Institute of Infectious Diseases (Instituto de Investigaciones Médicas sobre Enfermedades Infecciosas del ejército de Estados Unidos), situado en Fort Detrick, Frederick, estado de Maryland. Es el principal laboratorio de biodefensa del ejército.

viruela. Enfermedad que provoca una erupción de ampollas y pústulas en el rostro y los brazos. Es increíblemente contagiosa y muy letal en poblaciones humanas que carecen de inmunidad a la enfermedad. Una de las plagas de la historia humana.

virus de la poliedrosis nuclear. También conocido como baculovirus. Un virus de insecto enorme y único, cuyos genes no parecen estar relacionados con ningún otro organismo de la tierra. Tiene la capacidad de convertir el cuerpo de un insecto en un cuarenta por ciento de material vírico por peso seco. La partícula vírica tiene forma de vara (*baculo* significa «vara» en latín) y se encuentra en el interior de grandes cristales de una proteína llamada poliedrina.

virus recombinante. Virus creado en el laboratorio mediante la mezcla (recombinación) de material genético de otros virus. También conocido como **quimera.**

virus. Parásito causante de enfermedades más pequeño que una bacteria, que consiste en una envoltura compuesta de proteínas y membranas, y un núcleo que contiene el material genético (ADN o ARN). Sólo es capaz de replicarse en el interior de células vivas.

Agradecimientos

La cantidad de personas que contribuyeron a este libro es impresionante, y refleja la complejidad de cualquier acción federal para combatir el terrorismo biológico.

Estoy profundamente agradecido a la editora de Random House, Sharon DeLano. Su criterio editorial abarcaba todos los detalles, desde la formulación de las frases hasta el orden y la estructura de las escenas. Asimismo, me sugirió ideas importantes, sobre todo en lo que respecta a los personajes de Tom Cope y Alice Austen, y a algunos de los giros de la trama, al final de la novela.

En el (FBI), Drew Richarson, jefa de la Unidad de Respuesta frente a Materiales Peligrosos de Quantico, y Randall S. Murch, director científico del laboratorio del FBI en Washington, me proporcionaron una gran ayuda y fueron sumamente generosos con su tiempo; la descripción de la ciencia forense que hace Will Hopkins durante la reunión del COIE está basada en las palabras de Randy Much, si bien el fuerte escepticismo expresado por el hombre de la Casa Blanca no existe en la realidad. Otras personas de esta unidad me prestaron también su ayuda, en especial David Wilson y Anne Keleher, y debo dar las gracias asimismo a Bruce Budowle, Cyrus Grover, Keith Monson, Kenneth Nimmich y John Podlesny por el tiempo que me concedieron. De la oficina de Nueva York, Joseph Valiquette me mostró el lugar y también me otorgó parte de su tiempo. Del laboratorio del FBI en Washington, gracias a William Bodziak, F. Samuel Baechtel, Jennifer A. L. Smith y Deborah Wang. También estoy muy agradecido al personal del Departamento de Relaciones Públicas del FBI por su ayuda y cooperación.

En los **Centros Federales de Control y Prevención de En-**

fermedades de Atlanta, Richard Goodman, Stephen Ostroff y Ruth Berkelman me apoyaron con su amistad y sus valiosos consejos. Pasé unos días muy agradables entrevistando a oficiales del Servicio de Inteligencia Epidémico: Frederick Angulo, Lennox Archibald, Susan Cookson, Marc Fischer, Cindy Friedman, Jo Hofmann, Daniel Jernigan, Elise Jochimsen, David Kim, Orin Levine, Arthur Marx, Paul Mead, Jonathan Mermin, John Moroney, Don Noah, Pekka Nuorti, Nancy Rosenstein, Jeremy Sobel y Joel Williams. Las siguientes personas de los CCE también me brindaron su tiempo: Dan Colley, Marty Favero, Randy Hanzlick, Brian Holloway, Robert Howard, James Hughes, Rima Khabbaz, Scott Lillebridge, William Martone, Joseph McDade, Bradley Perkins, C. J. Peters, Robert Pinner, y el director de los CCE David Satcher.

El doctor Franck J. Malinoshi me animó desde el principio a llevar a cabo este proyecto. Como testigo y participante en varias visitas a las instalaciones de armamento biológico rusas, me hizo abrir los ojos a la realidad sobre las armas biológicas en Rusia. Muchas gracias también a Judy Malinoski por su apoyo personal.

En el **Instituto de Investigaciones Médicas sobre Enfermedades Infecciosas del ejército de Estados Unidos (USAMRIID)** de Fort Detrick, Maryland, Peter Jahrling me proporcionó unos datos sumamente valiosos, doy las gracias también al comandante David Franz. Del **Programa de Investigación de Defensa Biológica de la Marina de Estados Unidos**, en Bethesda, James Burans me brindó su amistad, sin mencionar las innumerables horas que pasó respondiendo a mis preguntas; agradezco también a William Nelson, David Frank, Gary Long, Beverly Mangold y Farrell McAfee. El ex subsecretario de la Marina Richard Danzig me animó en un sentido literario: me ayudó a creer que el tema era importante y que podría hallar las palabras para desarrollarlo. Muchas gracias también a Pamela Berkowski.

De la **Oficina del Médico Forense Jefe** del ayuntamiento de Nueva York, me gustaría dar las gracias a Ellen Borakove, David Schomburg y Robert Shaler. Estoy en deuda con los patólogos Elliot Krauss y Thamarai Saminathan, del **Centro Médico de Princeton** (Nueva Jersey), así como con el técnico de autopsias Daniel Britt por permitirme participar en una autopsia humana. La libreta que utilicé aquel día está manchada de sangre y fluido cerebral, ya que me permitieron tener una experiencia práctica como reportero. Y muchas gracias también a Daniel Shapiro.

El historiador y experto del metro de Nueva York Joe Cunningham me ayudó con las escenas finales de la novela, y pasamos unos días muy agradables recorriendo toda la ciudad, sobre todo la zona del Lower East Side, inspeccionando túneles, calculando las distancias y planeando la acción. Robert Lobenstein, de las Autoridades de Tránsito de Nueva York fue muy generoso con su tiempo, y también estoy muy agradecido a Roxanne Robertson por su ayuda y su amistad.

En cuanto a los conocimientos sobre virus, me gustaría dar las gracias a Malcolm J. Fraser de la Universidad de Notre Dame. Cualquier disparate científico que pudiera haber cometido es mi responsabilidad y no de Mac Fraser.

Del Chelsea Garden Center de Nueva York, recibí una valiosa ayuda de Betsy Smith y Nina Humphrey. Fue Nina quien tuvo la idea de utilizar una forsitia a la hora de escoger la planta de donde procedía el grano de polen. Mi agradecimiento para Kevin Indoe del Jardín Botánico de Nueva York, por su ayuda con el grano de polen.

Los siguientes expertos también me concedieron su tiempo en entrevistas: Lowell T. Anderson, Anthony Carrano, William E. Clark, Frances de la Chapelle, Freeman Dyson, D. A. Henderson, Stephen S. Morse, Michael T. Osterholm, Marie Pizzorno, David Relman, Barbara Hatch Rosenberg, H. R. *Shep* Shepherd de la Albert B. Sabin Vaccine Foundation, Jonathan Weiner y Frank E. Young.

Algunas de mis fuentes más importantes no deseaban ser nombradas. Espero que aceptarán mi más profundo agradecimiento. Ellos saben quiénes son.

Algunas personas me prestaron su ayuda en circunstancias difíciles mientras se publicaba este libro. De **Random House**, mi especial agradecimiento a Joanne Barracca, Pamela Cannon, Andy Carpenter, Carole Lowenstein, Lesley Oelsner, Sybil Pincus y Webb Younce. También de Random House, Harold Evans, Ann Godoff y Carol Schneider merecen mi reconocimiento por el apoyo entusiasta que me brindaron al principio. De **Janklow & Nesbit**, mi especial agradecimiento a Lynn Nesbit, Cynthia Cannell, Eric Simonoff y Tina Bennett. Estoy muy agradecido por el trabajo heroico del personal de North Market Street Graphics, en especial a Vicky Dawes, Lynn Duncan, Jim Fogel, Steve McCreary y Cindy Szili. Nicole LaPorte, Matt Lane y Harold Ambler me prestaron su ayuda en momentos críticos. Muchas gracias a la correctora del manuscrito Bonnie Thompson, así como a mi ayudante personal Cheryl Wagaman por su diestra labor.

Y por encima de todo, un cariñoso agradecimiento para mi esposa, Michelle, la estrella que me guía en todo momento.

ÍNDICE

Título de la edición original: *The Cobra Event*
Traducción del inglés: Elvira Sainz,
cedida por Ediciones B, S.A.
Diseño: Winfried Bährle
Ilustración: Oscar Lombana
Foto de solapa: © Peter C. Cook

Círculo de Lectores, S.A. (Sociedad Unipersonal)
Travessera de Gràcia, 47-49, 08021 Barcelona
www.circulolectores.com
3 5 7 9 9 9 1 0 8 6 4 2

Licencia editorial para Círculo de Lectores
por cortesía de Ediciones B, S.A.

Depósito legal: Na. 2002-1999
Fotocomposición: punt groc & associats, s.a., Barcelona
Impresión y encuadernación: RODESA (Rotativas de Estella, S.A.)
Navarra, 1999. Impreso en España
ISBN 84-226-7916-7
N.º 27417